最強の狙撃手

IM AUGE DES JÄGERS

アルブレヒト・ヴァッカー
ALBRECHT WACKER
中村康之 訳
YASUYUKI NAKAMURA

原書房

最強の狙撃手

ヨーゼフ・アラーベルガー上級兵長。鉄十字章を授与された後の1945年3月。

第四版への序文

二〇〇〇年の初版発行から四年以上が経過した。それは、美化することのない兵士の伝記が、読者に受けいれられるかどうかという実験が成功した日々であった。

主人公や書籍が拒否反応を受けるのではないかという心配は、杞憂だったことがはっきりした。それどころか、主人公はその体験や兵士としての業績ゆえに尊敬をもって遇されたのである。

二〇〇四年春に主人公ゼップ・アラーベルガー氏を訪ねたおり、新版を出すにあたって、仮名をやめて本名を使うことを了承いただいた。

二〇〇四年一二月に八〇歳の誕生日を迎えられるのに合わせて、勇敢な兵士であり真摯な人物である同氏に対し、本書の第四版をもって敬意と称賛の意を表しておきたい。

ゼップ・アラーベルガー氏とヘートヴィク夫人が残りの年月を健康に、家族に囲まれて過ごせるようにと念じつつ。

二〇〇四年一二月　ミュンスターにて

アルブレヒト・ヴァッカー

プロローグ

スターリングラードの陥落を機に、東部では二年間にわたる撤退戦がはじまり、その戦いは双方の戦争当事国の兵士を途方もない艱難辛苦の渦に巻きこんでいった。

この二年間に東部戦線はドイツ軍全体の末路を暗示するものとなり、その一方で無数の人間の悲劇を生んだ。

この戦争について記したものは多いが、いずれも分析的な論述や、距離をおいて眺めた報告ばかりである。もともと筆舌に尽くしがたいもの（生死をかけた日常の戦い、凄惨な体験、恐怖心）を言葉で表そうとする作業に成算は乏しいが、一個人の命運に目を向けるだけといえどもその事情は変わらない。軍事史家として距離をおいた冷静な表現、観察をとるのか、それとも、肉体的、精神的な力技に人間として感銘をうけた伝記作者としての情念をとるかに悩まされるからだ。

本書では「狙撃兵」と呼ばれる存在に焦点をあてる。賞賛と嫌悪の念が入り混じるなかで戦史の記述からは見過ごされ、忘却されているが、ときに恐ろしいばかりの精確さで敵の命をうばって傑出した戦功をあげ、図太さと勇敢さで幾度となく大勢の仲間の命を救った兵士の代表格である。無名の存在としてでなく、敵とまともに対峙して多くの人命をうばった負い目を背負ったまま、戦後を生きざるをえなかった軍人は他にあまり例がない。その意識から、彼らの大半は口をつぐんで残りの人生をすごし、美化することのない証言をあえてする者は皆無にちかい。

そうしたなか、指折りの戦歴をもつ人物が五〇年の沈黙をやぶり、長時間にわたる伝記作者との対談で戦争体験を語ってくれた。戦争という現実の特殊な一断面を記憶にとどめるために、そして、歩兵隊に所属する前線の兵士がまのあたりにした戦争の真の相貌から目をそらさないよういましめるために。

これほどの年数がたっている以上、必然的に証言者の記憶から消えているものも多く、ポイントとなる体験しか鮮明によみがえってこない。そのため、こうした点在する舞台道具を事実関係でつなぎ合わせ、未整理の情報を、言葉としても思考としても、筋の通ったかたちに造形することが伝記作者の使命となった。証言の欠けている部分は丹念な歴史研究の成果で埋めあわせ、形をととのえて補う作業も欠かせなかった。

伝記作者は別の問題にも直面した。「勝てば官軍、負ければ賊軍」というありふれた俗言に端的に言いつくされた問題である。ロシアや連合国の狙撃兵は現在にいたるまで英雄と称えられているのに対し、ドイツの狙撃兵は故国においてすら卑劣な殺人者として扱われることが多い。その理由から、三版まではこの研究の主役となる人物を匿名にして守ることがどうしても必要であると思われた。そこで多くの名前を仮名にしたが、内容は実際の出来事に即している。四版になって、ようやくヨーゼフ・アラーベルガー本人から実名を使ってよいという承諾がえられた。

このように本書の研究では、生き生きと語られる運命の変転と、客観的な事実とをあえて混在させている。

ヨーゼフ（通称ゼップ）・アラーベルガーは、シュタイアーマルク州生まれの家具職人だったが、一九四三年七月初めに東部戦線へ出征し、激しさを増すばかりの歴史の奔流に呑みこまれた。一九四五年五月の終戦をむかえるまで、その生活の中心は第三山岳師団一四四連隊の仲間であり、その運命だった。この部隊の兵士は主にアルプス地方の出身者で編成されていた。そうした民族的なまとまりが、以下の証言からも浮かびあがってくるように、この部隊の高い戦闘意欲を支える要因だったという。

凍てつく冬がふたたび東部戦線の兵士たちに氷の平手打ちを食らわせた。いかんともしがたい寒気と体力消耗のなか、スターリングラードでは第六軍の兵が何万という単位で倒れていき、犠牲者の数は今日にいたるまで正確につかめていない。書記長スターリンの名を冠したこの都市の陥落は、それまで幸運のもとで戦いをすすめていたドイツ国防軍の運命に転機が訪れたことを歴然と示していた。

血気盛んに仕掛けてはみたものの、準備不足を露呈した攻勢はいや応なく守勢へと転じていき、ついには想像を絶する混乱のなかで幕切れとなった。とどのつまりはソ連軍の赤旗が国会議事堂にひるがえり、きたるべき五〇年間のドイツ分割を告げる予兆ともなった。街も文化財も廃墟と化し、ドイツに最後の審判がくだったのである。

本書の背景となる第三山岳師団は、一九四二年から四三年の冬にスターリングラード南方で戦ったが、第六軍の壊滅にともない、勢いを増して圧倒的勢力で進んでくるロシア軍（ソ連軍）の冬季攻勢の渦に完全に呑みこまれた。兵士や物資に言語を絶する損失をだしながら死力を尽くして奮闘し、それでも包囲殲滅を逃れるのがやっとで、スターリングラードの盟友と同じ悲惨な運命をたどるのをようやくまぬがれたにすぎなかった。以下に叙述をすすめていくなかで、主人公である狙撃兵の所属連隊として特に注目することになる第一四四山岳猟兵連隊は、ミレロヴォの孤立地帯で熾烈な冬季戦を展開し、これを突破して、新たに敷かれたヴォロシロフスクの防衛線に合流したころには、正規の戦闘力の四分の一にまで疲弊していた。

連隊はヴォロシロフスクで守りを固めた陣地にはいり、それから六カ月間で人員も装備も全面的に編成しなおした。

その数カ月間は、冬のあいだ耐えぬいた戦闘とは対照的で、第一四四連隊は妨害工作をうけたときの小規模な防衛戦にあたるだけだった。普段の戦場での日常生活は、小編成での作戦行動、ときおり襲ってくる砲撃、そしてロシア軍狙撃兵がたえず放ってくる狙撃で占められていた。そうした狙撃の犠牲になるのは特に新兵や経験の乏しい兵士だったが、重歩兵兵器が潜在的に不足していたため、そのうちにドイツ軍はこうした攻撃に対して多かれ少なかれ無力になっていった。ロシア軍狙撃兵の陣地を特定し、迫撃砲、機関銃、残りわずかな軽対戦車砲といった中規模歩兵兵器でその制圧に成功するのは、わずかなケースでしかなかった。自軍に狙撃兵が足りないのは誰の目にも明らかだった。

第1章　決死隊の軽機関銃手

　陽が昇ったばかりの澄みきった東部戦線の夏の朝。朝露がおりて、暖まった空気から土と草のかぐわしい香りが漂ってくる。だが感性は少しも自然のほうに向いておらず、また、そんな余裕など許されない。全神経が張りつめている。獲物を狙う猛獣のように。双眼鏡ごしの視線をもういちどロシア陣営の前地に走らせる。そのどこかに、この数日間で九人の戦友を亡き者にしたロシア軍（ソ連軍）狙撃兵が完璧な偽装をほどこしているはずなのだ。奴はよほどの熟練者にちがいない。ゼップが二日間も潜伏地点を探しているのに見つからないからだ。その早朝、奴の撃った弾が九人目の猟兵の命を奪ったとき、ゼップにはおよその方角の見当がついたように思った。

　そのとき、ついに正体を見破る手がかりをつかんだ。灌木の根元にいくらか不自然に生えている下草だ。その不審な地点に突き刺すような視線をむける。間違いない、奴はあそこにいる。照準スコープの一部と銃口をおぼろげながら確認して、ゼップの血管にアドレナリンが吹きだしたそのとたん、銃口に光がひらめいた。鋭い銃声がしたと思うまもなく、ゼップは弾丸がこちらへ飛んでくるのを見ていた。まるで身体が痺れたように陣地に伏せたまま、さっとかわして破滅の運命を逃れることもできない。鈍い衝撃とともに弾丸がひたいの真ん中に命中し、閃光がひらめいて頭と思考がまっ白になる。

その瞬間、ゼップは深い夢からさめて飛びおきた。早鐘のような心臓の鼓動が首筋までつたわってくる。一九四四年から現代の現実に戻るまで、何分もかかったような気がする。ようやく人心地がついたが、とてもすぐ眠れる気分にはなれない。開けはなった寝室の窓から、夜のくぐもった音と、さわやかで心地よい初夏の空気が流れこんでくる。起きあがって窓辺まで歩く。押しつぶされそうな胸に、夜の空気を深々と吸いこむ。何回か深呼吸をするうちに、書割のようにきれいな月がのぼったシュタイアーマルク・アルプスの山影に視線が吸いよせられる。晩夏のロシアのステップにも同じように月が輝いていた。前線への補給物資をつみ、はるか遠くに消えてゆくちっぽけな列車が、ロシアのステップを揺れていく。扉を開いて腰かけた自分の姿が思いだされる。これからの刺激にみちた本ものの兵隊生活が待ちきれず、張りつめた思いで胸がいっぱいだった。「それにしても、考えの足りない青二才ばかりだった」と胸のうちでつぶやき、思考が流れていくにまかせる。すると、これまでの長年の生活で幾度となく経験してきたとおり、戦時中の体験が思いだすままに脳裏にうかんでくる。五〇年以上も昔のことなのに、まるで昨日のことのように鮮明によみがえってくる思い出も少なくない。

一九二四年九月に生まれたゼップは、シュタイアーマルク州の村の平穏な環境のなかで、家具職人の親方の息子として成長した。なんの屈託もない青年期を過ごし、その生活には祖国愛、勤勉、義務の遂行、社会の権威に対する従順といった保守的な価値観がしみついていた。きたるべき宿命をそれに負けない運命論で耐え忍ぶことができたのは、こうした倫理的な価値観がしっかり根づいていたおかげでもある。職業も当然のように父親と同じ道をたどって家具製造の技術を学び、ゆくゆくは両親の経営を継ぐつもりだった。兵役が待っているが、それは義務であると同時に名誉なことでもあり、地元では兵隊がおおいに尊敬をあつめていた。徴兵検査に合格して召集されることは若者にとって一大事で、新たな自覚をうながすよい契機であり、大人の世界に属しているという意識を与えるものだった。ゼップには当時の社会と政治の環境がしみついていて、子ども時代は、第三帝国によるイデオロギー色の強い統制政策に感化されて操られた。統制政策はとりわけ青年たちに深く浸透しており、国家意識、保守的な道徳・価値観と、武力外交の目的達成のために無条件で身を捧げる意識とは不可分の関係にあった。国防軍に自分から志願し、新時代の目標のために武器をとって戦うことは、ゼップの年代の若者にとって当然の義務だった。開戦からすでに三年近くになるが国防軍は連戦連勝で、多くの若者にとって、新時代をひらく大いなる闘争に参加しそこねるのではないかという気持ちは恐れにも近かった。いたるところにまき散らされるプロパガンダを信じるならば、勝利は目前だったからである。苛酷で容赦のない戦争の現実など夢想したこともないまま、一九四二年秋に徴兵検査の合格が発表された日は、合格した村の若者にとって記念すべき一日となった。祖国への奉仕について、そして世界のボルシェヴィズムに対する英雄的な闘いについて、市長が仰々しくスピーチした。消防

1942年。青年たちはまだ無邪気に、晴れがましい思いで未来を見つめている。このうち6名は戦場で命を落とす運命にあった（ゼップは前列左から2人目）。

団の楽隊が快活なセレナーデをかなで、ドイツ少女団の娘たちが未来の英雄のために小さな花輪を編んで、若者の服の折りかえしに差した。死ぬかもしれない、手足を失うかもしれないといった考えは、未来の兵士には少しも浮かばなかった。集合写真を撮る写真機のまえで誇らしげにポーズをとった若者のうち六名が、二年以内に帰らぬ人となる運命にあった。その数カ月後、彼らは期待に胸をふくらませて入隊した。

ゼップは一九四三年二月に一八歳で見習修行を終えたのち、地域のほとんどの青年と同じように山岳猟兵となるべくクーフシュタインへ召集された。制服の貸与といった通常の入隊手続がすんで一〇日がたつと、ゼップと同期生たちは歩兵としての基礎教練をうけるべくミッテンヴァルトへ送られた。六カ月間の猛訓練が終わるころ、ゼップは軽機関銃手になっていた。自軍もしくは敵軍の歩兵戦作戦の戦術要素としての「狙撃兵」というテーマは、教練期間全体を通じていちども取りあげられなかった。ロシア軍には隠れ場から狙撃してくる奴がいるとか、女性を狙撃手にしているといったことだけが軽蔑的に教えられ、そうした相手こそ機関銃手が全力をかたむけて容赦なく制圧する相手だと言われた。教練は厳しかったが、平時や戦争初期に見られたような陰湿さはあまりなかった。教えるほうの側は、せめて肉体面と確実な武器の扱いだけでも、苛酷な任務にそなえた万全の準備を若者にさせようと懸命だった。特に、前線の経験がある教官は自分の知識を伝えようとつとめた。補充部隊の新兵は、いきなり降りかかってきた想像を絶する戦争の現実に圧倒されてしまい、死傷者をだす割合が圧倒的に高いという内情を知っていたからである。往々にして、到着したその場で厳然たる戦闘の残虐さをまのあたりにし、そのために多くの者が原初的なパニックに襲われて、自分ではどうにもならない逃走反応をひき起こす。だが、太古の昔なら有効だったはずのこの行動も、広範囲に獲物をとらえる巧みな殺人機械の威力のまえでは命取りなのだ。

用意周到な教練とは、それまで営々と築いてきた倫理的な価値観を突きぬけて、現実に直面する瞬間の心がまえをつくらせようとするものだ。反射運動になるまで積みかさねた反復訓練が、逃げたいという本能を抑える小道具になる。とはいえ結局のところ、腹をくくって戦争の相貌を眺められるかどうかは個人によって違うし、戦闘の状況によっても変わってくる。戦うことが第二の天性となり、戦場を住みかとするような戦士は、すでにこの時点で頭角をあらわしてくる。そういう人間は、殺すか殺されるかの掟がもつ時代錯誤な魅力にとらえられる。戦いの焦点となる最前線で、明晰な理性と行動力を発揮することができ、自分の武器である狙撃銃をもっとも有効に活用する術を知る本物の狙撃兵は、戦場の現実という精錬の火をくぐらないかぎり誕生しない。そのような兵士だけが「狙撃兵」と呼ぶに値するのである。

九月初旬、ゼップと同期生たちは、依然として東部戦線の南方地区にとどまりヴォロシロフスク付近に駐留していた第一四四山岳猟兵連隊への進軍命令をうけた。すなわち、連隊の本来の戦闘力を回復させるべく、最後の「補充供給」要員の一部となったのである。家族に会って別れを告げる時間を与えられたが、多くの者にとって、それが短い人生で最後の機会となった。出発前の三日間の休暇はまたたく間に過ぎた。不確かな未来を言葉にすることはできなかったが、母親は事あるごとにゼップの頭をやさしくなで、身体に触れようとした。かつて第一次世界大戦に出征したことがある父親は、沈黙と繁忙のなかへ不安を押しこめた。別離のときは否応なく迫る。ミッテンヴァルトの兵舎へ戻るバスにゼップが乗りこむと、母親は涙にくれた。父親も、普段はしないことだったが、別れに抱きしめてくれた。みるからに平静を装おうとつとめながら父親が耳元でささやいた。「からだを大事にするんだぞ、おまえが無事に戻ってくるのを心から願っている。そうなるかどうかは神の御心しだいだが」。バスが発車すると、ゼップはもういちど少し手を振ってから、そそくさと向きを変えて前方をじっと見つめた。そうしないと、必死に持ちこたえてきた平静さを失いそうだった。

第三山岳師団の地域ではここ三週間、新しいアメリカ製兵器の支援補給をうけて増強した赤軍が、ドネツ盆地とウクライナへ大攻勢をかける準備を進めているのを、危惧しつつ見守っていた。ドイツ軍部隊の戦闘力をいくらかでも補強してくれるなら、だれであれ大歓迎だった。そうした人員は、わらを敷いた家畜用の車両で何日も鉄道に揺られながら、広大無辺のロシアのステップを越え、目的地であるドネツ盆地へ到着するのだった。ヴォロシロフスクに着いたゼップと仲間たちは、始まったばかりのロシア軍の攻撃にすぐ遭遇するという「幸運」に恵まれた。前線の生活に順応する暇もなく、死傷者の多い激烈なレドキナ峡谷攻防戦に到着初日から放りこまれたのだ。兵卒たちの俗語でいえば、ゼップは「ババ」を引いた。というのも、第三山岳師団は例外的に終戦までずっと純粋な歩兵隊としての任務にあたり、東部戦線の南方地区でつねに戦いの焦点におかれることになるからだ。この部隊の損失は膨大で、消耗が人員の総数を何倍もうわまわった。

ドネツ盆地は大規模な炭鉱をかかえる重要な原料産出地で、そのために双方の戦争当事国にとって関心の的だった。かつてドイツ軍が進撃したときでさえ、巨大な坑道系が広がる炭鉱から敵を一掃することはできなかった。ロシアの戦闘部隊はあえて国防軍部隊が蹂躙をするにまかせ、そっくりそのまま坑道に身をひそめた。そしていまでも余力のあるかぎり、友軍を助けようと不意に戦闘へ割ってはいってくる。そうすると一騎打ちによる接近戦の殺しあいになり、坑道のなかまで肉弾戦が展開することもあった。

ロシア軍は精力的な攻撃ですでにドイツ軍の戦線を突破し、その橋頭堡を拡大しようとしていた。第三山岳師団の司令官はこの情勢をきわめて危急であると判断し、じゅうぶんな準備も兵力の編成替えもしないまま即座に反攻を行わせた。反撃は成功したが、兵士たちの払った代償はあまりにも大きかった。

一九四三年七月一八日の明け方、猟兵たちは静かに戦闘配置についた。男たちは押し黙り、緊張感と神経の昂ぶりが硬い表情にあらわれていた。だれにも出動前の不安をまぎらわす方法が自分なりに

猟兵たちは陣営に入り、目前に迫った砲火の洗礼を待ちうけた。

あって、古参兵は暗い顔つきのままパンの耳をかじったり、タバコを吸ったりして、こわばった動作で感情を抑えていた。新参兵も神経の昂ぶりを抑えようと必死につとめていたが、所作が落ち着かず、行動も浮き足だっている。嘔吐したり、排泄したり、しきりと小用を足している者も多い。ゼップは自分の身になにが待ちうけているのか知るよしもなく、その見慣れない光景をいかにも居心地悪そうに眺めていた。何も食べることはできず、胃の調子がおかしくなりそうで、身体に触れるとゼリーのようだった。自分は動けないのではないかという気がした。
そうした危機的な状況で運がよかったのは、上官である伍長が前線を知りつくした海千山千の兵士で、厳しい戦闘をくぐりぬけてきたわりに、分隊の新入りへの気遣いを忘れていないことだった。伍長は不安げなゼップの様子をみると、なだめるように言いきかせた。「おい、息をおおきく吸え。持っている軽機関銃のことだけ考えて、教練で習ったとおりに撃て。俺の言うことと、命令をよく聞くんだ。俺は新入りに目を配ってるから、いよいよ進退きわまったらそばに来てやる。俺はな、これまで自分の分隊がどんな泥沼におちたときも引っぱりあげてきた。一人だって見捨てやしない」。青年らしい素直さと、伍長が発散する人間的魅力へのいわれもない信頼とが入り混じってこわばりが解け、砲火の洗礼とともに襲いかかってくる現実に立ちむかうのに必要な力がゼップにわいてきた。

五時少しまえ、後方にひかえる大砲からの砲撃で攻撃が始まった。猟兵たちの前で鈍い衝撃とともに大地が裂け、晴れた朝空にむかって吹きとばされた。砲弾が落ちる轟きや、榴弾の破片がたてる高い金属音、そこにゼップにとってはまったく未知の音が混じっていて、最初はなんの音かもわからなかったが実に不快な音だった。猟兵たちは陣地にうずくまり、攻撃命令を待った。二〇分前後で砲火がやむと、すぐにさきほどの音の正体がわかった。早くも負傷したロシア兵の獣のような叫びだったのだ。恐怖がきざしはじめた心に攻撃命令が飛びこんできた。緊張感や神経の昂ぶりが一挙に解きはなたれて身体を躍動させる。激しい砲火戦が始まり、奔流のように兵卒たちを巻きこんでいった。突然、猟兵の隊列でもロシア軍の榴弾が爆発した。ゼップの隣で何かがはじけ飛び、切り裂くような鋭い音がした。右にいた仲間は年頃が同じで、ベルヒテスガーデン出身の青年だったが、裂けた軍服の上着を信じられないという顔で見つめていた。身動きするたびに、その裂目から内臓があふれ出す。驚愕の何秒間かがすぎると青年はすさまじい叫びをあげ、湯気のたつ臓物を押し込みはじめた。ゼップが介助しようと軽機関銃をおくと、上官の伍長が背中をたたいて怒鳴りつけてきた。「前へ進め、攻撃だ、そいつはどうしたって助からん、仲間に援護射撃しろ！」ゼップの身体のこわばりが解けた。負傷兵がふいに静かになり、底知れぬ虚空を凝視しながらがっくり膝をつき、その姿勢のまま、掘りかえされた地面に顔から前のめりに倒れた。すでに二〇メートルほど離れていたゼップは、苦しみから解放された仲間の死を見ていなかった。頭のなかから思考が消え、原初的な生存の意思が突如として彼をとらえていた。死もけがも不安も意味をうしない、撃つこと、弾をこめること、前にとぶこと、隠れ場をさがすこと、標的である敵の様子を猛獣のようにうかがうことだけが現実となった。彼のなかで変化が起きた。それからの数時間、激しく荒れ狂う戦闘のなかで素朴な青年が兵卒になり、もっと言うならば、言葉のほんとうの意味での戦士になった。不安と血と死が混じりあって麻薬となり、気分を陶酔させると同時に滅入らせ

砲火は自陣のすぐ前まで迫ってきた。

た。それは人間らしい人格の純真さとの決別を告げるばかりでなく、人生の未来や希望を奪いとるものでもあったからだ。殺すことが、強制された生業となった。運命は、彼がそれを名人芸の域にまで完成させることを望んでいた。

ゼップの分隊は彼の軽機関銃による援護射撃のもと、さしあたり抵抗もうけずに、灌木におおわれた一帯を用心ぶかく進んでいた。すると突然、二〇メートルばかり離れた灌木群から激しい射撃を浴び、あられのような短機関銃の一斉射撃の弾丸に、ひとりの猟兵が声もなく倒れた。ゼップはすぐに射撃で応じ、無事だった猟兵たちはその間に掩蔽物に飛びこんだ。そのついでに的確にねらった手榴弾で敵の反撃を黙らせ、互いに援護射撃しつつ猟兵たちが敵に近づいていくと、敵はにわかに地面にのみこまれるように消えた。灌木群に突き進んでみると、見事に偽装された坑道の入口のまえにロシア兵の死体が四つあった。身体は衰弱しきっており、打ち捨てられたような印象だった。おそらく何カ月もこの坑道で耐えつづけたのだろう。まだ新しい足跡が坑道につづいていた。何人かの猟兵が、怖いもの見たさの好奇心に逆らえず、いつでも撃てるように銃をかまえて、恐ろしげな暗い穴にはいっていった。地上から姿が見えなくなって数分後、ゼップは銃撃の鈍い響きを聞いた。それからまもなく、太陽の下にふらふら戻ってきた猟兵たちは死人のように顔が青白く、みるからに狼狽していたが、理由を尋ねている暇はなかった。すぐにロシア軍中隊がその地区に攻撃をしかけ、猟兵たちを戦いの渦にひきこんだからである。夜一〇時ごろ宵闇が漂いはじめるまで、息つく間もない激闘がつづいた。多くの戦友と対照的に無傷でその日を切りぬけたことを、ゼップは奇跡のように感じた。ゼップは所属する中隊とともに、朝の攻撃に出かけた出撃基地に戻った。ロシア側の抵抗が予想以上だったため、翌日の攻撃計画は一から立て直さざるをえない。両軍とも夜のあいだに兵力を再編成していたので、狙兵たちにとっても数時間だけ戦いが途切れた。この中断時間を利用して、進軍能力がまだある者の軽い傷を手当てし、弾薬類や糧食が支給される。パンの耳、魚の缶詰、タバコなどを手にしてひとところに固まり、短い会話をかわしてその日の重大事件を振りかえる。このときにようやくゼップは、坑道で何があったのか、生還した仲間にたずねる好機をえた。戦争では理屈で割りきれない数々の経験を重ねることになるが、生還した二人の猟兵はそうした出来事の一つをいまだ戦慄さめやらぬ様子のまま、きれぎれの言葉で語った。

坑道の乏しい光のなかをそろそろと手探りで進んでいくと、五〇メートルは進んだところにろうそくで弱々しく照らされた穴があり、そこから強烈な臭気がただよってきた。暗闇に目が慣れて陰惨な光景が輪郭をあらわすまで、しばらくかかった。一方の隅に生き残ったロシアの逃亡兵が二人でうずくまり、痩せ衰えたからだを不安げに寄せあっていた。ふたりの向かい側には、入念に解体された二体の人体の残滓が弾薬箱にのっている。貯蔵性をもたせるため、火でいぶしたものらしかった。もう一方の隅には糞尿とならんで、すでに腐敗した臓物や、肉をかじった跡のある骨がおちていた。いくらかロシア語のできる猟兵が吐き気に身震いしながら、おびえるふたりの生存者に事の次第をたずねた。

ふたりはロシア軍が退却するときに三五名の兵士とともにこの坑道に置き去りにされ、ロシア軍の反攻が行われるまで、この陣地を悟られないようにしろと厳命をうけたという。ところがその反攻までに何カ月もかかり、蓄えもまもなく底をついた。命令が厳守されるよう政治将校が目を光らせていた。兵士のあいだで陣地から引き揚げようという声がいよいよ高まってくると、その政治将校は見せしめとして、一六歳になったばかりの二人の最年少兵士のうなじを冷酷に撃ちぬいて殺すと、銃をかまえたまま、死体のはらわたを抜いて解体し、各部位を火でいぶすよう命じた。遺体の肝臓はみなに配り、生で食べるようにと兵士たちに強制した。それから何週間かは、主に処刑者の肉で生きのびた。反抗することは考えられなかった。軍曹とふたりの伍長が例の政治将校と結託し、武器を箱にしまって鍵をかけていたからだ。まもなく遺体が食べつくされると、政治将校はその次に若い兵士を容赦なく銃殺した。その数日後、ロシア軍の攻撃隊が坑道の上へ進軍してきたので、一同は地上に出ることを余儀なくされた。猟兵がこの話を通訳しているあいだ、ひとりの兵士が気分の悪さに耐えかねて嘔吐しはじめ、一息ついたかと思うと「この下衆野郎！」と叫び、手にしたMP四〇短機関銃の引き金をひいた。ふたりのロシア兵は、自分のからだの弾痕を信じられないといった驚愕の目つきで凝視した。無言のまま大きく開かれた口から、泡だった血液がどくどくあふれだし、苦悶するからだの最後の痙攣が生命の終わりを告げた。「お前ら、さっさと出てこんか！」という伍長の大声がきこえ、世界の終末のようなその場所を急いであとにした。地上にでると猟兵たちは新鮮な空気をむさぼるように吸いこんだが、結局のところ、先行きのわからない自分たちの運命に耐えているようでもあった。

　経験豊富な兵卒にしてみれば一挿話にすぎないが、ゼップはあまりにも強烈な刺激をやつぎばやにうけ、人間存在の深遠をかいま見せられ、実存にかかわる個人的経験をいやというほど味わった。実はそれさえも、のちの体験に比べればほんの序の口にすぎなかったのだが、深く意味を考えている余裕はどこにもなかった。睡眠と空腹がそれぞれの権利を主張し、休める時間は数時間しか残らない。

結局、補充された大砲と突撃砲の支援でロシア軍の抵抗をどうにか退けるのに四日間を要した。占領した猫の額ほどのロシア国土は、ドイツ兵六五〇名の命を代償に得たものだった。

この五日のあいだに、ゼップは若者らしい純真さの最後の一かけらさえ失っていた。血なまぐさい戦いの経験がすでに顔にしわを刻み、風貌の厳しさのせいで実際より一〇歳も老けて見えた。所属中隊はわずか二〇名しかおらず、所属分隊で生存しているのは自分と上官の伍長だけだった。ゼップは時間、不安、同情といったものへの感覚を失った。目前の出来事に右往左往するだけで、原初の生存本能だけが、戦闘、飢えと渇き、疲労困憊の果てしないくりかえしへと駆りたてていた。

第2章　狙撃兵となる

七月二二日、以前のドイツ側の主戦線を奪還することに成功した。ロシア軍も捨て身の勇気をもって戦い、偽装が巧みなことや、射撃の規律がきわめて高いことをたびたび証明した。距離が五〇メートルを切るまでは発射をしないため、撃てばほとんどの弾が命中した。わけてもロシア軍狙撃兵は猟兵の隊列に手ひどい損失をあたえた。

自分の持ち場が決死隊以外のなにものでもないという認識は、軽機関銃手アラーベルガーの動かしがたい実感として固まっていった。軽機関銃の戦略的意義からして、迫撃砲や歩兵砲といった重歩兵器による、あるいは機動性の高い戦闘ではとりわけ狙撃銃による、精力的な制圧をうけることが必至である。そのため軽機関銃手の死傷率はとびぬけて高かった。前線でここ数日間を過ごしただけで、生き残りのチャンスはひとえに別の任務につけるかどうかにかかっていると思い知った。

戦場にでて五日目に榴弾の破片に当たったとき、左手に鈍い衝撃を感じたにすぎなかった。ゼップはあきれるほど冷静な運命観をもって、その負傷を逃れようのない結果として受けとめた。驚いたことに痛みは少しもなく、出血もわずかだった。手が動くかどうか機械的に試してみたが、動くことがわかって一安心した。軽機関銃の背後に倒れこみ、包帯包みの封を切って、仲間の手をかりながら、親指の付け根にざっくりとあいた傷口にガーゼを手早く巻いた。包帯をするかしないかのうちに、その仲間がもう叫んでいた。「ゼップ、あそこの前方だ、奴らが来たぞ、撃て、撃て!」

それから数時間たってようやく所属中隊の残りの兵士が戦線から離れ、少しばかり落ち着いたところではじめて痛みを感じた。補給所も兼ねる集荷場では、軍医が数人の衛生兵とともに負傷者の応急手当にあたっていた。連隊司令部のすこし横にある、わら屋根の小さな農家が応急治療所だった。呻き声、泣き声、とぎれがちな叫び声、生肉の臭いなどに満ちた光景を、ゼップは舞台装置のように無感動に眺めた。やってくる負傷兵を衛生兵が傷の深さで選りわけている。まだ年端もいかぬ兵士が迷彩ポンチョで運びこまれてきた。「動けないよ、ああ痛い、動けないよ」とお定まりの呻き声をもらす童顔には、四肢が操り人形のように生気なくぶらさがっている。前から見ると傷のないその負傷兵の上体を、衛生軍曹がすこし持ちあげた。肩甲骨のあいだに、手の幅二つほどの穴がぱっくり口を開け、そこから白い歯のように肋骨や脊柱の骨片がむき出しになっている。衛生軍曹はその体をそっと迷彩ポンチョにおろした。「おい、こいつはもう助からん。負傷したら死なせてやるのが慈悲というものだ。納屋にいる牧師のところへ運んでいけ」。そこには見込みのない患者が集められ、みるからに悲嘆に打ちひしがれた従軍牧師が、死の刻印を押された兵士に最後の手を差しのべようと孤軍奮闘していた。

ゼップのけがはかすり傷と判定され、慣れた手つきで裂傷個所をふいて縫合している衛生軍曹の前の列に並ばされた。ハンカチと固定具がわりの棒で、右の前腕部を止血した軍曹が隣にすわっていた。切断された腕が、まるで紐で結んだように残りの二、三本の腱にぶらさがっていて、ショックのあまり身じろぎもせず前方を凝視している。それから三時間してようやくゼップの番になった。衛生軍曹

手術を野外で行うことも多かった。

は一言も発せずに包帯をとり、異物が入っていないかどうか傷口を調べて、サルファ剤で消毒した。おそろしく力の強い衛生兵長がゼップの腕をつかみ、背中のほうにまわしたので、傷への視線がさえぎられた。すると間髪をいれずに衛生軍曹が麻酔もかけず、巧みな技ですばやく傷口の肉をきれいに切りとって縫合しはじめた。ゼップの腕を万力のようにつかんだまま、兵長が「かまわないから声をだせ。そのほうが気がまぎれる」と教えてくれた。その一言で緊張と自制が消え、痛みがすっかりよみがえってきた。大声をだしたおかげで、ここ何日かの酸鼻をきわめた体験をやっと吐きだした気がした。

負傷のため幾日かの静養が必要で、同程度の負傷をした仲間数人とともに一四日のあいだ連隊輜重隊《しちょうたい》へ異動し、補佐的な軽作業で傷をいやすことになった。この時期、疲弊しきっていた連隊は、必要な人員と物資を補充するためにヴォロシロフスクへと後退した。本職が家具職人であるゼップは、連隊火器整備曹長のところへ補助員として差し向けられた。捕獲武器を仕分けし、快復がすすんできたら、損傷したドイツ製騎兵銃の銃床を修理するというのが役目だった。

これまでよりも平穏無事なこの兵站基地で、ゼップは兵士としての自分の情況を順序だてて熟考し、チャンスがあり次第、軽機関銃手としてこれ以上使われるのをまぬがれようという断固とした結論に行きついた。

仕分けすべき武器に、ロシア製の狙撃銃を所属中隊の捕獲物のなかからいくつか見つけたのは、運命の招きだったのかもしれない。すでに数週間前から運びこまれていて、後方の捕獲物集積所に送られないままになっていた狙撃銃だった。すかさず、この銃を射撃練習用にいただけないでしょうかと連隊火器整備曹長に頼んでみた。ロシア製の弾薬類はじゅうぶんにあった。火器整備曹長は炯眼にもこう答えた。「どこまでできるかやってみな。おまえは生まれついての狙撃手かもしれん。そういう若いのがいれば、ロシア野郎に焼きを入れるのに使えるからな。奴らの狙撃兵にどれだけ苦杯をなめさせられているか、おまえ自身がいちばんわかっているだろう」

その晩からもう射撃練習をはじめ、はやくも数日後には的を外さない射撃の腕前を確実にものにした。火器整備曹長もその射撃術には舌をまいたようだった。ゼップは百メートルの距離からマッチ箱をやすやすと撃ち抜き、三百メートル離れたところからでも、ふたの直径が三〇センチ四方で騎兵銃の弾薬五百発がはいる木製の弾薬箱に命中させた。

静養の一四日間はすぐに終わり、傷の具合

ロシア製捕獲兵器の山。

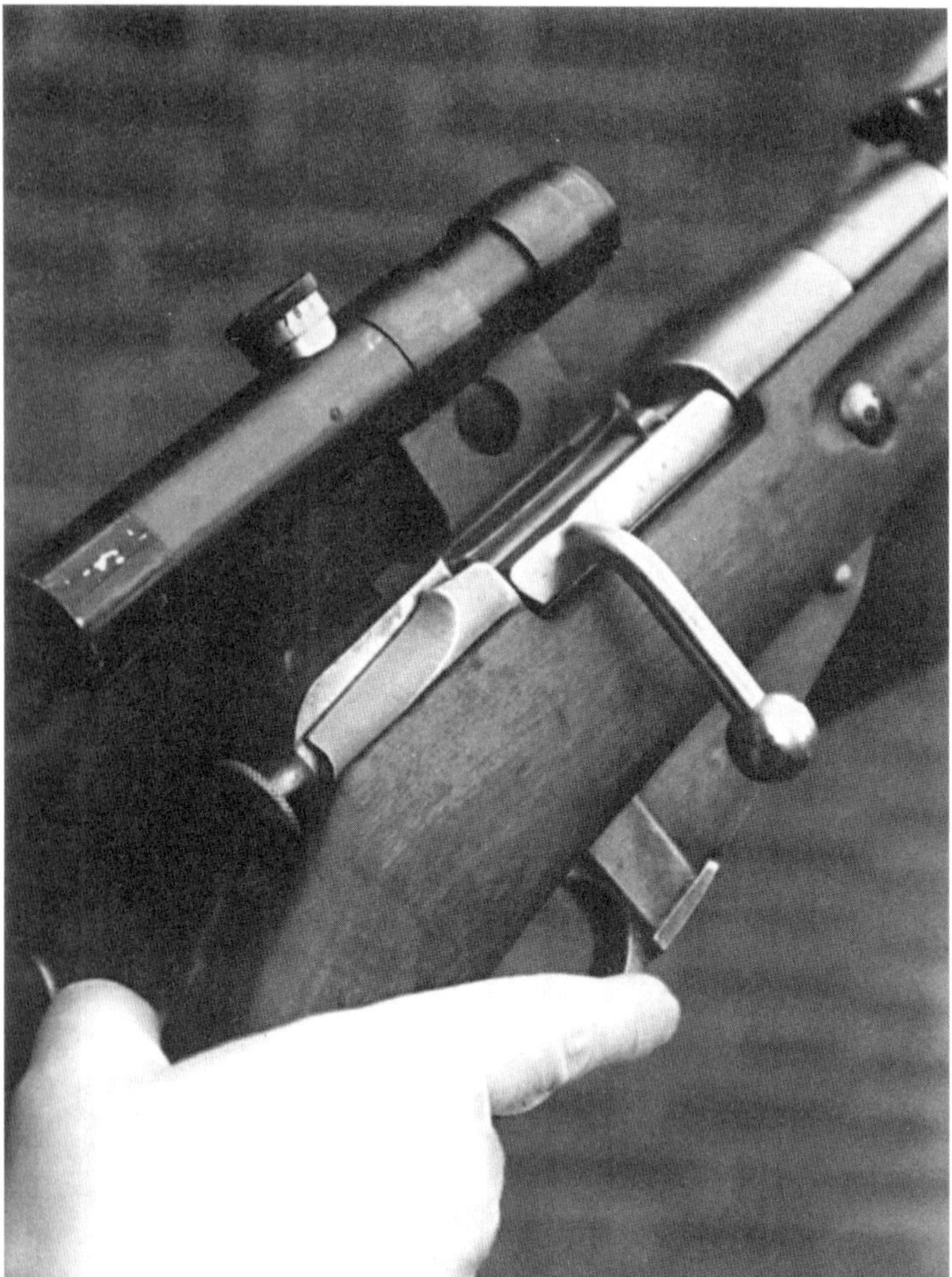

ゼップが出動のときに手にしたのと同型のロシア製モシン・ナガン 91/30 狙撃銃と 4 倍率望遠照準器 PU 型。

もかなり快復したゼップは所属中隊へ戻らなくてはならなかった。火器整備曹長に別れを告げると、ロシア製の狙撃銃を渡された。「ゼップよ、おやじ（中隊長を指す兵隊用語）に会ったときにおまえの射撃術のことも話しておいた。おまえが狙撃兵として運試ししてみたいなら、異存はないそうだ。いいな、ロシア野郎に目に物みせてやれ」

こうして一九四三年の八月初旬、ゼップは狙撃銃を腕にかかえて所属中隊に姿をみせた。投槍《シュピース》（中隊先任曹長を指す軍隊用語）のところへ復帰の報告をしに行くと、その機会に黒の戦傷章と証明書を内々に交付された。「アラーベルガー、これで万事けりがついたなどと思ってはならん。今回はあくまでも内示である。本日付けをもって狙撃兵となり、今後いかなる事態に遭遇しようともしっかりと地に足をつけて戦うのだ。即刻隊列から離れ、ロシア野郎に焼きを入れてやりたまえ」

前線は比較的落ちついており、戦闘活動は小規模な砲撃戦や、偵察隊のこぜりあいにかぎられていた。とはいえロシア軍狙撃兵の脅威は絶大だった。身体をさらすのは命がけで、全軍に警戒を呼びかけても、標的になる同志はあとを絶たなかった。ゼップの上官の中隊長は視野の広い人物で、自軍に射撃手がいるメリットを痛感しつつ、その不足を嘆いていた。これは決して誰もがもつ感覚ではなかった。将校の多くは狙撃兵を恥ずべき卑劣な戦士とみなして「闇討ち射手」と呼び、拒絶反応を示していたのだ。第三山岳師団のある将校はこうした考え方をかなり具体的に回想に記している。

「夜明けや日没前に這いだしてじっと身がまえ、ねずみの巣穴を狙う猫のように、敵の射撃壕にむけて照準スコープに目をあてる、奴はそんな射撃手のひとりだったのかもしれない。そうしておいて、肩や頭がたとえ一瞬でものぞけばしめたもの。銃声が静寂を切りさく。手の痙攣がしだいに激しくなり、缶詰の空き缶が地面におちる。便意をもよおしたばっかりに命を失う。これでも戦いといえるのか？」

これには説明が必要だろう。

作戦地域から動けない兵士の悩みは便意の始末である。かぎられた運動空間を排泄物でふさぐのは、衛生上の問題があって考えられない。その理由から、兵卒たちは前線を経験して数日すると、めいめいが缶詰の空き缶をいわば携帯トイレとしてとっておくことを覚える。用を足せば、当然臭いがするし仲間から嫌がられるしで早急な処理が求められる。やむなく思いきって塹壕の縁から放り投げるとき、慣れていない者は、汚物の一部が自分につくのを恐れるあまり身体が伸びあがりすぎてしまう。優れた狙撃兵はそのチャンスを容赦なく利用するのだ。

だが、前出の将校の回想は結局のところ迷妄にすぎない。戦争には倫理も英雄もないからだ。能うかぎりの武力を投入し、人命、手足の喪失、街の破壊といった犠牲をはらってでも政治目標を達成しようとするのが戦争である。狙撃兵の弾丸に倒れるか、迫撃砲でこっぱみじんになるか、そこにはいかなる違いもない。そして、名誉という薄っぺらな問題にすら答えがない以上、戦略目標や個人的評価を求めるあまりに、あるいは戦術上の無能力のせいで、一個中隊をむだに投入してしまうような将校と、「狡猾」ではあるが実に効率よく戦い、その際に自らもきわめて高い危険にさらされる狙撃兵と、そのいずれが戦いにおいて誠実で勇敢であるかはとうてい決められない。上官から戦術の駒として配備され、行動が事前に定められている軽機関銃手などに比べ、狙撃兵は技と知恵で生き残るチャンスが多いのは事実だが、それを責めるのはせんないことである。

戦争は、その実際の遂行において原理的に倫理的ではありえない。兵士の行動を倫理的に系統化しようとする努力も、結局はまやかしにすぎない。眉唾ものの天下公認という穴だらけのカーテンを掛けて、体系的・計画的な敵の物理的殲滅を覆いかくそうとする虚しい試みである。

道徳という煙幕で事実を隠そうとするくらいなら、人間の現実としてつつみ隠さず直視したほうがまだましである。戦争については、あらゆる国民層の社会共同体が役割を担いながらこれを掌握すべきであって、体制に組みこまれた良識派やら、右派、左派の煽動家の無軌道な手にゆだねるべきではない。兵役の義務と国防の意思は、民主主義にとってかけがえのない不可欠の要素である。次の格言は、驚くべき現代性をもって昔日以上に生きている。

Si vis pacem para bellum「平和を望むならば戦争に備えよ」

ともかくもゼップは軽機関銃手という決死隊の持ち場をはじめて離れ、中隊長の直属となった。このころの戦況は実質的に陣地確保にかぎられていたので、中隊長はこの新米の狙撃兵を中隊戦区で自由に活動させた。ゼップはなすべきことを本能的につかみ、初日からいろいろな塹壕をまわり、どんなことを前地で学んだか同志に聞いて歩いた。彼は安堵のため息をもって迎えられた。「とうとう狙撃兵になったか。いいところを見せてやれよ、ゼップ」。ある機関銃部隊長は彼の上着の袖をつかみ、対壕に引っぱっていくと、防御のために塹壕の縁に積んである丸太のすき間からロシア軍陣地を指さし、こう説明した。「あの前方に何日も前からロシア野郎の狙撃兵がいる。奴はなんにでもぶっ放してくる。これを見ろ、俺たちが塹壕からさしだした飯ごうにまで穴をあけやがった。そんな相手を厄介払いできないとでも思うか?」

第3章　殺すか殺されるか

中隊長の指示で銃器担当下士官から支給された八倍の双眼鏡をのぞき、丸太のほそい隙間からじっと様子をうかがってみたが、不審なものはなにも見つからなかった。そこでゼップは、巻きとった迷彩ポンチョに山岳帽をのせ、塹壕からそっと持ちあげてロシア軍陣地を観察してみたいと申しでた。ロシア軍狙撃兵はまだまだ経験が浅いようだった。塹壕から帽子が見えるとすぐに撃ってきたからだ。材木が積んである場所から、空気のかすかな流れのように敵の銃火がひらめくのが見えた。ロシア兵の所在がわかってしまえば、レンズのわずかな反射を手がかりに、スコープの対物レンズさえ見分けることができた。初めての体験だったこのとき、狙撃兵としての戦闘に対するゼップの直感的なセンスは、すでにその片りんをみせていた。サバイバルの第一の教訓を頭にたたきこんだのだ。

確実に特定した目標以外はけっして撃つな。単独で狙撃をする場合、ひとつの潜伏地点から撃つのは一発だけにして、撃ったらすぐに別の陣地に移るか、もとの潜伏地点に身をひそめていること。

逆に、ゼップの相手はもとの射撃地点から動かないまま、次の目標があらわれるのを待っている。自らの命で代償を払うことになる致命的なミスだ。ゼップは巻きとった迷彩ポンチョを銃架がわりに丸太の後方に据え、丸太のすき間から銃口だけをそっと出した。すき間の広さが足りないため、照準スコープはまったく使えない。ロシア兵とは九〇メートルほどしか離れていないので、照門と照星を合わせる通常の照準でも目標をとらえることができた。また、今回はそうせざるを得ない。

ふと神経の昂ぶりに襲われた。仲間は精確な一撃を期待している。生まれて初めて、ごく意識的に「的を絞って」人間を殺すという任務が、突如として目のまえにあらわれたことをゼップは感じた。ためらいが走り、のどがからからになり、急に胸が締めつけられた。心臓が高鳴り、照準に目をむけると自分が震えているのがわかった。からだが痺れたようで引き金がひけず、いったん中断して大きく息をつき、心を落ちつけるほかなかった。仲間たちも緊張の面持ちでゼップをとりかこみ、期待をこめた眼差しで見つめている。あらためて銃をかまえ、慎重に狙いをさだめたところでまた逡巡した。「おいどうしたんだ、さっさと一発ぶっ放せ」という仲間の声が、ずっと遠くからのように聞こえた。そのとき急に肩の力がぬけ、まるで夢のなかにいるように、引き金をひく指が機械のような精密さで動きはじめた。引っかかり点のところまで引き金をひき、深呼吸して息をとめ、思いきって指をひく。銃声がとどろき、銃口のまえに煙がたちこめて視界をさえぎった。だが、掩壕の別の穴からのぞいていた仲間が「やったぜ大当たり、お陀仏だ」と叫んだ。ロシアの狙撃兵を片づけたという知らせはあっという間に塹壕を駆けめぐった。突如として機関銃が鳴りひびき、騎兵銃がうなりをあげ、「攻撃」

の叫びがあがる。そのドイツ側の勢いと攻勢にすっかりうろたえたロシア軍は雪崩のように前進塹壕から主戦線まで退却し、放棄されたロシア軍陣地を猟兵隊は無抵抗で占領した。ゼップもそこに混じっていた。ゼップばかりか、その初めての狙撃を目撃した仲間たちもその首尾がどうだったのか当然知りたかったので、相手がひそんでいたに違いない材木のところへすぐに駆けよった。奴は材木の下に穴を掘っていたが、今はそこに息絶えて横たわっていた。外からは両足しか見えず、その横の塹壕の壁から血が一筋にじみ出ている。ふたりの猟兵が手早くすねをつかんで陣地から引きずりだし、絶命にいたらせた傷がどの程度だったのかよく見えるようにした。脳みそと、砕けた骨の入り混じったものが背中にべっとりと貼りつき、後頭部にはこぶし大の穴があいていて、弾丸の勢いで吹きとばされた頭蓋骨の内部をのぞかせている。そうした光景にはもう無感覚になっている兵卒たちは遺体を仰向けにひっくり返し、ゼップの銃弾を右目にうけた一六歳くらいと思われる兵士のうつろな死顔を見

捕獲したロシア製の照準スコープ付き銃で初めて狙撃した相手。

た。「それにしても見事に命中させたもんだ。それも、百メートルちかい距離から照準スコープなしでだ。まったく大したもんだぜ、ゼップ」と、ひとりの猟兵がその光景を評した。晴れがましさと恐ろしさ、それに良心の呵責がないまぜになったままゼップは犠牲者を見つめていた。するとにわかに吐き気がこみあげてきて、嘔吐せずにいられなかった。痙攣的に嘔吐しながら、軍用の黒パン、コーヒーもどき《ムッケフック》（代用コーヒーを指す兵隊用語）、オイルサーディンの混ざったものを勢いよく吐きだした。ひ弱さをさらけだしたという情けない思いが起きかけたが、その気持ちがそれ以上育つことはなかった。自分では醜態をさらしたと思ったのだが、仲間たちは驚くほど平然とした顔で理解を示してくれたからである。ゼップよりも頭ひとつ半ほど背が高く、赤褐色の口ひげを生やし、青い目のあたりに茶目っ気あふれる表情をうかべた一〇歳ほど年長の伍長が、北部訛りの強いドイツ語でなぐさめてくれた。「恥じることはない、ここにいる誰もが通ってきた道だ。どうしたってくぐり抜けるしかない。ちびってズボンを汚すより、吐いてすっきりしたほうがいいさ。こんなこともあろうかと、おじさんは強烈なやつをビンに入れて持ち歩いてるんだぜ」。そう言いながら銀色に光るスキットル（ブリキ製の小型酒類容器）を胸ポケットからとりだし、ゼップに差しだした。「ほれ、ぐいっと一杯やりな、そうすりゃ余計な心配なんぞ吹っとぶさ。ただし、気をつけて反吐の塊を中に入れないようにな。そんなことしたら舌をひっこ抜いちまうぞ」。ゼップはありがたくぐいっと一杯やり、伍長に瓶をかえそうとしたとき、ひらめいた。「何かに似ていると思ったらヴァイキングだ。あと足りないのは角付きの兜だけ」。そう思うと、この山岳猟兵のヴァイキングに礼をのべるときに思わず笑いがこみあげてきた。だが、のんびりと物思いや感慨にふけっている暇はなかった。ロシア側の塹壕を物色しているうちに、早くもロシア軍が反抗に転じてきて、戦果はまたたく間に奪いかえされたからである。一時間のちにはすべてもと通りになり、それぞれ自分の配置にもどった。それでもゼップは狙撃兵としての資格試験に合格し、敵をしとめた話を仲間が陣地に広めてくれた。こうして拒否反応よりも歓迎をうけることのほうが多くなり、自分のしていることへの疑念を払拭するのに役立った。そして、次のような第二の教訓を痛感した。

戦争とは殺すか殺されるかの非情なシステムである。戦場では、敵への同情はつまるところ自殺である。なぜなら、殺さなかった敵が次の瞬間に自分を殺すかもしれない。敵に対する兵士としての行動が徹底され、冷徹になればなるほど、生き残るチャンスは増える。

これは、戦争が終わるまで彼が無条件で従ってきた鉄則である。ひとたび引き金に指をかけて照準のクロスサイトに敵をとらえれば、相手の運命は決まった。例外は一回としてない。

その日のうちにゼップは、油断していたロシア兵をさらにふたり狙撃するのに成功した。若者らしく戦果に得意になった彼は、銃床にポケットナイフで三本の線を刻んだ。ロシア製の狙撃銃を使っている間はずっと続けた儀式である。一年後、ある戦友の悲しい最期を経験するまで、この自殺行為のような習慣はつづいた。同じ日、狙撃に成功したときは、下士官か士官の階級に属する証人の名前を挙げたうえで、中隊管理班へ申告するようにと投槍《シュピース》（中隊先任曹長）が教えてくれた。ただし、陣地戦での攻撃・防御中ではないときに成功した狙撃だけを数えるようにということだった。そのためには簡単なノートをつけておき、そこに狙撃結果を列記して、それぞれ士官か下士官に証明してもらわなくてはならない。そして一〇人の射殺が証明されるたびに、下士官の襟についているような長さ約七センチ、幅一センチの銀リッツェ（アルミ織りのテープ）が与えられ、左腕に縫いつけられる。だが、狙撃を証明してもらうのが往々にして難事だった。兵士の手柄をやっかみ、署名を拒む上官が少なくなかったのだ。ことに軍隊の理想主義に燃える青年士官の多い砲撃観測員は、先にも述べたように自軍の狙撃兵であっても卑怯な闇討ち者だとみなし、あからさまな嫌悪を証明の拒否というかたちで示した。狙撃兵と砲撃観測員が犬猿の仲なのは、これもひとつの理由だったが、制度上の憎悪感が生まれるもうひとつの事情として、狙撃兵がよく砲兵のＶＢ（前進観測員）からジャケット、毛布、迷彩ポンチョといった優れた装備品を失敬していたという事実がある。士官の装備品をほうぼうで調達してくるというこの特殊分野で、ゼップはその道の達人へと成長していくことになる。

それからの一四日間で合計二七人の狙撃に成功し、この新しい任務もすぐに手馴れた仕事になったが、経験の浅い新米だった彼はかなりの幸運にも恵まれていた。彼の未熟さを見抜けなかったロシア軍狙撃兵がゼップを敬遠して避けていたのである。そのうえ、中隊の前線区域は比較的落ちついており、そのおかげで経験と失敗から学ぶことができた。戦闘経験がなく、失敗すれば無情にもたちどころに命を失うはめになった他の多くの狙撃兵にはなかったメリットである。

だが、一九四三年八月一八日には戦闘が小休止した日々も終わりを告げようとしていた。何日か前からロシア軍の砲火攻撃による圧力が強まっており、ドネツ前線の全長にわたる大攻勢でそれがピークに達した。ロシア軍は圧倒的に優勢な戦力で押しよせ、力づくで戦線を突破しようとした。猟兵たちは陣地を離れることを余儀なくされた。守勢にまわったこのときになって、優れた狙撃兵の比類のない戦術的意義が明らかになった。前線に出て数週間しかたっていなかったが、早くもゼップは場数を踏んだ兵卒のストイックな平静さと冷血さを発揮し、息詰まる戦況のなかでさえ平常心を失わず、ひらめきと幸運を味方にして戦った。それは、どれほど優秀な養成機関に入ろうとも机の上では実際に学ぶことができない能力である。戦闘という逃れがたい現実のなかでこそ、人間的な恐怖や、本能的な逃走反応を克服することに兵士の面目があらわれる。

第三山岳師団はドニエプル川に向かって組織的に計画的撤退を開始した。人員も物資も欠乏したドイツ側の一〇個師団に対し、ロシア軍は万全の三三個師団という圧倒的優位にたってドイツ軍陣地へ攻めよせてきた。兵士九〇名で一キロの前線を守らなくてはならない。すき間を埋めるために、後方部隊や兵站部隊も歩兵隊と同じように配備に組みこまれ、前線へそのまま投入された。そのために梯形編隊を組むことができず、予備軍もいなくなった。このままではソ連の戦線突破は間近で、きわめて危険な情勢となった。第三山岳師団はサポロージエ付近の最激戦区の中心におかれており、そこではロシア軍が二本の楔を打ちこんで突破と挟撃をはかっていた。第一四四山岳連隊の猟兵は一〇倍も優勢な敵に対して戦略重要地点にいたが、それでも抵抗線は踏みとどまっており、他の部隊が予定どおり撤退して新たな防衛線を構築するのを助けた。ロシア軍の攻勢は重点を移しながら何週間もつづいた。九月初旬、はやくも到来した秋の長雨で道路は膝の高さまである泥濘と化し、通るのに難渋した。慢性的な睡眠不足、食糧や弾薬の供給不足、息つく間もない戦いのプレッシャーは、猟兵たちの体力を極限まで奪っていった。それは、戦争が終わるまで当たり前のように続くことになる典型的な戦況であった。

第一四四山岳猟兵連隊第七中隊は、連隊の退却を援護せよという指令をうけた。ロシア軍機械化部隊の進撃を阻むために、六〇名の猟兵が戦略上重要な十字路にあたる村で防衛態勢をととのえた。敵の偵察はこちらの兵力が手薄なのをいちはやく察知し、迫りくるロシア部隊が猟兵たちを包囲してこれを残らず殲滅しようとした。第七中隊の残存兵力は戦いに慣れた老練な兵士でなりたっており、固くろう城しながら的確な砲火を浴びせてロシア軍との距離をうまく保ち、対戦車砲や戦車の砲撃をうけても、少々の損害をだしただけで防塁をもちこたえた。このような戦いこそ狙撃兵の独壇場だった。三〇〇メートルまでの距離なら、撃つたびに確実に標的をとらえた。ゼップはあらゆる戦闘の焦点に出没し、ほぼ百発百中の銃撃で敵を守勢に追いこんだ。信じられないほどの精神力でロシア攻撃軍の隊列へ銃弾を撃ちこみ、確実に死にいたらしめたのだ。こうしたのるかそるかの戦況のとき、敵の戦意をくじくことに成功すれば決定的なアドバンテージになる。そこで熟練の狙撃兵は、一撃必殺を狙うよりむしろ、できるだけ苦痛を味わわせて戦闘能力を失わせようとして胴体を狙う。戦いの混乱に乗じてすばやく連続射撃すれば命中率がはね上がるが、それればかりでなく、重傷者の獣のような叫びは戦友の士気を失わせ、攻撃の勢いをそぐ。優勢な波状攻撃に立ちむかうこうした戦闘で、ゼップは自分の戦術を完成の域にまで高めた。三つから四つの攻撃波が縦に梯形配置をとるまで待つ。そのうえで機敏に連続射撃を浴びせ、後方の二つの攻撃波に向けてできるだけ大人数の胴体を撃つ。重傷者の苦痛の叫びが聞こえはじめ、後方からの攻撃が途切れたという事実を知って、前方にいる戦隊はにわかに動揺する。攻勢が滞りはじめる。その瞬間、ゼップは前方の攻撃兵を照準にとらえ、すでに五〇メートル以内に迫っている敵に向かって頭部または心臓への射撃をくわえ、戦闘能力をただちに失わせるためにできるかぎり即死させる。五〇メートル以上離れている敵には引きつづいて胴体めがけて撃ちこみ、なるべく多くの重傷者をだすようにする。敵が逃げている場合、特に腎臓を撃つと負傷者がこの世のものとも思えない叫びをあげる。そのうちに攻撃が急に頓挫することも往々にしてあり、ひとたび戦況がそうなってしまえば、数えていたわけではないが数分間に二〇人以上を狙撃することもたびたびだった。

ゼップは仲間たちと連携しつつ、この兵法で二日間にわたり小戦闘団のサバイバルを援護することができた。だが、否応なく迫りくる殲滅から逃れるために、その間にいっそう縮小してしまった守備隊はただちに撤退させざるを得なくなった。二日目の夜、中隊は一三名の負傷者をかかえながら、日も暮れてようやくこじあけた敵の間隙をついて退却するのに成功した。このときもやはり追撃者に脅威を感じさせて近づけなかったのは狙撃兵で、明け方になってようやく自軍の新たな主戦線に加わることができた。ここまでの叙述を読んだ読者の頭には、このような戦闘で倫理とか、兵士としての名誉といった疑問がまたも浮かんだにちがいない。しかしながら、抑止するもののない原初的な暴力がふるわれるときに唯一の行動規範となるのは、個人とその直接の仲間が生き残ることだけなのである。

主戦線にたどり着いたといっても、その労に報いる休息をとることなど考えられなかった。一日が明けると同時にロシア軍の攻撃が再びはじまり、前日までほどではないにせよ、またもや全神経の集中が求められた。今度の相手は歩兵隊に支援された三台の戦車で、猟兵隊に向かって突き進んできた。ゼップは仲間にまじって深い射撃壕を掘り、そこに入ってなるべく長時間見つからないよう祈った。ほかの兵士も即席でつくったばかりの陣地を懸命に偽装し、追撃してくるロシア軍にできるだけ不意をついて射撃を浴びせようとしていた。敵はそうした状況に気づかないまま、相応の警戒をはらいつ

『メイド刑事』の著者がマニアックに紹介！

少女ヒーロー読本

早見慎司

少女が戦う。少女だからこそ戦う。それが少女ヒーローである。薬師丸ひろ子の『セーラー服と機関銃』、斉藤由貴の『スケバン刑事』など80年代から現在に連なる系譜と時代を、『メイド刑事』の著者がすみからすみまでマニアックに紹介！

四六判・2000円(税別)
ISBN978-4-562-05133-5

バカミス界の准教授・増田米尊が戻ってきた！

絶望的　寄生クラブ《ミステリー・リーグ》

鳥飼否宇

超絶思考の数学者、バカミス界の准教授・増田米尊が戻ってきた！　目が覚めると書いた記憶のない物語が画面に映し出されている。いったい誰が何のために？　それに誰かに監視されているようだ……。増田は「犯人さがし」を始めるのだが……。

四六判・1800円(税別)　ISBN978-4-562-05134-2

放送中の殺人という不可解な状況に読者も挑戦する！

放送中の死《ヴィンテージ・ミステリ》

V・ギールグッド&H・マーヴェル／森英俊解説、横山啓明訳

ラジオ放送中のドラマの殺害場面を演じていた俳優が殺されてしまう。関係者たちのアリバイが調べられるが不可能性は増すばかり。どこに死角があったのか。タイムテーブルや見取り図とともに読者も挑戦する黄金時代の異色作。

四六判・2400円(税別)
ISBN978-4-562-05128-1

頁をめくるごとに癒やされる、読む水分

水風景　ふたたび

佐伯三貴ほか

料理研究家、作曲家、スポーツ選手からデザイナー、研究者まで各界の著名人が語る「水と生活」「水と自分」「水と世界」……。これを一流写真家の水の写真とともに紹介する「水の詩集＋写真集」。頁をめくるごとに癒やされる。

B6判・1200円(税別)
ISBN978-4-562-05132-8

5142

最強の狙撃手

愛読者カード　　アルブレヒト・ヴァッカー 著

＊より良い出版の参考のために、以下のアンケートにご協力をお願いします。＊但し、今後あなたの個人情報（住所・氏名・電話・メールなど）を使って、原書房のご案内などを送って欲しくないという方は、右の□に×印を付けてください。□

フリガナ
お名前　　男・女（　　歳）

ご住所　〒　　－

市　　町
郡　　村
TEL　　（　　）
e-mail　　@

ご職業　1 会社員　2 自営業　3 公務員　4 教育関係
5 学生　6 主婦　7 その他（　　）

お買い求めのポイント

1 テーマに興味があった　2 内容がおもしろそうだった
3 タイトル　4 表紙デザイン　5 著者　6 帯の文句
7 広告を見て（新聞名・雑誌名　　）
8 書評を読んで（新聞名・雑誌名　　）
9 その他（　　）

お好きな本のジャンル

1 ミステリー・エンターテインメント
2 その他の小説・エッセイ　3 ノンフィクション
4 人文・歴史　その他（5 天声人語　6 軍事　7　　）

ご購読新聞雑誌

本書への感想、また読んでみたい作家、テーマなどございましたらお聞かせください。

郵便はがき

料金受取人払郵便

新宿局承認

2696

差出有効期限
平成28年9月
30日まで

切手をはらずにお出し下さい

1608791

344

東京都新宿区
新宿一–二五–一三
(受取人)

原書房
読者係 行

1608791344 7

図書注文書 (当社刊行物のご注文にご利用下さい)

書名	本体価格	申込数
		部
		部
		部

お名前　　注文日　年　月　日

ご連絡先電話番号 (必ずご記入ください)
□自宅 (　　)
□勤務先 (　　)

ご指定書店(地区　　) (お買つけの書店名をご記入下さい)

書店名　　書店(　　店)

帳合

で、安全保障体制の仕

りゆく内閣安

日本版NSC成立へ

千々和泰明

安倍内閣のもとでスター
「日本版NSC」はこれま
どの立場がどう影響を及
の歴史をたどりつつ図表

四六判・3000円

とロシアの研究の集いから生ま

本とロシア　対極か

＜現代日本の政治と外

猪口孝編

日本とロシアは多くの意味で
えられているが、相互理解を
らの国でも着実に高まっている
ずつ、総勢10人の政治学者
である。

A5判・4800円

アメリカ史「読む」年表事典

アメ
今を理解

★池上彰氏推薦！★

「あなたは、アメリカのことを、どれだけ知っているだ
として読み進むうちに、不可思議で魅力的なアメリカ

★第1巻　新大陸発見—18
植民地建設、独立戦争、連邦政
明期を解説。　8000円（税別）

★第2巻　19世紀
南北戦争、西部開拓や奴隷解放
など激動の時代。　9500円（税別）　IS

★第3巻　20世紀［1901-195
第1次、第2次大戦、冷戦、そして資
代への歩みを読む。　9500円（税別）　ISE

★第4巻　20—21世紀［195
冷戦時代が終わり超大国となってゆ
力の歴史をたどる。　9500円（税別）　ISBN

A5判・各巻648～1088頁

朝日新聞国際編集部による英訳と、注釈を併載！

英文対照 天声人語　2014冬 [Vol.179]

朝日新聞論説委員室編／国際編集部訳

2014年10月～12月収載。3人にノーベル物理学賞／広がるエボラ出血熱／和紙が無形文化遺産へ／中国の鍋料理感覚／「オール沖縄」の勝利／高倉健さん逝去／バターが足りない／特定秘密保護法が施行／投票率が最低という危機／寒波と流感の到来 ほか。

A5判・1800円（税別）　ISBN978-4-562-05065-9

昭和9年刊『近世名将言行録』改題復刊！

幕末明治名将言行録

近世名将言行録刊行会編

幕末から明治前半、激動の時代を駆け抜けた武将50人の生きざまを鮮やかに活写した昭和初めの名著を現代かなづかいで復刊。謹厳、勇猛、純情……人物像の核心を豊富な逸話と略伝で描く。

四六判・2800円（税別）
ISBN978-4-562-05135-9

シリーズ 知の図書館 ＊全8巻＊

猪口孝氏推薦！『世界の常識、教養を、広く、深く、そして平易明快に提供してくれるシリーズ』

図説 世界を変えた50の

❶哲学
J・スタンルーム／田口未和訳
人類2000年にわたる思想史上に現れた50の画期的な発見
ISBN978-4-562-04993-6

❷宗教
J・スタンルーム／服部千佳子訳
世界で最も重要な宗教家の刺激的な50の知恵
ISBN978-4-562-04994-3

❸心理学
J・スタンルーム／伊藤綺訳
専門的な心理学の驚くべき世界を早足でかいまみることができる
ISBN978-4-562-04995-0

❹医学
S・オールドリッジ／野口正雄訳
医学の歴史における最も影響力のあった50の展開
ISBN978-4-562-04996-7

❺科学
P・ムーア他／小林朋則訳
科学をいろどる驚くべき50の大発見をコンパクトに解説
ISBN978-4-562-04997-4

❻経済
M・フォーステイター他／内田智穂子訳
世界屈指の経済学者の聡明な見識と偉大な功績を紹介
ISBN978-4-562-04998-1

❼政治
A・パーキンズ／小林朋則訳
政治と政治思想の歩みに刻まれたすばらしい偉業50を解説
ISBN978-4-562-04999-8

❽ビジネス
J・リプチンスキ／月谷真紀訳
世界最高の実業家のすぐれたアイディアと瞠目すべき50の躍進
ISBN978-4-562-05000-0

A5判・各128頁・各2000円（税別）

つ前進してきた。

ロシア軍歩兵は、ゆっくりと前進する戦車の陰から極力出ないようにしていた。戦車からドイツ陣営まであと一五〇メートルほどの距離しかない。前をゆく戦車が突然がくんと停止した。砲塔がぐるりとまわり、砲口を旋回させてドイツ側戦線の上方に向けたが、目標の特定はまだらしかった。砲塔の動きが止まり、数秒すると砲塔のハッチが開いた。すでにゼップは銃をかまえ、スコープの照準をハッチの蓋に合わせていた。ハッチからそっと手幅二つほど頭が出てきて、目に双眼鏡をあてた。銃は一二〇メートル先の目標点に合わせて射程距離を調整してあった。つまり、あと数センチ高く頭をだしてくれれば命中するはずだった。いまの状況では命中させるのが義務になる。銃声が響けば、それは同時に戦闘の火ぶたを切ることになるからだ。ほんの何秒かためらっていると、奴は戦車隊長か、ひょっとすると攻撃全体の司令官かもしれないという考えが稲妻のようにひらめいた。奴を倒せば決定打になるかもしれない。深く息をして集中力を高め、引き金にかけた指を静かに一定のペースで動かすと、もう弾が発射されていた。開いた砲塔のハッチに向かって血しぶきが飛び、頭が戦車のなかに消えていくのが照準スコープごしに見えた。数秒すると砲火戦の嵐がはじまったが、実際にその戦車は停まったままで、ドイツ側の戦線に砲撃はしてくるものの、損害を与えることはなかった。数分するとエンジン音がひびき、三台の戦車は引き揚げていった。これでゼップの推測は裏づけられたようだった。ロシア軍の攻勢は明らかに統率を欠いていた。一時間あまりして二度目に仕掛けてきたときも、攻撃に必要な勢いと果断さが失われていたからだ。文字どおり敵の攻撃の頭脳を撃ちくだき、おそらくは猟兵隊がその日を耐えぬく要因となった行為、それはたった一回の急所をついた銃撃だっ

ミッテンヴァルトからやって来た山岳猟兵たちの若々しい顔に、想像を絶する辛苦と恐怖が深い皺を刻んだ……

た。

九月二〇日にようやく攻撃が止んだ。その間に大幅に短縮されたドイツ側前線の守りはぎりぎりのレベルにあり、第三山岳師団の士気が高いおかげで敵の突破を防いでいた。このきわめて厳しい戦いのなか、第一四四山岳猟兵連隊はまたも半数を超える兵士を失っていた。残っているのは、憔悴し、泥とシラミにまみれ、負傷や病気をかかえる兵士たちで、くぐりぬけてきた戦闘の常軌を逸する苦難が顔に深いしわを刻みつけていた。国家社会主義のプロパガンダはこうした表情をシニカルにとらえ、鋼鉄の火に鍛えられた東部戦線闘士の英雄的な相貌であると喧伝した。

意外なことにゼップは戦いを無傷のまま切り抜けていたが、兵卒たちが親しみをこめて「玉袋のねずみ《ザックラッテ》」と呼ぶケジラミやら下痢に悩まされた。仲間の多くと同じく、もう何日間もロシア人農家の食料庫でみつけた塩づけキュウリしか口にしていなかったからだ。

師団はこの小康状態を利用してヴォータン陣地と名づけた新たな防衛線を構築した。目下の陣地がある一帯は、とうの昔にロシアから追放されてはいたがヴォルガ・ドイツ人の入植地にあったため、兵卒たちは不思議な懐かしさを感じていた。食器類が棚にそのまま並び、いまにも持ち主が帰ってきそうなほど整然と遺棄された家屋がならぶハイデルベルク、ティーフェンブルン、ローゼンベルクといった名前のこぎれいな小さい村や町に、数日、数週間すれば戦争という破壊の嵐が通りすぎることを知りながら陣営が敷かれたのだ。兵士たちは自分の故郷が脅かされているような奇妙な感覚にとらわれた。ひょっとして、これから起こることの不吉な前触れじゃないだろうかと。

赤軍が次の攻撃にそなえて集結しつつあったころ、ゲンデルベルク近郊の第一四四山岳猟兵連隊は、

……ところが、国家社会主義のプロパガンダ機構はそれを利用して、戦うことを任務とする決然たる前線兵士という像をつくりあげた。

傷病から快復途上にある者や、休暇から戻ってきた者を含めても補充がじゅうぶんではなく、武器弾薬の補給も期待を大きく裏切るものだった。それだけに、敵の攻撃を正確な地点で待ちうけて、かぎられた自軍の兵力を適切に配分するために、連隊の陣営地域でできるだけ万全な偵察を行うことがいっそう重要となっていた。また、大胆な特攻作戦で自軍の戦力不足を敵に悟らせないようにするのも同様に大切だった。このころゼップは毎朝毎晩、偵察をするために自軍の前線よりも前まで狙撃に出かけ、油断したロシア軍警備隊に不意をついて的確な射撃をすることで、ドイツ側前線から遠ざけるとともに、生き残った者の戦意を喪失させて自陣へと追い返していた。

通常の斥候部隊は敵の陣地をさぐるものであり、敵の前線よりはるか手前で個人の狙撃兵に遭遇するとは夢にも思っていないのが普通だった。敵の狙撃兵との接触は、敵味方双方の斥候隊にとってたいていは青天の霹靂だった。それでゼップは相手の斥候隊が安全な掩体を見つけるまでに、あるいは安全な距離まで引き揚げるまでに、複数の隊員を撃ちとるのに成功することも多かった。

九月も終わりにさしかかり、素晴らしく晴れた秋の朝の薄明のなか、木のおい茂る小さな丘の頂に万全の偽装をしてひそみ、千メートルほどの距離にあるロシア軍の砲兵陣地を観測していると、思いがけず一五〇メートルほど前にある木立の陰から、ロシアの斥候隊が前方をうかがいつつ、木々のあいだの開けた場所に出てきた。まだ年若い少尉を先頭に、見るからに警戒を緩めた一団がいささか間隔をつめた縦隊を組んで、早朝の太陽の下に姿をあらわしたのだ。ゼップは居場所を悟られないように、すっかり板についた手さばきで狙撃銃をかまえ、その斥候隊の拙劣な行動を呆れながら観察した。いつもどおり、まず将校の姿を照準スコープのクロスサイトにとらえると、おそらく党のエリートのひとりに違いないと判断して身震いした。その人物は大変めずらしく上等な生地をオーダーメードで仕立てた制服に身をつつみ、最高級の革でつくった見事な長靴をはいている。指を引き金にかけたま ま、魅入られたようにその光景に目をこらしていると、その少尉が不意に木の根につまづくのが見えた。すでに発射準備ができていた指の力を抜きながら、ロシア人少尉が起きあがり、縁を編んだ純白のハンカチをポケットから出して、手と制服をはらっている様子を観察した。連日の仮借ない生存闘争にのみこまれ、汚泥、臭気、害虫とともに何週間も過ごしてきたそのときでさえ、ゼップにとってその時代錯誤な情景は、笑うべき愚かしさと、場違いな安逸への憧れがない交ぜになった思いを感じさせた。しかし戦争にセンチメンタルの入る余地はない。もしもその斥候隊を見逃せば、そのまま自分自身や仲間の危険につながるかもしれない。少尉がハンカチのしわを丁寧にのばして畳み、ふたたびポケットに入れるのを照準スコープから観察しているあいだ、否応のない必然として、その左の胸ポケットに照準が合った。その状況は、目前に迫った殺戮行為ともあいまって、魔術的ともいえる滅びの美を醸しだしていた。死が様式化されて儀式となったようであった。それは、すでに日本のサムライ文化で武士道として「技芸」にまで高められているような、人為がつくりだす無常の詩情だった。

行動すべきときをいつにも増して難なく定め、ふたたび引っかかり点まで引きしぼり、心のうちで笑いながら引き金を最後までひいた。

銃声が朝の静寂を引きさくと、細い噴流となって血が流れだした胸の穴を青年少尉は驚愕のまなざしで見つめ、部下の兵士が大声でわめきながら四散するなか、音もなく膝をついた。すでに虚ろになった目がもういちど朝空を見上げてから、その目が光を失い、息絶えて茂みへ横むきに倒れた。部下の兵士がふたり、遺体を運ぼうとして同じく命を失う運命にあうと、他の兵士たちは安全な隠れ場所から出てこなくなり、狙撃兵の潜伏地点を直接発見することなく撤退していった。だがゼップは、その地点はすでに相手に知られたため使い物にならないことを知っていた。それから彼は亡霊のようにすばやく、藪のなかへ姿を消した。

主戦線よりも前で偵察行をしたり狙撃をするたびに、ゼップは敵の戦力集結が進捗していくのを観測していた。ゼップや他の狙撃兵がもたらす報告は、ドイツ軍の近距離偵察における一つの重要なピースであり、きたるべき攻撃重点を特定するのに役立った。一九四三年九月二六日の朝八時ごろ、何百台もの火器が閃光をはなち、悪魔のようにひらめく光で東の地平線を照らした。地鳴りのような音がドイツ陣営に近づいてくると、耳をつんざく轟音へと高まっていった。一秒、また一秒と地獄の淵が兵卒たちのあいだに口をあけていくようだった。何百台もの火砲や多連装ロケット砲《スターリンのオルガン》で行われる砲撃の嵐が、ほとんどひとつの爆発のようにまとまって彼らに襲いかかった。爆発片や舞いあがる土埃が空気を震わせ、硝煙や埃のせいで呼吸が苦しくなる。最初の爆発波が、先ほどまでの自制した緊張感を猟兵たちから失わせた。だれもが不安をあらわにし、自分をコントロールするのに最大限の努力を要した。最初の爆発波につづいて、負傷者や身体の一部を失った者が助けを求める神経を引き裂くような悲鳴が聞こえた。猟兵たちは少しでも深くまで塹壕や穴にもぐりこもうとしていた。祈りをつぶやく者、大声で祈りを唱える者、神に誓いをたてる者。ヒステリー発作を起こした兵士が、安全な穴から飛びだそうとするのを仲間たちが必死で抑える。数分が数時間になった。

鈍い着弾音と爆発音に地面が揺れる。空気は塵埃、硝煙、細かい金属などが入り混じった重苦しい気体になり、兵士たちは窒息せんばかりだった。ゼップは自分が幼児にもどったような無力さを感じ、痙攣を起こしたように穴の壁にしがみついた。否応なしに主の祈りをただひたすらくりかえし、それが途切れるのは、この地獄を生きのびるために神の加護を願うときだけだった。「ちくしょう、なんでこの俺が。神よ、ここから救いだしてください、助けてください、天にましますわれらの神よ！」突然、すぐ近くで巨大な爆発音がして、耳をふさいでいたのに耳が聞こえなくなり、方向感覚を失った。大地が波打ったかと思うと、塹壕の縁から大きな暗い影がこちらを目がけて落ちてきた。ゼップは反射的に頭を引っこめ、いっそう小さく身を縮めた。その何かが目の前にどさりと落ちてきて、埃をまきあげた。思わず飛びずさり、背筋の凍るような恐怖にとらえられた。それは隣の穴にいた戦友のまだ温かい体の残骸だった。手足がちぎれ、胸と首が残っている胴体で、頭は爆発片でずたずたになり、血まみれでひくつく無定形の塊と化していた。それなのに口は思いがけず無傷のままで、まるで別の世界からきたように急にのどからうめきを発し、しゃべりだした。「どうなったんだ、何が起こったんだ。なぜ急に暗くなったんだ、どうして体の感覚がなくなったんだ」。ばらばらになった腕や脚のなかで、それは無力に震えながら「助けてくれ、助けてくれよ」と哀願するようにあえいだ。ゼップはヒステリーを起こさんばかりになって塹壕の壁にしがみつくと、手足をもがれた身体に触れないようにし、痺れたようにからだを動かせないまま、この世の終わりのような光景を凝視した。断末魔の叫びがあがった。「目がみえない、あぁ、目がみえない、あぁ、手はどこだ、あぁ」。胴体が引きつったように泥のなかを転げまわり、ゼップは気が変になるかと思った。急にからだがぶるぶると震え、頭のなかは「ああ神さま、この男を死なせてください、ひどすぎます、どうか死なせてやってください、どうしてまだ死ねないんです！」という悲鳴しかなかった。最後の力を振りしぼるように叫び声が「あぁー」というあり得ない声量にまで高まり、かつては魂を宿していた引き裂かれた胴体が痙攣するように硬直して突然とぎれた。苦しみからは解放された。ゼップはまだしばらく催眠術にかかったように前方を見つめ、落ちつこうとつとめていた。戦車砲と重ロケット砲の砲撃音が、地獄のような轟音に混じりあう周囲の出来事も、まったく知覚していなかった。歩兵隊の攻撃が目のまえに迫っていた。兵卒たちにとって永遠のように思われる三〇分ののち、始まったときと同じように集中砲火が唐突に止んだ。そして、ロシア軍戦車のキャタピラがたてる金属音が高まっていくのが聞こえ、攻撃してくる歩兵隊があげる大勢の怒号がそれに混じった。何秒かたつと猟兵たちは金縛りから覚め、衛生兵が負傷者の手当てをし、軽傷者や無傷の兵卒は、塹壕の縁からつぎつぎと武器をかまえてロシア軍の砲火に応戦した。ゼップもたぎる興奮にはけ口を与えることができて、むしろほっとした。危険を感じることもなく戦闘に荒々しく身を投じ、心のうちに芽生えかけた狂気を発散した。救われた思いがした。

ふたたび狙撃兵の見せ場がやってきた。一発撃つたびに、弾丸は相手の隊列の目標を確実にとらえて致命傷を負わせた。戦闘は荒々しい波のようにうねり、前線が崩れた。ゼップの銃は銃身が熱くなりすぎて、銃身と銃床のあいだに塗った錆どめのグリースが溶け、指に流れてくるほどだった。周りには銃弾が飛びかい、榴弾の破片が空気を切り裂いた。ゼップは直感的に射撃地点を変えては隠れ場を探し、射撃地点を飛び移りながら倒れているロシア兵の弾薬をせわしなく拾いあつめつつも、所属部隊からはぐれないように気をつけた。

このロシア軍の攻勢がドニエプル川下流への突破と深いつながりがあったことは、一般の兵士には伏せられていた。一般の兵士は戦略の全容をつかむことができなくなり、戦いは原初的な生存闘争に集約されていった。戦いは攻守ところを変えながら八日間にわたって荒れ狂い、いくつもの中隊や連隊が補充をうけられずに消滅した。救護所では昼夜を問わず手術が行われ、衛生兵たちは肉片や切断物でいっぱいのバケツをかかえ、途切れることのない列をつくって、手術用テントの後方に掘ったごみ捨て穴へ運んだ。何百人もの兵士がうめきつつ、叫びつつ、死を迎えつつ助けを待っていた。衛生兵は見込みのない患者を冷徹に選別した。もしもけが人に運命が微笑めば、モルヒネ麻酔でもうろうと死を迎えることが許された。しかし大半の者は苦痛を和らげるものもなく、結局は無意味な早すぎる死をひとりで迎えた。助かる見込みのない多くの瀕死の患者は、敵の手におちる恐れがある場合、運が良ければ勇気ある仲間からそのまま戦場で撃ってもらえた。負傷者への虐待は戦争の日常茶飯事だったからである。

戦いの地には火薬、汗、血、恐怖、そして死の放つ臭いがたちこめ、兵士たちの知覚を消しがたく蝕んでいった。一八歳の青年だったゼップも、ほかの多くの同年配の若者と同じく、そうした環境で生きることへの純粋さや屈託のなさを失った。やむにやまれず自分の命を死にもの狂いで守っているうちに、稀有な職業的技能が身についた。ひとがパニックに陥るところで正気を保ち、武器を外科手術の器具のように精確に扱って、相手を死にいたらしめた。闘争に対する原初的な感覚が、防御、潜伏、攻撃のリズムをいやでも身につけさせた。自分のけがや死を恐れない気持ちが必要なのだが、勇敢さとも呼ばれるその気持ちが彼の特徴であり、同じく欠かせない不思議な幸運もまた彼の特徴だった。死や負傷に対して不死身なのではないかと思わせる兵士が時々いるが、それも説明のつかない戦争の現象のひとつである。ゼップはそんな兵士のひとりだった。つねに戦闘の焦点にいながら、それでも生き残ることになるのである。

一〇月四日から五日にかけて戦闘は下火になり、無理を重ねて疲弊した部隊が再編成をして、急場をしのぐための余裕が数日間だけできた。

第4章　狙撃兵の資質

早くも一九四三年一〇月九日に赤軍が二〇倍の圧倒的戦力を擁し、第三山岳師団の残存部隊めがけてふたたび押しよせてきた。午前一〇時ごろ、ロシア軍の砲兵中隊四〇〇個と多連装ロケット砲《スターリンのオルガン》二二〇台が一時間に五万発を超える砲撃で、いつもどおり手はじめの連続砲火を仕掛けてきた。またもや師団はなすすべなく、神経が引き裂かれるような恐怖につき落とされた。砲撃が終わると、硫黄の臭いがたちのぼる掘りかえされた陣地の地面から猟兵たちが亡霊のように姿をあらわし、決死の覚悟でわが身を守った。真の兵士というものは、自己管理、戦闘経験、ねばり強さ、成し遂げようとする意志からしか生まれないことがこのとき如実になった。

津波のように攻撃が襲いかかってくる。ロシア軍には兵士が無尽蔵に控えているようにさえ感じられる。ドイツ国防軍の部隊がじゅうぶんな補充もなく縮小する一方なのに対し、敵の戦闘力は増強の一途をたどっている。日本軍が南太平洋に兵力を集めたおかげで、ロシア軍は多くの部隊をシベリアから引き揚げて西部戦線にまわしており、加えて、一四歳から六〇歳までの男性をのこらず無条件で徴兵していた。こうした緊急措置で徴募された部隊の多くは、砲火のえじきになる捨て駒としか考えられておらず、私服の上に軍服の外套をはおり、携帯火器の使い方を二日で教えこまれただけだった。徴兵と組織編成があまりに急だったため、各人に与えるほどの携帯火器はとても用意できなかった。そこで攻撃時に予想される損失を計算したうえで、最初の攻撃波にだけ銃か機関銃が渡された。そして後方の兵士は武器も持たずに陣地から出ていき、進軍をしながら攻撃中に戦死者の武器を拾ったのである。このように犬死が想定された兵士が出撃を恐れたため、ロシア軍幹部は、自軍の監視機関への恐怖心をあおってこれに対処した。内務人民委員部の督戦部隊がうしろに立ち、兵士を容赦なく戦闘へと追いたてたのだ。攻撃を拒んだり恐れる者をロシア軍が容赦なく射殺し、それ以外の者を冷酷にドイツ軍の防御砲火へと駆りたてる様子をゼップは初めてまのあたりにした。こうした攻撃波が次から次へとドイツ陣営に当たって砕けた。ロシア兵は猟兵隊の集中砲火にあって、まるでウサギのように撃ち殺された。形容しがたい異様な戦場が現出し、ドイツ陣営の前にはロシア兵の死傷者が土塁のようにうず高く重なった。

後方の攻撃隊は、戦死した仲間のからだを踏みこえて進まなくてはならず、また、これを弾よけの掩蔽としても利用した。一部ではあまりに屍がうず高く積みかさなり、それが障壁となってロシア軍の攻撃を立ち往生させるほどだった。そこで戦車をふたたび出動させ、自軍の負傷者など顧みずに、折り重なった屍の障害物をかきわけて進ませることになり、犠牲者の遺体が大きな破裂音をたてて踏みつぶされた。T三四型戦車のひき臼のようなキャタピラの下で、無情な音をたてながら骨が枯木のように砕けた。人体が積み重なって引きちぎられ、死に怯える呻きや叫びの名状しがたいどよめきが漂う光景は、とても正視できるものではなかった。戦いは狂乱の域にまでエスカレートしていた。猟兵たちはその光景に惑わされないようにしゃにむに戦った。双方とも弾が尽きたところでは、銃剣やスコップを手にしての取っ組みあいが始まった。猟兵のたけり狂ったような反抗にあい、ロシア軍の攻撃はついに夕刻ごろ頓挫した。

ゼップは特別に中隊長の指揮下におかれており、戦闘の焦点にたびたび出向いた。敵との距離があまりに急速に縮まってしまうため、何発か的確な狙撃をした

猟兵たちはソ連軍歩兵の猛攻を何日間もしのいだ。陣地の前には、死者や負傷者が無数に倒れていた。何時間かたつと、ロシアのT 34戦車のキャタピラがその身体を踏みこえて進んだ。

だけで狙撃銃を置き、そういった戦況のときには必ずかついでいたMP四〇短機関銃に持ちかえることもたびたびだった。それは前線が崩れて、双方が接近戦になだれ込むというきわめて厄介な状況のときである。距離が三〇メートルを切ると、迅速な目標捕捉をするにはレンズの視野があまりに狭くなるため、照準スコープ付き銃は限定的にしか使えないからだ。照準スコープの下から裸眼で狙いを定めることも可能だが、これも迅速な目標捕捉のためには実際的とはいえない。照準スコープのマウントが突き出ているせいで、視野の大部分が隠れてしまうからだ。このような戦況は狙撃兵にとって極度のストレスを意味していた。狙撃銃を失うわけにはいかず、そのうえ、相手に居場所を特定されるという重大な危険にさらされる。居場所を特定されれば個人の戦闘負担が増す。発見された狙撃兵は格好の標的となり、集中的に砲火を浴びるのである。

夕刻には戦闘が下火になったものの、残った戦闘能力のある猟兵たちの緊張はつづいた。ロシア軍が再編成をしているだけなのは明らかで、いつ攻撃を再開してきてもおかしくなかったからだ。実際、次の攻撃までは数時間しかかからなかった。ただし、今回の攻撃ははるかに小規模だったため、敵から距離を保つことができた。それには、狙撃兵が狙いたがわぬ長距離射撃で多大な貢献をした。

一九四三年一〇月一〇日から一一日にかけての夜、ゼップのいた陣地の前方区域でロシア軍の砲火が急にとだえ、数分するとかりそめの静寂につつまれた。中隊長はこの状況を利用して中隊の各陣地をひとわたり見てまわり、担当区域の正確な全体像をつかんだ。重機関銃の前進陣地で猟兵から報告があり、茂みでおおわれた前地に妙な動きがあるということだった。さっそく戦闘経験豊富な兵士八名からなる偵察班が編成された。ゼップも援護係としてこれに随行し、本隊から三〇メートルほど横に離れ、細心の注意をはらって忍び足で進んでいった。ゼップは狙撃銃を持ち、他の兵士は短機関銃と手榴弾で装備していた。膝の高さまである草をかきわけ、報告のあった地点を目ざしてそろそろ前進していると、引き裂かれそうなほど神経が張りつめた。ゆうに三〇〇メートルは進んだころ、突然、くぐもった人声がした。灌木群の下にいる班長が手で合図をするのを見て、ゼップはうまく偽装した壕をこしらえて銃をかまえ、照準スコープごしに周囲を観察した。八〇メートルほど先に、窪地からの出口がおぼろげに見える。偵察班は窪地の稜線に向かってさらに進んだ。班長が窪地のようすを慎重にうかがうと、ロシア兵約百名ほどの戦闘部隊がいた。年寄りや未成年の兵士たちで、まったく経験がないと思われる政治将校に率いられ、まもなく戦闘に投入される恐怖と心細さに身をよせあって、無駄話をしたりタバコを吸っている。班長は身をかがめたまま引きかえし、部下に手で合図を送った。ひとりがゼップのところに忍びより、数のうえでは大きく劣っているが、空が白みはじめたらすぐに急襲射撃を試みるつもりであると伝えた。そうすれば、すっかり不意をつかれたロシア兵は本能的に窪地の出口へ殺到するだろうから、そこで射撃を浴びせるようにとのことだった。

それから二時間がたち、ほのかな朝の光が地平線にさした。それまでにロシア兵の多くは眠りこみ、起きている少数の者も見るからに無警戒だった。班長の合図で兵士はそれぞれ棒型手榴弾三個を手にとり、発火装置の紐をいっぺんに引いた。なにも知らないロシア兵の間で降ってわいたように二四個の手榴弾がいきなり爆発し、すぐに完全なパニックになった。無傷の者はあわてふためいて右往左往し、やみくもに銃を発射して仲間に傷をおわせた。負傷者が恐怖にみちた叫び声をあげる。猟兵たちはここぞとばかり起きあがり、烏合の衆と化した相手に短機関銃を浴びせた。ロシア兵たちは予想どおり窪地の出口へ逃げだし、ゼップの銃の照準スコープにとびこんできた。戦争の冷徹な法則にしたがって、ゼップは決められた役割を遂行した。その行動はすでに習慣化していて、まずからだの中心線に狙いを定め、一定のペースで素早く引き金を引き、また同じことをくりかえして狙いを定め、引き金を引く。一発撃つたびに標的をとらえ、確実に死にいたらしめた。数分のうちに五名の敵が銃弾をうけて草に倒れこみ、あとに続く兵士たちは立ち往生して、ゼップがつぎの弾を装塡する時間をあたえてしまい、ようやく我に返ったときには、すでにまた五人が重傷を負って草むらに倒れていた。他の兵士はもときたほうへ殺到し、ふたたび偵察班の短機関銃や手榴弾のえじきとなった。こうして何分間か、殺戮が終わるまで、窪地と出口のあいだで行ったり来たりがくりかえされた。案に相違してかすり傷ひとつ負わなかった猟兵たちは、ぼろぼろになった屍、うめき声をあげる負傷者、重傷者などでみちた戦場跡を後にした。偵察班と狙撃兵は明け方の薄明のなか、霧の精のように音もなく姿を消していった。

運にも恵まれた大胆な奇襲のおかげで、疲弊した中隊は数時間のかりそめの安息をえた。だが早くも正午ごろ、いささかも勢いの衰えないロシア軍の反撃にあい、またもや死に物狂いの奮闘で夕刻までもちこたえることに成功し、夕闇が迫ってくると攻撃はぴたりとやんだが、最悪の場合に備えて緊張を緩めていなかった。すると、もうすぐ真夜中というころ、前線の別の個所でロシア軍が突破に成功し、さらに奥深く進撃するためにそこへ兵力を集中させているという知らせが入った。それは猟兵たちにとって、とりあえずの救いを意味していた。それまでの戦いで人員の消耗が甚だしく、あと一日猛攻撃をうけていたら耐えきれない状態だったからである。空腹、疲労困憊、けが、感染症といった徴候が色濃くなってきたいま、一時の休息がとれるかどうかは死活問題だった。何日ものあいだ、猟兵たちはロシア人農家で見つけた塩づけキュウリとリンゴしか口にしておらず、その支離滅裂な組み合わせは鍛えられた腸さえも衰弱させ、全員が下痢を起こしていた。戦闘中に激しい便意をきちんと処理することなど考えられず、下着を代えることもままならないので、屁をするだけでも一か八かの賭けであり、ズボンのなかで阿鼻叫喚のドラマを演じる兵士も少なくなかった。便でズボンをぐしょぐしょにして悪臭を放つ兵士のまわりでは、否応なく配置替えがはじまった。

一週間にも満たない期間ではあったが、一息ついて取るものもとりあえず睡眠をとり、身体の手入れをし、いくぶんはまともな食事で英気を養った。ことに身体の手入れは、昔も今も、部隊の管理で軽視することのできない一面である。

国防軍では教練生や兵舎にいる部隊に対し、性器の周辺を含めて、身体手入れの状態を定期的に検

めずらしいスナップショット。

査したり抜打ち検査を行ったりしていたが、これにはじゅうぶんな理由があった。軍医大尉が衛生兵を何名かともなって突然あらわれると、中隊全員が食堂に押しこめられ、服を脱いで、裸のまま立たされる。軍医が特に念を入れて検査するのが性器であり、不潔さを原因とする性病、炎症、真菌症の徴候がないかどうか調べる。その結果、不衛生な兵士がいれば懲戒罰に処せられるので、点呼が始まる前にあわてて亀頭をハンカチでぴかぴかになるまで磨く者もいた。

特に、出撃にほとんど切れ目がなく、衛生上きわめて問題の多い環境のもとでは、暇さえあれば身体の手入れをしておく必要があった。それを怠ると、てきめんに数々の不快な災厄に悩まされることになり、場合によっては深刻な二次疾患を起こすこともあった。真菌症や疥癬、シラミ、フルンケル症などがそれで、兵士の生活をしだいに不愉快なものにした。したがって、からだを洗ったりシラミ退治をする機会があればとことんまで活用した。兵士たちがシラミその他の害虫を探して、お互いのからだや衣類を調べている光景にはどこか牧歌的なところがあった。靴墨のふたを針金で結んでろうそくの上にかざし、それを二、三人が車座になって囲んで一心不乱にシラミをとる。ろうそくがブリキのふたをフライパンのように熱する。とらえた害虫が高温のふたのうえでジュッと焼け死ぬと、兵士たちの歓声があたりにこだました。

だが、ようやく陣地修復の目鼻がついたばかりの数日後、猟兵たちは一〇月二一日に再びロシア軍の大攻勢にあい、連隊はまたもや激烈な生存闘争の渦にまきこまれた。防衛側が鮮やかな戦果をあげてもり返し、攻勢に転ずるという場面も局地的にあったものの、優勢なロシア軍勢が終始押しぎみで、放棄する領土が増えざるを得なかった。ドイツ軍の前線がなんの脈絡もなく押し込まれたため、戦線の位置が二転三転して混沌となり、ついには前も後もなくなった。ドイツ軍部隊どうしの連絡が途絶した。戦闘情況がはっきりつかめないまま、各部隊が単独で戦うことになり、心理的にきわめて不安定な状況が生まれた。所属部隊とのつながりが断ち切られる恐怖と同時に、すさまじい戦いのプレッシャーに襲われてパニックの危険が差し迫ってきた。だが、分別と統制のない逃走がはじまれば、いずれにせよ自軍の殲滅という破局をまねくのは目にみえている。そうなれば敵は、さしたる抵抗をうけることもなく、混乱した隊列へ好き放題に攻め入り、部隊全体を殲滅することができるのだ。その帰結は、いつでも人間と物資の途方もない損失であった。

しかしながら、パニックとは同時にすぐれて人間的なものでもあり、あらゆる組織の解体という代償を払ってでも、絶体絶命の危機にひんした生命を最後の力を振り絞って救おうとする、本能に操られた最後の試みを意味している。これは軍事部隊にとっては終焉を意味する。実際に集団パニックが勃発すれば、これに対処する手だてはないに等しい。まわりでパニックが発生すれば、自制して反射的な逃走を抑えるには超人的なまでの意志の力が求められる。戦いが二日間にわたって途切れることなく荒れ狂い、あげくの果てには文字どおり人と人との立ちまわりとなって、スコップや銃床を手に互いに打ちかかり、櫛の歯が欠けるように猟兵の隊列に穴があいてくると、パニックが始まる前兆が観察されるようになってきた。度を失った何人かの兵士が走って逃げようとし、ロシア軍の銃撃で蜂の巣にされるという目にあったのだ。ほかにも突然の激しい動揺とからだの麻痺に襲われて、白兵戦で抵抗らしい抵抗もせず敵に屈する者があった。

パニックの発生段階に入ったとき、統率するほうの側は将軍から下士官にいたるまで、すかさず自らの勇敢さと闘争心を前面に押しださなくてはならない。部下の兵士のいる最前線で陣頭指揮をとらないかぎり、迫りくる部隊の崩壊を防ぐことはできない。これは、第三山岳師団では多くの上官が使命感として心得ていた行動だった。そうすることで、絶望的な情況に陥るたびに部隊としての生き残りをはかり、戦闘能力のある師団を終戦の日まで維持することができたのである。

隣の陣地の兵士が銃を撃ちつくしたらしく、そこへ二人の赤軍兵士が踊り込んでいくのを、ゼップは感嘆と戦慄が入り混じった気持ちで眺めていた。ひとりめのロシア兵は、壕へ飛びこんだとき、反射的に行われたスコップの一撃でその顔面を割られたが、もうひとりは見事な銃剣の腕前をみせ、猫のような身のこなしで残った六人の猟兵の攻撃をことごとくかわしていた。ゼップは的確な射撃で仲間を助けようとしてみたが、狙いの定めにくい格闘のなかでは徒労だった。むしろ、仲間をさらに窮地に立たせるだけだろう。それでゼップは、ひとり、またひとりと相手に刺し殺されるのをなす術もなく見守るほかなかった。後先考えずに突進してくる熟達の闘士をまえに、仲間たちは奇妙な具合にその手にかかっていった。相手を止めることができるよう、防御態勢を整えようとするのだがうまくいかない。逆に、中途半端な個人行動をとってやられている。まるでなんの意思もなく、現世の宿命に身をゆだねているかのようだった。最後に残った猟兵は、しばらく相手のロシア兵の攻撃をかわしていた。最後の瞬間、ついに棒立ちになった猟兵に襲いかかろうとする相手を、ゼップは一撃でしとめることに成功した。その猟兵は信じられないという表情のまま、爆発で破裂したようなロシア兵の顔面を見つめている。骨片や肉片が猟兵の顔や軍服にはねていた。その状況への驚愕と、思わぬ助けへの安堵とがない交ぜになり、あらためて衝撃をうけたようだった。生き残ろうとする意志で我にかえった猟兵は、ゼップの戦っている陣地へ全力疾走で駆けこんだ。

この出来事で、ゼップに狙撃兵としての資質があるかどうか、その本質的な条件も問われることとなった。というのも、狙撃兵には実戦で射撃ができるかどうか以上に、絶望的と思われる状況下にあってもなお習慣的かつ精確に対処・行動するために、セルフコントロールの特別な才能が求められるからである。軍隊の狙撃手が出動して実際に行うことは、点在する獲物を追うハンティングというよりは、通常の歩兵戦の一環としての銃器の迅速かつ精確な取扱いである。この理由から、優れた狙撃兵の前歴をみてみると、射撃技術や狙撃理論の教育をうけただけの兵士よりも、戦闘経験の豊富な兵士のほうがむしろ多い。教練を終えたばかりで前線の経験がない青年狙撃兵は、敵の銃弾に倒れるまで、平均して一五人から二〇人の相手をしとめるにすぎなかった。潜伏地点の選びかたが未熟で、身を隠しながらすばやく撤退ができないこと、算術的な蛇行線を描きながら敵の迫撃砲弾をかいくぐることへの恐怖心、そして一つの陣地から何発も発射しすぎることなどがもっとも致命的なミスとなる。狙撃兵を確認した場合、重歩兵兵器でこれを制圧しようとするのが普通だった。たとえば狙撃兵のいる潜伏地点へ迫撃砲が砲撃を始めたとき、見つからないように安全に撤退する手だてがなければ、陣地から姿をあらわして脱兎のごとく逃げるしかない。これは狙撃兵のあいだで「ウサギのジャンプ」と呼ばれていて、いきなり隠れ場から飛びだし、道筋を予測されないように進行方向をでたらめに変えながら、出動前に下見しておいた別の潜伏地点へ全力疾走することを指している。このように敵の砲火をぬって走るには、多大な克己心と図太さが要求される。逆に、経験のない狙撃兵は恐怖のあまり潜伏地点から出られなくなり、必然的に最期のときを迎えることになる。

第三山岳師団は巧みな戦いをみせていたが、赤軍が師団の南方に深く食い込んできたために包囲の危険が迫っていた。第六軍は二つに分断されていた。殲滅を防いで新たな防衛線を見出すには、いまや即時撤退する以外になかった。新たな防衛線は、ドニエプル川の流れに沿って構築することになっていた。

いつものことながら、陸軍総司令部は前線撤収の命令をだすのを最後まで逡巡していた。ロシア軍はすでにドイツ軍前線に深く楔を打ちこんでおり、その楔が主戦線とつながって決定打となるのも間近だった。一九四三年一〇月三一日、いよいよ戦線が破られるという最後の間際になってドニエプル川後方への撤退命令がでた。しかしニコポールのマンガン産出地周辺には橋頭堡を残し、採鉱とその搬出を可能なかぎり維持することとされた。この橋頭堡には第三山岳師団のほかにも八個師団が集結したが、どの部隊もそのころには人員や物資が標準戦力の四分の一まで衰微していた。陣営を建てなおして守備を

新型のリバーシブル迷彩アノラック。ニコポールの橋頭堡にて。

編成するのに三週間も残されておらず、送られてくる補給物資の量も微々たるものだった。

運ばれてきた物資の目玉は新型の冬用迷彩アノラックだった。なかに綿を詰めたコットンの服で、必要に応じて裏返して着ることができた。一方は雪用の白、もう一方は雪のない季節用に迷彩模様がほどこしてある。ところが、この防寒服に抱いた当初の期待はみるみる萎んでいった。薄い表面生地がすぐに破れてしまい、雨天のときや、水につかったとき断熱性の裏地が水をいっぱいに吸うので、服が重くなって気持ち悪いばかりか、気候から身を守る機能も奪ってしまう。厳寒期には、濡れた詰め綿の層までが凍ってしまった。新型のフェルト長靴にも同じことが起こった。一方、まもなく別の問題も浮上した。毛羽立った綿が各種の虫に楽園のような生活環境となり、宿主である人間の執拗な追跡をなんなく逃れるようになったのだ。この服にたかるシラミはあまりにすさまじかったので、春がくるのをまってシラミごとひと思いに処分してしまった。この服が使えたのは乾燥した寒さで、あまり運動をしないときだけだった。着ぶくれするこのアノラックを通常の野戦服の上に着用したため、ほんの少し動いただけで汗がでた。すぐに塊になる断熱裏地のせいで汗はなかなか乾かず、そのために風邪をひく者が増えた。そして寒い季節が終わりをつげたとき、この迷彩アノラックを何百着も捨てているうちに師団の退却行軍が遅れることになった。この一回のエピソードをもって、第三山岳師団では詰め綿をいれた迷彩アノラックは終戦までご法度となり、からだを暖める下着、毛布、迷彩ポンチョなどを兵士に支給して、状況ははるかに改善された。

一九四四年の春、ゼップは連隊付きの仕立屋を説き伏せてポンチョから迷彩服を縫ってもらった。実際、この迷彩服は長期にわたってたいへん役立った。また、軽い雪中用の迷彩スモックも調達する

迷彩服の比較
右：綿をつめたリバーシブル迷彩アノラック
左下：軽い雪中用スモック
右下：迷彩スモック

ことができた。これは小さく丸めることができて携帯に便利だった。薄いコットン素材は濡れた状態でも動きを妨げず、重量も少なく、肌着のようにすぐ乾いてくれた。

第5章　冷酷非情

この時期、戦闘活動は突撃班行動と、狙撃兵による銃撃だけにかぎられていた。ゼップも連日のように狙撃にでかけ、不意をついた射殺でロシア軍塹壕に動揺を与えた。双方の塹壕のあいだの中間地帯に撃破されたロシア戦車T三四があったので、それが安全な掩蔽物になると思っていた。朝の暗いうちから人目につかないよう戦車にもぐりこみ、一日ずっと戦車に守られつつ、車体にあいた穴からロシア軍陣営を完璧に観察し、射撃することができた。

異例のことだったが、この戦車の陣地をすでに四日間も利用しており、五人をしとめていた。向かい合うロシア軍には重兵器がなかったので、戦車の奥深くにあるこの潜伏地点ならば絶対に安全だと考え、位置を特定されてはならないという狙撃兵の鉄則をあえて破っていたのだ。しかし、そのうちにロシア軍はひどく用心深くなり、標的を見つけるのが難しくなる一方だった。そこでゼップは五日日に偵察員を連れていくことに決め、何週間も前から親しくしていたティロル地方出身の兵士バルドゥーイン・モーザーを選んだ。ふたりが夜明け前に戦車陣地までの道をたどっているとき、これから惨劇が待っていようとは夢にも思っていなかった。偵察員の運命がその日に定めていた死の予感すら、どちらも感じていなかった。というのもゼップは、安全だとばかり思っていた例の陣地からもう何度も狙撃をしたことがあったからである。そのため、相手もすでに戦車には気づいていた。ほかに身を隠すものものない一帯で唯一考えられる潜伏地として、敵もその場所をはっきり特定していたからである。ロシア軍はこの区域では目下大砲を使えなかったため、それまではドイツ軍狙撃兵の前になす術がなく、当然、戦車の下のゼップにも無力だった。ところがこれ以後、きわめて危うい脅威が彼をつけ狙うことになる。自らの職務に精通し、執拗にチャンスをうかがいつづけるロシア軍狙撃兵である。

燃えるように赤い朝の太陽が東の地平線から顔をの

安全だと錯覚していた狙撃陣地の前に立つヨーゼフ・アラーベルガー。

昇っていく太陽を背にしてロシア軍狙撃兵がひそんでいた。

ぞかせ、荒涼としたステップの大地に曙光を放った。ゼップとバルドゥーインは臨戦態勢を整え、敵の陣営をじっと観察した。空き缶にいっぱいになった大小便を捨てようと、寝ぼけたまま何気なく塹壕の外にからだを出すような、うかつな標的はいないかと探すためである。双眼鏡を前に出しすぎて対物レンズに低い太陽光が差しこみ、ほんの小さな反射を放った。が、それだけでも老獪なロシア軍の狙撃兵にとって、潜伏地点に人がいることを知るにはじゅうぶんだった。

ロシア軍狙撃兵はうまく偽装した位置から銃をかまえ、光の反射が見えた地点にスコープの照準を合わせて、もういちど光が見えるのを辛抱づよく待っていた。銃声が響くまで何分もかからなかった。そのとき、双方とも相手を確認したようだった。双眼鏡を目にあてていたバルドゥーインも同じ瞬間、「おいゼップ、あの前方だ、地面が少し盛りあがっているところから指二本ほど右の……」と言いかけたからだ。ロシア兵の撃った弾がどこかに当たった直後、二回目の銃声がとどろき、ゼップのすぐそばで手を叩くような音がした。血と肉片が顔の左半面にとんでくる。思わず横を振りむくと、そこには異様に変貌した顔があった。狙撃手の放った弾は炸裂弾で、バルドゥーインの双眼鏡に当たってやや方向を変え、もろに口内で炸裂していた。唇、切歯、あご、そして舌の半分が吹きとんでいる。恐怖に見開いた目でゼップを見つめている間にも、砕かれた口腔から血液が泡のように噴きだしてきて、ごぼごぼと不気味な音をたてた。数秒すると次の銃弾が飛んできて、ふたりの間の地面に当たってはじけた。すぐにゼップは陣地の奥の安全なところまで戻り、バルドゥーインの両足をつかんで引きよせた。夕方になって日が落ちるまで、その場所を離れるのは無理だった。そんなことをすれば敵の狙撃兵に確実に撃たれるだけだ。そのため、ふたりは無為のまま釘づけになることを余儀なくされ、負傷者の介助もできなかった。ひどい重傷を負った戦友を目の前にしながら、ゼップは自分が無力であることと、その状況から抜けだせないことを痛感した。もはや包帯や止血器は役にもたたない。心得のある衛生兵から、できるだけ早く専門的な救護をしてもらうしかないのだが、それがかなわない。残っている舌がみるみるうちにボール大に膨らみ、気道をふさいだ。ゼップは傷口に手をいれ、腫れあがった組織を押しのけようと試みたが、そのせいでバルドゥーインは嘔吐しはじめ、そのためにいっそう呼吸が苦しくなるという代償を払った。気管にチューブを入れるか、気管切開をするしか助ける道はないだろう。戦友が死と闘っているのをゼップはなす術なく、呆然と見守るほかなかった。瀕死のバルドゥーインは息をするのがますます困難になり、痙攣のような呼吸をするたびに血液がますます肺に入り、わずかずつ窒息が始まった。ゼップは上半身をかかえて、少し持ちあげようとした。無力感に苛まれつつ、しっかりしろ、きっと何とかなる、すぐに助けがくると甲斐もなく呼びかけた。バルドゥーインは死と闘いながらゼップの腕をぎゅっとつかんだ。痙攣する両手の爪が、皮膚に血がでるほど食いこんだが、ゼップには何ひとつ感じられなかった。何時間もたったような気がしたころ、急にバルドゥーインは見開いた目に計りしれぬ深みと悲しみを宿しつつ、最後にゼップの顔をまともに見つめ、もういちど別れのしるしに両手を不思議なほどやさしく握りしめ、からだを震わせ、ついに死がおとずれて目から光が失われていき、苦悶から解放されて、ゼップの腕のなかでぐったりとなった。ゼップは心を凍りつかせたまま、抱えている遺体を凝視した。何分かたつと、それまでのはかり知れない緊張感が解けて嗚咽にかわった。思う存分泣いているうちに、無力感、不安感、緊張感、絶えざる生存競争の持続的ストレスは霧散していった。からだが麻痺したようにうずくまったまま、その日はずっと僚友の亡骸のそばで過ごし、最後の介添えをした。しまいには頭が空っぽになったよう

バルドゥーイン・モーザー。不確かな未来を見つめる真剣なまなざし。

に何も考えられず、何も感じられなくなり、涙とともに思考も感情も涸れはてた。ようやくのことで我に返ったとき、ゼップの内面はまたもや鈍磨、非情、酷薄の度を少し加えていた。戦車の残骸の下で無限につづくかと思われたこの日、遺体に目をやっているといつのまにか妙なことに気づいた。自分とバルドゥーインはもう何日も髭をそっていないのだ。思春期の終わりらしいもじゃもじゃの髭に囲まれた顔面の傷が、遺体に何かしら不快な醜さを与えていた。

それは、極限の状況から往々にして生まれるある種の思考の迷妄である。ともかくもゼップは、いつか自分も同じ目にあうにしても、決してあのような醜い死顔はさらすまいと心に決めた。可能なかぎり規則正しく髭をそろうと誓ったのである。心理的な自己防衛のためもあったろうが、その日はずっと魔法にかかったようにこの奇妙な考えに固執した。そして実際、決して髭をそらないまま死に遭遇しない

ゼップは戦友の遺体を自陣まで運んでもどってきた。

という身だしなみの決意を、鋼鉄の自己管理をもって終戦まで守りとおしたのである。

夕闇がただよいはじめると、ゼップは遺体を戦車の下から引っぱりあげ、これをかついだまま夜陰に乗じて陣営へもどった。中隊長に簡単な報告をすませ、あらかじめ衛生兵のところで折り取っておいた戦死者の認識票を渡した。翌朝、仲間とともにバルドゥーインの墓を掘った。樹木のないステップには十字架にする枝がなかったので、死者のヘルメットだけを盛り土のうえに置き、作業が完了しても、追悼の思いでその前に沈黙したまままたたずんでいた。バルドゥーインの遺体とともに、ゼップは人間らしい純真さの一部をまたしても葬り去った。非情な戦争の掟をさらに無条件に受けいれようとする心が、彼のうちでまたも強くなっていた。

その日の夜のうちにロシア軍戦車の残骸を爆破する手はずをととのえ、翌日の朝、派手に吹き飛ばした。ドイツ軍が前進陣地にしていたこの地点を壊滅させようと、ロシア軍がこれから砲撃を加えてくる危険が伏在していたからである。そうした砲撃をうければ、後方の陣地も同じように切迫した危機に陥ることになる。この措置はどうやら正しかったようで、しばらくの間は敵もおとなしくしていた。

だが、それから数日のうちに、新たなロシア軍の攻勢で猟兵たちも墓も踏みにじられた。戦車のキャタピラが墓をずたずたにして何もない風景に変えてしまい、人生の盛りに無理やり命を奪われた他の何万人もの兵士と同じく、バルドゥーインの記憶をも広大無辺なロシアの彼方へ、そして歴史の無名性へと押し流した。

一九四三年一一月二〇日にロシア軍の攻撃が始まった。まだ小規模だったために防衛には問題がなかったとはいえ、最大限の警戒と犠牲が求められることには少しも変わりがなく、それが戦力をいっそう低下させていった。そして一九四三年一一月二五日の夜、主に第一四四山岳猟兵連隊の区域を中心としてロシア軍の攻撃があり、仮借ない鉄と血の戦いに連隊を巻きこむことになった。ロシア軍は戦車二百台、数個連隊の歩兵をともなって夜のうちに第三山岳師団の前線区域に向かっており、そのうち戦車五〇台が第一四四連隊の区域に投入されるということだった。

朝の五時ごろ、砲兵隊の砲撃が猟兵たちを浅い眠りから揺りおこした。彼らは本能的に穴へ飛びこみ、いつでも戦闘を開始できるよう準備した。各人がひとりきりで恐怖に耐える連続砲火が一時間つづいた。破片が音をたてて飛んでいくなか、兵士たちは穴底にしがみつき、口のなかで祈りの言葉を唱えていた。朝の最初の光がさすと同時に砲火はぱたりとやみ、多数の戦車のキャタピラがたてる金属の軋みに取ってかわった。対戦車兵器の装備がほとんどないため、二個戦車旅団とこれに乗った親衛狙撃兵団の攻撃に耐えるには、あらんかぎりの勇気を必要とした。予期されたとおり、戦車はまっさきに第一四四山岳猟兵連隊の陣営を蹴散らした。猟兵たちの背後でロシアの歩兵隊が戦車から降りると、ただちに激しい接近戦がくり広げられ、すぐに大隊司令部や中隊司令部、後方拠点にも波及した。第二波でロシア軍は、火炎放射戦車による攻撃を仕掛けてきた。火傷を負った者の地獄のような叫びや肉の焦げる臭いは、生き残った猟兵たちの心に消しがたく刻まれた。ドイツ側には、統一された指揮系統はいかなる形でも残っておらず、集団ごとに単独で行動しながら、言葉どおりの意味であらゆる手段を尽くして戦った。何百人という猟兵の命運がこの日に尽き、その周辺の惨状はしばしば酸鼻をきわめた。このときの戦闘では戦時法規の一片すら守られず、捕虜が捕らえることはなく、負傷者も打ち捨てられたままだった。

砲兵隊の弾幕射撃には、なす術なく耐えるしかない逃げ場のない天災のような性格があるが、その一方、戦車攻撃に対してはありったけの克己心と自制心が要求された。からだの全神経が引き裂かれんばかりに張りつめ、圧倒的な内なる声が逃げろ、逃げろと叫ぶが、その間にも、砲撃が途切れたつかのまの静寂のなか、戦車のキャタピラのたてる死を予感させる金属音がしだいに高まって轟音となり、敵の炸裂榴弾の鈍い爆発音がそこに混じっていく。兵士たちの体中にアドレナリンが吹きだし、筋肉が興奮で震え、携帯火器や手榴弾の戦闘準備を機械的にととのえる。ロシア軍との距離がわずか百メートルになったそのとき、発射命令を聞いて猟兵たちの緊張が解きはなたれた。すでに戦車が接近してくるなか、ゼップは戦車に乗っている歩兵隊を双眼鏡で観察し、装備品や武器を手がかりに指揮官を特定しようと試みた。そしてできるかぎりの敏捷さで、可能なかぎり多くの戦車にむけて胴体を射撃した。実戦経験のある兵士たちは危険を察知し、すぐさま飛び降りて戦車の後ろに隠れて、攻撃を遅らせる効果をねらってきた。驚愕のあまり座ったままの相手がいれば、ゼップはできるだけ長く狙撃をつづけた。そして総仕上げに、戦車の後部に載っている補充用燃料タンクへの射撃をいつも行った。うまく弾が命中すれば燃料が換気穴からエンジン室へと流れこみ、それが時には自然発火につながって、エンジン火災が戦車の動きを麻痺させる。ゼップも仲間たちも生き残りをかけて、武器の性能が許すかぎりの早さで銃撃をした。だが、ロシア攻撃軍の大波は多大な損失を出しながらも刻一刻と近づいてくる。対戦車兵器はあまりに数が少なく、軽迫撃砲は戦車の襲撃に対して無力だった。敵との距離はみるみる縮まり、ロシア兵の顔を見分けられるほどになっていた。

守備軍の猛然たる射撃をまえに、ロシア軍歩兵隊はドイツ陣営の百メートル以上手前で足踏みしていた。だがゼップの出動区域では、戦車二〇台が威圧的なエンジン音をますます大きく轟かせながら、猟兵たちの陣地へ刻々と迫ってきていた。残り少ない対戦車吸着地雷が用意されたが、それ以外には、棒型手榴弾を何本かまとめて束ねた集束爆薬があるだけだった。これを戦車の車輪に取りつけてやれば、キャタピラを破壊し、戦車を操縦不能にできることが少なくなかった。だが、この種の防御手段はいずれも、文字どおり戦車に触れるほど接近することが必要だった。そこまで戦車を引きつけるには最大限のセルフコントロールが求められる。距離が一〇メートル以下にならないと、兵士のいる穴が搭載兵器の死角に入らない。そして相手が数メートルまで迫ったときには、もう行動を起こす絶好のタイミングとなる。そうしないと戦車の乗組員が接近時に射撃壕を見つけてそのうえに移動し、その場で戦車をぐるりとまわして穴を埋めて、なかに潜んでいる兵士を生き埋めにしようとするからだ。そのため、かぎられた対戦車兵器はもっとも熟練した実戦経験豊かな兵士にだけ渡されていた。行動を起こすぎりぎりの距離に相手が入ったそのとき、兵士たちは吸着地雷を手にして戦車に忍び寄り、砲塔、エンジン、あるいは車輪に爆薬を仕掛けようとして飛びかかる。しかし目的を達する者はわずかだった。ロシア軍の随伴歩兵も、ドイツ軍の対戦車地雷のもくろみを阻止しようと全力を尽くすからである。そのようなわけで、鈍く響く爆発音をたてて動けなくなったのは戦車五台にすぎず、それ以外はドイツ軍の戦線を蹂躙した。猟兵たちは不安な面持ちで塹壕や穴にもぐっていた。

ゼップは身じろぎもせず個人壕にうずくまっていたが、その間にも戦車は金属の軋みをたてながら接近してきた。震える神経のコントロールに成功する猟兵ばかりではない。穴から飛びだし、やみくもに逃走して恐怖から逃れようとする者が相次いだ。だが、ロシア軍歩兵の砲火がそれを容赦なくなぎ倒していく。ゼップの三〇メートルばかり手前でもひとりの兵士が半狂乱で逃走しはじめ、仲間のいる陣地を目ざして右往左往しながら駆けていった。しかし、道半ばでロシア軍による機関銃の集中射撃が足にあたり、地面に崩れた。ひじで身体をささえ、撃ち砕かれて不能になった両足を引きずりながら、なおも前へ進もうとしたが、その間にもT三四型戦車が轟音とともに迫ってくる。不意に兵士が動きをとめた。戦車から逃れる最後の力を蓄えようとしているようだ。残された自制心を振りしぼって戦車を待ちかまえ、数メートル手前まで来たところで、あらんかぎりの力と機敏さで横に転がった。はたしてそれが運命だったのか、それともロシア軍運転手の直感、感覚だったのかという質問に答えはなく、戦場によくある問いかけにすぎないが、いずれにせよ戦車は負傷兵の動きに吸いよせられるかのようにがくんと向きを変え、負傷兵は痛みと力が抜けたのとで動けなくなった。キャタピラが両足をとらえ、金属を砕くような音をたてながら、逃れようもなく両足を死の粉砕装置に巻きこんだ。死刑執行の機械を抱きかかえているかのように、兵士の上半身が大きくのけぞり、何秒かのうちに四肢が戦車の下に消えた。ゼップはその情景に息をのみながらも、その戦友が衝撃のあまり一言も発していないことに不意に気づいた。キャタピラが骨盤までのみこんだとき、その兵士は馬のように歯をむき出し、顔はゆがんで悪魔の薄ら笑いが貼りついたようになり、頭は赤くふくれあがってメロンのようになった。それから身体が押し潰され、キャタピラに吸いこまれて、戦闘服の生地、骨、内臓がよじれ、混ざりあって不気味な色彩と化した。依然として開いた口もとから、燃えるように赤い大量のにごった血が吐きだされ、さらに胸と頭がキャタピラの粉砕装置に消えていった。あとに残ったのは地面に押しつぶされ、踏まれてぐちゃぐちゃになった輪郭のない塊だけで、ほどなくしてロシアの湿地に跡形もなく吸いこまれてしまった。

ところが、戦車の一団は迷わずそのままの進路をとり、恐れていたように守備隊の背後から戦闘現場へ割ってはいろうとはしなかったため、事態は急変した。随伴歩兵との連絡がとれていなかったか、あるいはドイツ軍の抵抗力を事前に読み違えていたとしか思えなかった。戦車が後方戦線へと姿を消すとともに、猟兵たちはすぐさま活気をとりもどし、後ろ盾がなくなったまま殺到してくるロシア軍歩兵を勇躍して迎え撃った。

畏怖と憎悪の対象である狙撃兵は、相手に見つかるとひどい虐待をうけた。その理由から、ゼップは攻撃が予想されるたびに、万一に備えて狙撃銃を必要に応じてすばやく隠せるようにしており、このときも弾薬箱の下に隠し場所を準備していた。そしてロシア軍の攻撃波がドイツ軍の塹壕に達する直前、用意しておいた隙間に銃を隠してMP四〇短機関銃を手にとった。

赤軍は怒濤のような「ウラー!」の喚声をあげてすでに猟兵の陣地へ殺到しており、情け容赦ない接近戦の火ぶたが切っておとされた。兵士たちは原初的な本能だけに操られて相手に襲いかかり、歯止めをかけるものもない戦闘が荒れ狂った。ゆがんだ顔に銃床が鈍い音をたてて食いこみ、短機関銃の集中射撃が人の腹部を血なまぐさい湯気のたちのぼる塊に変え、スコップの刃が肩や背中に突き刺さり、銃剣やナイフがからだを刺し通す。前も後もなく、断末魔の叫び声、あえぎ声、うめき声、鋭い銃声、硝煙、汗と血の臭いといった舞台装置(ここに列挙したような言葉で情況を把握できればの話だが)のなかで、人間存在は失われていった。それとも、ここにこそ普段はみえない本来の人間性が顕現しているのだろうか。多くの脊椎動物の一種としての人間。食うか食われるかの単純な図式に従い、ダーウィンのいう生存競争の一部にすぎない人間である。そのとき、理性は人を万物の霊長にする賜物というよりも、むしろ単なる道具であるにすぎない。

銃弾で致命傷をおったロシア兵がジャガイモ袋のように塹壕に落ちてきて、ゼップは地面に倒れこんだ。それで、本来はゼップに向かって突いてきた銃剣が、ふたりの間に落ちてきた屍の肋骨に刺さった。ゼップが死体の下から転げでてみると、攻撃者の銃剣は遺体の肋骨から抜けなくなっていた。ロシア兵は動かない銃剣を力ずくで引き抜こうとしたが、何秒間かそれにこだわりすぎた。ゼップは相手にひらりと近づき、パニックに近い興奮状態で全力をこめ、相手の股間をけりあげた。クッキーを割ったときのような軽い音がしたので、鉄を打ちつけた山岳靴が相手の恥骨を粉々にしたのがわかった。ロシア兵は痛みに硬直しながら、顔をゆがめて仰向けに倒れた。すでにゼップは相手に乗りかかり、狂気のごとく首をつかむと、親指で喉頭を押しつぶした。死に瀕した相手はひどく喘ぎながら、恐怖に見開かれた目をむいた。何かの影が風をきって飛んでくるのをゼップは目の隅でみとめ、本能的に頭をかがめると、頭を目がけてきた銃床の一撃が、ヘルメットに触れて鈍い音をたてながらかすめていった。少しだけくらっときたゼップはわきへ転がり、ロシア兵が二発目の態勢にはいったので、顔を守ろうと両手で覆った。そのとき、短機関銃の集中射撃が至近距離からロシア兵の背中に当たり、血と内臓の破片がゼップのからだに飛んできた。飛び起きてみると、短機関銃をもった仲間が横から腎臓にロシア兵の銃剣を突きたてられ、言語を絶する激しい痛みで彫像のように固まっている。ゼップは起きあがり、目の前に倒れている死んだロシア兵の銃をつかみ、もう一方のロシア兵が銃に装着された銃剣を猟兵の遺体から引き抜く前に、鉄を打った銃床をその顔面に打ちつけた。その顔が無定形の塊になって潰れ、泡だった血がどくどくと噴きだしてきた。

この狂乱状態のなかでゼップは時間や恐れ、痛みといったものに対する感覚をいっさい失っていた。死闘のいつだったかは覚えていないが、ロシア兵の手榴弾が爆発したときに大量の泥が顔に飛んできて、そのときはあごと鼻に鈍い衝撃を覚えただけだったが、戦闘も終わりに近づいたときに初めて血の味がするのに気づき、顔と首にべっとりした感触があった。戦いは始まったときと同じく唐突に終わった。呻きや叫びをあげる兵士、死の間際にある兵士、落命した兵士であふれた中世の光景を思わせる戦場のただなかに、ほんの一握りの猟兵が立っていた。仲間のひとりが振りむき、「おいゼップ、やられちまったな。ちょいと見せてみな」と言った。右の鼻翼のところが裂け、下唇にはごく小さい金属片がいくつも刺さっていたが、我に返って手当てをする暇もなかった。すでにロシア軍の次の攻撃波が雄叫びをあげながら近づいていたのだ。まだ戦闘能力のある残り少ない兵士が集まり、倒れた仲間の武器や弾薬を拾いながら、二〇〇メートル後方にある迎撃陣地に立てこもった。やむをえずゼップは、使っていたロシア製の狙撃銃を隠し場所に置いたままにせざるを得なかった。包囲された猟兵二〇人ほどの集団は撤退に合流する機会を逸し、陣に身をかくして激しい抵抗をつづけた。

迎撃陣地には他の中隊の残存兵も集まってきて維持することができたが、包囲された兵士が弾を撃ちつくしてしまい、生き残った五名が両手をあげてロシア軍に投降するところもゼップは目撃した。彼らは足蹴にされたり銃床でこづかれたりしながら、引き立てられていった。

どうみても負け戦の様相が濃かったが、それでも猟兵たちはロシア軍歩兵隊を戦車から分断することに成功していた。ロシア軍戦車はドイツ軍の突撃砲や八八ミリ砲にもろに対峙して壊滅されていたので、背後からの脅威はなくなっていた。

支援のため突撃砲二台を向かわせているから到着次第反撃を行い、ロシアの兵力を可能なかぎり現在の区域に釘づけにせよという指令が残存部隊に無線で入った。敵軍も友軍も編成替えをはかっていた。そのころゼップの装備は標準型のＫａｒ.九八ｋ騎兵銃だけになっていたが、照準スコープを装着しなくても、きわめて手際のよい精確な射手であることに変わりはなく、いくつかのロシア軍突撃部隊から攻撃をうけても、味方の防御砲火に隠れながら迅速かつ的確な射撃で相手との距離を保つことができた。

一時間もしないうちに突撃砲が近くまで到着した。すぐさま攻撃陣形が編成され、迎撃

突撃砲。貴重な支援兵器であり、歩兵にはたびたび待望の救世主となった。

の音が轟いた。まだ戦闘能力のある八〇名あまりの猟兵は突撃砲の援護のもと、以前の陣地を奪回しようと試みた。ロシア軍は戦術上の計算を誤っていたらしく、攻撃で使い果たした兵力を補充できるような状況ではなく、ドイツ軍の反撃に明らかな狼狽をみせながら以前の陣地へ退却していった。このときを待っていたゼップが狙撃銃の隠し場所まで一目散に引きかえしてみると、銃は弾薬箱の下で手つかずのままだった。このドイツ軍の攻撃はおおいに戦意を高揚させたので、部隊長はロシア軍陣地まで反攻を進めようとごく自然に決意した。ふたたび狙撃銃を手にしたゼップは敵の指揮官に狙いをさだめて迅速かつ的確に銃撃し、敵を不安に陥れて、効果的な防衛線の構築を阻むことに成功した。戦車を奪われて重歩兵兵器もないまま、ロシア軍の前線が少しずつ崩壊していった。ロシア軍は撤退をはじめた。それに乗じてドイツの攻撃軍は、相手に可能なかぎり大きな損害を与えるべく戦った。やっと安全なところまできたと思ったところで、ゼップの銃から放たれた弾丸にみまわれる敵も少なくなかった。それがロシア兵の銃だったというのは、なんという運命の皮肉だろうか。ロシア軍の攻撃が途絶えたこのとき、ようやく衛生軍曹が顔の傷を手当てしてくれた。鼻に綿を詰め、絆創膏をはった。唇の金属片は磁石で抜きとった。今回は輜重隊《しちょうたい》で何日か静養させてもらうにはほど遠く、ゼップは最前線の部隊にとどまった。

こうした戦況にあっては偽装はなんの役にもたたなかった。戦場の狙撃兵は、射界が開けていて、いくらかでも掩体のある地点をとっさに探し、その潜伏地点からできるかぎりのあいだ射撃をし、的確な砲撃をうけるようになると、あるいは戦線が明らかに変化すると、ただちに新たな潜伏地点に移るのだ。

ロシア軍の防御線は、猟兵隊の敢然たる攻撃のまえに崩壊をつづけていた。ここぞとばかりゼップは一一名の戦友のグループとともに敵の陣営に攻め込んだが、反撃はいっさいなく、そこには死体と重傷者がいるだけだった。だが緊張が緩むことはなかった。しっかりつくられた地下壕があり、なかにまだ戦闘力のある敵がいるかもしれなかったからだ。互いを護衛しあいながら用心深く地下壕へ近づいていくと、そこから奇妙な音が外にもれていた。ひとりの猟兵がロシア語で"Sdawajtesj! Wy-choditje s podnjatymi rukami!(投降せよ、両手を挙げて出てこい)"と呼びかけたが、なにも反応がないのをみてMP四〇短機関銃で地下壕に連射した。動くものの気配はないのに、奇妙な物音は消えなかった。一同はそろそろと手探りで地下壕に入っていった。天井の穴から射してくる光で、内部がぼんやりと浮かびあがる。先頭の猟兵が一歩踏みだしたかださないかのうちに、大声で仲間を呼びよせた。なかに入ったゼップの目に飛びこんできたのは、掛け値なしに陰惨な光景だった。それは先ほど捕虜になった五人の仲間だった。ロシア軍監視兵が逃げるときに、銃声で居場所を悟られないようにと数分前に切り裂いた喉から、血が泡音をたてて流れていた。手足を振りまわし、指のさきが力なく地面をつかむ。すでに手のほどこしようがなかった。彼らの苦悶がようやく終わりを迎え、身もだえをやめてぐったりとなるまで、あまりに長い時間がかかったようにゼップには思われた。

ゼップの内面を冷酷非情なものにしたのは、このような体験だった。そうした体験が憎しみの種をまき、照準スコープの視界に入ってくる敵はだれであれ例外なく彼の銃弾の犠牲になることになった。ただし、これは敵対するいずれの側にも生じていた現象である。いつのまにか誰もが自分なりの理由づけをして、とりわけ報復の感情で戦闘行為を正当化するようになっていた。

戦友にも正義を気取る者などいなかった。足を負傷して逃走する仲間に合流しそこねたロシア軍曹が、仲間の捕虜の運命を知った兵士たちの歯止めのない憤激を一身に浴びる場面をゼップは目撃した。陣地の場所や兵力の集結地、攻撃計画などを聞きだそうとし、軍曹という立場ではそうした情報などほとんど知るよしもなかったが、そんなことはお構いなしだった。聞きだそうとしたのは、むしろ復讐の口実にすぎなかったのかもしれない。いずれにせよ軍曹の情報は、尋問をしている少尉やその補佐役を満足させるものでなかったらしく、顔面を殴りつけるという強硬手段にでたが、期待するような情報は当然でてこなかった。たとえ何か話したとしても、それで満足とはいかなかったろう。別の口実がもち出されるまでのことだ。いずれにしても、尋問なるものは単なる虐待へエスカレートしていった。殴打はいよいよ激しく、手がつけられなくなっていき、そのあげく、マッチ棒の先を尖らせて指の爪に刺すというアイデアをひとりが思いついた。そのアイデアは歓声とともに実行に移され、犠牲者の悲鳴も虐待者の興奮をさらにあおるだけだった。勇気をもってこの騒ぎにけりをつけたのは、戦場経験が豊富な司令部付曹長だった。「そんなくだらぬことはすぐ終わりにしろ、お前らもロシア野郎と同じ穴のむじなだぞ」と叱責し、ホルスターからルーガーP〇八を抜いて、ロシア兵の首筋に照準をさだめて引き金をひいた。銃撃音とともに、苦しみから解放されたロシア兵の頭蓋骨がはじけ、額が割れ、脳みそが地下壕の壁に飛びちった。急に力が抜けたような静寂がおとずれ、猟兵たちは我に返った。少尉もこの越権行為には異を唱えず、銃声で催眠術から覚めたようだった。

一九四三年一一月二七日、ロシア軍は成果のないまま攻撃を中断した。橋頭堡は守られたが、どれほどの犠牲が払われたことか。第一四四山岳猟兵連隊は定員の四分の一まで兵力を減らしていた。

三週間近くのあいだ、橋頭堡の守備隊はうそのような平穏を味わった。戦闘は偵察攻撃、かく乱射撃、小規模なこぜりあいにかぎられていたが、その間にも周囲はみるみる冬景色に変わっていった。氷雨、泥濘、そしてついに厳寒と雪が到来し、疲弊した兵士をいっそう痛めつけるようになった。飲料水が不足し、兵士が水溜りや小川の水を飲んだために、赤痢や黄疸が広がった。

乏しい飲用水はとことんまで活用した。朝の身づくろいは水筒から一口含んだ水だけですませた。まず手に吹きつけて洗い、次に、丸めた手のひらでうけて顔をこすり、残りで歯を磨いて、最後にはごくりと飲みくだす。男たちはまるで幽鬼だった。若々しかったゼップの顔はいつのまにか四〇歳の顔になっていた。日々の非人間的な経験のせいで眼窩ふかくに目が落ち窪み、険しく刺すような眼差しになった。戦争が、石に刻みこむように、彼の風貌を刻んでいた。ゼップはまだ一九歳だったが、すでに冷徹な東部戦線の戦士のもつ厳しい顔になっていた。

ゼップは連日狙撃に出かけるようになっていた。相手を的確にしとめることでロシア軍の隊列に恐怖と動揺をあたえると同時に、そこから得た貴重な観察報告を山のように持ちかえった。戦力の集結状況、戦車や砲撃陣地、部隊の移動状況などである。

ドイツ軍部隊は人員も物資も不十分な補給しか受けられなかったのに対し、ロシア軍はその国土の深い懐から、たえず新たな兵士と物資を滞りなく大量に調達していた。一九四三年一二月一九日、橋頭堡に侵入せんとして、万全の一〇個師団で大攻勢をかけることができたのもそのためである。ロシア軍戦闘機、爆撃機も、ドイツ空軍や対空防衛に煩わされることなく戦闘に加わってきた。ロシア軍の戦車や歩兵隊のいつ果てるともしれぬ襲撃が、ドイツ陣営に大波となって押しよせた。息つくひま

第2大隊第144山岳歩兵連隊の残存兵。

もない一二日間の戦闘で、第三山岳師団はほぼ壊滅状態になった。五〇倍もの圧倒的戦力を前にして、猟兵二人が百メートルの戦線を守らなくてはならない前線区域も少なくなかった。途切れることのない戦闘ストレス、止むことのない不安感は、百戦錬磨の兵士の気力さえも凌ぎはじめていた。

一九四三年一二月三〇日と三一日に第一四四連隊の戦区でパニックが起こったのも、いささか無理からぬことだった。こうした危機的な状況のなか、連隊副官と司令部付き将校がみずから毅然とした態度をしめして不安を鎮めた。ふたりはオートバイで最前線に出向き、積極的に姿を見せることで兵士に忍耐を促すとともに、その一方で、手荒い手段に訴えて崩壊現象をくいとめたのである。

ゼップの大隊は何日ものあいだ休みない攻撃に耐えていた。ゼップはたえず潜伏地点を変えながらすばやく相手をしとめることで、攻撃軍を否応なく掩体に封じこめ、その短いあいだだけでも仲間の負担を減らそうと試みていた。奇跡のようなことだが、ゼップは戦友たちと対照的に、敵の砲弾の嵐のなかでも無傷でいた。戦友がつぎつぎとけがや死で脱落していくのをみて、身がすくむような思いがした。一人か二人だけで守っている塹壕も珍しくなかった。特にそうした孤立状況では、ほんのささいなきっかけで恐慌になり、脱走がはじまることが多い。弾薬の貯蔵が底をつくことや、主観的に長いあいだ仲間の顔を見ていないと突如気づくこと、司令部との連絡が絶たれること、指揮官の脱落、負傷者に手当てがされていないこと、仲間の逃亡などがきっかけになった。

大隊には上記の条件がことごとく当てはまった。ゼップでさえ、部隊の戦区内で自由に動きまわれるというはかり知れない恩恵がありながら、逐電して安全なところに隠れたいという欲求が沸きあがるのをはっきりと感じた。少しでも仲間と顔をあわせると、相手が安堵するのがわかった。相手は堰をきったように戦況を尋ねてきたが、そこにはすでに崩壊の気配がひそんでいた。孤立して一人きりになった軽機関銃手の陣地にいたときのことだ。その男は苛立ちを隠そうともせず、いっしょにこの場所を離れようと言った。「ゼップ、おれもついて行くぜ。なに、頭がおかしくなったわけじゃない。もうずっとここで粘ってるんだが、ちくしょうめ、だれもけが人を運びにこなくなりやがった。弾や食糧は言うまでもねえ」。その瞬間、ふたりの背後でオートバイの音がした。大尉がバイクから降り、身をかがめてジグザグに走ってくる。その瞬間、隣の塹壕に最後まで残っていた猟兵五人が自制心を失い、穴から飛びだして、やみくもに逃げ戻りはじめた。大尉はすぐに事態の深刻さを察し、首にかけたMP四〇短機関銃をかかげて、兵士たちの頭上めがけて威嚇射撃した。兵士たちはびくっとして立ちどまり、雷に打たれたように上官の顔を凝視した。突然、ひとりの兵士が騎兵銃をとりあげ、正確に大尉を狙って発射したが、わずかのところで弾は外れた。すでに大尉は狙いをさだめて短機関銃をかまえ、その兵士を照準にとらえていた。「銃をおろして陣地へ戻るんだ、ばか者め」。兵士が正気に返ると、大尉は銃をおろしたが、いつでも撃てる態勢のまま一団に歩みよっていった。ロシア軍の多連装ロケット砲がかなでるオルガンのような砲撃音がして、とっさに一同は否応なく地面に伏せた。そしてゼップがふたたび見たときには、大尉を先頭に兵士たちが塹壕へ戻っていくところだった。一〇分後、大尉はふたりのいる塹壕まで匍匐前進してきた。すっかり泥まみれで疲れきっていたが、その表情はある種の信頼を感じさせた。その間にもふたたびロシア軍の小規模なロケット砲連射が上空をかすめ、後方で地面を噴きとばす。三人に土の塊が降りそそいだ。「いいか、ばかな真似はしないで耐えるのだ。われわれは事態を掌握している」と大尉が頭を引っこめて説得した。「ロシア野郎の圧力は弱まっている。どの兵士も陣地をそれぞれ模範的に守っておるのだ。いま新たな防衛線を敷いているところで、これから作戦どおり撤退する。何日かすれば連絡網も復旧するだろう。いいな、不屈の精神を極力保つのだ。お前たちを信頼している」。そう言うと、カフェインの強いチョコレートを一缶置いていったので、ふたりはたちまちむさぼるように平らげた。大尉は隠れる場所をさがしながら、次の陣地へと姿を消した。それから三〇分後、ゼップも戦友を残して次の地点へと移った。連隊本部の将校が顔を見せることが、これほどの効果を生むとは驚くほどだった。猟兵たちは耐え抜いた。戦術を台無しにするばかりか、より多くの兵卒にとって致命的となるパニックは阻止された。前線は安定を保った。

とはいえ、打ち続くストレスを兵士全員が辛抱できたわけではない。前線の恐怖から逃れるひとつの方法に、病気やけがを装うという手口があった。この技術を学問のように究めたスペシャリストがいて、そういう兵士は積みかさねた知識を秘伝としてひた隠しにし、これはと思う同僚にしか明かさなかった。たとえばニベアクリームを食べると黄疸に似た症状がでるとか、手足を銃撃して自傷するときは黒パンごしに銃を撃ち、火傷や硝煙の痕跡が傷口に残らないようにするといった技術である。大規模な攻撃の前や、戦いのプレッシャーが長くつづいたとき、あるいは外的条件がきわめて不利なときなどには、仮病による落伍者が相次いだ。将校や下士官にもストレスは同じようにあり、上官が兵卒を置き去りにしていち早く逃げだしたせいで、収拾のつかない瓦解を招いたことも一度ならずあった。

思いがけず頑強でしぶとい抵抗にあったロシア軍はついに襲撃を中断し、さらに北方へ移動して、いっそう勝機のありそうな攻撃へ力を振りむけた。しかし、ドイツ軍も偵察隊の活躍のおかげで、攻撃の重点が移ることは察知していた。戦闘と進軍をする力の残っているわずかな大隊の兵士が塹壕から集められ、大尉の言ったことが本当であり、実際に新たな防衛線が構築されているのを知って納得した。一時的に安全な合同陣地に入り、兵士たちが放心状態で砂袋のようにぐったりしていると、衛生軍曹が来て死線をさまよう一同を救った。「そらよ、インクの補充液だ」と言ってひとりひとりをまわり、「ペルヴィツィン」と記された錠剤が入った小さなガラスビンを握らせた。この商品名に隠された物質は塩酸メタンフェタミンで、飢餓感を抑え、精神的な抵抗力を高め、高揚感を与えて眠気をさます効能がある。「もうだめだと思ったときは錠剤を一発やりな。そうすりゃ、またエンジンがかかってくる。ただしやり過ぎるんじゃないぞ。あっと思う間もなく糞が垂れるようになるからな。

そこまでいったら一巻の終わりだ。言ったことを守って気持ちよくトリップしな」。そう言うと、衛生軍曹は陣地にかつぎ込まれた負傷者の手当てをはじめた。

安息と熟睡のときが数時間あっただけで兵士たちはたちまち叩き起こされ、錠剤をひとつ飲むように指示された。そして久方ぶりに熱いコーヒーが一杯でたばかりか、火酒も二、三本まわってきたので、各人が一口ずつ思いきりあおることができた。しかしコーヒーや火酒がでるのは、進軍中の重苦しい空気が流れているときと相場が決まっていった。今回もやはり思ったとおりで、三〇分後には出発し、ロシア軍が攻撃してくる新たな火点に向かって急行軍で移動していった。一行は、ひどい苦境に立たされた歩兵師団の仲間を援護することになっていた。

第6章　生きのびる意思

雪解けの季節がはじまっていた。猟兵たちは、しばしばひざの高さまである泥濘をかきわけて進まなくてはならなかった。靴やズボンの裾は水をいっぱいに吸い、粘っこい泥がまとわりついて、足を動かすこともできなくなるほどだった。肉体的に消耗しきり、機械的に両足を交互に前にだすだけになった。多くの者はすっかり参ってしまい、歩いている途中でからだが動かなくなり、眠りこんでしまうほどだった。そういう者がでると仲間が手をとり、引っ張っていった。何分かするとはっと目を覚ますが、どうやってそこまで歩いてきたのか思い出せない。こうした行軍の負担はあまりにも過酷で、覚せい剤の分量を限度ぎりぎりまで増やして摂取しても、わずかな効果しか得られなかった。ゼップは狙撃銃を背中にかつぎ、照準スコープは泥濘で汚れないように迷彩ポンチョを裂いて厚くくるみ、突発的に銃撃戦になったときのためにMP四〇短機関銃を首にかけていた。配給のタバコはできるだけ乾燥ビスケットと取り替えてもらい、それを噛んで睡魔と戦うのが習慣になっていた。

一方、ロシア軍の動きの背景には、単に攻撃の重点を移すという以上のものがあった。その作戦は大攻勢にまで発展し、早くも一九四四年一月三〇日にはドイツ軍の戦線に大きな突破口をあけた。ドニエプル川の大屈曲部にバサフルク川が合流するあたりで、ドイツの二個軍団が包囲される危険がにわかに高まった。前線の縮小が至急必要だったが、毎度のことながら陸軍司令部は手遅れになる寸前までこれを認めようとしなかった。結局、助かったのはひとえにロシア軍司令部の不手際のおかげだった。決定的瞬間に兵力を結集させてドニエプル屈曲部に思いきって集めることをせず、逆に、相手の懐深くで兵力を分散させたのだ。現場のドイツ軍司令部は決死の覚悟をきめ、ロシア軍の作戦にじゅうぶん対抗できるよう兵力を移動させるのに成功した。疲弊しきった山岳猟兵はひたすら睡魔と戦いながら、ひざの高さまである泥濘をかきわけて進んだ。この耐えがたい難行のせいで、睡魔と戦う以上の意識は兵士から消えていた。

兵士たちはますます機械的に、生きのびようとする個人の意思だけで戦っていた。彼らは闘士となり、死はその定めとなり、仲間意識が行動の基準になった。

戦闘の合間の休みはなくなった。猟兵たちは幽鬼のようだった。ずぶ濡れになった冬用の戦闘服に身をつつみ、空腹と疲労を顔に刻みながら、ひたすら戦いの渦に押し流されるばかりだった。

とうとうゼップも体調を崩した。からだがずっと冷えていたことと、榴弾痕にたまった水を飲んでいたせいで、ひどいウイルス性腸炎にやられたのだ。激しい悪寒に襲われ、そのうちに排泄と嘔吐のどちらを先にすべきかもわからなくなった。腹を撃たれた獣のようにからだを丸め、地下壕の隅で震えているところに巡回中の大隊長がやってきた。

ニコポール橋頭堡で大隊を引き継いだのが、このマックス・クロース大尉だった。この苦難のときに、兵士がもっとも切実に必要とされている場所で祖国の役にたちたいという思いに突き動かされ、ラップランドの戦線から志願して東部戦線へ異動してきた人物だった。大尉は行動の面でも、国家社会主義的な色合いの濃い正義と理想の信念に満ちていた。いまだに制服にヒトラーユーゲントの記章をつけているのも、信念の表れだった。といっても盲目的なナチス崇拝者ではなく、謹厳で勇敢な

ゼップと伝令兵たち。ニコポールの橋頭堡。このときはまだ、堅固な陣地にいればロシア軍の攻撃に耐えられると思っていたが、その後の惨劇が兵士たちの多くを無残に呑みこんだ（ゼップは後列左から２人目）。

兵士という側面のほうが強かった。ゼップがうずくまって震えているのを見ると、随行していた中隊長の中尉に、あの男はどうしたのだと尋ねた。ゼップが中隊の狙撃兵であること、腕前が非常に優れていることなどを説明されると、クロースは「わが軍にはどのようなスペシャリストであれ必要である。あの男は快復させねばならん」と言った。「あれは部隊で最後の狙撃兵だ。その男までも失うわけにはいかん」。大隊司令部へ行き、伝令兵にからだを預けるようクロースはゼップに命じた。「世話をうけるよう命じられましたと、伝令兵に言いたまえ」。そして中隊長のほうを向き、「中尉殿、異存はなかろうと思うが」と言うと、中尉は肩をすくめただけだった。ゼップは震えながらその場を離れた。一キロはある道程でゼップはたびたびズボンを慌てておろし、射撃位置について（排便を意味する兵隊用語）水のような便を出した。ようやく伝令兵の地下壕にたどりつくと、まっさきに目についた即席の休憩場にぐったり倒れこみ、うめくように告げた。「世話をしてもらうようおやじ《大隊長》に命じられた。何はともあれズボン下の替えがほしい」。「はいはいアラーベルガーお嬢ちゃん、すぐに博士先生が看護婦のおねえちゃんといらっしゃるわよ。おしりの傷にパウダーかけにね」と、穴ぐらのような地下壕の隅から軽口が飛んできた。だが伝令兵たちは親身になって看病してくれ、紅茶を調達したり、ドランツィンという名前の非常によく効く下痢薬までくれた。

この薬品は一九三九年にヘキスト・ヴェルケ社が開発したもので、強い鎮痛作用があるだけでなく特に痙攣を鎮める効果があり、痛みをともなう下痢疾患の付随症状を大幅に和らげた。ただしドランツィンの本来の用途は、外傷の痛みの緩和である。一九四〇年代の初頭、ヘキスト社の研究者はドランツィンの効能をさらに二〇倍アップさせることに成功し、この薬にポラミドンという名前をつけた。

鎮痛薬と総称される痛み止めの需要が膨大だったことは、一九四四年の年間生産量が六五〇トンにも及んだことに表れている。

ドランツィン、安静、適切な食事のおかげでゼップの腸痙攣と下痢はまもなくおさまった。伝令兵たちのコネは目を見張るほどで、どうやって何度も品物を調達しているのか見当もつかなかった。数日してゼップは快復した。その間にも大隊長は再三足を運んでは、容態はどうだと尋ねてくれた。ふたりの間で会話がはじまることもあり、意気投合した。クロースはゼップを大隊司令部の伝令兵のところに置いておき、自分の専属にしようと考えていた。

ゼップはまだ少し足元がふらついていたが、クロースには考えがあった。「からだを動かしはじめるにはいい頃合だ。新しい下士官が四名きて、おまえと同じ中隊に配属されることになっている。おまえに面倒をみてもらおうと思ってな。狙撃に連れていって仕込んでくれ。いまから運転手に送らせよう」。一五分もしないうちに、一同は軍用自動車に揺られて荒野にでた。ところが早くも数分後、衝撃音がして運転手がハンドルから振りおとされ、ドライブは終わりになった。車は左へそれ、勢いあまって横に傾いた。「ちきしょー!」という叫びを聞いたと思ったとたん、ゼップは同乗者とともに大きく弧をえがいて車からとびだし、野道わきの泥濘に落下していた。防御地雷に乗りあげ、左の前輪が外れたのだとすぐにわかった。一同はあえて動く気になれず、その場に寝ころんでいた。「あのぽんこつ地雷はきっとわが軍のだ。きのう走ったときは何もなかったし、ロシア野郎はここまで来てない」と、運転手が考えたすえに結論をだし、次に「けが人はいるか?」と聞いた。青あざをつくった以外はみな無事助かっていた。四つんばいになり、用心して指先で地面を探りながら、一同は車まで戻った。これからどうするか相談しているところへ、工兵分隊が一列縦隊で近づいてきた。「こんなところに閉じこもって何をしています？　われわれが苦労して仕掛けた地雷を台無しにしてよいという許可はとりましたか？」というのが挨拶だった。だが、思いやりを皮肉につつんだその冗談はまったく通じなかった。「くそったれ、顔に一発くらわしてやろうか。自軍の地雷をどこに敷いたかぐらい、連絡するもんじゃねえのか！」「では、いまのでわかったでしょう」と相手は諭した。「まだごちゃごちゃ言うようなら、ここに置いていきます。無理にとは言いませんが、われわれに合流してはいかがですか」と工兵の分隊長は言い、道路へ歩いていった。「どのみち車はおしゃかだ。ついていくか」と運転手がしぶしぶ言った。中隊までの道は移設されていた。こうして一同はほどなく大隊司令部にまいもどり、「おやじ《大隊長》」に報告をした。しかし、この出来事がもたらした最大の成果は、クロースがゼップを大隊の伝令兵のところに置いて自分の専属にしたことだった。

ロシア軍は、目的を達するためならばどんな手段でも使った。拘束的な規則をつくって軍紀を保とうという試みは東部戦線ではたいてい挫折しており、手段を選ばぬ傍若無人な戦いにその席をゆずった。ロシア軍はこの行動原理を決めてから、ドイツ軍兵士があげた当初の戦果や、民間人をはじめとする敵国へのしばしば非人道的な苛烈さに対し、それを二倍にして報復したのである。

鉄道輸送の面では、きわめて激しい砲撃をうけながらも、第一一二山岳砲兵連隊の砲兵隊二個を緊急の補強として橋頭堡へ送り込むことに成功していた。だが、ロシア軍の砲撃をかいくぐって残った機関車は一台しかなく、最後の運行で、狭まりつつある包囲網から重傷者をのせた列車を脱出させることになった。ある早朝のこと、ゼップは仲間とともに新たな陣地へ向かっている途中で、列車の発車準備地点を通りかかった。応急処置の包帯を巻いただけの負傷者が何百人も車両を取りまいている。戦闘能力のある猟兵の一隊を見かけると、重症患者たちの目に希望の光が宿った。「列車が出るまで、ロシア野郎をくいとめておいてくれ」と、口に出す者もいた。死者や手足を失ったけが人がどこにでも倒れている環境に感覚が鈍っていた猟兵に、その言葉はうつろに響くだけで、さしたる効果も残さなかったが、それでも、気づかないうちに幾人かの兵士の記憶にこびりつき、きたるべき攻撃をできるだけ持ちこたえようとする意識に火をともした。

ロシア軍はすでに積込み地点の手前一・五キロまで迫っていた。猟兵たちは行軍中からすでに敵の砲火をうけ、戦闘がはじまっていた。敵の圧力はきわめて強く、時間かせぎの抵抗をするだけで精一杯だった。文字どおり最後の瞬間、すでに砲撃をまともに浴びながら、負傷者を乗せた列車は集合地点を出発した。だが、わずか数キロ走っただけでロシア軍戦闘機が防備のない列車を襲い、車両に大きく描かれた赤十字にいささかも迷わされることなく、死の積荷をぶちまけていった。最初に医療スタッフを乗せた車両に爆弾が命中し、軍医がほぼ全員死亡した。嵐のような銃撃と爆弾のなか、列車は切り裂くような音をたてて脱線した。轟音とともに車両がぶつかり合い、積荷をみさかいなく空中に吐きだした。またもダメージをうけた負傷者たちは力なく泥のなかに倒れた。だが、だれも助けに来る者はいない。命びろいした少数の衛生兵と軍医二名は、眼前で展開される惨状のまえになす術がなかった。翌朝になってようやく撤退中のゼップたち一行が現場を通った。悲惨な戦争の日常のなかでも、そうは目にすることのない光景が繰り広げられていた。不自然にねじ曲がった死体が列車の残骸からぶら下がり、ちぎれた四肢があたり一面にころがり、破れた包帯が散乱し、風になびいている。

すぐには死ななかった者もパニックを起こして死の恐怖に苛まれ、四つんばいでその場から逃げようとしたようだが、大半はその最後の苦闘に耐えるだけの余力はなく、傷口が開いて出血死するか、血液循環が破綻していた。生命の灯は消え、そのむくろが三〇〇メートル四方の一帯に散らばっていた。その合間を数人の衛生兵とふたりの軍医が駆けまわり、その状況に立ち向かおうと孤軍奮闘していた。猟兵たちが来るのを見て、彼らの表情に希望が兆した。しかし猟兵も五〇名しか残っておらず、しかもその一部は負傷して包帯を巻いていて、そんな状態では焼け石に水だった。

その小部隊の背後までロシア軍が迫っており、数時間以内の距離で追いかけているはずだった。できるだけ手早く即席の担架をつくった。当人にはどれほど残酷なことかわからなかったが、少しならば歩ける者と、搬送すれば現実的に生存の可能性がある者とに負傷者を選別するほかなかった。致命傷を負っている負傷者や、負担の大きい搬送に耐えられそうにない負傷者は、すべて残して行かざるをえなかった。ほんの二四時間前には、負傷者はある意味で羨望の的だった。少なくとも理屈のうえでは戦いをとりあえず切り抜け、故郷に向かう途上にあったからだ。ところが戦争はまたしても彼らに追いすがり、生命をかけて戦わなくてはならない兵隊へと引き戻していた。

出発の準備をしていると、突然、ピストルの音が空気をつんざいた。全員が音のしたほうを振り返り、ルーガーP〇八を持ったひとりの猟兵が、すでにこと切れた負傷者のそばで立ちつくしているのを見た。すぐにゼップが近づき、いったいどうしたんだと尋ねた。問われた兵士は人目もはばからず涙を流しながらがっくり膝をつき、落ち着きをとりもどして話しはじめるまで何分もかかった。目の前に横たわっているのは行動を共にしてきた友人だったが、両足を切断しており、切断痕の傷が開いて血まみれで、上半身も破片で傷だらけだった。これほどのけがでそれまで生きていたのが不思議なほどだった。自分が置いていかれること、そうすればロシア兵のなすがままになることがわかっていた。仲のよい兵士がいるのを見つけ、友としての最後の助けにすがり、銃で撃ってひと思いに苦痛から解放してくれと頼んできた。あまりに切実に請い求められたので、その願いをきいてやったのだという。この行為と引き換えに、その猟兵は生涯色褪せることのない苦渋に満ちた記憶をかかえることとなった。

一行は出発の仕度をととのえ、人間の悲惨に満ちたその場所を離れた。ロシア軍が負傷者を介抱するか、少なくともすぐに銃殺してくれるのではないかという淡い期待で不安を紛らわせながら。

ゼップはこのときには狙撃銃を準備し、一行よりも少し遅れて歩きながら背面援護を担当した。一行が出発して三〇分もたたないころ、ゼップが五〇〇メートルほどの距離であとに続き、少し観察をしようと茂みに隠れていると、一五〇メートルばかり離れたところにロシア軍特攻部隊の先頭がいるのを確認した。敵の前進をくいとめるため、すみやかに対処する必要がある。ゼップは安定した木の枝を支えにして銃をかまえたが、ロシア兵が巧みに掩体として利用する灌木に遮られて、射界はきわめて悪かった。ちょうどよい瞬間をみきわめる経験ゆたかな猟兵の技能、本能、感覚が報われるのはこんな状況のときだ。ゼップは落ちついて偵察部隊長を照準スコープにとらえ、照尺のクロスサイトを胸部に合わせて、木の枝ごしにその姿を追った。すると不意に絶好のタイミングがおとずれた。数秒間だけ藪がとぎれて相手が見えたそのとき、ゼップが発射すると胸に命中し、相手は仰向けになって茂みに倒れこんだ。他の兵士も、すぐに狙撃兵の仕業だと見抜くほどには場数を踏んでおり、タカに襲われたニワトリの群れのように散らばって、少しでも姿が見えないようにと身を隠した。すぐ続けて、隠れ場所を確認することができたロシア兵二名のできるだけ近くに二発撃ちこむと、一発がベルトから突きでている水筒を粉砕した。あと三〇分のあいだ敵を地面に伏させておくにはそれでじゅうぶんだった。ゼップはすぐにとって返し、一行に合流して敵が近くにいることを知らせた。ゼップとともに背面援護を受けもつ小集団が自然にできたが、意外なことに夕刻まで出番はなかった。

暗くなりかけたころ、やはり敵の追撃を振りきった別の猟兵大隊と運よく出会った。こうして戦力を増やしたところで、陣地へ移動し、追跡してくるロシア軍をできるかぎりくいとめよという命令を無線でうけた。

第7章　狙撃兵仲間

合流先の部隊で、ゼップは自分と同い年の狙撃兵のヨーゼフ・ロートと対面した。ヨーゼフのことは噂には聞いていた。ニュルンベルク出身のヨーゼフは志願して山岳部隊に入隊し、ゼップと同じくロシア製の捕獲兵器を手に、自分から進んで狙撃兵になった男だった。ふたりは初対面のときから意気投合した。大隊長は、防御で狙撃兵を正しく投入することの重要さをわきまえており、両人を好きなように行動させた。部隊が保塁を築いているあいだ、ふたりは申し合わせて敵の動きを偵察し、きたるべき防御戦で協力しあった。鍛えられた目の持ち主がもうひとりいると、単独のときよりもはるかに発見が多いことがわかった。

翌朝八時ごろ、陣地を築いていた猟兵たちに突然一発の銃撃があった。ここ三日間空気は乾燥しており、気温は氷点下をかろうじてまぬがれていた。ひとりの兵長が声をあげて倒れ、痙攣しながら地

塹壕構築をしていてロシア軍狙撃兵の犠牲になった猟兵。

面でからだを丸めた。ほかの者たちは電光石火のいきおいで掩蔽物に隠れた。撃たれた仲間を助けようとひとりが近づいたが、何秒間かその場にとどまりすぎて、銃弾のうなり声を耳にするまもなく、左耳のうしろから弾丸が頭蓋骨を貫通し、拳大の穴をあけて右目のところから飛びだした。脳味噌と血が混じって黄色っぽくなった赤い塊が、どくどくと流れだした。すぐさま「狙撃兵だ気をつけろ！」という警戒の叫び声があがった。警戒役の歩哨はどうすればわからないまま、それと思しき方向へ軽機関銃を放ったが、機関銃手のひとりが狙いたがわぬ頭部への銃撃をうけて次の犠牲者となったことからして、効果はないようだった。あえて動こうとする者はいなかった。ゼップとヨーゼフはまだ大隊司令部にいたが、伝令兵が息を切らしながら地下壕へ駆けこんできて、前線で受けた奇襲のことをふたりに知らせた。状況に対する大隊長のコメントは短く、「おまえたち、自分の任務はわかっているな。問題を解決しろ」だった。ふたりは身を隠すように気をつけながらも急ぎ足で、伝令兵とともに前線へと向かった。

すでに完成している塹壕へ伝令兵に案内され、そこでひとりの軍曹から出迎えをうけ、ここ数分の状況を聞いた。少し離れたところに対壕があり、灌木の茂みでうまく偽装された観測陣地へと続いていた。ふたりは姿を隠したまま見通しのよい場所へゆき、狙撃兵の潜伏地点を知る糸口はないかと付近をくまなく見渡した。だが、いくら懸命に探しても手がかりはつかめなかった。撃たれた兵士の姿勢から判断して、ある区域を特に入念に探したにもかかわらずである。しかし収穫は何もなく、時間だけが過ぎてゆく。ふたりは、自分たちがロシア側の狙撃兵だったらどうするだろうかと話しあってみたが、ふたりの頭に浮かんだ理想的な陣地にも動きはなかった。

昼頃、ひとりの猟兵が空き缶に注いだ小便を塹壕の縁から投げ捨てようとしたとき、三人目の犠牲者となった。またも銃声が轟いたが、不幸中の幸いで、銃弾はヘルメットに当たって横に逸れ、上腕部に食いこんで、そこにぱっくりと傷口をあけた。幸いなことに、ロシア軍狙撃兵がこのとき放ったのはいつも使う炸裂弾ではなく、被害者は筋肉の傷だけですんだ。

ヨーゼフとゼップはその瞬間、敵の前線に双眼鏡を向けていて、ロシア軍狙撃兵が撃った銃の爆風で、起伏の激しい一帯のこちらがわにある高い草が一瞬だけさっと分かれ、再び閉じるのを目にした。そんな穴ぐらに隠れるという敵側のアイデアの豊かさに、ふたりは舌をまいた。おそらく隆起部の裏側から掘ってこちらに貫通させたのだろう。残る問題は、相手がその潜伏地点を去るだけの経験を積んでいるか、それとも同じ場所にとどまっているかである。標的になった三人が、いずれもほぼ同じ方向から撃たれたことからすると、後者の可能性が高い。ゼップとヨーゼフは、相手を隠れ場からおびき出すほかなかった。別の仲間の手を借りてダミーの標的を敵に見せることに決め、ヨーゼフが、ゼップから五〇メートルほど右方へあらかじめ移動することにした。次にロシア兵の銃撃で草むらが動いたら、すかさず、見当をつけた潜伏地点に向けていっしょに撃つことを申し合わせた。雑嚢に草を詰めて棒を刺し、それに山岳帽をのせた。ヨーゼフが銃撃位置へ移るときに、途中でこのダミーを仲間に託し、ちょうど一〇分たったらこれを塹壕の縁からそっとさし出して、帽子だけがロシア兵に見えるようにしてくれと頼んだ。ゼップとヨーゼフがいると、敵の潜伏場所と思われる方向へ狙撃銃を向けていると、塹壕から山岳帽がそっとさし出された。そして実際、ふたりの計略どおりになった。ロシア兵は罠かもしれないということを考

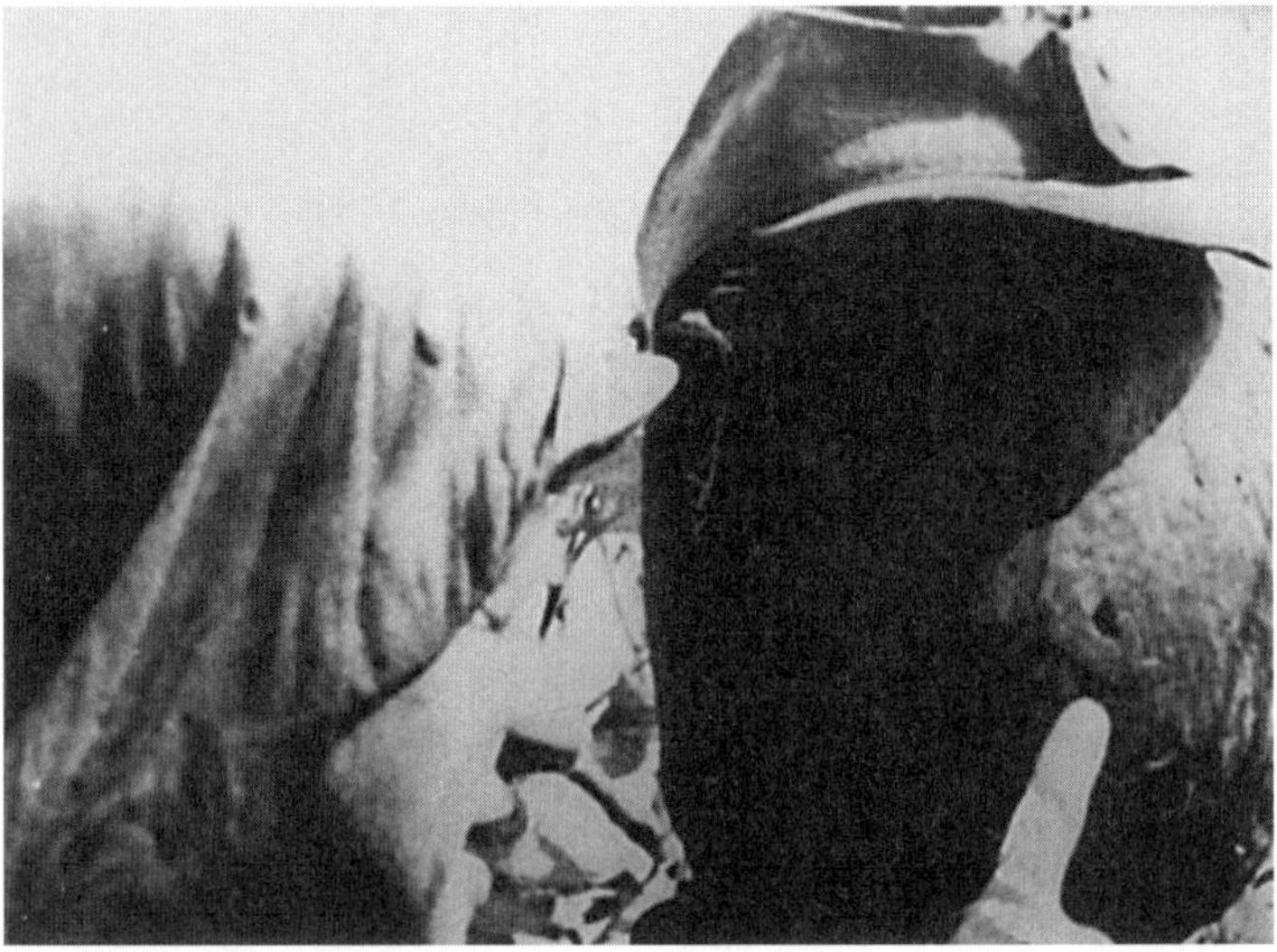

策略を使ってロシア兵に現在の陣地から狙撃させる。

えず、早まって発砲した。それも同じ位置から。銃声がしたとたん、ゼップとヨーゼフがほぼ同時に発砲した。ふたりはこの銃撃に備えて、捕獲した数少ない炸裂弾をロシア製狙撃銃にそれぞれ装塡していた（狙撃兵教程についての記述も参照）。穴ぐらのなかで、炸裂弾が鈍い音をたてて炸裂した。ふたりが照準スコープを覗いて隆起部をじっと観察していると、その背後で急にあわただしい動きがあり、何かを担ぎ出しているらしい様子が見えた。何が起こったのかと、ひとりのロシア軍観測員が双眼鏡を目に当てながら姿をあらわし、すぐにその好奇心の代償を命で支払うことになった。ふたりのドイツ軍狙撃兵の銃弾が頭を撃ちぬき、二倍の衝撃をうけて、熟れすぎたカボチャのように粉々に砕け散ったのだ。双眼鏡だけが、見たところ無傷のまま塹壕の縁に残されていた。ロシア側は恐ろしさのあまり穴から出られなくなり、猟兵たちはしかるべき警戒をはらいながら防塁構築を終えることができた。

ゼップとヨーゼフもきたるべきロシア軍の攻撃に備えて、入念に偽装した移動用陣地をいくつもつくり、お互いを援護し合えるように前地を区分しておいた。相手に気づかれない時間を極力引き伸ばすため、敵が一〇〇メートル前後に接近するまではできるだけ十字砲火を浴びせてから、まっすぐに向いた直接の前地砲火へ移行することに取り決めた。

ふたりの狙撃兵の戦略は功を奏し、所属部隊がロシア軍の歩兵攻撃を二日間くいとめるのに大きく貢献した。そのおかげで新たな負傷兵が避難することができ、襲撃を受けた列車から負傷兵を避難させることも可能になった。しかし、ニコポールの橋頭堡はしだいに侵食されていき、ふたたび包囲の危険が迫った。先延ばしになっていた戦力の再編成があり、ふたりの狙撃兵ゼップとヨーゼフはまた

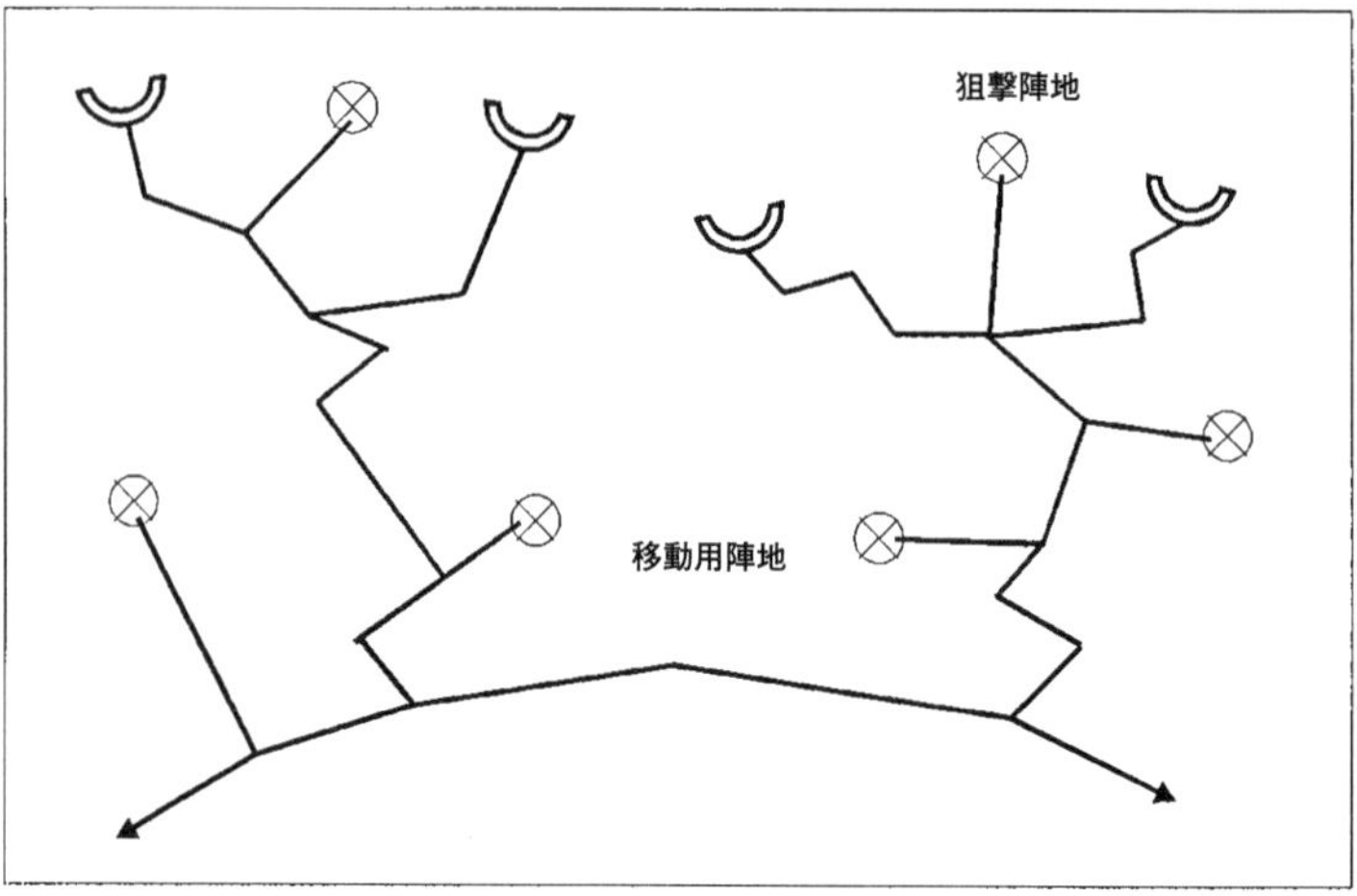

陣地系統に組みこまれた狙撃兵の出撃方法の原理図。射撃用陣地はできるだけ偽装し、攻撃をうけた場合に備えて移動用陣地を用意しておく。陣地戦では、前方の陣地系統全体をみて変更を加えることもある。

別れ別れになった。兵隊生活のあまりの厳しさと個人の負担を自覚しているふたりは、別れぎわに長いこと手を握りあい、この戦争を生き抜けるだけの幸運を互いに祈った。いつの日か再会できるかもしれないという希望を胸に、ふたりは別れていった。

だが、ふたりはその出会いから決定的な教訓を得ていた。第二の人物、すなわち専門の観測員と連係することが、決定的メリットになる情況があるということを知ったのである。バルドゥーイン・モーザーの死以来、単独行動をすることを誓っていたゼップではあったが、一時的にチーム行動をとる有利性も認めざるをえなかった。中隊長にそれまでの経緯の印象が残っていたこともあり、この考えを中隊長に納得させることができ、観測員が必要なときにはいつでも、戦闘経験を積んだ仲間のなかから相棒を選んでよいことになった。

戦線突破をめざす激戦が再開した。第一四四山岳猟兵連隊は、進軍する部隊が交通の要衝を通れるようにするため、くりかえし陽動攻撃を命じられた。兵員が疲弊するなか、連隊にしてみれば割り当ての陣地をロシア軍の攻撃から守っただけでも上出来だったが、そればかりか、防御に成功してから小規模な反撃に転じることさえままあった。そのなかで戦力の落ちた連隊は、部隊の存続そのものが危うくなるほど膨大な損害をうけた。中隊全体が最後のひとりまで憔悴しきっていた。

四日間の激しい戦闘のすえ、一九四四年二月一二日、橋頭堡から全面撤退せよとの命令をうけた。連隊は力を使い果たしており、ずっと補給もなかったため、重歩兵兵器は底をつき、兵士ひとりに携帯火器用の薬莢が五個から一〇個あるだけだった。後方から敵にたえず圧迫されるこの大変な難局にあって、数少ない狙撃兵が部隊の「砲兵隊」となった。敵から距離を保つことができる後衛になれるのは、狙撃兵しかいなかった。そこで狙撃兵だけでも戦闘態勢が保てるようにと、兵士全員が狙撃兵のためにロシア製弾薬類をかき集めた。

第三山岳師団はあまりにも大きな辛苦と犠牲をはらって孤立地帯を脱し、イングレッツ川に沿った次の前線に着いた。天候が急変し、それが新たな敵になった反面、味方にもなった。敵というのは、体力的にきわめて衰弱した猟兵たちを全滅の脅威にさらす吹雪とブリザードが始まったからである。撤退中の猟兵たちは、こうした悪天候から身を守る術もなかった。味方というのは、このような気象条件では組織だった戦闘はいかなる形でも無理だったからである。

兵士たちはどこまでも平坦なステップを虚脱状態で歩いていた。吹雪に混じった氷粒が、やつれた顔に針のように吹きつけた。寒暖計の目盛は氷点下五〇度まで下がった。動くのをやめたり、力つきて地面に倒れたりした者は、何分もしないうちに生命に関わりかねない凍傷を負った。山岳靴の鉄の鋲は、冷気を内部へじかに伝えた。そのため多くの兵士は、汗を吸った靴下やゲートル、足の皮膚ともども靴が凍りついた。これにみまわれた者の多くは、這うように前進するしかなくなった。液状の薬品はすべて容器の中で凍りついたので、衛生兵もほとんど治療はできず、重篤の患者がでた場合に備えて、モルヒネのアンプルを凍らないよう口に含んでいるほかなかった。傷口はすぐに凍り、壊疽となった。雪中で凍りついて固まった戦死ロシア兵の冬服をめぐり、分配についてて折り合いがつかないと兵士に殴りあいが起こった。このような形でも、毛皮の帽子やフェルトの長靴を手に入れることができたのは運のいいほうだった。

猟兵たちは動きを止めないよう、互いに手

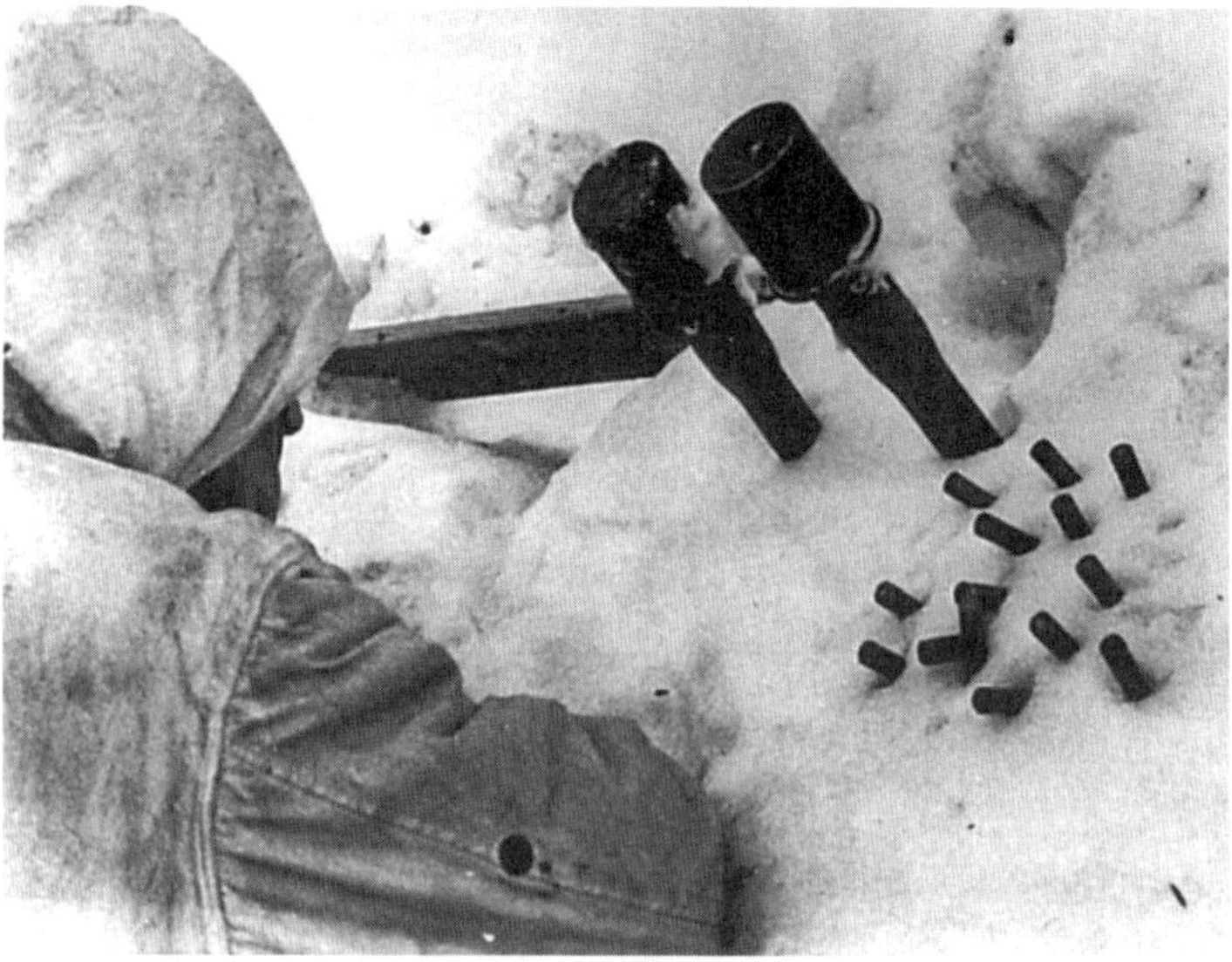

ロシアの冬は気温が氷点下50度まで下がることがあった。

加減なくけん制しあった。ゼップも立ち止まったとたん、乱暴な足蹴りをくらったり騎兵銃の床尾でこづかれたりしたし、必要とあらば、棒立ちになった仲間を殴りつけた。それでも多くの兵士が凍傷を負ったり、衰弱死していった。こうして戦闘可能な兵士はいっそう減った。回復の見込みがあるかぎり、負傷兵もどうにかして運んでいった。すでに運搬用家畜まで食べ尽くしていたこともあり、瀕死の者には同情をかけず残していった。氷が一面にはった武器は使い物にならなかった。極端な低温で鋼材が収縮してしまい、閉鎖機構が動かせなくなったのだ。はめ合わせがぴったり合うドイツ製兵器の精密加工が仇となった。逆に、大きな公差で加工されたロシア製兵器は、このような氷点下の状況でも機能した。地面も石のように凍りつき、身を守るための陣地構築もままならなかった。ただひたすら動物的な本能に突き動かされ、猟兵たちはいっそう強まる吹雪のなか、足をひきずって荒涼としたステップを進んだ。飢えと疲労でなにも感じられない夢遊状態のまま、ゼップは、いつの間にか膝の高さまで積もった雪の中をよろめきながら進んだ。狙撃銃は厚い毛布にくるんで背負っていた。

見通しのきかない吹雪の中から、小屋と大きな藁山のシルエットがぼんやり浮かびあがった。寒さはほとんど耐えがたいまでになっていた。綿をつめた迷彩アノラックのフードを目深におろして嵐を防ごうとしたとたん、急に足もとで地面が沈んだ。悲鳴をあげながらゼップは雪に埋もれた射撃壕に落ち、凍結した赤軍兵士の顔が凍りついて、不気味な笑顔のように歪んでいるのを見た。追いかけられる昆虫のように四つん這いで雪をかきわけ、地上にもどってみると、もう三〇メートルほどしか離れていない焼け落ちた小屋に何か動くものが目にはいった。猟兵たちは電気に打たれたように、自己防衛をするべく散開した。だが冷えきった手では、ただでさえ凍っている武器をつかむこともできない。焦って武器をつつきまわしたが無駄で、猟兵たちは事実上丸腰だった。ロシア人の話す声が風で切れ切れに運ばれてきた。だれもが不安に身を固くし、いまにもロシア軍からの銃撃がくるものと予期していたが、何も起こらなかった。焦りと不安の何分間かが過ぎて、ようやく事態は明らかになった。どうやらロシア軍も悪天候で戦闘能力を失っているようだ。両軍とも用心しながら引き返した。日はすぐに暮れ、吹雪はいちだんと激しさを増した。なんでもよいから、防寒具を見つけられるかどうかが運命の分かれ道だった。兵士たちは本能的に大きな藁山へと一歩、また一歩と近づいた。見渡すかぎり、その藁山は荒れ狂う自然の猛威から身を守れる唯一の存在だった。そして、ブリザードから逃れられるならあとはどうでもよい、そう思える地点までできた。数歩で藁山までたどりつくと、全員が中に潜り込んで身体を温めた。自己防衛の鉄則はすっかり念頭から去り、

特に恐ろしいのは、平地では身を隠すものがない吹雪だった。

子豚のように藁に潜って冷たい嵐をやりすごした。嵐はそれから二日二晩、とどまるところを知らぬ強さで荒れ狂い、戦争の掟すらも力ずくで屈服させた。向かい側にいるロシア兵にとっても、その藁山が最後の救いだったからである。普段ならば情け容赦のない敵同士が、戦うこともできぬまま、わずか数メートルの藁で隔てられて同居していた。

一九四四年二月二〇日、吹雪ははっきり感じられるほど弱まり、寒気から守られた武器は再び使えるようになった。ロシア軍が近くにおり、戦闘が目前に迫っていることを考えて兵士たちの間に苛立ちが広がった。いつ、どのようにして戦闘が始まるのか、だれもわからなかったからだ。三人の猟兵が文字どおり手探りで偵察にいった。三〇分して戻ってきた三人は、ほっとした様子で警戒しなくてよいと告げた。ロシア軍は早朝には引き揚げたようだった。

こんどは死んだように静まり返った果てしない雪原を踏みしめながら、またも猟兵たちは次の戦闘地めざして進んでいった。しかし補給がうけられず、兵士たちの肉体的な衰弱は危険なレベルに達していたが、文字どおり最後の土壇場で連隊は補給基地に到着し、弾薬類、食糧、衣類、毛布にありついた。少人数ながら人員の補充さえあり、廃墟となった村で何日間か宿営することができた。

大隊司令部に所属していたゼップは、通常よりいくらか堅固な地下壕に入れるという特典があり、そこにはストーブまであった。ゼップが居心地のよい片隅でうたた寝していると、大隊長クロースが身体の芯まで冷えきらせて連隊会議から戻ってきた。クロースは震えながら、薪がパチパチはじけるストーブの前にかがみ込むと、すっかり濡れた長靴のなかで凍えた足をのばし、火のすぐそばまで近づけた。何分かすると、暖気が気持ちよくからだのなかまで伝わってくる。そこに疲労感が忍び寄り、リラックスして壁にもたれたまま眠り込んだ。いつかゼップがあたりを見まわしたとき、大隊長の長靴がしきりと煙をあげていた。何分かするとクロースは大声をあげて飛びおき、片足で激しくあたりを飛び跳ねた。「くそっ、熱い、熱い」。クロースは長靴を脱ごうとしたが、脱ぐことができなかった。伝令に手伝ってもらっても脱げなかった。濡れた革が高温のせいで急速に乾き、足の形に沿って吸いつくように縮んでしまったからだ。バケツの水に足を浸し、革をふやかすしか方法はなかった。居合わせた兵士が意地悪くにやにやするなか、ようやくのことでクロースは危機を脱した。うまい具合に、補給物資とともに少量ながら衣類の補充も着いていた。それでクロースは、革の長靴を新しいフェルトの長靴に替えることができた。

はやくも二月二五日にはロシアの攻撃が再開された。しかしロシア側の攻撃は、再び戦闘可能になった山岳砲兵連隊の弾幕砲火をうけて終息した。猟兵たちはこの機に乗じてさらに撤退し、ついにイングレツ川沿いの新たな戦線まで後退した。それまでもたびたびあったことだが、新しい前線をここに決めるにあたっても決定的なミスがあった。前線の将校は、戦況、自軍の資源、戦力を正しく判断したうえで、実行可能な戦略上、戦術上の計画を練っているのに、陸軍総司令部が余計な部署にまで出す無意味きわまる死守命令のせいで、そうした現実的な解決策が潰されるのだった。その結果、物資にも人命にも無責任な損失がでるばかりで、いよいよ埋めきれないほどその損失は増えていった。そのために兵站への要求があまりに過度にふくらみ、常態となった部隊の欠乏を補う力は失われていった。軍事作戦もしだいに統率のない撤退戦になりさがり、いよいよ混迷の度を深めたあげく、「できる者だけが自分を守れ」というところまで行き着いた。イングレツ川沿いの新しい前線も破滅は決

疲労困憊。少しでも休息のチャンスがあれば利用した。

まっていたようなもので、生き残りのために不可欠な戦線の短縮は許されず、欠かせない戦力の再編成も手つかずだった。こうして伸びきり、穴だらけになった前線が、いよいよ強大になったロシア軍勢の攻撃を待っていた。こうした状況になると、第三山岳師団のように戦闘への意欲と経験がある師団や連隊は、司令官たちにとって頼みの綱で、戦闘の焦点へ再三投入された。いかなる犠牲をはらってでも敵の突破の試みを阻み、迫りくる包囲という怪物から逃れる全責任が、ひとえに彼らの肩にのしかかることも少なくなかった。後方陣地や予備軍もいきあたりばったりで、作戦としてまともに信頼できる代物ではなかった。その代償は、筆舌に尽くしがたい人と物資の損失であった。

三月一日、猟兵たちの陣地にロシア軍の

攻撃が再開された。今回、ロシア軍の決意にはことのほか強烈なものがあり、第三山岳師団の戦区と、これに隣接する第一六装甲擲弾兵師団の戦区では、人的損失を毎日補充していた。懐の深いロシアの大地から、切れ目のないチェーンのように進軍する大隊が湧きだしてきた。一日に最大一〇〇〇人もの兵士が新たに加わったのに対して、ドイツ軍は人員面でも物資面でも損失を補充できていなかった。攻撃の三日目、装甲部隊がロシア軍によって全滅し、猟兵は側面の防御にも手をまわさなくてはならなくなった。戦闘の四日目、師団の余力は半分にまで衰微しており、兵士の五〇パーセントが戦死ないし負傷していた。ゼップはいつも戦闘の中心にいたにもかかわらず、奇跡的なことにかすり傷ですんでいた。高い戦意と豊かな戦闘経験があれば、物資の劣勢を長期にわたってはね返せることがまたも証明された。とはいえ、戦闘の五日目が終わるころ、ゼップの大隊は戦闘能力がある兵士六〇名にまで縮小していた。

この小部隊が二方面から攻撃してくる敵に善戦しているとき、突如、激しい戦闘音が背後から聞こえてきた。と同時に無線兵が通信をうけ、そこで大隊司令部がロシア軍の襲撃をせわしなく伝え、援護を要請してきた。敵の戦闘集団のひとつがすでに猟兵たちの前線への侵入を果たしており、ドイツ軍の抵抗の中枢部を無力化しようとはかっていたのだ。ロシア軍は一〇〇対三〇という圧倒的勢力で、完全に不意をつかれたドイツ軍を襲っていた。激しい砲撃戦が繰りひろげられ、防御側の弾丸の備蓄はまたたくまに尽きかけた。司令部はその構造からして、こうした直接の攻撃を想定して建てられていないため、攻撃軍の猛然たる砲撃のまえに犠牲者は増える一方だった。主戦線への攻撃はすでに下火となり、距離の離れた砲火戦になっていたので、中隊長は、前線から兵士数名を一時的にはずし、大隊司令部の防御を支援するためにこれを派遣するという大胆な手をうった。中隊長は隣接する中隊とも連係をとり、これらの中隊からも兵士を何人か派遣した。必要とされる歴戦の勇士がすぐに集まって総勢二〇人となったが、そこにはゼップや突撃班の経験のある兵士がおり、この男が専任の観測員としてゼップに随行することになった。

大隊から襲撃の連絡が入ったのは朝八時だった。それから一時間もしないうちに応援部隊の猟兵たちができるかぎりの速度で、しかもじゅうぶんな警戒を怠ることなく、一キロ半ほど離れた司令部へ移動すると、一五分後にはもうロシアの戦闘集団に遭遇した。

灌木の茂るやや小高くなった一帯があり、高く盛りあがった丘の麓の窪地に司令部が建っていた。櫛の歯が抜けたようなドイツ軍部隊はこの丘を占領することができず、ロシア軍にとってそこが戦略上の重要地点になっていた。丘の頂から、ドイツ軍陣地の様子を把握できたからである。

すでに守備軍は守りの固い最後の地下壕に撤退しており、弾薬類の備蓄が底をつくのは目前だった。うなりをあげる攻撃軍の砲火に対し、散発的で的確な銃撃で応戦するほかなかった。司令部の正面は両軍の戦死者で埋まっていた。

応援に駆けつけた猟兵たちは、全体像をつかもうと少しのあいだ速度を緩めた。いよいよ狙撃兵と観測員のタッグが真価を問われるときがきた。ゼップと相棒は、よいカモフラージュになりそうな、しかも戦場への視界が比較的開けている灌木群をいちはやく探した。他の猟兵たちが攻撃に移っているあいだ、ふたりはできるだけ多くの敵を潰そうとつとめた。照準スコープごしにきわめてかぎられた範囲しか見ることができない射手に比べて、観測員は双眼鏡で非常に広い視野を得ることができる。

観測員は前方をくまなく注視し、狙撃兵よりもはるかによく全体を見渡して目標を指示することで、狙撃の効率を格段に向上させることができる。ゼップが銃をかまえたかかまえないかのところで、死んだと思っていた兵士が頭から血を流しながら手で身体を支えようとし、すぐにまたロシア軍の短機関銃による集中射撃の餌食になるのが見えた。銃弾が命中して、頭と首は原形をとどめない血まみれの塊と化していた。観測員は、すでに射手の位置を特定していた。「小さい土塁だ。一〇メートル右」。ゼップが銃の向きを変えると、すぐにロシア兵が視野に入った。部分的に見える上半身に何秒かで照準が合い、すぐさま発射すると、運命で定まっていたかのような精確さで一五〇メートル先の標的に命中した。

この一発は、同時に攻撃の合図でもあった。猟兵たちが射撃を開始した。狙撃兵ゼップの弾

活躍する残りわずかな対戦車砲。

丸は、観測員が指示した敵をとらえては致命傷を与えた。戦闘は短く激しいものだった。予期せぬ十字砲火をうけて、多数の死者がでたことで、ロシア軍はにわかに大局を見失い、周囲へやみくもに銃を撃ちながら、数分すると退却していった。敵軍のうち二〇人ばかりが藪に姿を消し、八〇人ほどの死傷者は置き去りにされた。この現場にそれ以上関わっている時間は猟兵たちになく、大隊司令部の生き残りと手早く打ち合わせをしてからすぐに引き揚げ、すでに二〇分後には主戦線の戦友のところに戻っていた。

六日間にわたってほぼ途切れることなく戦闘が続いた。兵士たちの疲労は甚だしく、数分間何もしないでいるだけで、失神したように眠り込んでしまうほどだった。こうした状況になったときの常套手段として、身体に残った最後の力を振りしぼるべく、衛生兵が興奮剤ペルヴィツィンを配って歩いた。

第三山岳師団は一九四四年三月七日まで担当区域を守りとおしたものの、すでに三月六日には隣接戦区でロシア軍がイングレツ川を渡り、ドイツ軍前線を突破していた。いまや猟兵はロシア戦線に刺さった棘のようなもので、ロシア軍としてはただちに抜いてしまう必要があり、新たな歩兵戦力を次々に加えてはドイツの陣地に殺到した。そこで第一四四山岳猟兵連隊は、連隊司令部まで加わって熾烈な接近戦をするほど追いつめられた。整然とした指揮は不可能になった。どの部隊もひたすら生き残るために独力で闘った。こうした混乱のなか、イングレツ川を渡って即時退却せよとの命令が出た。

その頃になるとロシア軍は、第三山岳師団とドイツ戦線の繋がりをほぼ断ち切っていた。補給体制は壊滅し、師団の中央救護所も蹂躙された。幅が一キロメートルほどの回廊状の防衛地帯が最後に残っており、そこを通って退却せねばならなかった。第一四四連隊に残された戦闘能力と運動能力のあるわずかな生存者は、闘いを続けながら撤退を始めた。他の軍団の敗走兵や生き残りもこの撤退に加わった。

その際、ロシア軍に中央救護所を襲われて脱出に成功した四人組の衛生兵も、連隊に合流してきた。いずれも憔悴しきった状態にあり、明らかに言動がおかしかった。きわめて強い精神的ショックを受けたことを示す徴候である。ある軍曹が、どこから来て何があったのか聞こうとしたが、相手は支離滅裂なことをしどろもどろ話すだけだったので、しばらくすると疲れて四人を同僚に引き渡した。「おい衛生兵、仲間の面倒をみてやれ。もごもご言ってるが、幽霊にでも会ったんだろう。まずは気つけに一杯やって、うなじに一発食らわしてやってから、お袋にでもなったつもりで聞いてみろ。そうすりゃ、何があったのか話せるかもしれん」。そして実際、食事とアルコールで落ち着きをとりもどした。だが、彼らの話を聞いた者は背筋が凍る思いがし、ロシアの捕虜になったときのことを想像しておおいに不安をかき立てられた。

包囲地帯から脱出する最後の列車に乗れたのは負傷者のごく一部で、特に、治癒の見込みのない患者は、軍医一名、衛生兵七名とともに中央救護所に残された。武装していないことを示すために白旗と赤十字の旗を掲げ、その意思表示として、武器をよく見えるようにテントの前にまとめて置いた。中央救護所を占領したのはモンゴル人部隊だった。用心深く掩体から掩体へ飛び移りながらその場所を包囲し、両手を挙げて出てこいと兵士たちに命じた。“Wychodite s podnjatymi rukami, faschistskie swinji.(ファシストの豚野郎、手を挙げて外に出ろ)”ふたりの衛生兵が手術用テントの前に出た。

東部戦線の兵士用につくられた露語ハンドブックを見ながら、いくつかロシア語の文章を捻りだしてロシア軍兵士にこう言った。"My ne wooruscheny. Sdes tolko ranenye. My sdajomsja Sowetskoj Armii（われわれは武器を持っていない。ここにいるのはけが人だけだ。われわれはロシア軍に投降する）"モンゴル兵はなにやら理解できないことをわめきながら、いらだたしげに銃をかまえ、近づいてきた。ふたりの衛生兵は頭のうえに両手をあげ、緊張で目に見えるほど震えながら、モンゴル兵との対峙を待ちうけた。まもなく一人目が寄ってきて命令を叫んだようだったが、衛生兵にはどういう意味なのかわからなかった。ほんの数秒しかたたないうちに、モンゴル兵が警告もしないまま、目にもとまらぬ動作で一方の衛生兵の顔面をＰＰＳｈ（サブ・マシンガン・シュパーギン。ロシア軍の短機関銃）の床尾で殴った。殴られた兵士はうめき声をあげて倒れ、潰れた鼻と裂けた唇からでた血液が、顔にあてた指のあいだを通ってあふれ出した。モンゴル兵はなおも大声をあげ、地面に寝ている兵士を足で踏みつけた。思うような展開になっていないらしく、そのモンゴル兵はいきなり一歩後ろに退くと、痛みに悶えている兵士に短機関銃の銃身を向け、上半身に連射した。撃たれた兵士はのたうちながらうつ伏せになり、助けを求めるように両手が空をつかんだが、やがてぐったりと地面に落ち、血まみれで喘いでいるうちにこと切れた。その瞬間、血で汚れた白衣を着た軍医と衛生兵が、なにが起こっているのか見ようとテントから出てきた。銃撃をしたモンゴル兵がそちらへ気をとられたすきに、別の四人のモンゴル兵が歩いてきて、ドイツ兵たちをテントの中へ追いたてた。そのときも意味のわからぬ命令を叫んでいて、背中を銃身でこづかれた。頭部に重傷を受けたらしい患者が手術台に寝ており、ちょうど手術が終わって衛生兵が包帯をしているところだった。ひとりのモンゴル兵が衛生兵を脇に押しのけ、長靴からナイフを取りだすと、"Eta faschistskaja swinja bolsche nam ne pomecha（ファシストにこれ以上勝手なまねをさせるか）"と言いながら、患者の肋骨の間に突き刺した。そのナイフは心臓にまで達し、手首の力を効かせて二度、三度と回転させてから引き抜いた。この場面を目にしたドイツ兵たちは動揺し、きたるべき事態を予感した。ドイツ兵たちは併設テントの中へと追い立てられた。そこにはすでに手当の終わった重傷患者が寝ていた。けが人だから大目に見てやってくれと軍医が手や足を使った身振りで説得したが、モンゴル兵軍曹は軍医を脇に押しやり、"Sejtschas my wam pokaschem, kak postupajut s ludmi, kotorye napadajut na matuschku-rossijui ubiwajut schenschtschin i detej（母なるロシアに攻め込んで女子供を殺したら、どうなるか思い知らせてやる）"と叫ぶと、部下の兵士に手ぶりで合図して、患者を指さしながら命じた。"Perereschte im glotki, kak owzam（羊と同じ要領で、こいつらの首を切れ）"命じられた二人のモンゴル兵の目に、悪魔的な光がひらめいた。それを見た兵士たちの背筋に悪寒が走った。奴らは家畜の飼育や屠殺に慣れているにちがいない。長靴から取り出したナイフは私物らしく、その巧みな扱いからして手慣れたものだったからだ。きわめて鋭利に研いだそのナイフは、これから繰り広げられる災禍にふさわしい小道具だった。奴らは感情を少しもあらわすことなく、患者が寝ている台に近づいた。慣れた手つきで頭をつかむと首筋のところまで持ちあげ、勢いをつけて、無抵抗な患者たちの首をためらいなく深く切り裂いていった。あふれる血を通して脊柱の骨が見えるほど、鋭いナイフが肉の奥深くまで食いこむこともあった。モンゴル人たちの作業は素早くかつ淡々としていた。何分かすると、病人用テントは屠殺場と化した。藁床や寝台の上では、屠殺の対象になった兵士たちの瀕死の肉体が痙攣しながらのたうっていた。連日、戦争の凄惨な場面をさんざん目にしている軍医も顔色が蒼白になり、立っていることさえできなかった。"Smotri（臆病者）"とモンゴル兵軍曹が叫び、へたり込んでいる軍医の顔を短機関銃の床尾で打った。マッチ棒が折れるようなかすかな音がして鼻骨が折れ、顔から血がでて軍曹の長靴に飛び散った。"Na moi sapogi, slaboumok, ty, staraja swinja（豚野郎、俺の長靴を見ろ）"と吐き捨てたかと思うと、軍曹は短機関銃の銃身をつかみ、風をきる音がするほどの勢いをつけて、軍医の頭を木製の重い床尾で殴った。熟れすぎたメロンが砕けるような音がした。頭蓋骨が折れた音だった。地面に倒れこんだ軍医は、さらに銃床の金属板で二、三発殴られてこと切れた。衛生兵たちは隅に追いやられていたが、暗闇のなかで身を硬くしたまま、立ちつくしていた。軍曹はひとりの衛生兵をつかんで引き寄せ、銃床についた血をその軍服で拭った。

モンゴル兵らは中央救護所の略奪に取りかかった。生き残った六人の衛生兵は、腕を頭の後ろで組んだまま手術用テントの前にうずくまっていた。やる気のなさそうな様子で六人を見張っていたモンゴル兵は、見張り役になったせいで、ドイツ兵が残していった物資をせしめることができずに機嫌が悪かった。

"Wot dermo, zatschem mne zdes za etimi glupymi swinjami prismatriwat. Ich wso rawno w raschod pustjat. Lutschsche ja ich sejtschas srazu prischju.（くそ！　くそったれ！　なんで俺がここで豚野郎の見張りをせねばならんのだ。どうせこいつらはくたばるんだから、すぐに始末してもいいだろ）"するとひとりの軍曹が応じた。"Zakroj rot i delaj, tschto ja tebe skaschu. Staryi chotschet eschtscho s nimi poodinotschke tschto-tosoobrait. Moschet proschtschebetschut pritschki nam eschtscho swoju pesenku i rasskaschut nam, kuda ich doblestnye prijateli smylis.（むだ口をたたかないで、言われたとおりにしろ。隊長が尋問をするんだろう。ひょっとすると小鳥があと一声さえずって、勇気ある仲間がどこへ逃げたか教えてくれるかもしれん）」

ロシア語をかじったことのある衛生兵がひとりいて、危険に勘づいた。「奴らは患者にしたように、俺たちも家畜みたいに殺すつもりだ。いずれこっちが殺される番になる。チャンスがあり次第逃げて、部隊と合流したほうがいい。まだそれほど遠くまで行っていないだろう」と、唇を動かさないように隣の衛生兵に囁いた。すると相手も「まったくだ。俺があの見張りのロシア野郎を始末する。そうしたら手術テントを抜けて、ゴミ穴を飛び越え、藪に隠れよう。それから安全な場所まで走って、各自の責任で部隊との合流を目指そう」と答えた。

ロシア兵たちは声高に略奪品の品定めをしていて、食糧に行きあたるとひときわ声を張りあげた。蚊帳の外におかれた見張り役は腹の虫がおさまらず、仲間に声をかけて分け前を確保することで頭が一杯になっていた。そこがつけ目だった。ロシア兵たちが木箱の中身をひっかきまわしていて、見張り役はその様子に疑いのまなざしを向け、気もそぞろだった。先ほどの衛生兵が電光石火のごとく長靴から短剣を抜き、虎のようにジャンプして、一気に見張り役のロシア兵の背後にまわると、相手のヘルメットのつばをつかんで後ろに引き降ろし、顎ひもで締めつけながら、他のロシア兵から見えない手術用テントの片隅まで引きずった。そして解剖学の知識を動員し、右の腎臓に短剣を突き刺して、二、三回素早くまわした。ロシア兵は耐えがたい腎臓の激痛に、身を硬くした。手を口にあてて鈍い呻きが漏れないようにしながら、相手を地面に横たえた。すでに仲間は走ってテントを抜けだしていた。自分もあとを追った。逃走がまだ完了しないうちに、瀕死の重傷を負った見張り役の呻きに他の兵士が気づいた。短機関銃が轟いてテントの麻布を銃弾が貫き、短剣を手に最後尾を走っていた兵士の脚を撃ちぬいた。他の兵士は打ち合わせどおりなおも逃げて、ゴミ穴を思いきり飛びこえた。ゴミ穴には医療廃棄物がうず高く積まれており、肉片と血の海から切断された手や足が突きだしていて、この世の現実とは思えない光景だった。最後から二人目の兵士は、飛び越えようとしたときにテントのロープに足を引っかけ、真っさかさまに穴へ落ちた。次に来た兵士はうまく向こう側に着地することができ、しばらく躊躇ったあげく、落ちた仲間に手をさしだした。落ちた兵士は伸ばされた手を素早くつかみ、血にまみれたまま、すばやく穴から這いあがったが、その途端にロシア軍の短機関銃の連射に背中をやられた。後方にいた兵士は銃撃をうけずにすんだ。銃弾が恐ろしい音をたてて目の前の仲間の身体を貫通するうちに、脇にそれてくれたおかげである。助かった兵士は伸身跳びで藪に飛び込んだ。下草のあいだを蛇のように匍匐前進していると、頭上の枝や葉がロシア軍の銃弾でずたずたにされていった。右を振りむくと、仲間が走っている姿が見えた。長く延びた窪地に向かってじりじりと進み、それから前のめりになって全力疾走し、仲間に追いつくことができた。

経験豊富な兵士は抜けめなく小型コンパスを調達しておいて、ポケットに入れておくものだ。敗走兵となったときに、方向を知るためである。衛生兵もひとりが所持していて、それが命の恩人となった。衛生兵のグループは二日間走りつづけて退却中のドイツ軍に追いつき、敵に鉢合わせすることもなく、仲間と再会できた。ゼップも用心のためにこのような小型コンパスをポケットに入れていた。

衛生兵たちは指揮をとる将校に、残されて殺害された戦友の氏名を報告したのち、行軍する兵士の隊列におし黙ったまま加わり、あの出来事のことは胸に秘めておいた。

　猟兵たちは主戦線との合流に成功したが、それで情況が改善されたわけではなかった。何日も前から食糧はなく、兵士たちの体力は限界にきていた。全員が不衛生でシラミにまみれていた。携帯火器に込める銃弾も底を尽きかけており、一発撃つのにも熟考する必要があった。兵士たちはこの状況を宿命と受けとめることで、かろうじて耐えていた。固い団結、規律、いかなる苦境にも黙って耐えること、それだけが、世の終末のようなこの試練を生き抜くかすかなチャンスをもたらすことを知っていたのだ。それ以外の唯一の選択肢は確実な破滅であり、敵の手で殺されることだからである。

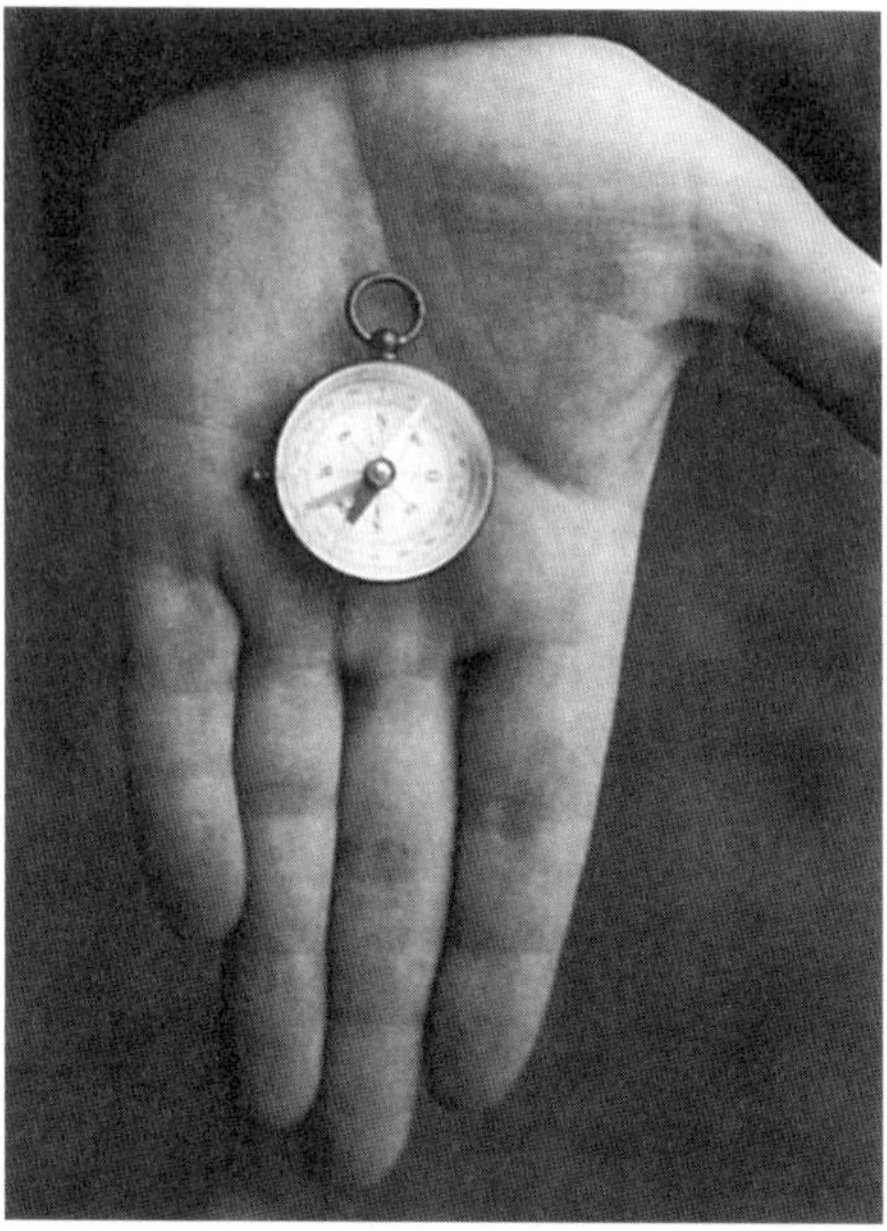

小型コンパス

　最前線の陣地で闘う兵士にはあずかり知らぬことだったが、第六軍の首脳部は、迫りくる包囲を最後の最後で回避しようと試みていた。ドイツ軍の前線は袋のように膨らんでいて、その狭隘部をロシア軍に包囲されるのが目前だった。挟み撃ちされずにすんでいるのは、ひとえにロシア軍の軍隊指揮が組織だっていないおかげだった。そこでドイツ軍は一五個師団を集結させ、突撃のためのV字編隊を編成した。大規模な兵力で残された穴へ突入し、イングレッツ川を越えてブーク川へと進撃し、その西岸で新たな前線を構築するためである。第三山岳師団はこの作戦の先頭にたってイングレッツ川に一番乗りし、まずまずの渡河地点を見つけることができた。工兵大隊の指揮のもとで頑丈な堤防が建設された。ロシア軍の妨害攻撃は統制がとれておらず、退けることができた。

第一三八連隊と第一四四連隊は橋頭堡陣地に移動した。予想される敵の集中攻撃に対抗し、後続する師団の渡河を確保するためである。一九四四年三月一五日、激しい雨が降りはじめ、ついにはそれが凍ってブリザードになった。防寒具もない状態でそうした悪天候に晒されたため、数日のうちに、慢性的な過労状態にあった兵士たちの間で風邪が流行った。治療をする最低限の手段もなく、兵士たちは熱と悪寒に苦しみながら塹壕に立っていた。

第8章　一進一退

　ゼップとその部隊は、消耗しきって熱にうかされたように、川の渡河地点に集まってきた師団の車両が固まっている付近の陣地へ向かった。力なく足を一歩ずつ前に出しながら、集結した大部隊で敵の攻撃から守られているような錯覚を覚えていた。ゼップは銃に装着された照準スコープを迷彩ポンチョの切れ端にくるみ、みぞれから防護していた。ちょうど、目前に迫った渡河の防衛について参謀たちと話し合っている両連隊長のほうへ進んでいたが、一団からまだ三〇メートルばかり離れたところで突然「警戒、ロシア軍戦車！」という警報が鳴り、みぞれの中から出現したT三四戦車の搭載機銃がはやくも轟いた。全員ちりぢりに逃げ出し、隠れ場所を探した。一台の突撃砲が射撃位置に入ろうと準備した。負傷した馬が痛みと恐怖にいないた。この馬は第一三八山岳猟兵連隊長のグラーフ・フォン・デア・ゴルツ大佐の所有で、後ろ脚を撃たれて広範囲の傷を負ったのだった。大佐は隠れ場を探さずに馬のほうを見やった。そのとたん、ロシア軍戦車の砲口が鋭く光って砲弾が発射され、轟音をたてて向かってきた。数秒後、地に伏せた司令官たちのすぐ近くにある車両群は瓦礫と化し、火と煙につつまれた。金属片がうなりをあげて飛んでくるなか、大佐は見えない殴打をくらったかのように地面に倒れた。馬は内臓を引き裂かれて血を流し、激痛のあまり瀕死のいななきをあげた。そのときドイツの突撃砲が反撃の砲火を放ち、T三四戦車の砲塔リングに命中した。鈍い爆発音をたてて戦車は炎上した。

何分かして騒乱は一段落ついた。ゼップが見ると、大佐はふたたび起きあがっていたが、右腕がない。上腕部に残った骨が、肩から棒のように突きだしていた。広い傷口からは肉片や血管、腱がちぎれたケーブル線のようにぶら下がっている。大佐は自分の右半身を無言のまま、驚愕のまなざしで見やっていたが、数秒するとショック状態に襲われて失神した。崩れるように倒れたが、失神のおかげで激痛からは解放されることとなった。すぐに周囲に部隊の人間が集まり、介抱した。

ゼップにとっては日常のエピソードの一つにすぎなかったが、師団はフォン・デア・ゴルツ大佐がいなくなることで有能な司令官をひとり失うことになった。大佐は多くの戦闘で、非凡な作戦手腕ばかりか個人としての勇敢さを示してきた傑出した人物だった。たいへん個性的で、慣習にとらわれない将校だったのである。軍人としての経歴を重ねるうちに幾度となく上官と対立してきたが、山岳猟兵部隊の配属になって、ようやくひとつの部隊をまかされるようになった。ここで大佐は性分にあった指揮ができるようになり、実力を思う存分発揮できるようになったのだった。第三山岳師団のなかでも連隊長としては唯一、柏葉騎士十字章を受勲していた。

ゼップは数日後、大佐が壊疽のためオデッサの野戦病院で息を引きとったことを聞いた。はやくも一九四四年三月一六日にはロシア軍が攻撃の圧力を格段に強めてきて、第一三八連隊と第一四四連隊が守備をする橋頭堡で激しい戦闘を展開した。しかし猟兵たちは防御に成功し、第三師団はもっとも最後の師団のひとつとしてイングレツ川を越えて撤退した。小規模な援護の戦いはあったものの、それ以外にはなんの妨害もうけずに部隊はブーク川に到着し、西岸に陣地をかまえた。

ほかならぬこのときの撤退で、狙撃兵が戦略面から特に重要なことがはっきりした。狙撃兵は、後方から迫ってくる偵察隊や歩兵戦闘部隊を必要な距離まで遠ざけると同時に、貴重な情報も仕入れてきたからである。

撤退をしている部隊はきわめて脆い状況にあり、その弱点を補うためには、できるだけ長いあいだ敵に味方の動向を悟られないようにする必要があった。そのために、新たな陣地に部隊が移動するまで、できるかぎり長いあいだ徹底的に抗戦する後衛部隊があとに残ったのである。こうして敵の近くにとどまり、闘いつつ後退していくためには、ベテラン兵士だけが発揮することができる高度の自制心と勇気が求められた。後方から迫ってくる敵を萎縮させるには正確な有効弾が必要であり、それが撃てるのは熟練した軽機関銃手か狙撃兵だったが、歩兵の後衛部隊でもっとも効果のあがる形態が、狙撃兵の投入であることには疑問の余地がなかった。ゼップはうまく偽装した掩体にかくれ、後方からやってくる敵を慎重に待ちうけるとともに、相手の兵力や装備についての情報を集めるためにできるだけ長く敵を観察した。そして迅速かつ正確に、狙撃兵の仕業だとすぐにわかるようなやりかたで、二発か三発銃を撃って敵を倒した。後方に迫っているロシア軍歩兵が、数時間にわたって陣地内に足止めされることも往々にしてあった。

こうして夜間の撤退行動ではゼップがあとに残り、朝になって追ってくるロシア軍をくいとめるのが定石となった。そのために射撃壕を念入りに準備した。射撃壕はうまく偽装するだけでなく、発砲の衝撃にある程度まで耐えられるのが望ましい。しかし何より肝心なのは、相手に見られないように素早く撤退できることである。可能ならば、中間地帯で放棄した狙撃壕よりもはるか手前に壕を整備しておき、自分のつくった塹壕や穴も退却計画に組み込めるようにした。戦況が許せば、戦場を去るときに前方区域の適当な個所に、針金に足を引っかけると手榴弾が爆発する罠をしかけておき、敵が追ってきたときに爆発で惑わしておいて撤退するか、すばやい有効弾を放つかするのに利用した。

抵抗と後退をくりかえす四日間がまたたく間に過ぎた。だがゼップは、ロシア兵が日を追うごとに用心深くなっていくのに気がついており、とうとう一人か二人しかしとめられなくなった。その他の敵は、地面に呑みこまれたかのように消えた。六日目になると、ロシア軍は接近に特別な警戒をはらってきた。利用できるものならなんでも偽装に利用し、極力、標的にならないよう気を配っていた。精確な射撃ができるチャンスが訪れたとき、第一の標的候補はゼップの陣地から一〇〇メートル以上離れていた。茂みの向こうで壕に入り、やり過ぎと思えるほど緑の偽装をほどこして起きあがったのが偵察員にちがいない。葉が不自然に揺れるのが見え、よく目を凝らしてみると、敵のからだの輪郭の一部がわかった。単純に真ん中に狙いをつけた。枝が激しく揺れるのを見て命中したことを知った。ロシア側がどう出てくるかと緊張して待ちうけたが、何も起こらず、ロシア軍は姿を消したようだった。一時間たってゼップは大きな違和感を感じた。どこかしっくりこないのだ。集中力を総動員して前方区域をくまなく見渡したが、収穫はなかった。しだいに筋肉が痛くなってきたため、どうしても身体を少し伸ばしたくなって、足を組みかえた。ちょうど右足を左足のかかとに乗せたのと同時に、ロシア側から鋭い発砲音がして右足のかかとに大きな衝撃を感じた。本能的に身をかがめて穴に深くもぐり込み、痛めた足の具合をみた。長靴からヒールがそっくり失われ、かかとの足裏に血のにじんだ傷跡があった。狙撃兵の仕業だというのはすぐわかった。観察眼と射撃能力を兼ねそなえた腕ききにちがいない。これほどの射撃は名人芸だった。ゼップの頭には生きのびることしかなくなった。敵に居場所を悟られた以上、一センチ四方たりとも姿を見せてはならない。ゼップは穴の奥深くに張りつくようにしがみついた。だがロシア兵のほうでも、ドイツ軍狙撃兵がいると推測した場所に絶対の確信はないらしく、自分の銃弾が当たったのも確認していないようだった。こうして、この日はお互い手詰まり状態になった。ロシア側で狙撃の危険を冒そうという者はいなくなり、狙撃兵も懸命な観測の甲斐なく、敵の姿を一部すら目にすることはなかった。ゼップは、暗くなるまでロシア側がこのまま行動を起こさないことを願った。そうすれば、姿を見られずにこっそり退散できる。その潜伏地点はすぐ離れるもりだったため、衛生面の用意は当然していなかった。数時間たつと、緊張もあって圧迫するような強い尿意を感じた。できればズボンを漏らすのはいやだった。そこで、からだはほとんど動かさないまま、ズボンの前あきのところの土を手で掘り、その穴に陰茎を入れた。圧迫するような痛みから解放されてすっきりした。そうした恐慌状態でも、放尿で快感らしきものを感じることができた。

日はなかなか暮れなかったが、照準が定められないほど暗くなって、ようやくゼップは自由の身になった。夕闇がせまるころ、前もって予定していた経路で亡霊のように姿を消した。翌日には隣接する中隊の戦区に移動し、特別な用心をはらったが、幸いなことに今回は双方の狙撃兵が鉢合せすることはなかった。翌日、猟兵たちはついに次の阻止線へ到達した。

ゼップと一行がブーク川沿岸で目にしたのは設備がかなり拡充された陣営で、二年前に部隊が進撃したときに築いたものだった。そのため、土木工事をほとんどしなくても「快適な」営舎が整った。一方、ロシア軍は追撃に驚くほど手間どっていた。おかげで兵士たちはまる一週間、休養らしきものを満喫することができた。兵器や弾薬類、それに補充人員までが前方へ送られてきた。猟兵にとってこの小休止は休暇のようなもので、ようやくたっぷりと眠り、まともな食事をとり、少しばかり身体の手入れもできた。だが、戦闘のはざまの牧歌的な生活は数日しかつづかなかった。

一九四四年三月二六日が明けようとする深更、ロシア軍の突撃隊が夜陰に乗じてひそかにブーク川を渡り、第一四四連隊第二大隊の駐屯地を見上げる急峻な崖に橋頭堡を築いた。早朝のぼんやりした光のなか、飢えた肉食獣のごとく大隊の塹壕に突入したのは筋金入りの戦闘経験豊富な兵隊だった。ナイフや研ぎ澄ましたスコップで奇襲をかけ、不意をつかれた歩哨を襲った。銃撃もせず、捕虜にもしなかった。しかし注意力の鋭い軽機関銃歩哨がいて、二〇〇メートル隔てた対岸を双眼鏡で見渡しているうちに、ほのかな朝靄のなかでロシア軍が筏のようなものを川に下ろしているのを観察していた。そして、何気なく左方のドイツ軍陣営に目をやったとき、ほんの一瞬だが、ロシア軍のヘルメットが二つ塹壕の縁で光るのを見た。

まもなく銃撃戦も始まり、短機関銃がうなりをあげ、悲鳴が聞こえるようになった。ロシア軍の侵入がようやく察知され、その塹壕一帯で激しい接近戦が展開された。何秒かのうちに猟兵全員が眠気をさまし、武器を手にとってそれぞれの持ち場へ移動した。そのころには、すでにロシア軍が川向こうからも攻撃を始めており、ボートや筏に乗りこむと、ドイツ軍の破壊的な防御砲火にもひるまず川面へ出ていった。ロシア軍は砲兵隊の援護なしに攻撃していたため、かなり堅固な陣営にいる守備軍はあらゆる面で有利だった。川からの攻撃をあしらうのはさほど苦労しなかったが、ロシア軍が侵入してきた塹壕では危うい筋書きが進行しており、一つ、また一つと戦闘区域が敵の手に落ちていった。そこで、敵軍一掃の反撃を加えるべく救援部隊が編成された。敵のさらなる前進は救援部隊がくいとめたものの、いったん占領された塹壕は敵が死守していた。川を越えて攻撃してくるロシア軍の隊列をゼップが射撃で少しずつ崩しているあいだに、ひとりの伍長が双眼鏡でロシア攻撃軍の塹壕に視線をむけており、一隊の指揮官と思しき白い毛皮帽をかぶった兵士が戦闘の焦点にいつも現れ、兵士たちにしっかり守れと鼓舞しているのを観察していた。伍長はゼップの肩をつかみ、「あの後方にいる上等の毛皮帽が指揮官だろう。奴に一発ぶち込めば、ロシア野郎には相当な打撃だぜ」と言った。最前線で兵士とともに闘う将校が、兵士の士気に及ぼす影響力の大きさをゼップは知っていた。また、その将校を倒せば戦意喪失の効果があることも知っていた。ゼップは二歩ほど塹壕の屈曲部に近づいた。そこは銃を支えるのに具合がよく、占領された塹壕への射界が開けた場所だった。敵の大物を確実にしとめるべく、貴重な炸裂弾を銃にこめた。炸裂弾はロシアから捕獲した弾薬類の中でも、めったにお目にかかれないものだった。

銃をしっかりとかまえ、致命傷を負わせる一発を撃ちこむ好機を待った。伍長が観測員をつとめ、向かい側にある塹壕を双眼鏡でのぞき込む一方、ゼップには照準スコープごしにごくかぎられた範囲しか見えていない。不意に、毛皮帽がふたたび塹壕の縁に現れた。「ゼップ、右」と伍長が叫ぶ。銃の向きを変えたが、もう標的は姿を消していた。これで観測員役の伍長の言葉が正しいことが裏づけられた。ロシア兵が姿を消したときも、どの方向へ移動していくのか伍長はみきわめていた。「ゼップ、右へ行ったぞ、ゆっくりついていけ、帽子が少し塹壕の縁から出たのが見えるだろ！」ようやくゼップにも敵の行動パターンがつかめた。奴はもうすぐ対壕の合流点に現れるにちがいない。その瞬間が、しとめる唯一のチャンスだ。ゼップは銃身の前方に向け、スコープの照準にとらえた塹壕の小さな映像をのぞきこみ、気を引き締めて決定的瞬間を待った。そのとき、毛皮帽の全体が照準スコープに現れた。一二〇メートルの距離をほんの一瞬で銃弾が飛んでいき、命中した。ロシア兵がかぶっていた毛皮帽が風船のように膨らみ、血しぶきを浴びて、熟れすぎたメロンのようにはじけ飛ぶのがレンズごしに見えた。

指揮官を突然失って、ロシア兵の隊列に動揺と混乱があらわれた。それに乗じて、機をうかがっていたドイツ軍猟兵が占領された塹壕に突入し、激しい肉弾戦のすえ、侵入者を全滅させることができた。

その狙撃をすませたゼップは、川を越えて押しよせてくる敵とふたたび直接対峙した。観測員役を務めた伍長も、また騎兵銃を手にした。狙撃兵の強みは、迅速で狙い違わぬ射撃にあった。筏に乗った標的として狙われやすいため、攻撃者は目的地の対岸に着くはるか手前で川に飛びこみ、防衛砲火をまぬがれようとしたが、狙撃兵にしてみれば、水面に浮かんだ頭は射撃練習用の的のようなものである。ロシア兵が損失をものともせず押しよせるために川は凄絶な殺戮場となり、数時間たつと、屠殺場の排水路かと見まがうほどになった。水は血で濁り、ちぎれた手足や肉片を浮かべたまま、黒海へと流れていった。

連隊は攻撃をことごとく防ぎ、陣地を守ることができた。しかし、隣接する戦区ではロシア軍によって防衛線が突破された。側面に穴があいたにもかかわらず、第一四四連隊は一九四四年三月二七日まで持ちこたえた。

三月二八日を迎えようとする深夜、連隊は敵の手を逃れ、命令に従ってドニエストル川へ撤退を開始した。三〇〇キロの距離を徒歩で行軍しなければならなかった。激しく迫りくるロシア軍の攻撃圧力を少しでも緩和しようと、師団は、そのまま四八時間の強行進軍をして一番乗りを果たそうと企図した。だが、撤退時の部隊というのは攻撃にきわめて弱くなるもので、人員や物資の損失を補塡できない場合にはなおさらである。

敗走する敵を休ませるなというのは兵法の定石のひとつであり、ロシア軍も戦争初期にこの教訓を学んでいた。相当な無理を重ねて行軍したが、後退する猟兵たちにかかるロシア軍の圧力はいささかも弱まらなかった。

最悪だったのは、この強行軍で第三山岳師団への補給路が断たれたことである。弾薬類や食糧はもとより、対戦車兵器さえも部隊に届かなくなった。最後にきた食糧トラックが積んでいたのは二トンのビターチョコと、五〇〇個の第二級鉄十字章だった。こんな手違いをするとは、補給局の上層部は何をしているんだと兵士たちが詰めよる奇妙な一幕もあった。おかげで猟兵たちは、ビターチョコ半分と非常用のラスクを何日も常食することになった。消化の悪そうなこの献立のおかげで多くの者がひどい便秘になり、そのうちに普段どおりの下痢へと極端に切り替わった。

二日間強行進軍をしたが、思ったほど楽にはならなかった。ロシア軍は、攻撃の最先端が敵から離されないようにしつつ、その後方で主力を続々と進軍させることに成功していた。そのため師団の撤退は、またもや本来の戦線のない長期戦へともつれ込んだ。いたるところにロシア兵がいた。ドイツ軍は、各々が単独で闘うほかない孤立した抗戦部隊に分断されており、互いに合流して大きな戦闘集団をつくろうと再三試みた。

ロシア軍歩兵隊は新兵器を擁していた。それは装甲を施した兵士運搬用のハーフトラックで、アメリカから戦争支援の一環として送られたものだった。ハーフトラックを使えば戦闘地域のすぐ付近まで歩兵を運び、そのまま出動させることが可能だった。この脅威に対抗するには対戦車兵器しかなかったが、猟兵たちには手榴弾を除いてもはや武器らしい防御手段はなく、いっそう威力を増したロシア軍の猛攻撃にみまわれることとなった。

威圧するようなエンジン音とキャタピラの金属音を響かせながら、ハーフトラックが兵士たちの陣地に迫ってきた。この新たな脅威にどう対処すべきか、兵士たちは熱にうかされたように思考を回転させた。ただでさえ手榴弾で戦車に立ち向かうのは危険きわまりないのに、陣地に直接乗り込まれては、作戦成功のめどが立たないも同然だったからである。ゼップは前進してくるハーフトラックを双眼鏡で観察し、どこかに弱点はないものかと、わずかな望みをかけて探ってみた。あれだ。装甲を施した正面板後方の操縦席で、開いた覗き窓に動くものが見えた。操縦士だ。その隙間は大きさが一〇

×三〇センチ、距離はまだ八〇メートルある。命中する確率はごく低いが、これほどの車両を銃の一撃で止めるにはこの方法しかない。情況が急に変わることを計算に入れ、徐行してくる車両の前方区域に注意をこらした。炸裂弾をこめ、迷彩ポンチョを丸めて具合のいい銃架をこしらえた。銃をかまえて、標的を追う。これまで何百回もしてきたように、内心の猛烈な緊張を抑えながら規則正しくゆっくりと深呼吸した。標的に照準を合わせ、右手人差し指を引き金の引っかかり点まで引き、極度の緊張を感じながらも、手馴れた作業を確実にすすめた。ハーフトラックはまだ六〇メートル以上離れていたが、ほんの一瞬、操縦士の目が覗き窓からあらわれて、周囲のようすを見ようとした。それからわずか数秒で射撃音がとどろき、実際に命中した。車両は急に思いもよらぬ動きで進行方向を変え、しまいには横滑りして弾孔に落ちこみ、キャタピラを空まわりさせるばかりで動けなくなった。頓挫した車両からロシア兵がパニック状態で飛びだし、すぐにドイツ軍歩兵の銃撃をうけて、それ以上の前進を阻まれた。操縦室にいた操縦士はひとりだけだったらしく、そのうえ戦闘室から隔てられていたようで、操縦士が倒れると、代わりに車両を操れる者がいなかった。相手のアキレス腱が見つかり、脅威をかわす小さな希望が芽生えた。ゼップは最後に残った炸裂弾の銃弾二〇個をすべて詰め、操縦士を射殺ないし負傷させることで、攻撃してくるハーフトラック一二台のうち七台を排除した。残りの五台は猟兵たちの陣地を破り、兵士を戦場に送り込んだが、それでも激しい白兵戦のすえにロシア軍をうち破ることができた。

その地点では攻勢に耐えることに成功したものの、隣接師団の多くの地点ではドイツ軍陣地が突破された。新たに穴のない防御線を構築するためには、またしても撤退が必要だった。

意外なことに、軍首脳部は窮迫した部隊の負担を減らすべく、ルーマニア空軍戦闘機隊と対戦車兵部隊の導入に成功した。おかげで二四台のロシア軍戦車を撃退し、新たな阻止線を構築するのに必要な余裕ができた。ここ数カ月というもの空軍の支援なしで闘っていた兵士には、友軍の戦闘機を見るのは現実のことのような気がしなかった。それでも、戦闘でもっとも負担がかかるのはやはり地上部隊であり、このときも第三山岳師団は、兵力の三分の一を犠牲にしながら、担当戦区をどうにか持ちこたえた。この地点で頓挫したロシア軍は、これよりも格段に弱いドイツ戦線の個所へ攻撃重点を移した。数キロ離れた地点では、新たに前線に投入された部隊がロシア軍の攻勢で壊滅し、何百人という若者が悲鳴とともに散っていったが、第一四四連隊の猟兵たちはその戦区で突然の休息を味わい、焦眉の急だった睡眠を何時間かとることさえできた。

第9章　照準スコープ

一九四四年四月二日、ロシア軍は強大な装甲兵力で戦線突破に成功し、第三山岳師団を包囲した。致命的な包囲状態をただちに脱却する必要があった。部隊にある装備は携帯火器と手榴弾だけだったので、これはきわめて危険な賭けだった。だが、唐突に始まったひどい悪天候が、頼もしい援軍になった。その日の夕方には激しい吹雪も加わり、視界は五〇メートルもなかった。師団の生き残った数百名は陣地を離れ、尺取虫のように長い隊列を組んで、果てしない吹雪のなかへ消えていった。こうしたせっぱつまった撤退行動ではいつもそうだが、もっとも悲惨な目にあうのは負傷者だった。いくらかでも歩ける者は仲間の手を借りながら、ロシア軍の虐待で殺されたくないという恐怖心を原動力に、最後の力を振りしぼって前進した。しかし移送が不可能な者も多く、そこに残るほかなかった。じきに非業の死を遂げるであろうことを自覚しつつ、そうしたのである。その瞬間を自分で決めようと、ピストルを所望する者も多かった。

別れの心痛に黙したまま、過酷な戦闘をともにした仲間同士、底しれぬ深く悲しい眼差しで最後の視線をかわす者や、身内への伝言を約束する者、厳しいロシアの大地から遺言がわりに形見となる愛用品を故郷に託す者もあった。こうした写真やお守りなど、見たところなんでもないが当人には大切な品々も、その多くは何日もしないうちに爆風に吹きとばされるか、連日の戦闘で元の状態がわからないほど血まみれになり、宛先まで届くことはついぞなかった。

最後の握手でお互いの理解を示しあったのち、残る者の運命は吹雪にかき消された。陣地と負傷者を残して猟兵たちが去って数分すると、この世に別れを告げる最初の銃声が暗闇をにぶく切り裂いた。そっと肩をすくめた猟兵もいたが、無表情を装った心の奥底では痛みが消えることはなかった。

ゼップはいつもどおり狙撃銃を迷彩ポンチョにくるんで背負い、MP四〇短機関銃はいつでも発射できるよう胸に抱えて、他の数名とともに、行軍する部隊の側面防護にあたっていた。出発して一時間たったころ、数メートル横できれぎれの話し声と行軍音を聞いた。敵と自分の間に退却中の友軍がいるという安心感が、ゼップのなかで自然と湧いてきた。ところが数分後、電流が走ったかのような衝撃に襲われた。いまはっきり聞こえたのはロシア語で、人影とは一〇メートルも離れていない。ロシア軍の隊列と並んで行軍しているのは間違いなかった。ここで冷静さだけは失ってはならない。いま戦闘行為をすれば自殺行為になりかねない。いきなり逃げるのも致命的だ。ゼップは仲間をつつき、目で合図した。それでじゅうぶんに意を通じた。手による合図が猟兵の隊列全体に伝わり、全員がすぐに事情を理解した。一言も言葉を交わすことなく、じわじわとロシア軍部隊から離れていった。

だが、早朝のまだ暗いうちに、こちらの進路を横向きに進撃していくロシア軍の隊列に出くわした。その隊列は、人員と物資が途切れることを知らぬ列をなしていた。一時間ばかり苛々と待たされたすえに、闘って血路を開くという決断がくだった。猟兵たちは輸送部隊がくるのを待ちかまえ、道路脇の茂みから道路へなだれこみ、短時間だが激しい銃撃戦で強行突破した。ゼップが仲間五人とともに先陣をきった。車両と車両の間にある四〇メートルほどの間隙を利用して、進んでくるトラックの数メートル前へ茂みから躍りでた。猟兵三人がＭＰ四〇短機関銃を運転席に撃ち込んでいるあいだ、ゼップともうひとりは背後から荷台に手榴弾を二個ずつ投げた。トラックの前輪が向きを変え、手榴弾の鈍い爆発音とともに路面の穴に落ちた。運転席のドアが開き、血染めの顔を異様に歪めた運転手の姿が、炎上した荷台のおぼろげな光に一瞬だけ映った。喉をならして大量の血を口から吐きだすと、倒木のようにぐらりと前方へ傾き、ぬかるんだ地面に濡れた音をたてて崩れた。次にきたトラックを五人の猟兵が銃撃しているすきに、連隊の各中隊が急造の道を急いでわたっていった。騒乱は数分で終わり、暗闇が、ひとりの損失もださなかった猟兵たちを亡霊のように呑みこんだ。

師団はどうにか態勢を整えることができたものの、撤退行動はあまりに距離が短すぎ、天然の要害であるクチュルガン川河口から二五キロ手前、バカロホ市の近郊で終わった。ところが、ロシアの装甲部隊が迅速かつ大胆な攻撃ですでにこの都市を占領しており、ドイツの五個師団を包囲した。第三山岳師団もそのひとつだった。どの部隊も完全な孤立状態で、大隊には中隊の半分の戦力しかなく、装備は軽歩兵兵器と手榴弾しかなかった。兵士はすっかり飢餓状態になり、体力の限界に達していた。それでも、ロシア軍の手に落ちれば好き放題の扱いをうけるという不安がいっさいの雑念を押しのけ、生存闘争へと向かわせた。第三山岳師団司令官であるヴィットマン将軍が、最高位の将校として指揮権をもっていた。すべてを決する目標は致命的な包囲を脱し、クチュルガン川西岸のドイツ軍陣地へ合流することだった。二五キロメートルの道のりを闘いながら越えなくてはならない。

こうした戦略上きわめて危急な事態を救う唯一の方策は、あらゆる現有戦力を結集し、精力的かつ迅速に突破を試みることである。兵站に加えて通信網も全体的に壊滅していたため、伝令兵を介した意志疎通を組織化するほかなく、そのために、作戦計画に使われるべき貴重な時間が無為に過ぎていった。ようやく構想が固まったときには、すでに一九四四年四月五日の午後遅くになっていた。

一七時ごろ、第三山岳師団が先発隊として攻撃を開始した。本来ならば力つきているはずのドイツ軍の戦闘意欲にロシア軍は明らかに不意をつかれて、ほとんど反攻することもなかった。こうして二一時にはバカロホを占拠した。第一四四連隊は、そこから二キロ離れた小村に駐留していた。

ヴィットマン将軍率いる五個師団だけでなく、第四四軍団も近くで包囲されていることが判明した。作戦にできるだけ重みをもたせようと、双方が同時に包囲を突破することで意見の一致をみた。だが、通信が阻まれているために攻撃の連係がうまくいかない。ついに連絡が全面的に途絶した。軍団の突破が遅々として進まず、足止めをくらうのではないかというヴィットマン将軍の危惧は正しかった。そこで、存続のために必要な合流を軍団が果たせるように、将軍はあえて自軍の作戦をいくつか中止し、手兵の部隊にバカロホ周辺で防衛態勢をとらせた。そのうえで、隣接して包囲されている状況を利用するため、強力かつ組織的になる一方のロシア軍の攻撃を自軍の部隊に引きつけることにし、その部隊として特にゼップ所属の第一四四連隊が割り当てられた。

ドイツ軍猟兵が占領した村。写真では平穏な静けさにつつまれているが、夜にはロシア軍コサック兵の襲撃で地獄と化した。

占領された村の家々が燃えあがる炎のなか、コサック兵の騎兵隊攻撃は一晩じゅうつづいた。

ゼップは仲間一〇名とともに破壊された農家の廃屋にもぐりこみ、手馴れた作業で、うまく隠れた射界のよい射撃壕を四つほどつくっておいた。こういうとき特に重視したのは、迅速かつ安全に壕を移れることだった。

九時半ごろ、全力疾走の馬にまたがり、赤々と燃える炎に照らされて先頭のコサック中隊が現れた様子は、恐ろしくも美しい光景だった。馬上にある騎兵の機動性はきわめて高く、またたく間にドイツ軍陣地に侵入した。揺れる明かりのなかで騎兵を射撃するのはまず無理だったため、命を奪う銃弾の標的となったのは何も知らない馬だった。かつてロシア軍の輸送馬を撃った経験から、ゼップは馬の急所となる射撃部位がわかっていた。前方から首のつけね(胸骨)に弾が命中すると、馬はすぐに倒れてもん

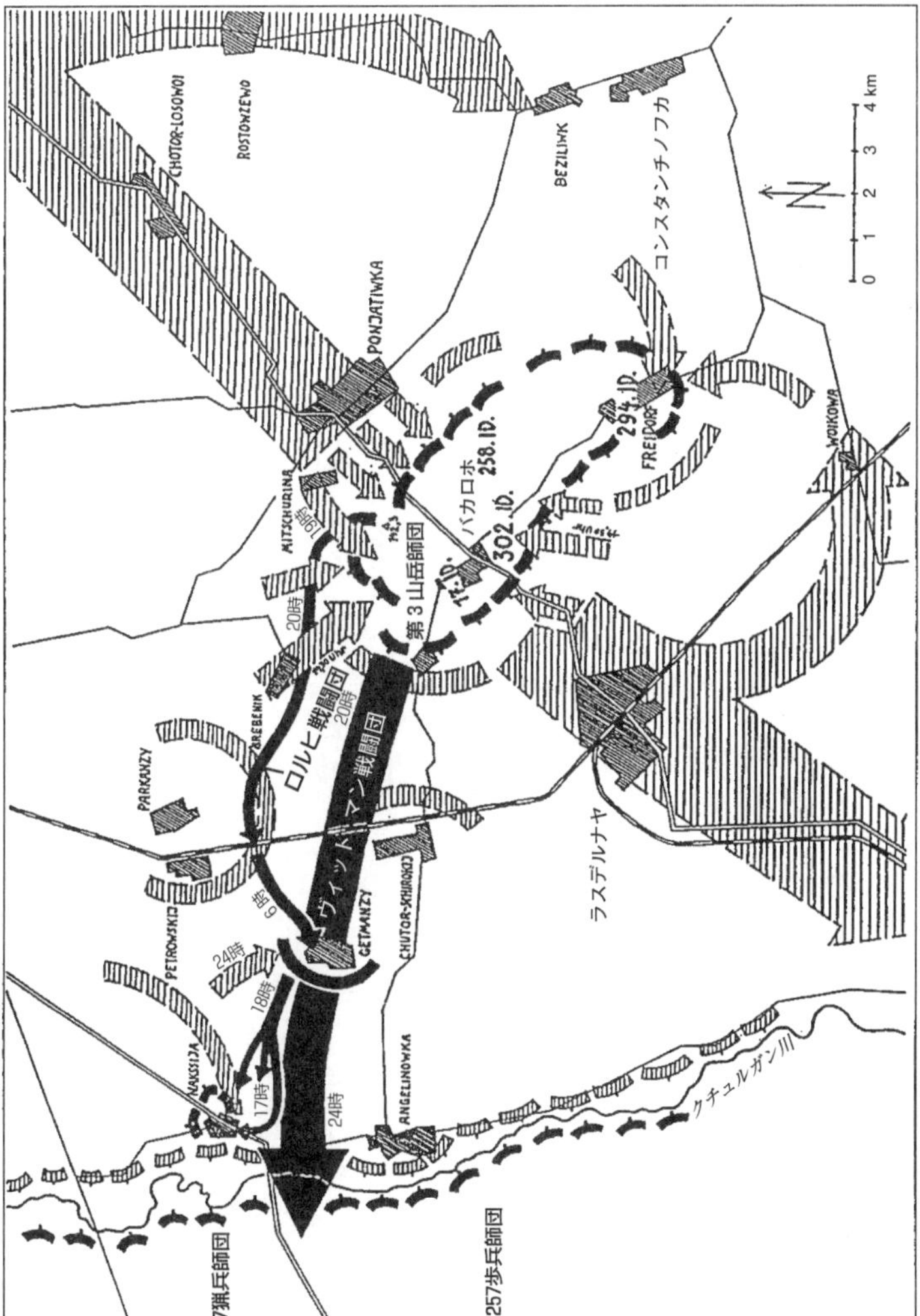

1944年4月6日現在の戦況（地図出典：クラット『第3山岳師団戦史』）

どりうち、乗り手を下敷きにすることがままある。命中したのが腸や腎臓の部位だと激しく暴れだし、操るのが不可能になって最終的には倒れ、激しく脚を痙攣させながら徐々に死んでいく。そこでゼップはドイツ軍陣地までの距離に応じて、前方にいる馬は首のつけねを撃ち、遠くにいる馬は軟部を狙って撃ちわけた。続いて仲間が、あわてふためく騎兵に銃火を浴びせた。こうして攻撃をいくらかくいとめることに成功し、一時間たつと前方地域は瀕死の馬で埋め尽くされていた。なんの罪もない動物が、人間の過剰な暴力の犠牲になった。やむを得ないとはいえ次々に馬を撃たなければならない嫌悪感が、ゼップのなかで次第に増していった。戦闘は過熱し、激しい砲火戦となった。ひとりのコサック兵が、陣地まで五〇メートルの地点までにわかに接近した。ゼップは銃の向きを変え、馬の胸めがけて撃った。銃声が轟いたとき、馬は死体を飛び越えようと跳躍体勢に入っていた。そのために銃弾は腹壁を貫通し、胴体を半分ほども引き裂いた。内臓がずるりと滑りでた。馬はいきなり立ちどまり、脚でしっかり踏んばろうとしたが、そのうちに自分の腸を踏んでしまい、腸がいっそう外へ出た。目玉焼きほども見開かれた目が痛切に感じさせる死の恐怖におし黙ったまま、馬は横腹を震わせて立ちつくし、騎兵も馬の背中に張りついたように動かなかった。ゼップは、馬が言いようのない深みと悲しみを湛えた目で自分を見つめ、目前にある無意味な死の意味を問うているような気がした。だが、それも数秒のことで、ゼップは衝撃に全身を震わせる馬の頭を撃ってとどめをさし、そのまなざしは死によって永遠に葬り去られた。馬がくずおれると、またがったままのコサック兵の胸を軽機関銃の集中射撃が撃ち砕いた。だが、すでに次の騎兵隊の一団が突破を果たしており、激しい接近戦が繰り広げられた。ゼップはふたたび狙撃銃を隠して、ＭＰ四〇短機関銃で闘った。残りわずか七人になった小集団で農家の廃屋に立てこもったが、戦況は刻一刻と絶望的になるようだった。突如として、多連装ロケット《スターリンのオルガン》の地鳴りのような発射音がした。多少なりとも安全そうな廃墟に身を隠すのに、数秒しか残されていなかった。コサック兵と猟兵のただなかで轟音とともにロケット弾が炸裂したが、最悪の被害をこうむったのはロシア軍騎兵で、砕け散った馬と人間の断片が、土塊や瓦礫にいり混じった。爆発音や断末魔の叫びはさらにひどくなって世界の終末のような場面を演出し、そこへドイツ軍の砲兵隊も加わった。

戦況や自軍の陣地について砲兵隊は認識をやや欠いていたが、あらゆる条件が援護砲撃に有利に働いたようだった。砲火攻撃は数分で終わり、コサック大隊を全滅させるとともに若干の猟兵をなぎ倒して、奇妙に静まりかえった戦闘の小休止をもたらしたが、じきに敵の次の攻撃波が押しよせてきた。

連隊の暫定陣地、不十分な武器、装備品はさらに縮小した。第一四四連隊は数時間の防衛戦で三〇〇人近い損害をこうむり、そのうち一六八人が負傷者だった。師団との通信はことごとく断たれた。そのころにはロシア軍が戦線に兵力を揃えて隙間なく固めており、突撃班もこれを突破できなかった。連隊が存続できるかどうかの岐路にたたされた。この難局にあって、司令官のロルヒ中佐が英断をくだした。師団とふたたび合流するかすかな望みをつなぐには、ただちに突破攻撃を仕掛けるしかないという判断だった。

そしてまたしても、陸軍報告書や師団戦史にはささいな局地的行動として記されているにすぎない事実が、あとに残らざるを得ない負傷者にとっては、その何百倍もの悲惨を意味することとなった。救護にかかわる兵站状況は、全般的な補給体制よりも先に破綻していたからである。戦場から中央救護所に向かう交通手段は、車両、燃料、人員の損失のため、後方地域から前線までの交通手段よりもはるか以前に壊滅していた。これは、撤退戦で特徴的にみられるごとく、戦況がつかみどころのない混乱した様相を呈しているときに起こる現象である。

伝令兵を通じて中隊に命令が届いた。わずかな軍医と衛生兵が負傷者を選別し、またしても、特別に要望があれば拳銃をおいていくことになった。段取りは淡々と進められ、感傷の余地はなかった。戦争という過酷な事態にあっては、「相手を殺し、自分も同じように死を当然のこととして受けいれる」という非情の掟に誰もが従わねばならなかった。

夜が明けるのを待って決死の攻撃を開始した。事態の深刻さがわかっている猟兵たちは、残っている力を最大限まで振りしぼって戦闘に身を投じ、その結果、致命的な包囲を脱することができた。

その後に作成された公式の報告書は英雄的で緻密な行動という表現を使っているが、現実の姿は混乱と混沌であって、作戦が成功したのはむしろ幸運のおかげだった。多くの兵士が平静さを失い、戦闘は逃亡に、逃亡はパニックへと変貌していったからだ。雌雄を決する攻撃を始める直前のこと、ゼップが何人かの仲間と野戦炊事車で水筒に紅茶を入れていたところ、突如としてエンジンとキャタピラの鈍い音が朝靄のなかから近づいてきた。とたんに猟兵たちは縮みあがり、音がする方向に全神経を集中した。何も見えなかったが、にわかに「ロシア野郎がくる、戦車だ！」というヒステリックな声が響いた。猟兵たちはあわてふためいてちりぢりに逃げた。炊事長も馬をつないだ炊事車に飛び乗り、馬に鞭をくれて、早朝の霧のなかに姿を消した。開け放したタンクから紅茶が大量にこぼれ出た。一部の古参兵が指揮官に従ってほうぼうに声をかけ、瓦解を防ごうとした。相手を正気に戻そうと、足蹴りや平手打ちを食らわしている者もいた。それでも、数分すると大半の兵士は炊事車とともに姿を消していた。残った者は慄きつつロシアの戦車の到来を待ちうけたが、数分後に霧の中からものものしく登場したのは、予告なしに援護にきたドイツ軍の突撃砲だった。パニックを起こして逃げた兵士を再度集めるのに、まるまる三〇分かかった。正規の処分をするのは煩瑣なため、このときも平手打ちと尻への足蹴りを懲戒処分の代わりにした。それればかりか、下手な冗談がとびだす余裕まであった。ゼップは不意に見知った顔を認めた。初仕事のときに自分を慰め、火酒をくれたあの伍長だった。いまは軍曹になって胸に勲章をいくつかぶら下げているが、あの赤髭のヴァイキングだ。それまで一切の活動を禁欲的な平静さでこなしてきて、部下に対しても、持ち場の厳守を容赦なく求めてきた男だった。ようやく兵士が揃って整列すると、持ちまえの無愛想な調子でこう言った。「お前ら、国防給付金がなくなるのを知ってるか?」周りの者は意表をつかれて黙っていた。「これからは逃亡給付金しか出ないってことだ!」そう言うなり、からだを震わせて笑った。この後、ゼップの頭に幾度となく浮かんでくる男である。

昼ごろ、連隊の野戦予備大隊がバカロホ北西部で特異な攻撃をうけた。森の一画から、精確きわまりない射撃が猟兵を襲ったのである。数分のうちに一一人の兵士が頭や胸を撃たれて死んだ。「狙撃兵だ」という恐怖の叫びがまたたく間に隊列全体に広がり、皆ができるかぎり掩蔽物に身を隠した。双眼鏡で観察をしようと掩蔽物から少し顔を出した中隊長がふたり、そのために命を落とした。ロシア軍の炸裂弾が、ふたりの頭を粉々に砕いたのだ。命中率の高さからすると結論はただひとつ、目前の敵は狙撃兵中隊である。狙撃兵中隊の存在ついては猟兵も噂でしか聞いたことがなく、実際に相手にしたり見たことがあるロシア軍狙撃兵といえば、単独行動をしている者だけだった。こうして集団でくる相手には、砲兵隊や重追撃砲がないために対処しようがなかった。鬱蒼と茂る針葉樹林から銃撃が襲ってきた。軽機関銃の集中射撃で応戦しても目に見える効果はなく、残忍な射撃を返されて機関銃手が死をまねく結果となった。猟兵たちはなるべく安全な位置まで退却し、砲撃で崩れたコルホーズの建物を避難所にした。伝令兵が連隊に派遣され、報告をした。大隊としては、その森の一画に徹底的な砲撃をくわえるべく、重兵器の応援を期待していたが、戦況がきわめて切迫しているうえに砲兵も不足しており、従来の対処法でこの難敵に立ちむかうのは不可能だった。

すでにゼップは実績のある冷静な狙撃兵として連隊でも名前がとおっており、連隊長もその顔を知っていた。それでもロルヒ中佐は、狙撃兵アラーベルガーにロシア軍狙撃兵中隊の制圧を命じる命令書を、野戦予備大隊の伝令に託して第二大隊司令部に持っていかせたものの、どちらかといえば、結果の不透明な応急処置としか感じていなかった。三時間後、ゼップは例のコルホーズの廃屋で配置についた。

その位置から森までの距離は三〇〇メートルほどで、密集する木々を透かして相手を識別するには、もっと近づいてロシア側の発砲を誘うしかなかった。そのためには標的を見せる必要がある。ゼップは手榴弾袋を五つとって草を詰め、それぞれにヘルメットをかぶせて、木炭で目、鼻、口を描いた。取っ手のとれた傘の骨を荷物に常備していたので、これに草や枝をつけ、中央部分にだけ小さな穴を残して、そこから向こう側が見えるようにした。建物の右手一〇〇メートルのところに藪で縁どられた小さな窪地があり、観測をするには理想的な位置で、敵に見られないように這って到達できそうだった。手の合図を決めておき、その合図に応じて、コルホーズの廃屋のさまざまな場所でダミーをそっと見せることにした。二〇分してゼップは観測地点に着き、自分の動きや傘の出現に気づかれないように、偽装用の傘の位置を慎重に決めた。双眼鏡でロシア軍陣地をくまなく見渡し、狙撃兵の潜伏しそうな地点がないか探した。これまでの命中弾を分析してみると、敵はドイツ軍陣地をよく把握しているようだった。とすれば高い場所しかなく、今回のケースでは鬱蒼と茂る木の梢のしか考えられない。だが、熟練した狙撃兵がそのような致命的ミスを犯すだろうか。退却の手段も掩蔽物もない樹上から射撃をするとは、ゼップには想像するのさえ難しかった。打ち合わせておいた合図を送ると、仲間がそろそろとダミーを出した。たちまちロシア側から弾丸の雨が降りそそぎ、発砲の衝撃で枝が揺れるのがよくわかった。ゼップはすぐに廃屋へとって返し、三〇分後、亡くなった中隊長ふたりを継いで中隊を指揮している軍曹と情況を話しあった。そして、森の一画へ射界がひらけていて自身の姿を隠せるところに軽機関銃手を五人配し、ダミーの頭を持った兵士をその隣にそれぞれ置いた。ゼップは、これらの射撃地点からやや離れた距離でうまく偽装できる地点を探しておき、各々の射撃地点のダミーの頭を掩体からそっと出すように指示しながら、ロシア軍の前線を観察した。ダミーの頭が銃撃をうけたとき、狙撃兵の位置を確認できた。それをうけて軽機関銃が梢に向けて射撃を開始し、ゼップも軽機関銃の銃撃にまぎれて的確な射撃をした。こうすることで自分の銃撃をできるだけ長くカモフラージュし、ドイツ軍狙撃兵の存在をロシア兵に隠すことができた。敵が樹上に陣地をかまえている事実ばかりでなく、頭部のダミーをすでに五回も撃っている情況からしても、相手は腕前こそいいが、戦術面では未熟そのものの狙撃兵だった。そう思うと、大人数の敵との対決が待っていることで覚えていた不安が少し和らいだ。
ゼップの計画は、気味が悪くなるほど順調にすすんだ。ダミーの頭を出すと、一人、二人、そしてときには三人のロシア兵が注文どおり同時に撃ってきた。ゼップは枝の動きを見て狙いを定め、軽機関銃射撃を待ってから狙撃し、命中させる。撃たれたロシア人が袋のように木から落ちると、すぐさま射撃地点を移動する。そのくりかえしだった。こうして一時間で一八人の敵を排除した。ところが、あるときダミーの頭への銃撃がぱたりと止んだ。時刻はすでに午後五時で、一時間近く森から一発も撃ってこなかったので、軍曹が森への進攻を決意した。ゼップと軽機関銃手二名が援護射撃を担当したが、敵の銃撃にあうこともなく、敵が一掃されたとおぼしき森に着いた。軍曹一行は敵の死体を見て仰天し、大きな身振りでゼップらを呼び寄せた。うそのような静寂が信じられず、警戒をはらいながらゼップが森の一画に近づいてみると、草のうえには若い女性が倒れていた。

ロシア軍の女性狙撃兵の遺体。

このように狙撃兵が集団で現れるのはロシア特有の戦術で、意外なことに、過去をさかのぼるとドイツからの影響がそこにはある。

一九二〇年代、かつての敵であり、また第一次世界大戦の敗者同士でもあったソ連、ドイツの両国は、ある目的のために手を組んだ。ソ連は革命の混乱で経済的にも技術的にもどん底の状態にあり、ドイツは、ヴェルサイユ条約で軍事開発や兵器生産を禁じられていた。

政治的には相容れない者同士ではあったが、両国は災いを転じて福となした。ドイツは技術的なノウハウや工業設備を提供する代わりに、ソ連を隠れ蓑にして軍需品の開発や実験を行うことができるようになった。特に、戦車や航空技術の分野では密接な共同作業が行われた。ドイツ側ではささいな周辺現象であるとして重視してはいなかったが、技術だけでなく先の第一次大戦で得た戦術的経験もソ連側に提供し、高性

長いサイドマウントに照準スコープＰＥを付けたＧ91／30型ライフルを掲げて行進するロシア軍狙撃兵。1930年代末、モスクワの赤の広場。

能の照準スコープや、ロシア軍狙撃兵制度の育成を助けた。その時点まで、ロシア軍ではまだ狙撃銃が戦力として活用されていなかったのである。

戦闘用車両が支援する機動性の高い運動戦にドイツ軍部が固執し、歩兵の兵器や戦術を適切に発展させるのを怠っていたのに対し、誕生したばかりのロシア軍は資金がかぎられていたこともあってこれを重視した。ロシア軍が革新的な開発を行ったキーワードとしては自動小銃、対装甲車小銃、一斉砲撃などが挙げられる。

ドイツ軍が一九四〇年までに兵器庫の狙撃銃をほとんど使い尽くし、新たに調達して補充していなかったのに対し、ロシア軍はこの新兵器を用いた包括的な狙撃兵制度を築きあげた。そこには単独行動をする狙撃兵もいれば、狙撃兵と観測員の両名からなるチーム、狙撃兵が二人というチームもあり、大規模なものでは六〇人からなる狙撃兵集団まであった。

ロシア侵攻が始まった当初から、進軍してくるドイツ国防軍にロシア軍は狙撃兵を使ってかなりの痛手を与え、とりわけ指揮官に損失を与えた。歩兵隊が前線区域に進軍するのを、重兵器なしで何日も阻止したことも珍しくなかった。戦争初期の数カ月間、ドイツ軍は勝利につぐ勝利に酔いしれて、敵軍の狙撃兵は卑劣なゲリラ兵であるという安直で誤った決めつけをし、隠れた脅威に目を向けなかった。ようやく一九四二年、形勢が守勢になって陣地戦の様相を呈してきたことでこの問題が表面化し、解決が焦眉の急となった。だが、すでにドイツ陸軍には狙撃銃が劇的に不足していた。一九四一年から四二年にかけて、照尺に取りつける一・五倍率の望遠レンズが導入されたが、遠い距離にある標的を正確に撃つにはいささか不十分だった。

41 年型照準スコープを付けた Kar. 98 k 騎兵銃。狙撃用としては使い物にならなかった照準スコープ。

そのため、高性能レンズを搭載した狙撃銃のコンスタントな生産が始まり、長距離補給ルートに乗るようになるまでは、即席でつくるほかなかった。そのために捕獲兵器に目をつけ、また本国でもＫａｒ.九八用照準スコープを猟銃にとりつけるという緊急対策で前線に送った。本国の兵舎や警察署にあった数少ない狙撃銃もかき集め、初期の装備品として利用した。

一九四二年末にようやく狙撃銃と狙撃兵の軍事投入に関する通達が出たが、本格的な規則の制定は一九四三年五月まで待たなければならない。

本書の主人公ゼップが持っていたのも、これまで述べてきたように、ロシアから捕獲した狙撃銃である。

木から撃ち落とされた女性兵士の武器や弾薬を拾い集めていると、突然、鋭い銃声

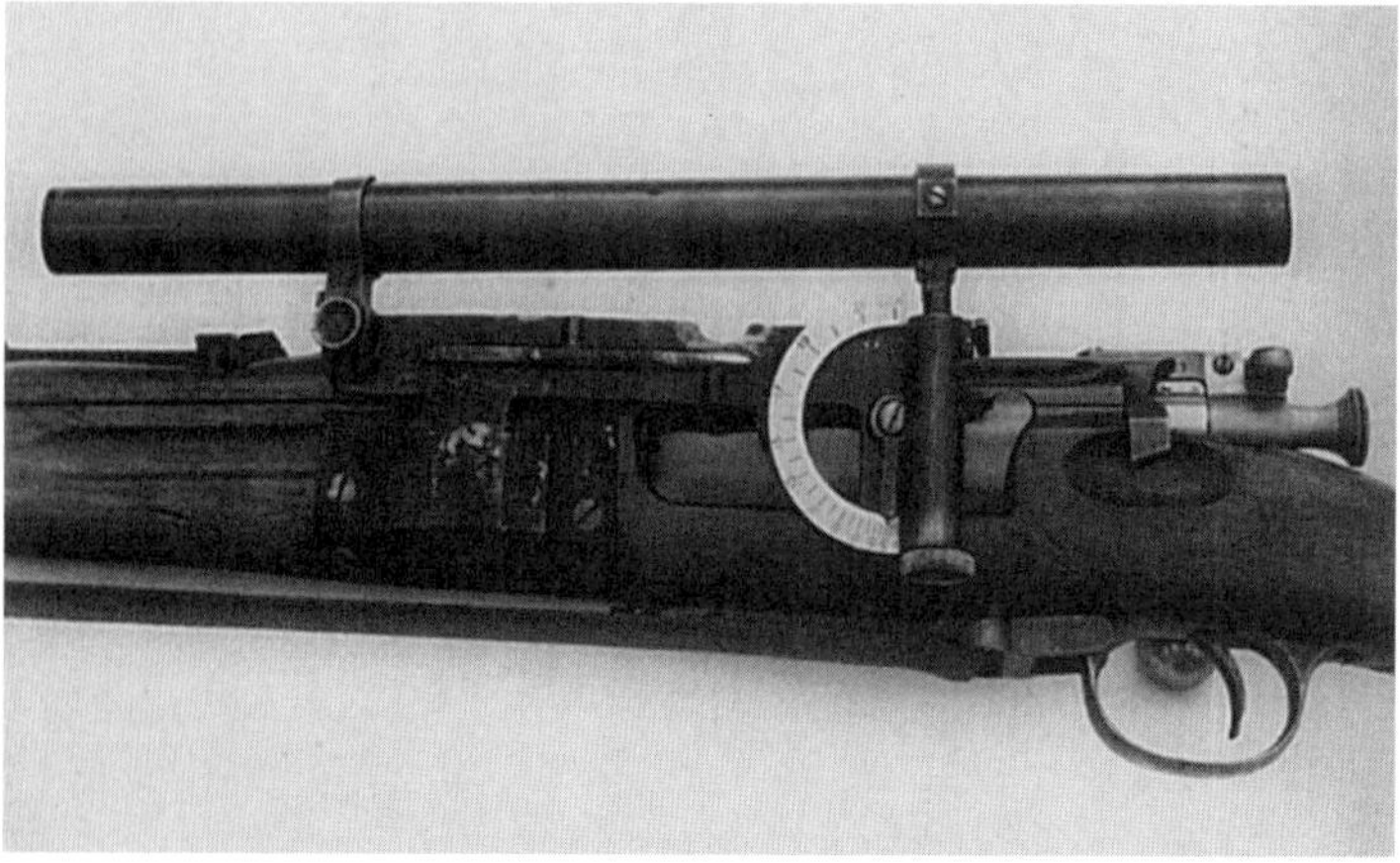

フォークトレンダー社の照準スコープを付けたノルウェー製の試作騎兵銃、クラグ・ヨルゲンセン・モデル。深刻な狙撃銃不足を補うため、国防軍向けに改造されている。

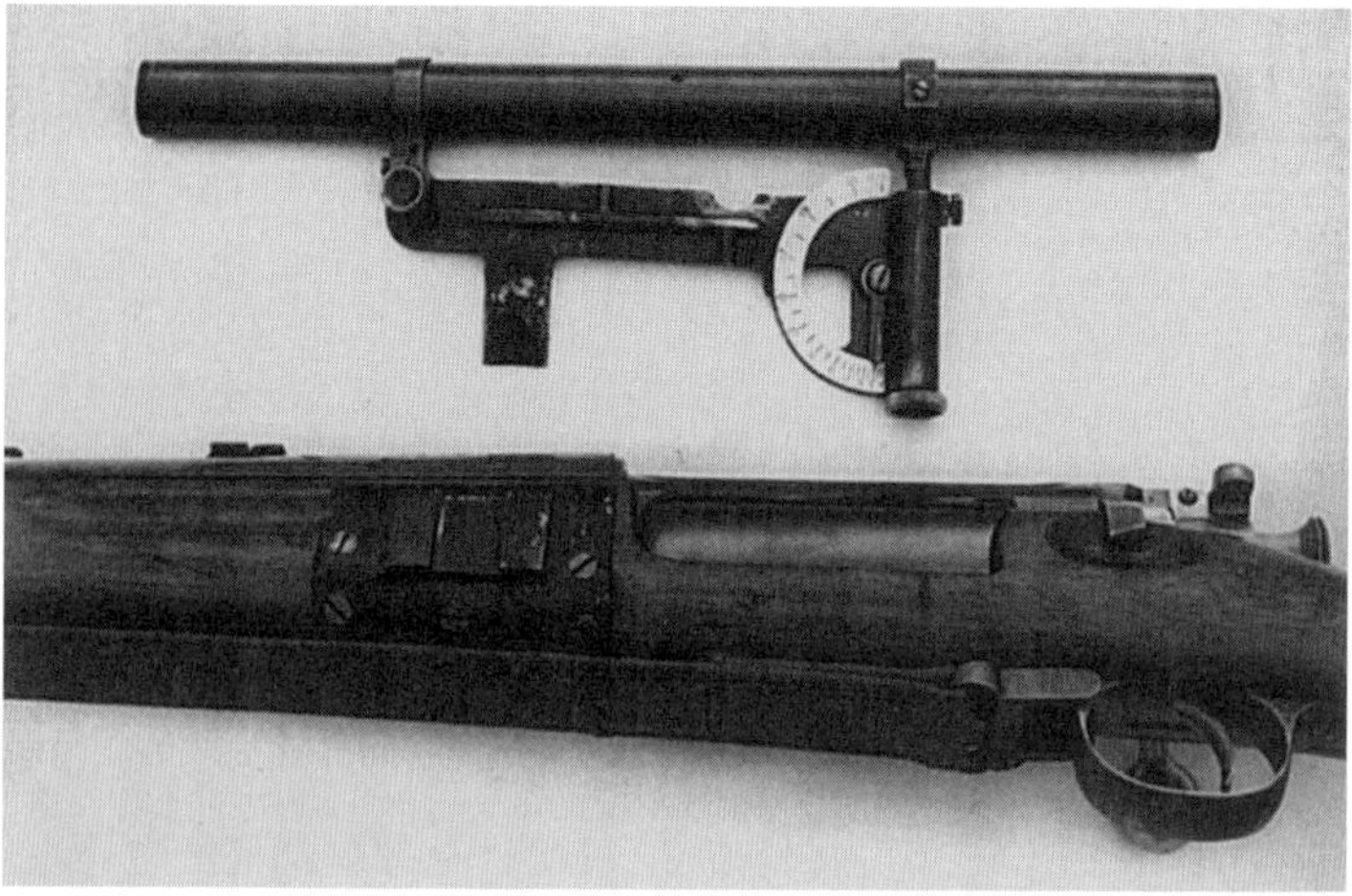

がした。

まだ二〇歳にも満たない娘が、武器の上で腹這いに倒れていた。ひとりの猟兵が、武器に載っている動かないからだを仰向けにさせ、武器が取れるようにした。娘は血染めの軍服の胸元に右手をさし入れていて、胸の中央に銃痕があいている。口元からは血が泡だちながらあふれていた。猟兵が身をかがめて武器を取ろうとしたとき、娘がいきなり上着からトカレフ拳銃を出し、血の泡だつ口で"smert faschistam（ファシストは死ね）"と喉を鳴らすようにうめくと、最後の力を振り絞って引き金をひいた。猟兵が即座に反応して横にとんだおかげで弾は尻をかすめ、ズボンが裂けて血が流れただけですんだ。その動作のまま猟兵がＭＰ四〇短機関銃を出して引き金をひくと、銃弾は鈍い音をたてて瀕死のロシア兵の上半身に当たった。娘は電流に打たれたように最後にのけぞると、眼差しが生命の光を失っていった。

居合わせた猟兵たちにとって、相手が女だと知りながら闘うのは初めてだった。遺体の前に立ち、その初々しい顔が部分的に潰れているのを眺めたときに初めて、嫌悪と恥辱の奇妙な感覚が一同を襲ったが、殺るか殺られるかの戦争の掟から逃れることは所詮できないとわかっていた。敵が誰なのか事前に知っていたら、これほど冷徹に闘うことはできなかったかもしれず、そのために逡巡が命取りになったかもしれないのだ。

日が暮れるころにはロシア軍の戦線を突破し、師団はまとまった指揮系統を回復したものの、いくつかの戦闘部隊や敗走部隊が主要部隊にたどり着くまで、なおも何時間かを要した。ゼップが所属する大隊もそのひとつで、生き残りの兵士六〇人まで衰微していた。こうした撤退における定石どおり、焦土とインフラの残骸以外は敵に残さないようにつとめた。そのために鉄道トンネルも爆破することになっていたが、トンネルは後から戻ってくるドイツ兵にとっても重要な経路である。大隊が、最後に残った集団のひとつとしてトンネルを抜けたとき、すでに工兵隊は爆破の準備を終えかけていた。大隊長クロースは工兵隊の指揮官に対し、自分のところの後衛部隊の工兵部隊があとに続いているので、トンネルを通過するまで爆破を待つように指示したが、爆破班は神経を過敏に尖らせていて、一〇分もしないうちに爆破を実行してしまった。さらに一〇分がたつと後衛部隊の工兵がふたり、泥まみれの憔悴しきった様子で部隊に合流し、自分たちが通りぬけた瞬間にトンネルが爆発し、空中に砕け散ったのだと報告した。そして、自分たちが助かったのは、ひとえに前衛を務めていたからだと言った。怒りと憤まんの空気が広がった。この戦争に意味はなく、狂気が増すばかりだという考えが多くの兵士の脳裏をかすめた。だが、個人に何ができるというのか。重要なのは生き残ることだ。一同はさらに進み、打ち合わせておいた部隊の集合場所へ一時間ほどで着いた。警戒歩哨が突然「止まれ、動くんじゃない、合言葉!」と叫んだ。「合言葉ってなんだい」と前衛の猟兵が言い返した。「だれから聞けってんだ。合言葉なんぞ、へその下にしまっときな」。そう言うと歩きつづけた。そのとたんに軽機関銃がうなりをあげ、集中射撃がその猟兵の上半身を撃ちぬいて血まみれにし、後続の兵士たちはそれを信じられないという顔で凝視した。あわてて全員が物陰に入り、大隊長が匍匐前進しながら呼びかけた。「武器をしまえ、ばか者。われわれはクロース大隊である。すぐに上官を呼んでこい」。数分がたち、ひとりの中尉がどうしたと声をかけていくつか質問し、クロースが不機嫌に返答した。結局、一人でくるようにと要請されたクロースはそろそろと身を起こし、拳銃をかまえたまま陣地へ向かった。いまの出来事や、自分の工兵隊を失ったことで内心怒りに震えていた。中尉も立ちあがり、クロースはそのほうへ歩いていった。中尉の足下では、先ほどの哀れな機関銃手が軽機関銃を突きつけられていた。恐怖に震える若者で、中尉が甲高い声で怒鳴りつけた。「仲間を撃つとはどういう奴だ、俺が始末してやる。このメス豚め、銃殺だ」。中尉はますます激昂してヒステリーに陥り、とうとう自分を抑えられなくなって、突如として奇矯な叫びをあげながら、弾倉が空になるまで目の前の若者に乱射した。若者のほうは、ドイツ軍将校の手による無意味で恣意的な死を、パニック状態に目を見開いたまま抵抗することなく無言で受け入れた。その場にいた他の兵士は上官に飛びかかって地面に抑えつけ、顔を平手打ちして落ち着かせようとした。中尉の部隊の兵卒と、戦闘将校として中尉の錯乱に理解を示したもう一人の中尉以外にこの事件の目撃者はおらず、そのため事件はなんの波紋を生じることもなく、戦争の横暴さ、抗いがたさの泥沼がますます深まっていくなかで闇に葬られた。だが、殺されたふたりの兵士の遺族に届けられた「偉大なるドイツのため戦死」という決まり文句には、ほろ苦さ以上にやり切れないものがある。

連隊はようやくヴィットマン戦闘団の司令部と無線連絡をとることができ、それ以後、五個師団の攻撃を調整できるようになった。翌日の夜明けとともに、致命的な包囲の最後の輪を突破することができたが、全体としてドイツ戦線はいまだ憂慮すべき無秩序状態にあった。ヴィットマン戦闘団は完全に単独で戦っており、他と連係していなかった。偵察部隊が敵の動きをもれなく把握しており、また、偵察行動の過程で、狙撃兵が索敵活動から得た貴重な情報を持ちかえることも再三あった。

狙撃兵は中隊長に直属しており、通常任務は免除されていた。それぞれの狙撃兵が、別々の戦闘任務ないし偵察任務を遂行した。どれだけ敵に気づかれずにいるかが、生き残れるかどうかの決定的な鍵を握っていたので、狙撃兵の中でも経験豊かな者は、目立たないように戦場を移動する特殊な感覚を身につけていた。そうした場面では、のちの教程規則や宣伝用の印刷物、映画に出てくるような全身偽装にほとんど出番はない。全身偽装は時間と材料を食うばかりで、おまけに動きが悪くなる。そのため、東部戦線のように戦闘の推移がきわめて流動的で、戦線ごとにがらりと違う様相を呈することが多いときは、そんな小道具のでる幕はまずないのだ。それでも狙撃兵ならば、この任務について最初の何週間かを生きのびたらの話だが、すみやかに利用できて持ち運びやすく、極力動きにくくならない即席の偽装道具をいくつか作っていた。

たとえばゼップは前述のように傘を手にいれておき、柄の部分を縮めて布地を剥ぎとって、むき出しになった傘の骨へ必要に応じて枝や草を編みこんだ。この偽装用の傘は使わないときは折り畳めるので、戦闘装備具に入れて運ぶのに支障がなかった。

一九四四年四月六日の夕刻、ようやくヴィットマン戦闘団の隣接部隊とも無線連絡がついたが、そこも暗澹とした瓦解の様相を呈していた。どの部隊もこれに匹敵する孤立した戦闘を展開しており、ドイツ戦線の撤収と新規編成が緊急課題だった。ナチスのプロパガンダはこれを伝えるのに「弾力的な戦争遂行」という表現をでっちあげた。

二二時ごろ、ヴィットマン将軍の司令部は第九七猟兵師団からたび重なる無線通信を受信した。この地帯にいる全部隊に対し、クチュルガン川対岸にある新たな戦線までただちに撤退するよう指令がでており、第九七猟兵師団はそのための渡河の準備を終え、第二五七歩兵師団の援護を得て暫定的な防護体制も固めていた。一刻の猶予もならなかった。ロシア軍の追撃隊が精力的にその距離を縮め、ますます激しい榴弾の雨を部隊に浴びせていたからである。そこで戦闘団では残りの武器をかき集め、新たな敵の戦線に砲撃をくわえて、敵が動揺したのをついて歩兵部隊が追撃した。しかしロシア軍もただちにこれに対応し、突破された地点へ戦力の一部を投入したため、猟兵たちは脅威的な砲火にさらされた。収拾のつかないパニック状態に情勢が傾きかけたが、戦闘経験豊富な兵士や下士官が猟兵たちを鼓舞し、決死の攻撃へと向かわせた。猟兵たちは肉食獣さながらに戦闘に身を投じ、掩蔽物から掩蔽物へ果敢に飛びうつったかと思うと、腰にかまえた軽機関銃を走りながら撃って敵に殺到した。狙撃兵はやや後方に控えて味方の間隙をぬうように射撃をくわえ、可能なかぎり、ロシア軍の軽機関銃手や迫撃砲陣地を集中して狙った。戦闘が一時間荒れ狂って敵の戦線が崩れかけ、ヴィットマン戦闘団の主力はあらんかぎりの速力で、穿たれた突破口へなだれ込んだ。月のない晩が幸いし、それ以降のロシア軍の追撃から守ってくれた。敵の偵察部隊の小規模攻撃もかわすことができた。一九四四年四月七日の午前九時ごろ、各部隊はクチュルガン川に到達してそのまま渡河した。ヴィットマン戦闘団の五個師団に残された兵士はわずか四五〇〇人強で、第三山岳師団にいたっては一〇〇〇人以下に縮小していた。休むことなくさらにドニエストル川へ向かい、これを三日後に渡った。

これは運命を決する渡河だった。当時の国境線では、それによってロシアの領土から離れ、ルーマニアのベッサラビア地方に足を踏み入れたことになるからである。激しく闘って膨大な損失をだした三年間がすぎてみれば、ロシア侵攻は最終的に失敗だった。戦場が祖国に近づきつつあるという事実が、猟兵たちに否応なく突きつけられた。もはや征服どころの騒ぎではなく、敵の容赦ない報復を先延ばしすることが先決だった。それでも、報復を阻めるかもしれないという一縷の望みはまだ捨てていなかった。

第10章　娼婦宿

ドイツ軍部隊は消耗していないルーマニア部隊と統合し、再編をはかった。もっとも、ルーマニア軍は装備が貧弱で、戦闘経験も乏しかったために戦闘力が低く、持続的な負担軽減はもたらさなかった。第三山岳師団はまたも人員と装備の両面で甚大な損害をうけており、敗走部隊や壊滅した師団、およびその装備品を併合してはみたものの焼け石に水だった。加えて、わずか一〇日後の一九四四年四月一七日には、緊急事態に陥った前線戦区を支援するために第三山岳師団の三分の一以上の兵士が駆りだされ、同地を管轄する師団の指揮下に置かれた。

ゼップは幸い残留組に入っていた。派遣先である「ローデ戦闘団」（ローデは第一三八山岳猟兵連隊の連隊長）は、主要部隊である第一三八山岳猟兵連隊ともども、このときの出撃で八〇〇名を越えるおびただしい損失をこうむったからである。

師団の残留組は何週間かのあいだ幸運に恵まれた。五月は気候面でも最高の日がつづき、ドニエストル河畔にある部隊の前方区域では、それまでの惨劇を忘れたかのごとく、戦闘が小休止していた。敵同士が射程距離をおいて対峙しあい、「緩やかな」陣地戦だけに限定しており、すなわち、激しい軽機関銃射撃のお返しとして追撃弾をみまうだけのもので、退屈しのぎに突撃班の作戦行動を実行したほどだった。両軍の間には三〇〇から四〇〇メートルありそうな川が流れているため、狙撃兵が敵側の戦線に侵入して偵察をしたり、格好の射撃位置を探したりするのは無理だった。そこでゼップは所属部隊の陣地を連日のように歩いてまわり、仲間が指示してくれた標的への狙撃だけに限定した。四〇〇メートルもの距離があると、たとえば頭を標的にするような場合、計算ずくの有効弾というよりは曲芸に近くなるのだが、安全だと錯覚していた敵が紙一重の差で銃撃をまぬがれたとしても、相手の士気にはかなり影響があるだろうとゼップはきちんと計算していた。

日常の危機感が兵士から薄れはじめていた。普通、兵士は敵から銃撃があっても、それが自分個人に向けられたものだと感じることはない。単独の銃から射撃をうけたり一対一の肉弾戦になったときにかぎり、「自分一人が狙われている」と感じて、ごく個人的な危機感が心に芽生える。姿を隠した狙撃兵が相手を選んで銃撃してやれば、肝の据わった古参の兵士でさえ新たな不安に陥れることができた。

狙撃兵とは、卓越した技量で個々人に死の脅威を与える象徴的存在である。そう考えれば、たとえば狙撃兵ひとりで中隊全体を何時間も掩蔽物に押しこめておくといった目を見張る働きにも納得がいく。敵が陥るのは一種の心理的麻痺状態である。誰もが自分個人が狙われていると感じ、少しでも動けば次の標的になるという恐怖を感じるからだ。

一般に兵士には、たえずけがや死と隣りあわせで生きるという難題が突きつけられる。その心理的負担に耐えられず、戦闘中すぐにパニックに陥る者も多い。敵との距離が縮まったり孤立することで戦況が緊迫してきたとたん、周囲へむやみに乱射したり、規律も統制もきかない暴発をまつばかりの潜在的な逃走態勢にはいるといった形で、パニック状態がストレートにあらわれる。したがって兵士の真価を計るには、生命の危険のない環境での射撃その他の技術の能力よりも、ストレスに耐えられるかどうかのほうがはるかに肝要である。この視点からすると、優れた狙撃兵を平時にえり分けるのは至難の業である。特に、狙撃兵の選別や教育を射撃技術の観点からのみ行うのは、重大な過ちだと言わねばならない。狙撃兵には、高いレベルの自制心と神経の図太さが何よりも要求されるからだ。軍隊では狙撃兵の射撃能力に対する要求がただでさえ過大評価されることが多いから、射撃を学ぶことはできる。実際の戦場では、携帯火器の戦闘距離は最大四〇〇メートル、通常の場合であれば二〇〇メートル以下であるから、きわめて高い確率で命中させること、つまり大きな的の真ん中に必ず当てることが目的になる。絶対的な信頼度、戦士としての成熟、確実な有効弾、これらが揃って狙撃兵は一人前なのであり、何百メートルも離れた標的を撃つ芸当が条件なのではない。重圧をくぐり抜けてもなお、こうした資質が損なわれなければ本物である。

ゼップはいつもどおり陣地を巡回していた。ここ数日、ロシア軍とはこぜりあいしかなかった。ドイツ側に有能な狙撃兵がいると知って以来、陣地から一歩も出てこなくなかったからだ。ゼップは午前中ずっと軽機関銃歩哨兵のいる場所を転々とし、敵の戦線を観察したが、標的は発見できなかった。

午後、余計なことではあったが大隊の北方陣地にいくことに決めた。北方陣地は広々とした川の屈曲部にあり、ロシア軍陣地から一キロ以上離れていた。ここでは、時おり目標も定めない軽機関銃射撃があるのを除けば戦闘行為もなく、狙撃をするにも距離が遠すぎた。

戦友たちには休暇村のような気分が漂っており、陣地で五月の暖かい日を満喫していた。上半身むき出しで日光浴をしたり、のんびりシラミを潰したり、飯盒の蓋を使って川で全身浴していた。不潔が嫌いな者は、何週間も洗っていない下着から茶色いブレーキ跡、すなわち下痢でこびりついた大便をこそげ落としていて、その周囲では、風通しをよくしようと外したゲートルから、ブルーチーズのように鼻をつく強烈な匂いが漂っている。あたりの雰囲気は実に穏やかだったので、ゼップもつい誘われて、「英雄マーガリン」を塗った「装甲板」と麦芽コーヒー《ムッケフック》（缶詰の代用マーマレードを塗ったハードビスケットと、ライ麦でつくった代用コーヒー）を囲んでいる一団に近づいた。こうした品物は中隊の天才的な物資調達力のたまもので、その前日、砲兵将校ふたりが偵察行に出かけたわずかな留守を狙い、そのジープに奇襲をかけて強奪したものだった。交代で持ち場を離れた軽機関銃歩哨も賞味しにきていたが、何気ない雑談をしているうちに、ロシア側から風に乗って妙な音が聞こえてくるという話をした。水浴場の音みたいだったという。この話にゼップは好奇心をかき立てられ、できればその正体を突きとめてやろうと思った。隣接中隊まで行く途中、ロシア陣地を見渡せそうな一画があった。五〇〇メートルも歩くと低い灌木に覆われた丘があり、じゅうぶんに身を隠して観察できそうだった。

二つの藪にはさまれた丘の頂を目指し、背の高い草に隠れて用心しながら進んでいくと、目の前に驚くべき景色があらわれた。ドイツ陣地からはまったく見えないが、ロシア側の川岸には小さな入江があり、盛んに水浴が行われていたのである。のん気に素っ裸になって、安全を信じきっているようだった。あたりを警戒している様子の者はおらず、水浴びの見張り役もいなかったからだ。ゼップは距離をざっと六〇〇メートルと見積もった。風はなく、空気は乾いている。これ見よがしの悠長さへの反発、この距離から有効弾を放つという個人的野心の魅惑、機会あるごとに毅然とした態度を敵に思いしらせる必要があるという自覚、こうした要素が混じりあった結果、距離は遠いが狙撃をしようという決意がゼップのなかで固まった。なるべく大きくて静止した標的を選んだ。対岸の斜面の砂地ではロシア兵が何人か固まって寝そべり、日光浴をしていた。ゼップは小高い射撃位置にいたので、照準にとらえた兵士は射角でみるとほぼ直立姿勢に近かった。銃剣でてばやく草の束を刈りとり、しっかり積み重ねて銃架にした。照準サイトの先端を標的の頭よりもかなり上方に合わせ、何度か落ちついて規則正しく呼吸をととのえ、最後に一回深呼吸をしてから引っかかり点まで指をひく。息をとめ、標的に集中し、照準を最後にもう一度修正してから引き金をひいた。銃弾が鋭い音で静寂を破り、猛然と標的へ飛んでいった。短い反動があってから一秒もしないうちにふたたび標的を照準スコープでとらえ、不意をつかれたロシア兵のへそのすぐ上で腹に命中したのを確認した。撃たれたロシア兵は、折り畳みナイフのようにからだを折り曲げた。痛みの悲鳴、パニックに陥った周囲の声がゼップのところまで聞こえた。致命傷を負ったロシア兵が転がりながら横を向くと、背中のところで砂に大きな血の海ができているのが見えた。他のロシア兵はタカに襲われたニワトリの群さながら四方八方へ逃げ去り、瀕死の仲間を助けようとする者はなかった。断末魔の苦しみは数分で終わったらしく、動きが凍ったように止まった。その間にもゼップは双眼鏡ごしに、軍服を着たロシア兵たちが川岸の上方でせわしなく動きまわっているのを見た。すると、たちまち迫撃弾のうなるような発射音が聞こえ、数秒で下方の川岸にあたって鈍く炸裂した。事態は深刻で、ひきあげる潮時だった。イタチのようにすばしこくその場を去り、丘に隠れながら駆けて陣地へ戻った。その間にも後方では敵の迫撃弾が鈍い音をたてながら、ゼップが潜伏していた場所をいたずらに掘りかえしていた。

先ほどのコーヒータイムを演出した兵士は、午後の静寂をやぶる銃声を聞いてすぐに事情を察し、ゼップを迎える声はいくらか毒を含んでいた。「まったく、どうしてよりによって今だい。せっかくの息抜きが台なしだ。すぐ隠れちまわないと、すぐにでもロシア野郎が砲撃してくる。射撃の名人さまは、ささやかな楽しみもお許しにならないのかね」。言い終わらないうちに最初の軽機関銃斉射の音が陣地に鳴りひびき、短時間の迫撃砲弾もこれに加わったが、幸い塹壕の後ろに落ちて被害はなかった。

あたり一帯が騒然となったのを利してゼップはその場からそっと離れ、それ以上の罵詈雑言は聞かずにすんだ。

はやくも翌日には精度の高い危険な弾丸が、大隊の陣地にも何発か撃ちこまれた。それは、ロシア側でもスペシャリストを置いて、ゼップ・アラーベルガー対策をしようとしている明らかな証拠だった。だが、川をはさんで対決することは不可能だったから、さほど慌てはしなかった。むろん、それからは二倍の警戒と注意をはらうようにしたが。

兵士たちがまたたく間に陣地をわが家のようにしつらえ、居心地よく整えていく手際には驚くべきものがある。この地域に何週間か滞在しているあいだ、村の共同体かと見まがう様相を呈する陣地さえあった。どこから入手したものか、ありとあらゆる物品を使って日常生活を快適にする工夫をほどこしていた。洗濯場、床屋、シャワー室もできた。食事に関しても精一杯の創意で煮たり焼いたり、材料を調達していた。鶏の姿さえ見かけた。鶏は肉が食べられるうえに卵も産むので、飼い主は目に入れても痛くないほど大事に世話をした。ところがキツネより質の悪い周囲の戦友たちも、物欲しげに鶏を狙っていた。うまく鶏を盗んだ兵士は、仲間うちで神のごとき尊敬を勝ちえるのだった。

ゼップも身をよせていた大隊伝令兵は、こうした生活向上の機会にほとんど恵まれなかった。そのため、変化に富んだ献立にありつきたい一心で無謀な盗み食いにはしり、仲間からは疑いの目で監視されていた。それでも、いつか犯行が行われるのは間違いなく、時間の問題だった。

ゼップは大隊の管轄区域を自由に行動できたので、獲物がいないかどうか探す役になった。隣接中隊の先任曹長はすばらしい雌鶏を飼っていて、可愛らしくもヨゼフィーネという名前をつけていた。丹念な世話が功を奏してヨゼフィーネは毎日卵を産んだ。その卵は飼い主の曹長が自分で食べたり、貴重な物々交換の道具として利用した。一羽で飼われている鶏は、獲物として理想的だった。手際よくやれば、群で飼っている鶏のように鳴き声で犯行がばれる危険が格段に少ないからだ。この場面では、狙撃兵としての腕前がゼップにとって裏目にでた。満場一致で実行犯に選ばれたのだ。「ゼップよ、これは間違いなく狙撃兵の仕事だ。野性の勘があって、ネコみたいにしなやかなお前さんにぴったりの役柄だぜ」

その日は新月で、空には雲がかかっていた。この種のデリケートな作戦計画には絶好の条件である。

仲間たちが火をおこし、電光石火で滞りなく調理できるよう準備万端ととのえている間に、ゼップは最初で最後となる全身偽装をほどこした。木炭で顔と手を黒く塗り、帽子と軍服には葉のついた枝を結びつけて、軽く風になびかせながら闇に消えた。道具を使わずに鶏を数秒で殺す方法は、農家出身の仲間に前もって詳しく教えてもらっていた。

慎重に音をたてないよう、豹のように隣接中隊の司令部へ近づいた。なにも知らぬ鶏は、大砲の弾薬類を入れる編みかごを改造した巣でまどろんでいた。二〇メートルばかり離れたところに歩哨が立ち、炎がばれないよう、相方と一本の煙草をヘルメットで交互に隠しながら吸っていた。ゼップは裂けんばかりに神経を張りつめた。万が一捕まれば、最悪の扱いを覚悟しなければならない。編みかごのそばまできた。かごの錠を一ミリずつ抜いているあいだ、息をするのも苦しく、心臓が飛びだしそうだった。手を伸ばせば届くところに鶏がいる。頭を羽根にかくして熟睡中である。こうなれば、あとはつかみそこねないことだけだ。両手が使えるようにかごの蓋を額でささえ、両手を鶏に近づけて、あと数センチのところまでくると、思いきり左手で首をつかんだ。同時に、鶏が持ちあげた頭を右手で握るのにも成功した。両手に力をこめて少し首をひねってやると、かすかに骨の折れる音がして、ヨゼフィーネは何が起こったのか知るまもなく息絶えた。ゼップはしばらくその場にとどまり、歩哨を観察した。しかし歩哨は仲間と小声で話をしており、気づかれてはいないようだった。鶏を手早く上着に突っ込み、来たときと同じく音をたてないように立ち去った。

一五分後、すでに鶏は羽をむしられ、内臓をきれいに除かれていた。証拠となる残骸は、念のため離れた場所まで運んで深く埋めた。

カルパティア山脈の山岳猟兵。アウレール峠に向かう途上。

さらに一時間後、シチューになった鶏を四人で分配し、ゼップたちの饗宴が始まった。この日を祝し、食後には配給の穀物酒を一本あけて飲んだ。腹一杯に食って飲んだ一同はほろ酔い気分で眠りこみ、一仕事したあとの英気を養う睡眠をとった。翌朝、鶏を盗まれた曹長の怒鳴り声で眠りが突然破られた。「鶏を盗んだのはどいつだ。お前らの中隊の誰かなのはわかってる。足跡がはっきりこっちへ向かっているからな。ヨゼフィーネに手をかける度胸のある奴は、俺のところにはいない。そんな奴がいたら、俺が自分の手で始末しているところだ」。ゼップたちは満腹でにやけそうになる顔を必死に抑え、驚いたような表情を懸命につくった。どうやら演技が真に迫っていたようで、曹長は怒鳴り散らしながら退散していった。犯人はお前らに違いないとねじ込んでみたものの、悲しいかな証拠がなかった。それでも曹長は、覚えていろよ、証拠さえ挙がれば略奪のかどで軍事法廷にかけ、即席裁判で銃殺してやると脅した。

しかし、一九四四年五月二五日から二八日にかけて、のどかな生活も一時的ではあるが終わりを告げた。第一三八連隊の残りの兵士が戻ってきて、第三山岳師団はカルパティア山脈のアウレール峠へ移動することになったのである。その陣地はモルダウ川の流れに沿っており、ロシア前線が川を挟んで向かいあっていた。川が天然の要害になるばかりか、傾斜の緩やかな山地の手前が森になっていて、姿を隠すのに都合がよかった。逆に、川の対岸にあるロシア軍陣地は非常に開けた土地にあり、平坦で見晴らしがよかった。運命の女神は依然として師団に微笑んでいた。ロシア軍の攻撃重点はずっと北方に移っており、この地でも、敵とはささいなこぜりあいしかなかったからである。

憔悴しきった猟兵たちは、思いがけない休息とのんびりした日々に恵まれた。すばらしく澄みわたった夏の気候のもと、ささやかな骨休めの好機がまた訪れた。ただちに新しい陣地生活が始まり、住居となる地下壕がつくられ、生活を少しでも快適にしようと精一杯の設備が整えられた。

　戦線が比較的安定しているこの戦区に、国防軍の娼婦宿が二週間のあいだ安全な後方地域から移ってくるという噂が広まり、兵士たちは雷にうたれたような衝撃を覚えた。目的は戦意高揚だったが、精神衛生上の理由もあった。戦争中の兵士の生活は、生き残ること、食べること、飲むこと、そして可能なら性交することという必要最低限に抑えられるからだ。誰もが行うわけではなく、軍規で厳しく罰せられる場合も多いレイプを除けば、部隊が比較的落ち着いていて現地住民と親しくなれるときか、娼婦宿が近くにあるときでなければ性行為ができないのは言うまでもない。部隊の活動が小休止すると、絶え間ない戦闘で続いてきた緊張が、抑えきれない性的欲求というかたちで発

陣地を居心地よくするためにさまざまな工夫をこらす。

散されることが実に多かった。したがって、絶対不可欠な軍規を保つという面からも、きちんとした欲求解消には一般に大きな意味があった。将校やその行動を見習う軍曹は、輜重隊《しちょうたい》に同行している娼婦、対独協力者、兵隊用語で「将校の愛人」と呼ぶ国防軍女性補助員、あるいはその他の相手で性欲を満たすが、兵卒たちはそうした行為を鼻で笑い、また、軍隊階級が低いためにこういった女性からは相手にされないのが普通で、レイプか娼婦宿しか選択肢はなかった。

適当な機会さえあれば、性衝動を抑えかねた兵士がこうした設備に大挙して押しかけたが、悪所通いにはちょっとした難点があった。そこは衛生兵の厳重な監視下にあり、性交感染症すなわち性病を予防するために、穏やかな表現でいえば尿道の消毒を、最後に必ずうけさせられたのだ。前線から逃れようと、故意に性病に感染する兵士が少なからずいたからである。ついには治療のために専門の野戦病院ま

女性を買えるのは兵士たちに嬉しい衝撃だった。

で設置され、兵士のあいだでは淋病の城《トリッパーブルク》をもじって「騎士の城《リッターブルク》」と呼ばれていた。そこではごく荒っぽい治療法で尿道梅毒が処置され、普通の人間なら騎士の城《リッターブルク》に一度入院するだけで、以後、自らの性生活に厳格な規律を課すのにじゅうぶんだった。後になって、その道の上級者は「ディッテル棒」のことなどを恍惚の表情で思い出すことになる。これは一種の丸やすりで、物理的に閉じている尿道の病巣をこれで開いてから、消毒薬を注入するための器具である。当然、この処置はいっさい麻酔なしで行われた。そのほか、性病感染の常習者に対しては自傷行為原則にもとづく罰則も、すでに戦争初期から軍規で定められていた。

　娼婦宿へ行った者に厳格な尿道消毒をほどこし、こうした危険と問題を予防することになった。職業的な慰安婦との交渉に慣れた兵士はその手順を細かいところまで心得ており、経験のない兵士をそそのかして、二重の意味で身を切るようなこの体験をさせて面白がることがよくあった。だが、本書の主人公ゼップは年相応の純情さで、こうした事情を知るよしもなかった。

　平穏な日々のなかでゼップはヨーゼフ・ロートとまた顔を合わせた。一緒にいるときは狙撃に関わる情報交換だけでなく、飲酒や猥談もした。ふたりともまだ若く、異性との経験は少なかったが、そこは年頃の青年のこと、肉欲の衝動ももちろんあった。誘惑を目のまえに、ふたりは娼婦宿通いの是非をめぐって白熱の議論を戦わせ、乏しい体験を披露しあったが。だが、これが生涯で最後の機会にならないともかぎらない。やっとのことで結論がでた。いましなければ後がない、手遅れはごめんだ。ロートはこの微妙な問題を運命の問題にまとめてみせた。「考えてもみろ、女と寝るラストチャンスかもしれないんだぜ。あした一発くらえばそれでおしまい、女も知らないままだ。考えただけでも身震いする」

話しこんでいるあいだ、ひとりの輜重隊《しちょうたい》の軍曹がたびたびゼップの目にはいった。弾薬類を運びこむ作業を終え、オペルブリッツの踏み段に腰掛けて、次の命令か復路の荷物を待っている。どこかで見た顔のようだったが、ようやく思いあたった。狙撃兵としての初仕事のときに会った赤髭のヴァイキングだった。ヴァイキングはゼップの視線をうけとめた。ふたりの会話も耳に入っていたようだ。「助平な奴らだ。丸々した尻を想像しただけで、精力料理のシュトラマー・マックス《勃起したペニス》が注文なしで出てくるんじゃないか。はっはっは」。しかしすぐ真顔に戻ると、目を丸くしたふたりの顔を見ながら「まじめな話だぜ、若いの。いまの冗談は気にすんな、老いぼれ軍曹の人生経験をきいて参考にするんだな。お楽しみは五分ぽっきりで、そのあとの痛さと引きあわねえんだ」と言ってから、意味ありげに黙りこんだ。少し酔っているロートが沈黙を破った。「えらい秘密みたいじゃないか、さっさと教えなよ！」「それでは、学者顔負けのおれさまが、深遠なる人生経験を語ってきかせるか。いい子にして拝聴していれば、余計な苦労をせんですむぞ」とヴァイキングが続けた。「自慢話はいいから、本題に入りなよ」とロートが不平をならした。「いいじゃねえか、ちょっとした独りよがりくらい大目にみろ」とヴァイキングが折れ、「まずはそのフーゼル《粗悪酒》を一杯くれねえか」と言い、ぐいっとあおって満足げに息をはいてから、話しはじめた。

「さて、もう三週間ほども前になるか。軍団の需品部に行かされた。助手席に上級猟兵（伍長）がいたんだが、これがえらい古だぬきでな、走ってるあいだ女と寝ることばかりたくらんでやがる。あとは食うことと、くすねることだ。自分に顔がきかない場所はない、あちこちで遊び歩いているなんて、そこらじゅうで吹聴してるらしい。需品部に着くなり、案の定、調達にでかけていったさ。つまりだな、おれも手近の国防軍娼婦宿に連れていかれたわけだ。むろん、こっちとしても望むところだ、意気地なしと思われたくもねえ。とりあえず一杯ひっかけてから、いざ出陣となった。学校の校舎が娼婦宿だった。浮き浮きしながらドアを開けたとたん、すぐ衛生軍曹にとっつかまった。化けもんかと思ったぜ、猪首をした大男でな、すぐに『リュンメルテューテはあるか?』って怒鳴りつけてきた。その軍曹をぽかんと見ていたら、意味ありげににやっとしてポケットをまさぐり、『コンドームのことだ。むき出しじゃ困る』と言って、もう一個とりだした。むろん、そんなこと考えたこともなかったさ。それでも三〇ライヒスペニヒのはした金だ、すぐ払ってやると、味気ないパッケージに入った国防軍御用達のコンドームをくれた。『追加料金なしであと二回できるぞ。ひとりにつきハイエルマン貨幣一枚』と言うから、わからないという目で見ていると、『五ライヒスマルクだ、このデブ』だとさ。たった数分で、やめちまおうかと思うくらいげんなりだ。だが山岳猟兵たる者、どんな苦境にもくじけちゃならねえ。料金を払ってやると、コンドームが入った茶色い紙袋を押しつけられて、最後の指図がきた」

「衛生軍曹は『手前の教室に女がいる』と言うなり、次のドアを開けておれたちを押しこんだ。おずおず入ってみると、薄物を着たルーマニア人の女が五人、カバーのすりきれたソファにだらしなく座って、退屈そうに天井を眺めていた。相方の伍長は間髪いれずにひとりの腕をとり、憎たらしい笑みをのこしてカーテンの向こうに消えていった。こっちが所在なくつっ立っているあいだに、さっそくおっぱじめたらしい。夢にまでみた性欲の対象が目のまえに座っているのに、なかなか腹が決まらねえ。いざ現実になってみるとさっさと逃げだしたくて、真っ赤な顔で呆けたみたいに立っていた。そのあいだ女たちは囁きあって、見るからに女性経験のなさそうな坊やを誰が引きうけるか相談していたようだ。娼婦がひとり立って有無をいわさず手をとり、国防軍の毛布でつくった帳の向こうへ連れていってくれたんで、やっとこさ緊張がほぐれてきた。その女はなんのためらいもなしに、慣れきった手つきでズボンの前ボタンをさっさと外した。ズボンが落ちて足元で輪っかになったときにゃ、興奮のあまり、部屋が殺風景なのを気にするどころじゃなかったぜ」

「女がしっかり感情をこめておれのペニスをつかむと、全身に電気が走ったみたいだった。さて、こっからは少しばかり脚色して、おまえらを煩悶させてやるか」。そう言うと、ヴァイキングは芝居がかった身振りをした。ゼップとロートは全身を耳のようにして、微にいり細をうがつ体験談のつづきに聞き入った。ヴァイキングは話をつづけた。「よく聞けよ。相手をつとめてくれた女は可愛い顔して、正真正銘みごとな腕前だったな。はっはっは。『だいじょうぶよ、落ちついてまかせなさい』、女は甘い声でそう言って、両手で優しくおれの腰をはさみ、リズミカルにさすり始めた。快感の戦慄が走った。おれは女の顔を引きよせて、顔中にキスしてやった。女はされるがままだったな。きっと、こっちが若くて一途な坊やだと承知してたのさ」

「からだと髪の匂いをむさぼるように吸いこみ、絹糸のような黒髪を両手でもてあそんでは、そこに滑りこませた。髪はほんものの絹糸みたいに肩にかかっていた。綺麗な曲線を描くからだの輪郭を、両手でむさぼるようになぞった。ここ何カ月、いやこれまでの全人生の不安、緊張、欲望をこの瞬間に集中させた。ぼおっとなって、女の息が耳をくすぐり、たまらないくらいぞくぞくした。女の舌が首の輪郭を優しくなぞって、耳たぶをかじりながら愛撫した。首をひとなでしてかすめたかと思うと、頬をさすり、おれの情熱を媚薬がわりに手をいそがしく動かした。快感におののきながら、床に置かれたマットレスに身を沈め、その瞬間のエクスタシーに身を委ねたわけだ」

「優しく抱きしめられると、それが偽りのものだとしても、この辛い時期にあって守られているような錯覚を覚えた。突き放されたかと思うと、すぐまた捕まえられた。女の舌は甲虫のように腹を這いまわり、へその周りを旋回した。おれの恥部をかすめすぎると、大事なところを巧みに包みこんだ。つかのまの至福に、からだじゅうから興奮と熱が湧いてきた。過酷な現実はしばしの間かすんでいく。情動は、えもいえわれぬポリフォニーで始まる朝の響きか、偽りのハーモニーから自然にうまれでた協和音にひそむ驚愕か」

「おれは身体をくねらせ、初対面なのになぜか知りつくした女の存在との遭遇を求めた。手をしっかりと、しかし優しくにぎりあい、おたがいの指を絡め、捕らえようと探りあった。満たされた瞬間、おれは安息のまなざしで何かを探した。だが見つかったのは、なにやわからぬ空しい悲哀だった。自分はいま、おのれを離れて孤独な内面に旅していたのだろうか。運命か、はたまた宿命か？　幸福と苦痛こそは運命を支える二本の柱。おれは痛みが再び現実となるまで、はかない幸福の瞬間をむさぼるように吸いこんだのさ」

ゼップとロートは口をぽかんと開け、この叙情的ともいえる描写に言葉がでなかった。「おい、詩人にでもなったのかよ。起こったことをありのまま話せないかな」とロートが文句をつけた。「なるほど、山猿むけの下品なのがお望みかい」と、詩的な高揚感から引きもどされたヴァイキングが言った。「それなら、いまから言うことをノートにでも書いとけ。『婆あにくわえられて、玉がはじけるかと思った』。このほうがわかりいいか」。ゼップが「まあまあ」となだめた。「さっきの話も悪くない。続けなよ、口は挟まないからさ」と言ってロートの横腹をつついた。

「よっしゃ」とヴァイキングは言葉を継いだ。

「目がとろんとして見るからに弛緩してたろうが、男としての自覚もあらたに、粗末なカーテンから実世界に戻った。足取りも軽く出口に向かっていくと、すぐに衛生軍曹の鋭い声がして厳しい現実に引きもどされた。『そんなに固くなるな。まずここに来て、プリンテン《ペニス》をだしな』。またもや衛生軍曹の方言が北出身のおれにはわからない。ヴェストファーレン州のミュンスター出身だと聞い

比較的安定した前線区域では兵士がさかんに地元女性と交流をはかり、そのため衛生兵に余計な「患者」が増えることになった。

て、なるほどと得心した。おかげで、脱力しそうな苛々からは解放されたが、といって言葉が通じるようになったわけじゃない。『陰茎の上から消毒液を塗っただけじゃ、淋菌を一掃するには不十分だ。薬品棒で入れなきゃならん。小娘みたいにもじもじせんで、とっととだせ』。衛生軍曹はおれを引きよせて、漁師が魚をさばくように手慣れたやり方で、おれの大事な息子を手にとった。針のない注射器をさっさと尿道へ刺して、緑がかった液を一〇〇ミリリットルほど注入しやがった。消毒薬が膀胱に入ってくるときの焼けるような下半身の痛み。歯をくいしばり、関節が白くなるほど拳を握りしめて、この苦行に耐えた。抵抗はできなかったさ。玉をしっかり握った手が、反抗を許さなかったからだ。『どうだ苦しいか!』と、軍隊衛生管理の権化のような軍曹が、必死で苦痛をがまんしている様子をからかった。つい三〇分ほどまえの官能的な体験は、あとかたもなく消えた。『ほら、閉じろ』と衛生軍曹は言い、『五分たったら出してもいい、一秒でも早いとだめだぞ』としつこくくりかえした。相方の伍長は当然慣れたもので、何事もないように注射器を刺していた。おれが痛みに悶えているのに、脂ぎった顔であざ笑いやがって、いまでも目に浮かぶぜ。ひとりの衛生兵長にしっかり監視されたまま、児童トイレの排水溝のまえを片足で飛びまわって、すっかり縮こまった息子を親指と人差し指で挟んでいた。おれが苦しんでいるのを見て、衛生兵長のやつ、恥知らずにも許可をわざと遅らせてるんじゃないかと本気で疑ったぜ。やっと『よし、時間だ』という救いの言葉が聞こえたんで、尿道に入ったサルファ剤を思いっきり放出した。そのときにゃ、陶然となったな。あの解放感ときたらオーガズムそのもので、そのまえに交えた一戦に比べても、勝るとも劣らないな。伍長は腹の皮がよじれるほど笑いやがった」

「さいごに性器周辺の診察があって、やっと無罪放免のお許しがでた。外によろめき出たときにゃ、もう二度とご免だと思ったぜ」

描写があまりに真に迫っていたので、いましも娼婦宿へ出かけようとしていたふたりは、聞いているだけでズボンに焼けつくような痛みをおぼえた。「ほんとは経験してみたいんだが、今回はご忠告を聞いておくか。ゼップ、『桂馬跳び《ナイト》』作戦は中止だ」とロートが言い、ゼップはほっとした。まだはっきりと覚悟できていなかったのだ。それからも生還するまで、この手の誘惑に屈することはなかった。

さらに、ちょっとした奇跡のおまけまであった。思いがけないかたちで師団が増強されて、人員も物資も本来の戦力に戻ったのだ。これが最後になるだろうことは、将校連中にはとうに折りこみずみだった。すでに将校のあいだでは戦争は負けたも同然だったからで、故国に対するロシア軍の報復をなるべく遅らせることしか頭になかった。ロシア軍はすでに再集結し、残り少ないドイツ軍部隊やルーマニア軍部隊を容赦なく叩きのめそうとしていた。それまで戦闘の殺戮をどうにか無事くぐりぬけてきた古参兵士が、最後となるかもしれない家族との再会を果たせるようにするには、この嵐の前の静けさが最後の機会かもしれない。そこでできるかぎり休暇が与えられ、一九歳六カ月で入隊からちょうど一年になるゼップも長期生き残りの兵士に該当していたが、妻子持ちや軍歴の長い兵士を優先せざるを得なかった。しかも、数少ない熟練の狙撃兵は陣地戦で欠かせない。帰省休暇をとれる可能性はゼロに等しかったが、ゼップを高く買っていた大隊長クロースのはからいがあり、別のかたちで目的を果たせることになった。

第11章　狙撃兵の教練

一九四三年の最後の四半期から、野外射撃場のある広大な軍事演習場に狙撃兵の養成機関が設置されるようになった。選ばれた兵士は四週間の教習課程で、狙撃兵の任務に必要な技能を身につけたり、任務遂行のための訓練をうける。教習課程に集められたのは新兵だけでなく、将来的に狙撃兵になる素地があると所属の中隊長が見込んだ前線経験豊富な古参兵士の場合もあり、狙撃銃の扱いと特殊知識を教程で習得させることになっていた。山岳猟兵を対象とする狙撃兵教練は、オーストリアのユーデンブルクの街にほど近い「ゼーターラー・アルペ」という名称の軍事演習場で行われた。そこはゼップの生家のある村からさほど離れていなかった。要するにゼップは、ゼーターラー・アルペの専門課程を受講して最後の仕上げが必要な臨時狙撃兵に降格扱いになったのである。そこから生家は目と鼻の先なので、教練をすませたら一〇日間の帰省休暇をとることになっていた。一九四四年五月三〇日、ゼップは他の休暇取得兵一〇名に混じってオペルブリッツの荷台に乗り、師団の補給経路を通って仲間のもとを去った。出発の数時間前、ロシア製の狙撃銃を連隊火器整備曹長に戻した。火器整備曹長は、まだゼップのいる前でこの銃を別の猟兵に渡し、「見てみな、ハンドカバーと銃床にいくつも溝があるだろう。溝が一本刻まれるたびに、ロシア兵がひとり減ったってことだ。この銃を引き継ぐのは名誉であり、義務でもある。全身全霊でやるんだぞ。ゼップが戻ってきたときに、代わりを立派に果たしたと言えるようにな」と言った。若い兵卒は伏し目がちのまま、この勇ましい言葉にとまどっているようだった。ゼップはその肩に手をおき、「そんなに難しく考えるな。警戒を忘れないようにして、その場を切り抜けることだけ考えていればいい」と声をかけ、ポケットに手をつっこんで、ハンカチで丁寧にくるんだロシア製の炸裂弾をひとつかみ取りだした。いざというときの奥の手だったが、これを若者に握らせて、「もうおれは使わないだろうからな。一発どでかいのが必要なときや、標的を派手にふっ飛ばしたいときがあれば、ここから一個使いな。炸裂弾だから敵を釘づけにできる。ただし大事に使えよ、貴重品なんだ。火器整備曹長と仲良くしておけば、捕獲した弾薬から探してとっといてくれる。それ以外は好きなようにやれ、六週間後には話を聞かせるんだぞ」と言った。

トラックのエンジンが唸りをあげ、ゼップは荷台に飛びのると、最後にもういちど仲間の手を握った。すると死の予感のような説明しがたい感覚に襲われ、ふと、じきに全滅する哀れな奴らだという思いがよぎった。「うしろのお嬢さんがたよ、お涙ちょうだいのお別れは終わったかい。こっちまで泣けてくらあ」とトラックの運転手が割ってはいり、アクセルを踏んで、排気ガスと砂ぼこりの雲のなかに仲間を残していった。二カ月して戻ってきたとき、また会えるだろうか。戦争の地獄から一時的に逃られるという安心感と、仲間を見捨てたような良心の痛みとが、奇妙に混じりあう気分にとらわれた。一年しかたっていないのに、かつての生活は戦争で拭いさられ、生存をかけた戦闘が唯一の現実となってしまった。それは、殺るか殺られるかの野蛮な陶酔に逃れようもなく捕らえられたと感じられる現実だった。だが、トラックが走る威勢のよい音に思念はかき消されていき、心地よい眠気に襲われた。

戦場から離れたという実感が湧くまでに二日近くかかった。乗り換えた鉄道から戦争の爪あとのない風景を見ると、別の時代にきたような錯覚をおぼえた。一年前、前線までの道程は一〇日以上かかったが、今回は出発から五日で目的地のユーデンブルクに着いた。折りよく、ひとりの兵長が所属中隊長の荷物を列車に運びにきたところで、そのキューベルヴァーゲンに軍事演習場まで同乗した。ゼップは複雑な気持ちで教習課程の用意をした。基礎教練のことは鮮明に記憶に残っており、教官たちは怒鳴り散らしてばかりいて、兵士たちは倒れるまで単調な訓練でしごかれたからだ。ゼップが教練への派遣をついに承諾したのは、ひとえに、充分な食事と規則正しい睡眠がとれる数週間と、それに続く数日間の帰省休暇の好機を逃したくなかったからである。

それだけに、事務室で申告をするときに狙撃兵学校の先任曹長から同僚扱いといってよいほどの挨拶をうけたとき、ゼップの驚きは大きかった。次に待っていたのは、靴のかかとを打ち合わせて直立不動姿勢をとることではなく、寄宿舎と今後の教習課程についての懇切丁寧な説明だった。ここはスペシャリストに高等訓練をほどこす場であり、基礎知識を画一的にたたき込む場ではないことがすぐにわかった。

狙撃兵学校は、演習場の広大な敷地にある独自の建物群に入っていた。ゼップは、ミッテンヴァルト地方出身の一八歳の若者四人と同室になった。クーフシュタインで三カ月の基礎教練を終え、そのまま狙撃兵養成課程に送りこまれた者たちだった。いずれも禁欲的な冷静さと卓越した観察眼で、優れた射手としての素質を示していたからである。ゼップが部屋に入ると、壁にかかった額縁がまず目に入った。そこにはひげ文字で次の文章があった。


狙撃兵は兵士のなかの狩人である！

その任務は厳しく、心身ともに完全無欠さが求められる。

揺るぎない自信と忍耐のある兵士だけが狙撃兵になれる。

全身全霊にて敵を憎み、敵を追いつめることでのみ勝利は可能となる。

狙撃兵たることは兵士にとって勲章である！

狙撃兵は姿を隠して闘う。

完璧なる偽装工作、猫のごとき俊敏さ、秀でた武器操作を発揮して、地形をインディアンのごとく利用するところに狙撃兵の強みがある。

自己の能力を信じることで確信と優越感が生まれ、成功が約束される。

Der Scharfschütze ist der Jäger unter den Soldaten!

Sein Einsatz ist schwer und verlangt körperlich,
geistig und seelisch den ganzen Kerl.

Nur ein durch und durch überzeugter und standhafter
Soldat kann Scharfschütze werden.

Es ist nur möglich den Feind zu besiegen, wenn man gelernt hat,
ihn mit der ganzen Kraft seiner Seele zu hassen und zu verfolgen !

Scharfschütze zu sein ist eine Auszeichnung für den Soldaten !

Er kämpft unsichtbar.

Seine Stärke beruht auf indianerhafter Ausnutzung des Geländes, verbunden mit
vollendeter Tarnung, katzenhafter Gewandheit und meisterhafter Beherrschung
seiner Waffe.

Das Bewußtsein seines Könnens gibt ihm Sicherheit
und Überlegenheit und verbürgt damit den Erfolg

こうした英雄きどりの言辞には心が動かず、ある種の自負心が頭をもたげた。と同時に戦争の現実とその非情さが、生々しい姿となって脳裏にうかんだ。そして全身を冷たくさせるような何かが心に芽生え、こいつらが本当の戦争を知っていたら、と考えた。死ぬときにこんな美辞麗句はなんの役にもたたないんだぞ。

翌日の月曜日にはもう教練が始まり、一時間目は狙撃銃を題材にした特別な兵器学だった。教官は、右足の下腿部に義足をつけた軍曹だった。教官のほとんどは負傷して身体のどこかが不自由になった前線経験のある兵士で、そのなかには、負傷して前線で働けなくなるまでは、ゼップと同じように経験を積むことで独力で能力を磨きあげた元狙撃兵も多かった。同期生には六〇名の兵士がいて五つのグループに分かれており、重点テーマごとに専属の教官が各グループについた。それが知識を伝授する最善の方法だった。

照準スコープをつけた銃が四挺、テーブルにおいてあり、そのうち三挺はＫａｒ.九八ｋ騎兵銃だったが、もう一挺はどの兵士も実物を見たことがない銃だった。ゼップは前線で新型自動小銃のことを噂に聞いてはいたが、部隊でも目にしたことはなかった。それはヴァルター社の四三年型自動小銃で、横のレールマウントにはフォークトレンダー社製の四型照準スコープがついていた。隣には、長さが一五センチと極小といっていい四一年型の照準スコープがついたＫａｒ.九八ｋ騎兵銃があった。この照準スコープは、レールマウントで照尺の左側についていた。さらには、銃身左の固定具付きレールマウントにツァイス社ブランド

上から下へ、ターレットマウント付きの Kar. 98 k 騎兵銃、41 年型スコープを搭載した Kar. 98 k 騎兵銃、短めのサイドマウントとツァイス製照準スコープ「ツィールゼクス」を搭載した Kar. 98 k 騎兵銃、41 年型スコープを搭載した 43 年型自動小銃。

の六倍率照準スコープ「ツィールゼクス」が取りつけられたKａr.九八k騎兵銃があり、もう一挺のKａr.九八k騎兵銃の照準スコープはヘンゾルト社製「ディアリュータン」で、銃身中央に固定された頑丈な回転式マウントに取りつけられており、教官はこれをマウザー式マウントと呼んでいた（種々のマウント型式を分類する現在の用語法ではターレットマウントと呼ぶ）。教官の説明では、Kａr.九八k騎兵銃のあらゆる照準器マウントのなかで、これがもっとも優れた丈夫なものだということだった。

教官はそれぞれの照準スコープとマウントの性能をざっと説明してから、回転式マウントのある騎兵銃について特に詳しく話した。教習生全員が装備することになる銃だったからだ。午後は射撃練習場へ出て、先ほどの銃を各自一回ずつ試射することができた。その際にゼップはツァイス社とヘンゾルト社の照準スコープを覗き、その視野の広さ、明度、鮮明さに感激した。自分が使っていたロシア製のレンズよりはるかにいい。ただし自動小銃に搭載されたレンズは、ロシア製レンズに驚くほど似ていた。ヴァルター社の銃は、自動連射機構によって反動の一部が吸収されるので格段に楽だったが、精度は騎兵銃にはっきりと劣っていた。気を取りなおし、小型の照準スコープがついた銃を手にした。非常に撃ちやすいが、照準スコープからはほとんど何も見えなかった。「こんなつまらんことを考えつくのはお役所の人間だけだ。机にしがみつくばかりで、狙撃兵のことなどこれっぽっちもわかっちゃいない」と教官は言った。

以上が自由演技とすれば、そこからが必須課題だった。立ったまま支えなしの姿勢、膝をついた姿勢、伏せた姿勢などで、五〇メートルから三〇〇メートルの距離まで、標準型Kａr.九八k騎兵銃で照準スコープを使わずに、種々の射撃演習にのぞまなくてはならなかったのだ。弾薬類が足りなくなることはなく、落ち着いて演習をこなすことができ、普通ならある射撃練習場での特訓もなかった。訓練と教育を最善に進めることに重点をおくという意図が明確だった。

翌日は敷地の外で距離を見積もったり、いろいろな戦闘地形を戦術的にどう判断するかを教わった。午後は再び射撃訓練で、教習課程が終わるまで毎日一定量が行われた。その週のうちに偽装や特殊な陣地設営なども教科内容に加わったが、ゼップにとって基本的に目新しいものはなく、身についた確実な作業で演習をこなしていった。もっとも偽装や陣地のなかには手間がかかりすぎ、実戦には適さないと思えるものもあった。戦争の日常にはそのような時間も材料もないからである。その一例が、木の幹をくりぬいた偽装、樹皮でしつらえた全身偽装、合板でつくった偽物の道標の下に射撃壕を掘るなどである。ゼップの経験からすると、偽装は手近の材料で手早く効果的につくるべきであり、なるべく狙撃手の動きを制約してはならない。教練所の首脳部は、ゼップがすでに狙撃兵として出撃したことがあると知っていたが、その実戦経験と能力についてはまったく無知だった。教習課程が進むうちに、教官たちはゼップの有能さに初めて気づいた。

一週目の最終日には「射撃ガーデン」と予定表に記されていた。ゼップも仲間たちもその言葉がなんのことやらわからず、いっそう興味をかきたてられた。連れていかれたところはミニチュア景観で、一同の驚きは大きかった。射撃位置の手前五〇メートルの距離のところに、縮尺どおり忠実に再現された道路や村落のある牧歌的な谷間が広がっていた。一同はリリパット国のガリバーになった気がした。これからの演習用として、特別な銃も配られた。小口径の演習用銃で射撃をするからである。これはグストロフ社やヴァルター社の兵器工場で製造されたもので、同じく照準スコープを備えていた。グストロフ社の銃には照尺の左に四一年型スコープ、ヴァルター社のものにはベルリンのオイゲー社の四倍スコープがついていた。

一同に与えられた課題はミニチュアの陣地を観測し、窓辺、家や木のかげなど、どこかに厚紙製の兵士が現れたらすぐに射撃することだった。道路を走る自動車や馬車まで用意されており、重要標的の表示がついていれば銃撃した。この演習ではゼップの実戦経験が際立っていた。鍛えられた眼はどんな小さい動きも見逃さず、射撃が標的を確実にとらえるまで三〇秒以上かかることは稀だった。ただし、それは四倍率照準スコープ付きのヴァルター社銃を使ったときだけで、四一年型の照準スコープは見えにくいうえに視野も狭いため、どの狙撃兵も例外なく、狙撃銃の用途には使い物にならないと判断した。この日の演習でゼップが見せた完成度は通常の訓練参加者のなかではきわめて異例で、早くも教官たちは、ゼッ

狙撃兵教練で使われた小口径銃。上から順に、オイゲー社製四倍照準スコープを付けたヴァルター社ドイツ・スポーツモデル、41年型スコープ（ZF41）付きのメンツ社製ドイツ・スポーツモデル、41年型スコープ（ZF41）付きのグストロフ社製小口径国防スポーツ銃。

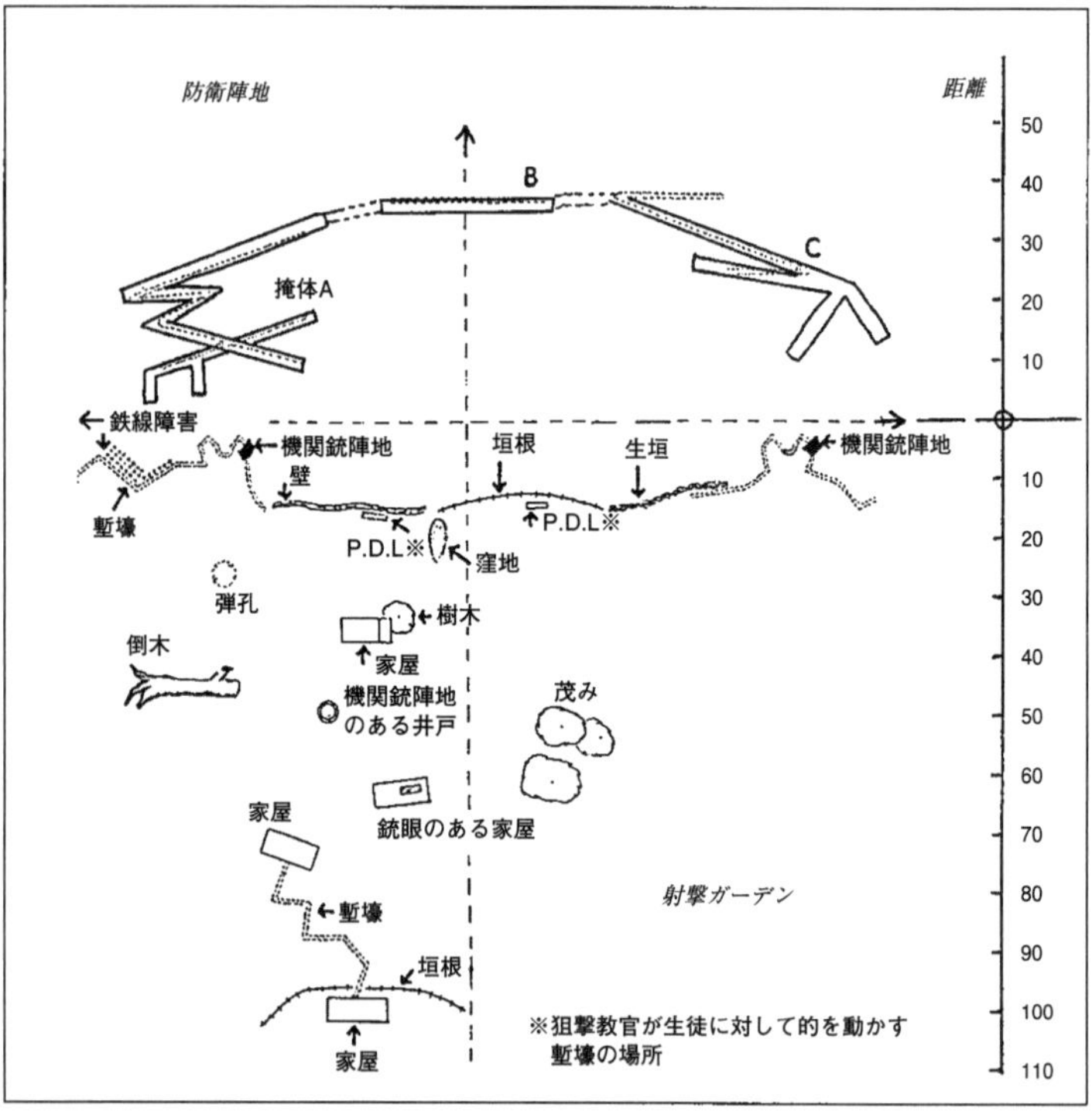

小口径銃用の射撃ガーデンの模式構造。

プに教えることはそれほどないだろうと予感した。

射撃ガーデンでの定期的演習は、課程全体を通じて教練プログラムに入っていた。模型の村で射撃をするばかりでなく、地形がたびたびつくり直される郊外地でも射撃をした。そこには教習生の知らない跳ねあげ式の標的が隠されており、その位置を特定して銃撃しなければならなかった。

射撃ガーデンへ初めて足を踏み入れてから、優秀な教習生の間で息のぬけない競争がはじまった。活動記録簿に別に設けられたページに、毎日の演習結果が記録されたからである。こうして最後に最優秀教習生を選び、賞状と、従軍商人〔16～19世紀、軍隊に付き従って商いをした商人〕の商品（シュナップス、タバコ、チョコレート、肉の缶詰など）が詰まった大きな包みを賞品に出すことになっていた。

教習生はみな小さいノートに記録をとり、これを持ち歩かなくてはならなかった。射撃結果のほか、その他の教変化や目印といった地形の観測結果や、

当時の規定に準じて再現した射撃ガーデンの構成。

忠実に縮小して再現した射撃ガーデンの跳ねあげ式標的。偽装のあるものと偽装なしのもの。

科成績もこれに記入した。

こうして定期的に記録をとらせるのは、地形の変化などあらゆる観測結果や、しとめた人数を記録しておくノートを出撃中につけておく作業に、未来の狙撃兵が慣れるようにするためだった。ただしゼップは同室者に実践的なコツを教えてやり、狙撃兵としての任務を知られかねない記録は原則としてすべて暗号で書くようにし、間違っても自分の名前を書き込んではならないと手ほどきした。観察ノートにはしとめた人数すら記入せず、中隊先任曹長に預けた別の匿名のリストに記入するとなおいい。こうした配慮が、万が一捕虜になったときに命を救うことになる。それまでの行動を知られずにすむからだ。東部戦線では、捕虜になった狙撃兵は必ず拷問をうけ、殺される。この忠告が身にしみたらしいことは青年たちの様子でわかった。話を聞くうちに、見るからに顔面蒼白になったからだ。

二週目の月曜日は教習生にとって特別な日だった。朝、マウザー社の会社コード「ｂｙｆ」を刻印した大きな木箱を積んでトラックがきたのである。全員が荷下ろしを手伝い、すぐに好奇心を満たすべく木箱を開けることが許された。木箱には、ターレットマウント式の大型四倍照準スコープがついた新品のＫａｒ.九八ｋ騎兵銃が入っていた。次の授業では、この銃が教習生にそれぞれ一挺与えられ、その番号を「照準スコープ付き銃」と付記して教習ノートに記入した。これは、その銃の処分権が所有者にあることを意味している。だが、教習課程を無事修了するまで銃は正式に譲渡されないと告げられた。特に戦闘経験のない若い兵士にはこれが励みとなり、教習課程の修了に向けて全力を尽そうという意欲が芽生えた。ゼップが与えられたのはヘンゾルト社製四倍照準スコープ付きの騎兵銃で、ついている会社コードは「ｂｍｊ」だった。この銃は残してきたロシア製のものより明らかに短く、試射した銃で確認していたとおり、レンズははるかに優れていた。一同は新しい銃を所有できたのが誇らしく、午後に射撃場で試し撃ちするのさえ待てなかった。初めて使ったとき、最高の銃を手にしていることがわかってゼップは満足した。

そして、狙撃兵用の特殊な弾薬も与えられた。箱には「試射弾」と記してある。これは特別な注意をはらって装填すべき薬莢であり、通常、基本的な精度を確認するために、武器製造所や修理工場でのみ使用されるものだと教官が説明し、前線に戻ったら、いつでもよいから可能なときにこの薬莢を渡してほしいと大隊の火器整備曹長に頼むよう勧めた。それから教習生たちは夢中になって銃の慣らし撃ちをした。これは、照準スコープごしに定めた視線を、銃身の着弾予想点と一致させる作業である。基本調整は一〇〇メートルの距離に合わせて行う。銃の遊底を取りはずし、射撃台に載せた土嚢で固定する。そして射手が銃身を直接のぞくことによって、銃身を的の中心に向ける。それから銃身と照準スコープを交互にのぞき、クロスサイトの位置を銃身の調整状態と一致させる。そのために、専門用語で十字照準刻線《レチクル》とよぶレンズの照尺を、照準スコープの上にある調節板で高さ調節することができる。横方向の誤差は、銃ごとに付属している専用の鍵で、マウント後脚にある二つの調節ねじを交互に緩めたり締めたりして補正できる。こうして粗調整してから、実際に撃ってみて微調整するのである。

今後、自分の銃を肌身離さず持つように厳しく言いわたされて、その日は終了した。それ以後、教習生たちは教習課程の期間中ずっと銃を終日持ち歩いた。どの部屋にも、夜間のみ銃を立てかけておく銃スタンドがあった。このようにして、自分の騎兵銃に特別な注意を払い、特にレンズを破損から守ることを教練中から学ぶ。落としたり

照準スコープの高さ調節にはターレットの調節ねじを使う。左右方向へは、マウント後脚を鍵で調整する。

強い衝撃が加わると、照準スコープが歪んで銃の着弾予想点がすっかり狂う恐れがあるからである。ゼップはこの点に関して、ロシア製の狙撃銃を使い始めたころの苦い経験から教訓を学んでおり、武器の安全な取扱がすでに血肉となってしみ込んでいた。だが、他の教習生たちは最初の何日間か、銃を生卵のように扱うのに大変な苦労をしていた。銃を落としたりぶつけたりすれば、日々の訓練のあとに所有者があらためて慣らし撃ちしなければならないが、それは当然としても、事故を起こせばただちにその不心得者に体育のお仕置きが待っており、腕立て伏せ二〇回、騎兵銃を前にかまえてのスクワット三〇回が課された。

射撃ガーデンでの演習を終え、翌日のテーマは「射撃壕の選択と構築」だった。実践に移るまえに、講義室で狙撃兵教育用の映画が上映された。これがドイツ語の字幕をつけたロシア製だと知って、教習生たちは大いに驚いた。この映画は一九三五年とずいぶん前に撮影され、ロシア軍の訓練の高い水準を強烈に印象づけたものだった。教官はこう説明した。「最後までよく見ておくんだ、ロシア野郎もそれほど間抜けじゃない。四一年と四二年の進撃のときから狙撃兵には振りまわされて、手も足も出なかったことを考えろ。当時、われわれは狙撃兵という言葉すら知らなかった。指揮官レベルの損失が目も当てられないほどだったこともある。重兵器が使えないと、ロシア軍の狙撃兵中隊のせいで終日身動きできなかった。そこで、ロシア野郎から捕獲した照準スコープでこれに対抗しようとした。ところが奴らは憎らしいほど優秀で、おかげで高い授業料を払わされた。とうとうおれも敵の名手に出くわした。おまえら、奴にぶち込まれた跡が見えるだろう。すんでのところで死なずにすんだのは、幸運というしかない」。そして頭を少し傾け、教習生全員に傷跡が見えるようにした。傷跡は子どもの手ほどの大きさで、かつて左目があったところにはガラス製の義眼がはめ込まれ、じっとしたまま異様に虚空をにらんでいた。「ロシア野郎の弾丸が望遠鏡に当たって逸れ、眼はなくなったが一命はとりとめたのが不幸中の幸いだった。ツァイス社にもいい宣伝になるだろう」と教官は続けた。この養成機関の教官はほとんど元狙撃兵で、重傷をうけたために前線では働けないが、それでも、経験と知識を後進に伝えることで貴重な貢献をしていた。「敵にもプロがいることを頭に入れておけ。敵側で狙撃兵が狙っていると気づいたらすぐにそっと立ち去る、俺にできる有効なアドバイスはそれだけだ。それから陣地戦で肝心なことはただひとつ、一発撃ったら徹底してすぐ別の地域へ移動すること」

単調な音をたてて映写機のフィルムがまわっていた。他の教習生は緊張感をみなぎらせて映像を追っていたが、ゼップに目新しいことはなく、数分すると薄暗い室内で襲ってくる睡魔と闘わなければならなかった。この講義室でも熟練の兵士だけがマスターしている、ウサギのように眼をあけたままの居眠りをしていると、急に関心を引く場面が映しだされた。森のはずれで、木の梢に潜伏地点をつくっているロシア軍の狙撃兵中隊だった。字幕には、「葉の茂った梢は射撃地点として優れている。射手の姿は見えず、一帯の視界は広く開けており、優れた射界が得られる！」とあった。

そんな馬鹿なという思いが脳裏を走り、すぐに発言を求めた。講義はきわめて協調的で、質問、提案、回答が必ず面とむかって問題ごとに処理されていたのだ。すぐに発言が認められて映画が止まると、いまの場面について実戦にもとづく意見を述べたいと言い、樹上にいた女性の狙撃兵中隊との戦闘について語った。発言のあとの当惑したような沈黙を、教官がこう言って破った。「みんなよく聞いておけ、いまの猟兵はよくわかったうえで発言している。狙撃兵として一年近く前線を生きのびてきたからだ。頭によく叩き込んでおけ、狙撃兵の失敗はどんな失敗も一回きりだ。そのときには九割がた、最後の糞をして肛門を震わせて一巻の終わりだ。だから、使えそうなアドバイスから得るものがあったら、なんでも吸収しておけ。よい助言を覚えて実行していれば、どれかが現場で命を救うことにならんともかぎらんのだ」

日々が過ぎていき、ゼップには規則正しい食事と睡眠がまことにありがたかった。生存をめぐる毎日の不安をしばし逃れるのは嬉しかったが、その反面、仲間の顔が浮かび、いまどうしているだろうと思うことも多かった。第三山岳師団の戦区で何が起きているのか調べてみたが、唯一手に入る検閲済みの新聞には満足な情報がなかった。休暇をとった兵士から仕入れたニュースを教官が教えてくれたことが何度かあった。それによると師団の前線区域は依然として比較的落ち着いており、戦線は安定しているらしかった。

その後も理論と実践を絶妙に組み合せた訓練が行われた。続く数日間は、朝から戦闘状況が設定され、その設定で一日じゅう単独行動しなければならなかった。要求レベルはしだいに高くなり、その週のうちに、きわめて現実に近いシナリオが設定されて最高度に達した。その前日から迎撃陣地という大枠条件の設定のもと、翌朝から入る陣地を狙撃兵として各自準備していた。陣地をつくる場所へ移動する直前、翌日の戦闘状況が一同に告げられた。敵側では狙撃兵がふたり出動しており、お前たちに狙いをつけている。その役として教官がふたり、相手側で観測しており、お前たちが撃たれる可能性を逐一記録する。動いたらそれは死を意味する。つまり教習生にできるのは観測だけなので、翌日の戦略をよく練っておくこと。日没まで陣地を出てはならないということだった。大半の教習生に

観測陣地で全身偽装した狙撃兵。

とまどったような驚きが広がったが、ゼップは設定の意味を了解した。朝五時から夜一一時前後まで一カ所で身動きがとれなければ、必然的に、食べる、飲む、小便をする、大便をするといった個人レベルの重大な兵站上の問題が数々生じる。いつ、どうやって、どこに、それをすればよいのか。ゼップはプロフェッショナルとして、それまでもこうした条件をできるかぎり計算に入れて陣地を選択、準備していた。それに対して、経験のない仲間たちには衝撃的な経験が待ちうけていた。一同は草や若枝でつくった簡単な偽装をヘルメットに手早くつけ、戦闘モードで配置についた。

うだるように暑い一日が明けた。照りつける太陽のもと、演習場がどこまでも広がっていた。昼頃になると早くも汗が流れ、手足が痛みはじめて、さまざまな生理的欲求がしだいに激しく解消を迫ってきた。ゼップはまず手はじめに前方区域を観察し、重要事項を記録した。そのときに教官ふたりの位置も確認できた。これで、その日のポイントとなる事項はすべて押さえたことになる。ゼップはいつもどおり地表から姿を隠せるように塹壕をつくっていた。そうすれば敵の榴弾の破片からよりよく身を守れるだけでなく、長い待機時間を比較的快適に過ごせるのである。小用を足すため適当なところに別の穴を掘り、少し横向きになればそこへ小便できるようにした。経験豊富な前線兵士であるゼップは、水と何かしら食糧を携帯することを常に心がけており、食べ物は一切れの黒パンでもラスクでもなんでもよかった。排泄に関しても、排便をすませないうちは一日の活動を始めないような訓練をすでに積んでいた。こうして安全な塹壕の奥にもぐり込み、居眠りをしたり、ぼんやりしたり、食糧をかじったりして一日を過ごした。日が暮れると解放を意味する撤退命令がでて、寄宿舎へ戻るために集合した。経験のない仲間の多くは疲れきり、からだを強張らせて、足を引きずるように歩いていた。どのズボンにも大きな小便跡があり、ぎこちなくがに股で歩き、不快感に顔をしかめ、かすかな腐敗臭を背後に漂わせていた。やむをえずズボンに排泄したのだった。教官のひとりはこの光景を見て、嘲弄の言葉を吐かずにいられなかった。「肝心なことを教えてやる。朝になったら、まず大便を必ずすませることだ。出かける前に用を足していかない奴は自業自得だ」。ゼップの隣りにいた教習生が囁いた。「冷てえな、こっちは地面をのたうちまわったっていうのに。あいつら、わざとこんな目にあわせたな」

翌日、それぞれの塹壕を検証して出来ばえを評価した。ゼップは是非を判断してほしいと頼まれたので、豊富な経験をもとに仲間へ率先してアドバイスを与え、仲間たちは感嘆しつつ興味津々で聞き入った。

この演習の重要ポイントは三つのW《いかに》である。

いかに気づかれずに塹壕に入るか。
いかに気づかれずに塹壕を出るか。
いかに気づかれずに素早く代わりの塹壕へ移動できるか。

教習課程の日々は飛ぶように過ぎていき、刻々と迫る本番のことを考えて、しだいに不安になる者も多かった。弾薬学の訓練があった日、一同はその一端をかいま見た。

狙撃兵は、往々にして自軍の前線よりも前で移動する。敵から位置を特定されると、真っ先に重歩兵兵器から的確な砲撃をうけることになる。そのとき的確な防御行動を準備するために、そうした兵器の発射音を聞きわけられると好都合である。たとえば迫撃砲で砲撃されれば、敵に射程を合わされるか一帯をくまなく砲撃されて、そのうち命中弾をくらうのは時間の問題である。その場合、できるだけすみやかに塹壕を離れることが必要になる。退却を援護してもらう余地はないから、思い切ってそこから飛び出し、自軍の前線までジグザグに走って戻るしかない。前述したとおり、狙撃兵の間ではこれを「ウサギのジャンプ」と呼んでいた。それには高度の自制心が求められるが、こうした状況で生き残る唯一の道である。そこで、教習課程でも「ウサギのジャンプ」の訓練がくりかえされた。

それでも戦争という現実におかれると、パニックに近い恐怖で麻痺したように穴から出られなくなり、多くの狙撃兵が命を落としたのである。

迫撃砲は実際に発射音を聞かされたが、ひときわ畏怖されたあるロシア軍兵器の実演はレコードでの紹介にとどまった。前線の兵士が「愛情をこめ」て「スターリンのオルガン」と呼ぶこの兵器の正体はトラック支援型の多連装ロケットであり、一発の砲撃でサッカー場ほどの面積を煮えたぎる魔女鍋と変え、うなりをあげる破片と掘りかえされた地面しか残さないという代物である。音量を最大にしたスピーカーから発せられるリズミカルな轟音が、一同の背中へ驟雨のように降りそそいだ。ふと、ゼップにある体験の記憶が蘇った。そのとき、硝煙とけがと死を文字どおり舌で味わったのだった。身を守る方法はあるのかと仲間に尋ねられたが、最低限の答えしかできず、その表情には影がさして一〇歳も老けて見えた。「助かるにはなるべく深い穴にもぐり、けつを穴底につけて祈るしかない」

締めくくりに、歩兵が使う新型の銃弾である通称「Ｂ薬莢《パトローネ》」が紹介された。もともとは戦闘機の搭載機関銃用に開発されたもので、Ｂは「観測（Beobachtung）」弾の頭文字である。この銃弾は当たったとき炸裂し、そのようにして集中射撃の着弾点を教えてくれる。この視覚的な補助手段のおかげで、機関銃手は比較的すばやく調整ができる。ただ、この銃弾は製造にきわめて手間と費用がかかるため、長いあいだ本来の用途に限定されていた。逆にロシア軍は、すでに出兵初期からこの種の銃弾を歩兵隊で使用しており、その銃撃の破壊的な威力は兵士たちの間で非常に恐れられていた。ロシアの狙撃兵がこの銃弾を好んで使っていたからなおさらである。ゼップはこの銃弾をすでに知っており、ロシア製の狙撃銃でその威力をたびたび利用したことがあった。その意味でも、照準スコープのついたＫａｒ．九八ｋ騎兵銃用として、ドイツ側でもこの銃弾を狙撃兵に使わせるのが妥当だと感じていた。携帯火器用の炸裂弾はジュネーブ条約で禁じられていたが、すでに東部戦線の戦闘は目的のために手

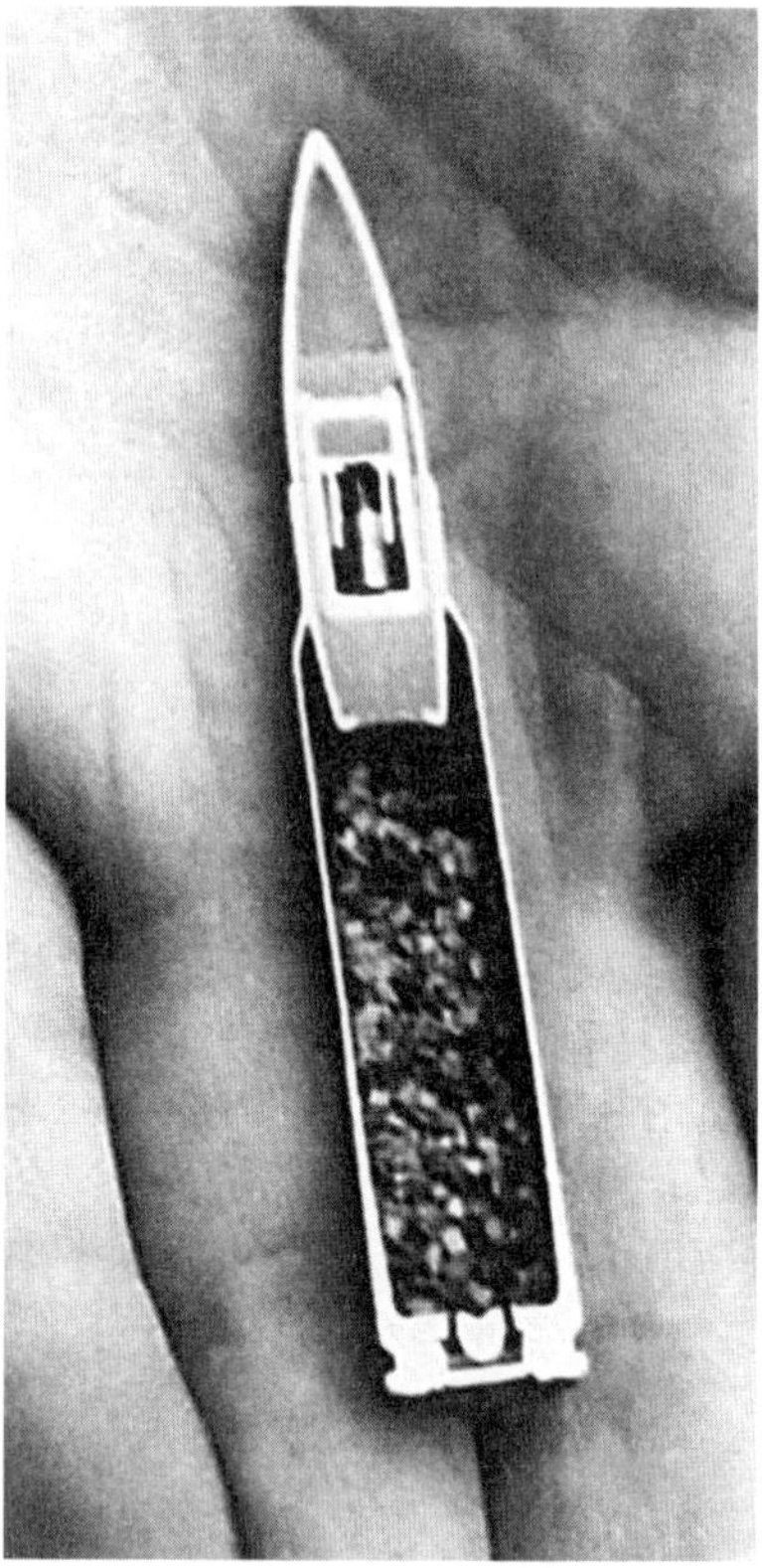

炸裂型のB薬莢《パトローネ》の模型断面。弾丸内部に撃針と炸薬があるのがはっきりとわかる。

段を選ばずという次元までモラルが低下していた。この銃弾を使った実演射撃では、幹の直径五センチの木が一発であっさり倒れた。

教習課程の四週目以降、教練はさらに実戦的になっていった。射撃場や射撃ガーデンでの日々の基礎練習に加えて、狙撃兵の卵たちは状況がたえず変化する障害物通過コースを渡っていきながら、それまで習ったことを実地に応用しなければならなくなった。できるかぎり現実的な出撃状況が再現され、戦闘演習をしている他集団の間をぬって見つからないように演習場を移動したり、狙撃兵として互いに狙撃しあったりといった内容も含まれた。最終的に、射撃訓練も障害物通過コースに統合された。教習生たちは部分的に隠された標的を見つけるだけでなく、実弾でこれを銃撃しなければならなかった。これには、制限時間内で厚紙標的を特定、銃撃するという内容も含まれた。成功しないと、同行している教官から減点されるばかりか、本物の前線ならその結果死んでいるぞと檄も飛んできた。特に経験のない教習生は、こうして、きたるべき身体と生命の危険をまざまざと味わわされた。この訓練が毎日ワンセットずつ始まった当初、想定上では次々と死者がでた。ゼップにもミスがなかったわけではないが、その原因は、当局の狙撃兵投入の戦術計画として、きわめて攻撃的な作戦を強行することが設定されていたためだった。現実の条件下ならば、危険や不審な気配に対する感覚がこれまでもたびたび命じてきた自粛によって、単にやりすごしていたはずの情況も少なくなかった。有能な狙撃兵は引き揚げどきも心得ておかねばならない。ところが個々の訓練を単独で中断することは、教練方針の上から許されていなかった。

それは、物資の装備が壊滅していく一方なのをうけて、最後に残された人的資源の投入もいよいよ非情になっていることを歴然と物語っていた。

教習課程の数週間は飛ぶように過ぎ、土曜の晩に祝杯をあげて締めくくりとなった。こうした機会には教練中隊の中隊先任曹長が一樽のビールやシュナップス、そして正規の料理以外の食べものをよく調達してきた。今回は豚肉とビールが手にはいり、おかげでさわやかな気候の夏の一日、屋外でグリルパーティーを開くことができた。それぞれの部屋から、テーブルと椅子を宿舎の前に持ちだした。鉄線、トウヒ製の三脚、徹底的に洗ったトイレの格子でつくった本格的なバーベキュー台の下で火を燃やし、ご馳走の香ばしい匂いが猟兵たちの鼻をくすぐった。だが、その晩を楽しむまえに曹長が参

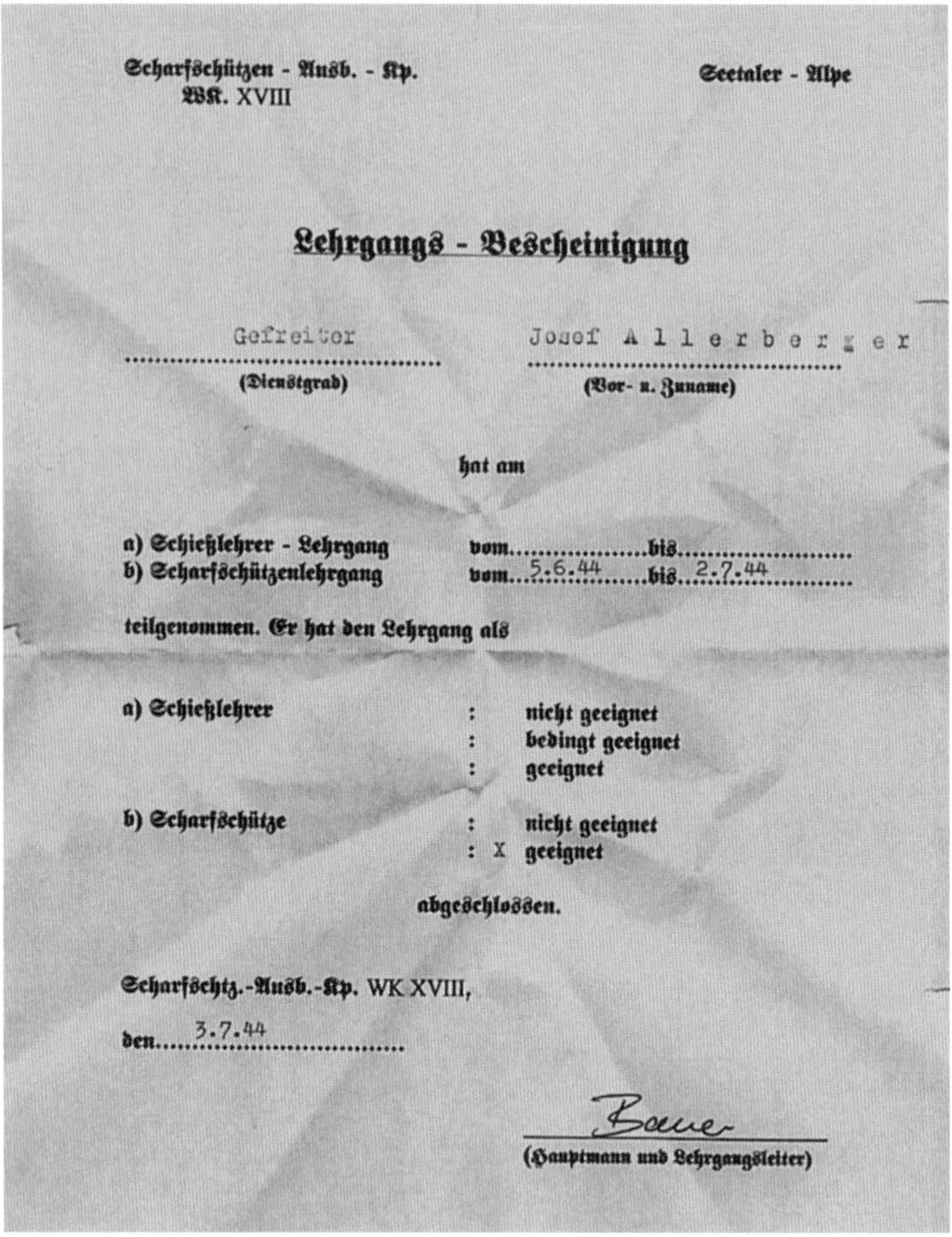

Scharfschützen - Ausb. - Kp.
WK. XVIII

Seetaler - Alpe

Lehrgangs - Bescheinigung

Gefreiter .... Josef Allerberger
(Dienstgrad) (Vor- u. Zuname)

hat am

a) Schießlehrer - Lehrgang vom..................bis......................
b) Scharfschützenlehrgang vom 5.6.44 bis 2.7.44

teilgenommen. Er hat den Lehrgang als

a) Schießlehrer : nicht geeignet
: bedingt geeignet
: geeignet

b) Scharfschütze : nicht geeignet
: X geeignet

abgeschlossen.

Scharfschtz.-Ausb.-Kp. WK XVIII,

den 3.7.44

Bauer
(Hauptmann und Lehrgangsleiter)

教習課程修了証
狙撃兵養成中隊：第 18 軍管区　ゼーターラー・アルペ
教習課程修了証　ヨーゼフ・アラーベルガー兵長
教習課程期間　　1944 年 6 月 5 日～7 月 2 日
狙撃兵適性　　　最優秀
1944 年 7 月 3 日　大尉／教官長　バウアー

加者を整列させた。曹長の横のテーブルには狙撃銃五六挺と、ひとかたまりの軍人用身分証兼給料手帳《ゾルトブーフ》が積んであった。候補生の名前が一人ずつ呼ばれた。はじめに呼ばれた四名は教練課程を合格できず、一般の猟兵として今後の部隊に入る者だった。それから成績順に合格者の名前が呼ばれた。中隊先任曹長は合格者におめでとうと声をかけて手を握り、狙撃銃、履歴手帳《ヴェーアパース》、教習課程修了証を手渡した。銃は教習課程中から携行していたもので、引き続き個人専用のものとなった。履歴手帳《ヴェーアパース》には所有者に割り振られた銃番号と、「ZF付き《照準スコープ》銃」の表示があった。そのほか、事務室がゼラチン版複写器でつくった狙撃兵の十戒を記した色紙も記念品として贈呈された。

当然ながらゼップは最後に呼ばれた三人の成績優秀者に入っていた。曹長が威勢のいい訓示をしているあいだ、三人にそれぞれ賞品として授与される、食料品の詰まった弾薬箱がもらえるのが心底嬉しかった。これで手ぶらで家族のところに帰らずにすむ。

銃を交付されたことで、教習生たちは正式に狙撃兵となった。従軍経験のない兵士はエリート戦士の証であるこの新しい身分を喜んでいたが、ゼップのように前線を経験している兵士は、将来への心配と不安で胸が一杯だった。とはいえ深く考え込むことはない。兵士の人生は一瞬一瞬がすべてであり、いまの一瞬は食べて飲むときだ。ならばベーコンにむしゃぶりつこう。それぞれの運命は予測のつかぬ毎日を漂っていて、明日が最後の日かもしれないのだから。

日曜日の午後、大半の教習生はすでに東部戦線に向かう補給列車に乗りこんでいたが、ゼップはトラックでザルツブルクへ向かい、そこから実家の村まで走った。帰省のことは前もって手紙で知らせており、家族はゼップが帰ってくるのを今か今かと待っていた。ようやく家に着いてドアをたたいたとき、多くの言葉を費やす必要はなかった。両親とその息子は無言で抱き合い、妹たちはおろおろとそばに立っていた。ゼップがそのほうを向いて「ほら、お土産があるよ」と声をかけると、空気がなごんだ。ゼップは狙撃銃を肩からおろし、壁に丁寧にたてかけてから、リュックサックをおろした。手早く金具をはずし、持ち帰った貴重な品々を家族に見せた。赤と白の丸いブリキ缶に入った軍用チョコレート「ショカコーラ」は、たちまち妹たちのお腹に消えていった。

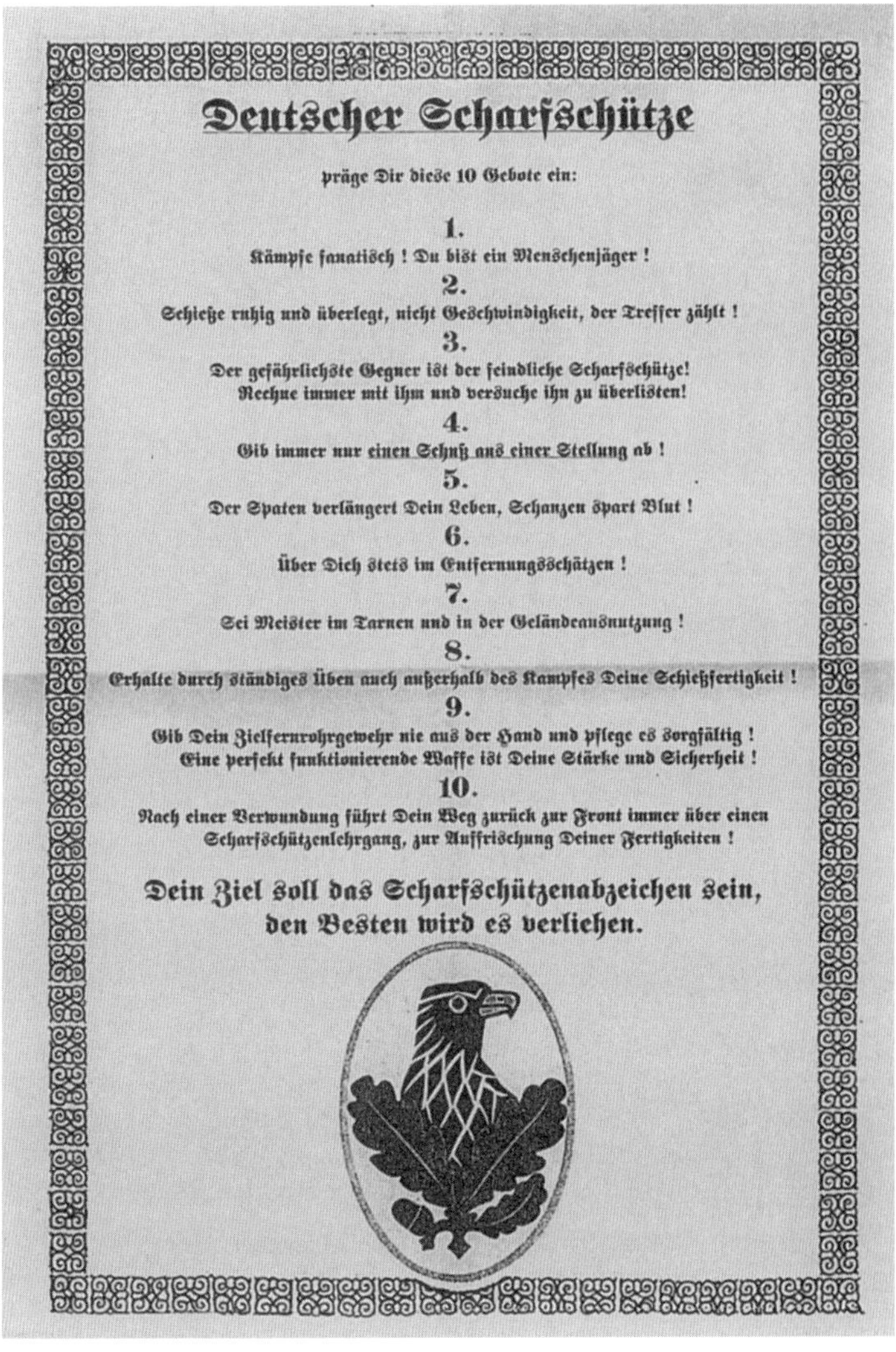

Deutscher Scharfschütze

präge Dir diese 10 Gebote ein:

1.
Kämpfe fanatisch ! Du bist ein Menschenjäger !

2.
Schieße ruhig und überlegt, nicht Geschwindigkeit, der Treffer zählt !

3.
Der gefährlichste Gegner ist der feindliche Scharfschütze!
Rechne immer mit ihm und versuche ihn zu überlisten!

4.
Gib immer nur einen Schuß aus einer Stellung ab !

5.
Der Spaten verlängert Dein Leben, Schanzen spart Blut !

6.
Über Dich stets im Entfernungsschätzen !

7.
Sei Meister im Tarnen und in der Geländeausnutzung !

8.
Erhalte durch ständiges Üben auch außerhalb des Kampfes Deine Schießfertigkeit !

9.
Gib Dein Zielfernrohrgewehr nie aus der Hand und pflege es sorgfältig !
Eine perfekt funktionierende Waffe ist Deine Stärke und Sicherheit !

10.
Nach einer Verwundung führt Dein Weg zurück zur Front immer über einen Scharfschützenlehrgang, zur Auffrischung Deiner Fertigkeiten !

Dein Ziel soll das Scharfschützenabzeichen sein, den Besten wird es verliehen.

ドイツ軍狙撃兵の十戒

Scharfschützen-Ausb.-Kp., Wk. XVIII

Anerkennung

für

Gefreiter Josef Allerberger

welcher im Scharfschützenlehrgang als

2. Sieger

im Schiessen mit Armee-Zf-Gewehr

hervorgegangen ist.

I.V.

Leutnant.

Scharfschützen Ausbildungs Kp. W.K. XVIII

成績優秀者証

第12章　肉食獣の本能

　どうやら妹たちは、ゼップが戦場にいた日々は冒険に満ちた休暇か何かだったと思っているようだった。巷に氾濫する戦時プロパガンダに植えつけられたイメージである。「ねえ、ねえ、戦場はどんな風なの？　教えてよ」と好奇心いっぱいの様子だった。それに対して母親からは、「でも、えらく具合が悪そうじゃないの。軍隊には食べるものはじゅうぶんにあるの？」という言葉がついてでた。父親は「お前たち、まずはゼップを一服させてやろうじゃないか」と言い、家族の矢のような質問ぜめを押しとどめて、ゼップを台所のテーブルの椅子に座らせた。「まずはシュナップスだ。それから何か口に入れるもの」。実家には、父親が工房でつくった家具と交換に、農家から入手した食糧が豊富にあるようだった。再会の賑やかさは収まったものの、物問いたげな視線は変わらなかった。だが、家族に何を話せというのだろう？　これまでも、自分の体験をどう言葉にしてよいのかわからなかっ

故郷には戦火が届いていなかった。工房前に立つ父と子。

た。話したとしても、外の世界で何が起こっているのか母や妹にはわからないだろう。ゼップには、何も知らないこの平和な世界に過酷な現実を持ち込むことができなかった。そこで、兵士の日常生活で起こったエピソードをいくつか話しだした。すると父親が軽くうなずいた。「よしよし、ゼップ、それでいい」と言っているようだった。母親と妹はゼップの話にうっとりと聞きいっていた。おれは戦争を冒険譚のように話している、ゼップは話しながらそう思った。刺激にみち、骨が折れ、少しばかり危険な毎日。まさに若者が求める人生そのものだった。

遅くなってから慣れ親しんだ自分のベッドに入り、ゼップは悲惨な戦場と平和な内地、嘘と現実の矛盾に締めつけられる思いがした。未来が不透明なことが、神経を痛めつけた。何時間もたってようやく眠りに落ちたが、熟睡はできず浅い眠りだった。次の朝、疲れ果てて目をさましたが、まだ頭のなかは矛盾する考えで一杯だった。そこで気晴らしにと、父親の工房を手伝うことにした。からだが覚えている手作業をしながら、材料や未完成製品に集中する。そうしているうちに、必要な心の平静をやっと得ることができた。ゼップが黙していることを父親はいっさい尋ねなかった。息子の苦悩がわかったからである。父親自身、二五年も前のことだが息子と同じく山岳猟兵として従軍し、アルプス戦線の地獄のような戦場から休暇をもらって何日間か帰省したことがあった。そのときを思うと、まるで昨日のことのようだった。当時の若者は喝采を浴びながら戦場に送りこまれたが、まもなく、無慈悲な現実という過酷な拳に殴られた思いがした。酔いが醒め、どうにか生きのびることができて、父親は何年ぶりかで戻ってきたのだ。生家の平和な世界から、高山で展開されるイタリア戦線の過酷な世界に戻らなければならないという、その矛盾の葛藤を父親はよく憶えていた。銃後の人々の気楽さをまのあたりにし、自分の体験をどう言葉にしてよいかわからないという感情も心に残っていた。

工房で父と息子は肩を並べ、なにも話さず作業に没頭した。ふたりの作業は驚くほど息があい、互いを助けていた。ふたりの間には以心伝心の気配があった。自分の経験を言葉では表せないことや、心に潜んでいて正体のつかめない将来への不安もわかっていた。逃れようのない運命が、時代全体と個人に重くのしかかった。だが、とりわけ前線の兵士にとって、人生は一瞬の次元にまで還元される。兵士が生きているのは今だけだ。いつ最後の出動になるか、だれにもわからない。一時間後には死という永遠が待っているかもしれない。それが必然的に生活リズムを決めていた。

作業が終わりに近づくと父親が沈黙を破り、独特の物憂げな表情でゼップの目を見つめた。「気をつけろ、元気な姿で戻ってこい。ここでまだ必要な人間だ」と言った。

日々は飛ぶように去っていき、ゼップはもっぱら家族の周辺で過ごした。村はすでにゼップの知る村ではなくなっていたからである。友人や同級生はいずれも戦場で、多くはすでに戦死していた。残された家族はこれからの不安と心配で一杯だった。統制下にある新聞はいまでも必ずドイツが勝つと言っているものの、最近では何もかも行間から読みとれるようになっていた。「全戦線における弾力的な戦争遂行を……」とあれば、それは撤退のことだとはっきりわかった。いつのまにか西側連合国がフランスに上陸し、第二戦線を築いてさらに多くの戦力を結集していた。おかげで、存亡をかけた戦闘中の東部の軍隊には

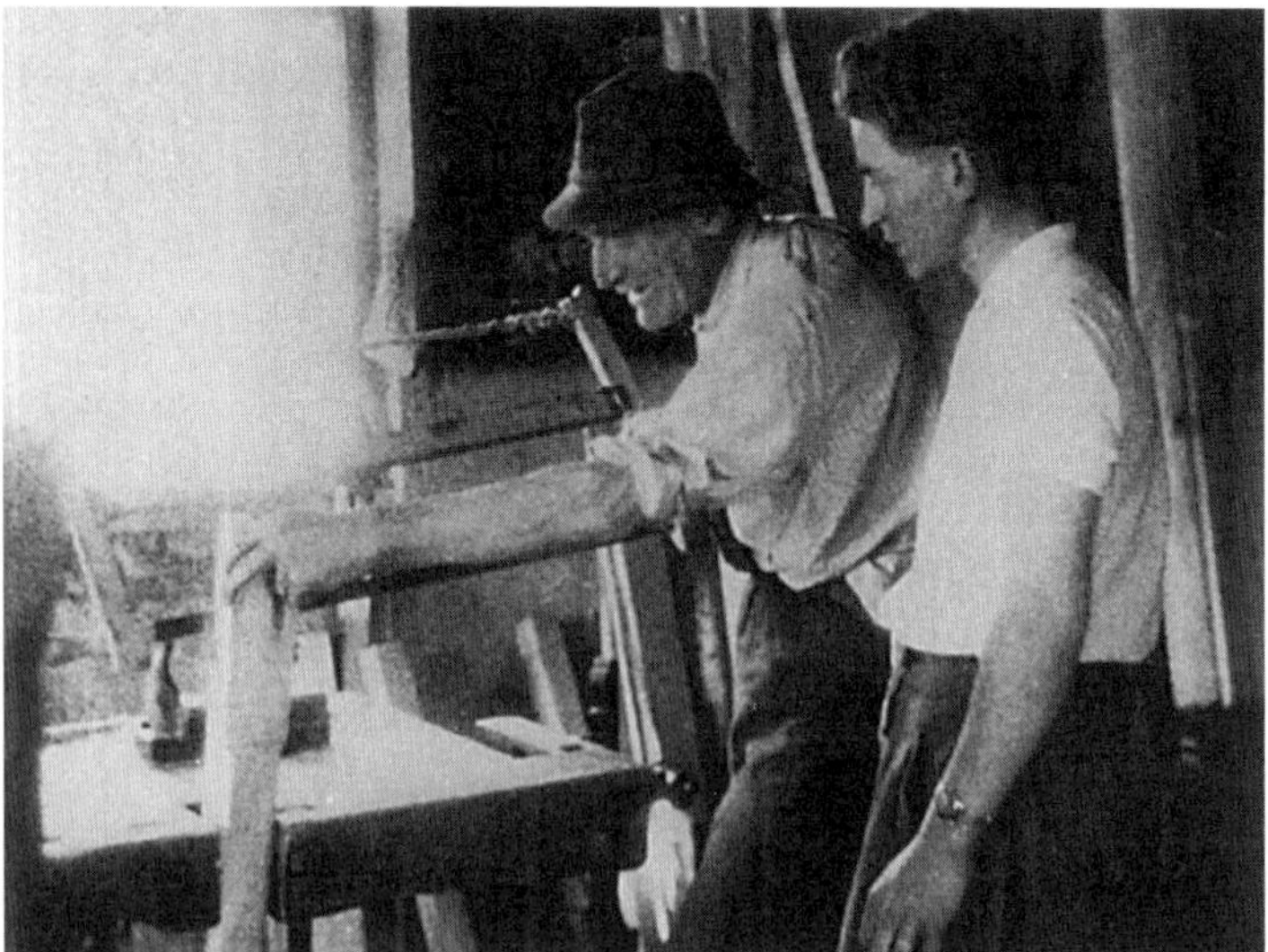

戦争はいつわりの現実を生む。家具工房の父と子。

物資が届かなくなった。アメリカ、イギリスはフランスでの攻撃と並行して、イタリアの南部戦線への圧力を強めていた。そしてソ連も、ドイツ軍の中央軍集団に対する大攻勢にでていた。四週間のあいだに、持ちこたえられないほどの圧力が全戦線でドイツ国防軍にかかった。全面的敗北が加速度をつけて近づいていた。ドイツを敗北へと巻きこむ渦はしだいに吸引力を増し、逃れることはかなわなかった。陸軍総司令部の参謀大佐シュタウフェンベルク伯爵を中心とする軍上層部の一部には、独裁者ヒトラーを殺害し、単独講和を結ぶことによって恐るべき破滅を緩和しようする者がいたが、その試みは失敗した。ヒトラーは死なず、それによってドイツの運命は無条件に完遂することとなった。

八月初旬、ふたたびゼップは燃えさかる激動のさなかに飛びこんでいった。父親は、顔をゆがめながら別れに手を握った。短い抱擁のあいだにゼップは感きわまって身震いし、母親や妹たちは泣きだして、元気づける言葉を口にだすことができなかった。だれもが運命のまえに無力さを感じていた。

それなのにルーマニア戦線に向かうゼップの中には、また戦争の原初的な掟に従って生活、行動できるという説明しがたい安堵感が湧いてきた。休暇中、ゼップは自分の中に奇妙な矛盾が棲みついているのを感じていた。周囲は平和なのに、安らいだ人はひとりもいない。故郷の生活には、先行きがみえない不安感や抑圧感が色濃くにじんでいた。ひとびとは何も考えず忍耐しろと言い渡されているように感じ、そこから逃れるのは無理だと思っていた。逆に戦場ならば、無力感や運命の捕らえがたさを行動で紛らすことができる。そこなら為すべきことがわかるし、勝手もわかり、兵士の道具も扱い慣れている。すでに家族にも故郷にもなっている所属部隊とともに、必要とあらば苛酷な最期まで進んでいこうという覚悟が、確信にまで強まっていた。

ルーマニアにいる所属部隊への帰路、これといった事件はなかったが、ドイツ軍部隊が奇妙な動揺と焦燥に駆りたてられている様子ははっきり感じられた。それは、最終的に野火のように広がる戦意阻喪が迫っていることの前兆だった。

最後の駅に降りてからは、七人の新しい戦友とともに、無線通信の資材を積みにきていた大隊司令部のオペルブリッツに同乗させてもらった。運転手はゼップも知っている古参の司令部付上級兵長で、地獄耳ということで有名な男だった。戦闘中の部隊に近づくにつれ、ゼップが感じる不穏な空気は強まった。しかし、真偽の定かでない噂話を除けば、具体的な話を聞いたことはなかった。逆に、アーロイスという名のトラック運転手は事情に詳しかった。「ゼップ、言っておくが何かが起こるぞ。このあいだ連隊に大隊長を迎えに行ったとき、勲章のお偉方（将校を指す兵隊用語）が敵情視察の報告について話していたのを聞いたんだ。報告によるとロシア野郎の大攻勢が迫っているらしいし、ルーマニア部隊が降伏するって話もあった。ハンガリーの秘密情報機関にそんな風説が流れてるらしい。中央軍集団はもう空中分解してるし、戦線をつないでいるわれらが第六軍も大混乱に陥っていて、包囲される寸前だ。何日もしないうちに一巻の終わりだな。おれたちゃ尻の毛までむしられて、ひとり残らず泣きをみるぞ。なんにしても酒でも飲まなきゃ、人生やってられねえ」。そう言うなり運転席の下から強い果実酒の瓶を取りだして、「こいつぁたまらねえぜ！」と舌なめずりした。「間抜けの連隊主計長から失敬したやつさ。かみさんが小包を送ったんだが、残念ながらちょっとばかり輸送事故があってな。まあ諦めてくれるだろ、いただいたのは二本だけだしな」。ゼップは遠慮せずぐいっと一杯やり、その馥郁《ふくいく》たる強い酒を気分よく喉に流しこんだ。

ときどき酒瓶を手にとっては、こうして車中でとりとめのない会話をつづけた。ここ何週間かは気持ちいい夏空のもとで平穏に過ぎたこと、隣りのルーマニア軍国境守備猟兵部隊との楽しいエピソード、連隊の戦力をほぼ定員まで復活させた人員と物資の補充のことなどをアーロイスが語った。いよいよ大隊司令部に着くと、今晩、ルーマニア軍のところへ出かける気はないかとゼップに尋ねてきた。地元の農家が密造している酒があるということだった。「たまにいい女もいるぞ。ちょいとうまく立ちまわって、愛想よく軍用パンでもやれば一発やれる」とアーロイス。「まず部隊の様子を見ておかないとな。からだが空いたら、すぐに顔をだそう」と言ってゼップは別れた。それから大隊司令部中隊の先任曹長のところへ足をはこび、義務にしたがって帰還を報告した。大隊長クロースが心底嬉しそうにゼップを迎えた。「いいときに戻ってきたな。優秀な兵士はそろって役にたつ」。そしてウインクしてみせ、「そのうえ厳しい教習課程で、いまや非のうちどころのない狙撃兵だ！　それはそうと不穏な空気があってな、ロシア野郎が近いうちに大攻勢を仕掛けてくるらしい」と言った。古狸のアーロイスが言っていたとおりだ、という思いがゼップの頭をよぎった。「ルーマニア軍でも何かこそこそやっている。戦闘を放棄するのではと危惧しているところだ」とクロースは続けた。「連隊司令部に『東方外国軍課』から文書が届いている。ハンガリー上層部が把握しているところでは、ロシアと手を組もうとするルーマニアの抵抗集団が結成されている。もっとも、わが軍の幹部連中はだれもこの報告を重視していないが、自分としては大いに案じられる。何かあるとしか思えん。そこで頼みだが、さしあたりルーマニアからは距離をおいて様子をうかがってほしい」。それから「ああ、もうひとつ」と言い、書類の山に手をのばして、勲記と茶色い紙袋を取りだした。「誇り高き英雄の胸につけるちょっとした勲章だ。歩兵突撃章とは慶賀のいたりだな」。クロースは手を握りながら勲記と勲章をゼップに渡した。その肩を親しげに叩き、執務机のほうへ向き直ると、「大略はそんなところだ。続きはまた明日話そう」と言った。

ゼップは、今回も寝起きさせてもらう伝令兵のところへわずかな手荷物をおくと、陣地を歩きまわって知っている顔を探した。が、見知った顔がほとんどないのに愕然とした。ここ何週間か部隊を離れていたことで、劇的に切迫した情況がはっきりと目に映った。「リリー・マルレーン」の一節が頭に浮かんだ。「それじゃまた会おう、街灯の下にふたりで立とう」。これまでの戦闘をともに切り抜けてきた少数の古参兵士は、大勢の新参者のなかでまさに前世紀の遺物だった。ほとんどは若々しい顔つきで、まだ幼ささえ残している者も多かったが、ゼップはそこに忍びよる死の影をすでに感じた。次の攻撃が終わったとき、この新参兵のうち半数がいないことをはっきり意識した。ひとりの古参兵士を見つけたとき、ふたりを満たしたのは再会の喜びというより信頼感だった。相手の感情が互いにわかったからだ。それは相手への信頼であり、戦場ではかり知れない価値があった。どの新参者も、こうした重みのある信頼の証をこれから築いていかなくてはならない。

挨拶まわりの最後に大隊火器整備曹長のところへ寄った。むろん、ロシア製の狙撃銃を譲ったあの年少の狙撃兵のことを最初に尋ねた。「むごいやられかただった」と、場数を踏んでいるはずの兵器担当の上級曹長が、見るからに動揺を顔にあらわして言った。「ここ数週間かなり平穏だったのは確かだが、偵察班はずっと活動していた。偵察や捕虜の尋問をしたり、まだ進退窮まっていないところを示そうと、敵軍近くで騒ぎを起こしたりしていた。自分を過信するのが早すぎたんだろう。いずれにせよ、ほんの数日で狙撃、偵察にひとりで出かけるようになった。何があったのか、詳しいことはわからない。とにかく晩に出ていったきり戻ってこない。四日たって偵察班のひとりが発見した。暑さで風船みたいに膨れあがっていた。ロシア軍偵察班の手にかかったに違いない。あの間抜け、銃を始末するのを怠ったようだ。ロシア野郎がドイツの狙撃兵にどんな仕打ちをするのか、想像つくだろう。しかもロシア製の狙撃銃を持ってるんだ。おまけに、おまえが床尾に刻んだあの溝だ。ともあれ奴らに容赦なく引ったてられて、ひどい拷問をうけた。さんざん殴られ、からだじゅうナイフで切りつけられたようだ。最後に睾丸まで切りとられて、口に押しこまれてた。だが一番ひどいのはな、例の銃を銃身から尻に突っこまれていたことだ。照尺台のところまで押しこまれてた。地獄のような死だったに違いない。中間地帯であいつを見つけた仲間たちは、すぐ遺体を埋葬して飛ぶように戻ってきた。すぐにでも報復攻撃せんばかりの勢いだったな。なあゼップ、むごいことばかりでもう手に負えん。ロシア野郎がドイツ領に入ったらどうなるのか、想像するのもいやだ。この戦争をやり損なったのはもうはっきりしただろう。あとはひたすら生き残るために闘うまでだ」。そう言ってゼップの肩に手をおき、真剣な表情で目をのぞきこんだ。「だがな、山岳猟兵にふさわしいのは最後の銃弾が尽きるまで、いや、必要とあらばスコップを手にしてでも闘うことかもしれん」

死は日常茶飯事だった。虐待のことを除けば、ゼップはこの出来事にも特別な動揺はうけなかったが、それでも考えさせられることが多かった。今後は射殺した人数を銃床に刻むことはしない、そして何より手遅れにならないうちに、捕虜になっても狙撃兵の身分を知られないようにあらゆる手を打とうと誓った。

北方からカルパティア前線に加えられる圧力は日増しに強くなった。第三山岳師団の司令部は、完全に伸びきった前線区域をできるかぎり確保しようとつとめ、ルーマニアの同盟軍もこの奮戦にしっかりと組み込まれていた。ゼップが戻ってから数日後、ロシア軍の系統だった最初の攻撃が始まり、八月半ばには苛烈さを増すばかりだった。一九四四年八月一九日、隣接する第一三八山岳猟兵連隊におけるロシア軍の砲撃は激しさを増して移動弾幕弾射撃となり、続いて猛然たる総攻撃を加えてきた。この戦区に編入されていたルーマニア部隊は抵抗らしい抵抗もできないまま蹂躙され、そのため第一三八連隊は挟み撃ちにあったが、なんとか防衛態勢を整えて踏みとどまることができた。緊急措置として、戦略上のリスクは少なからずあったが、師団のわずかな予備戦力も戦いに投入された。四日間の激しい戦闘ののち、第一三八連隊は周囲の包囲線を破って、戦線をふたたび安定させることができた。ゼップの部隊である第一四四連隊第二大隊には、ロシア軍偵察部隊との数回のこぜりあいを除けば、このときの戦闘活動の余波は幸いなかった。ゼップはほぼ毎晩、自軍の戦線の前方まで偵察に出かけ、ルーマニアの隣接区域に消えていく敵の小部隊をよく見かけたが、奇妙なことに戦闘音がしたことは一度もなかった。なにか陰謀があるのではないかという推測が確信に変わり、ついに同じ情景を三度目に観察した日、とうとうこの出来事を大隊長に報告した。大隊長の口から「くそっ」と声が漏れた。「まだ推測の域を出ないが、まあ見ていろゼップ、ルーマニアの奴ら寝返るぞ」

ドイツ軍総司令部は、理解しがたい判断ミスと、ベルリンから送られてくる見通しの甘い命令のせいで、ルーマニア同盟軍が離脱するという現実的な危険を認めようとしなかった。現場の部隊はこれと正反対で、一九四四年の夏には雲行きがますます怪しいことに気づいていた。数々の何気ない予兆が、ルーマニアの変心を暗示していたのである。親独派の司令官が反独派の司令官に変わり、ドイツ軍の連絡所にくる情報量が激減して、内容も矛盾していた。そのうえルーマニア軍兵士は、武器、装備、食糧が不十分ななか、きわめて損失が多く息つくまもない東部戦線での出撃のために消耗しきっており、他のドイツ同盟軍以上に厭戦の雰囲気があった。ロシア軍に故国が攻撃されるのを、軍事的に無力だという感情を抱いたまま待っていたのである。かつて第六軍の包囲を目ざすロシア軍が南ウクライナ軍集団に攻撃を仕掛けたとき、南翼を防御するはずだったルーマニア軍が二つとも二四時間ももたずに撃破され、ちりぢりに撤退していた。スターリングラードが陥落してからは野党ばかりでなく、ルーマニア国王もソ連と単独休戦について極秘交渉を進めていたが、極端なロシア側の降伏条件がネックとなって、これまでは条約締結に到っていなかった。しかし一九四四年六月以降、ルーマニア共産党員の強い介入によって両国は大きく歩み寄った。南方軍集団に対するロシア軍大攻勢に付随する形で、ドイツと決別する具体的なシナリオが構想されたのである。ルーマニア国王は一九四四年八月二三日、情勢に逃げ道がないことを現実的に判断し、国境への攻撃が目前に迫っていることを踏まえて、休戦と同盟相手の変更を承認した。早くも同日の夜、赤軍への攻撃をすみやかに中止するとともに、ドイツ軍を釘づけにして以後の戦闘行為を阻止せよという命令が軍にあった。この指令はただちに実行されたが、それが可能だったのは、人員面と組織面の準備があらかじめ極秘裏に進んでいたからである。国防軍がすみやかに完全撤退するならば、ルーマニアとロシアの条約には反するが、武器や装備を持ったまま自由通行権を与えるとの通告が、ルーマニアに置かれていたドイツ公使館と総司令部にあった。ヒトラーはこの協定の受入をにべもなくはねつけてルーマニアとの交戦を命じたが、これは、第六軍の地域で緊急要請された前線縮小を却下したことに次ぐ致命的な判断ミスだった。そのために現地の国防軍部隊が数時間のうちに二方面から敵に迫られ、もはや回復不能なほど膨大な損失を人員と物資にうけて、戦略の破綻を招いたからである。一九四四年八月三〇日までに南ウクライナ軍集団は全滅した。これはドイツ東部作戦軍にとって、スターリングラードの三倍にもおよぶ人員と物資の損害だった。ベルリンの最高首脳部は地図に旗を立てたり抜いたりして情勢を追えばよいが、総統のご聖断の尻拭いをするのはまたしても兵士だった。

第三山岳師団にとっても戦況は手におえないほど複雑化した。敵が二つになっただけではない。ルーマニア国民も、将来的には国防軍に対するパルチザンになる鞍替え賛成派と、同盟に忠実で、兵士や難民としてドイツ部隊に加わる者とに分裂した。こうして兵士にはほとんど訳のわからない状況になり、悲劇的で不幸な衝突がいくつも生じることになる。

運命の八月二三日は朝から太陽の輝く真夏日だった。北方の第六軍や、南ウクライナ軍集団の戦況が憂慮すべきものだったため、部隊全体としては神経を張りつめていたものの、第一四四連隊の地域などでは、目下のところ本格的な戦闘行為はなかった。

この日の昼どき、大隊司令部にいたゼップは、連隊から伝令としてやって来ていた運転手のアーロイスとまた会った。「やあ、あんたか。今晩は一杯どうだい。ルーマニアの奴らが新しい酒を手にいれたんで、まわし飲みに誘われてるんだ。遠慮せず一緒に来いや」。興味もあったし、ぐいっと一杯やるのも悪くない。それでゼップは行くと答えた。アーロイスは隣接部隊の所在地と道順を教え、トラックの窓から別れを告げた。「それじゃあ今晩八時。それまで撃たれるんじゃないぞ」

重い意味をもつこの日、夜の九時になったころ、ゼップは狙撃銃を肩にかけ、鬱蒼と茂った森の一画をぬけて待ち合わせの場所へ向かっていた。主戦線から二キロは離れていたが、周辺にはたえず警戒をはらっていた。そのおかげで何度も命拾いしてきたのだ。説明をうけたルーマニア軍陣地に着く直前、次に曲がれば宿営地に出るという地点で、妙な物音がするのに気づいた。聞きとれないが激しく興奮した大勢の人声、抑えつけた叫びやうめきが、静かな夏の夜の空気を満たしていた。はっとしたゼップはすぐ森の道から離れ、間髪いれずに下草へ身を隠した。曲がり角や宿営地から五〇メートルほど距離をとりながら、弧を描くように小高い場所へ向かった。そこならルーマニア軍陣地の様子がよく見えると思ったのだ。五感を研ぎ澄ませ、獲物を狙うネコのように、物音のする方向へとふたたび転じ、密生した茂みを用心しながらかきわけて丘のいただきに向かった。上に

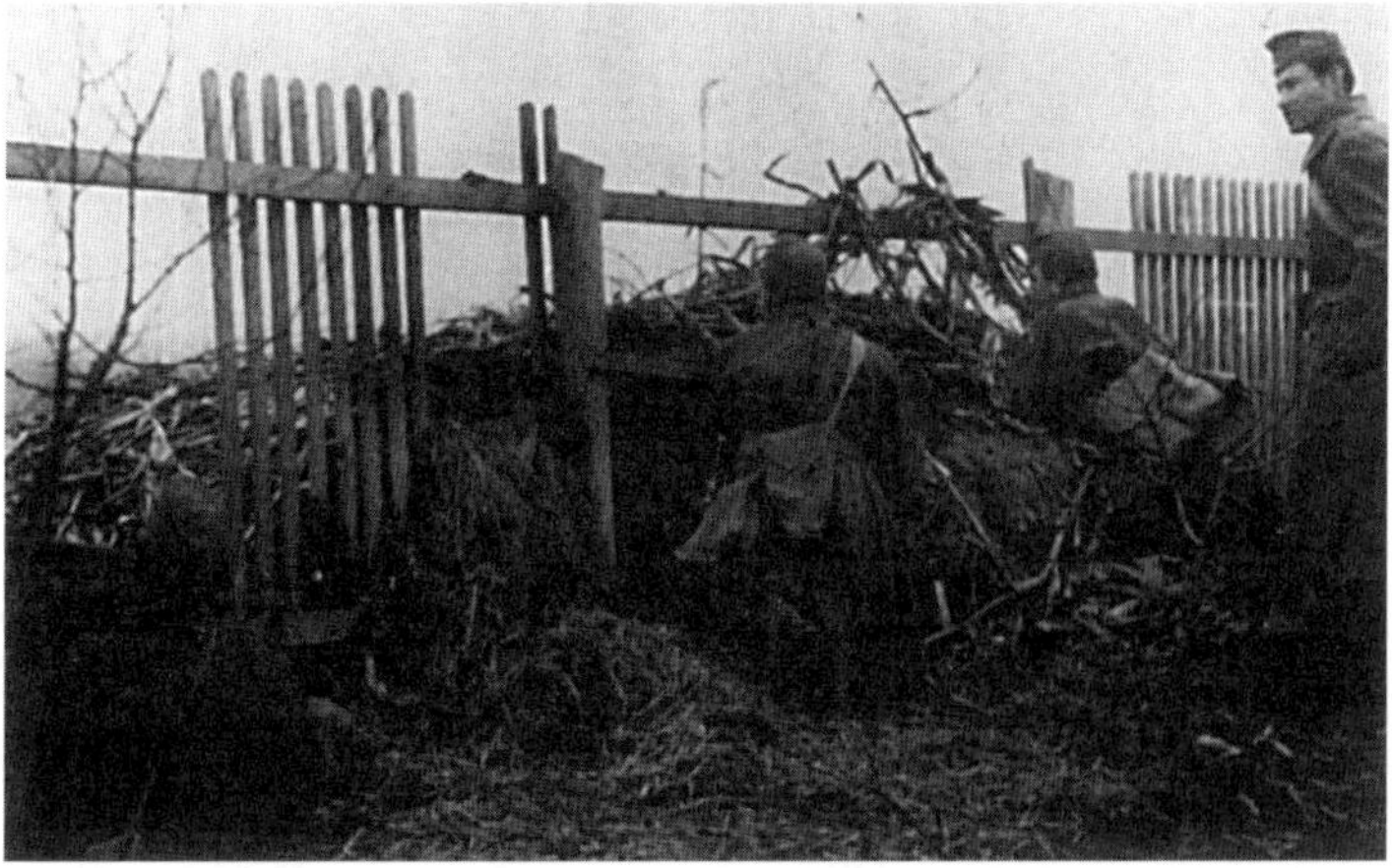

ルーマニアはまだ同盟国だった。しかしわずか数日後、この宿営でアーロイスが無残な死を遂げることになる。

着くと、目の前にサッカー場ほどの広さの谷底が開け、ルーマニア国境猟兵中隊がそこに宿営していた。先ほど歩いていた森の道が宿営地に合流する地点、一〇〇メートル以上離れたところに、多くのルーマニア兵とロシア兵ふたりに囲まれた猟兵四人とアーロイスが双眼鏡ごしに見えた。すでに縛られ、尋問をうけているようだった。ロシア兵がルーマニア兵に何か言い、それを受けてルーマニア兵がドイツ人に質問している。満足のいく答えではなかったらしく、ひとりのロシア兵が通訳をしているルーマニア兵を脇にどかせて、猟兵を棒で殴りはじめた。そのうちルーマニア兵の大集団がその光景を取りかこみ、その様子からしてロシア兵のやり方には反対らしかったが、将校がひとり現れて兵士たちを厳しい言葉で叱責した。とうとうその将校がピストルを抜くと、わめきながら手を振りあげる下級指揮官に追われるように、ルーマニア兵はそれぞれの陣地や持ち場に戻っていった。例の将校が尋問集団と言葉をかわし、もっと人目につかない場所を探せと指示したようだった。傾斜地のふもと、ゼップのいる斜め右下あたりに便所があった。一団はその板張りの裏壁に隠れ、宿営地からは見えなくなったが、そのぶんゼップからはまる見えになった。距離はまだ八〇メートルほどある。捕虜五人のほか、一団にはロシア兵二名とルーマニア兵三名がおり、ルーマニア兵のひとりは通訳、残りは周囲を見張っていた。ロシア兵がまた猟兵を殴りつけ、豚野郎、裏切り者といった言葉がきれぎれに耳にとどき、アーロイスの声だと思った。だが、そんな怒りの爆発が命取りとなった。ロシア兵の攻撃の矛先が彼に集中することになったのだ。ところかまわず棒で殴ったあとは、的を絞った攻撃となった。ロシア兵とルーマニア兵から顔や腹をこぶしで数発殴られ、からだを丸めて地面に倒れた。それから後ろ手に縛った縄をほどくと、便所の裏壁まで引きずり、そこでアーロイスの右手を梁に押しつけた。そして親玉のロシア兵がトカレフ拳銃をケースから出し、グリップをにぎってマガジンの底部を打ちつけた。指先がぐちゃぐちゃになるまで殴打され、アーロイスは怒りと痛さの混じった怒号を発した。ゼップのからだに電気のような衝撃がはしり、憤激と、無謀な行動に駆りたてる衝動が湧きあがった。しかしゼップは、自制しながら行動にふさわしい瞬間を待つことを学んでいた。早まった対応は、自分ばかりか仲間も窮地に陥れることがある。いまは殴られ放題でも、捕虜になればまだ生きのびる希望があるのだ。そう考えてゼップは観察をつづけ、いつ、どうすれば仲間を助けられるか必死になって考えた。陣地に駆けもどって突撃班を編成し、ルーマニア軍部隊と全面的に撃ちあうというのは時間面でも組織面でも無意味である。第一に、捕虜を生きたまま救えるかどうか疑わしく、第二に、間違いなく犠牲者を増やすことになり、第三に、危惧していたルーマニアの寝返りはもう現実のものだと思われる。そうなれば、自軍の戦力を細かい作戦に分散させるのは非常にまずい。だとすれば残された決断はただひとつ、この場でけりをつけることだ。

苦痛の叫びが漏れないよう、アーロイスはさるぐつわをかまされていた。その苦しむ姿を見せて、他の兵士から欲しい情報を吐かせようという魂胆だ。殴りつけて尋問しても思うような結果にならないらしく、アーロイスは左の指先も潰されて、うめきながら地面を転げまわった。その間にも、他の兵士はまたも尋問されながら殴打をうけた。ゼップはすでに騎兵銃の銃架をととのえ、射撃位置につけていた。発射準備はできている。だが、ロシア兵がいいかげん諦めて捕虜にするのではないかという希望が捨てきれなかった。のちに判明するが、その期待は裏切られることになる。拷問中のロシア兵が、地面に転がったアーロイスの上着とズボンをいきなり引き裂いている様子を、ゼップは集中力を保ちながらも不審な思いで見守った。アーロイスの腹部が薄明かりに青白く浮かんだ。不意にロシア兵が制服の上着からポケットナイフを取りだし、刃を出して、縛られて地面にひざまずく四人の顔に威圧するように突きつけた。そして四人に怒鳴りつけ、通訳のルーマニア兵があわてて腕で制止しようとしたが、とうとう諦めたように肩をすくめた。それを見てロシア兵はやにわに振りむいてアーロイスを見下ろすように立ち、かがみ込んだかと思うと、へその下あたりの腹壁へ思いきり切りつけて、手の幅ほど切り裂いた。そして、さっと手を動かして開いた傷口へ突っこむと、腸を一気に一メートルほども引きずりだした。腹を裂かれたアーロイスのこの世のものとも思えぬ低いうめき声は、さるぐつわをしていてもゼップまで聞こえてきて、その激痛を想像させた。この戦争で少々のことには慣れていたとはいえ、この光景には吐きそうになった。心臓の鼓動が首までひびき、失神するかと思うほど怒りが燃えあがった。行動をおこすときがきた。その情景はさすがに通訳のルーマニア兵の忍耐の限度も越えたらしく、いきなり拳銃をとり出すと、たちまち頭へ二発撃ちこんで苦痛を終わらせてやった。便所裏の情況が緊迫し、ロシア兵ふたりも拳銃を抜いた。全員が激しく言い争い、ロシア兵とルーマニア兵が交互に威嚇しあい、罵りあった。猟兵たちはパニック状態で目を見開き、地面に膝をついている。拷問をしているロシア兵がルーマニア兵通訳の前に立ち、からだの前で拳銃を激しく振りまわすと、ひざまづいたドイツ兵にいきなり銃を向けて、警告もせず一人目の顔面中央に発砲した。血や肉片をまき散らしながら、犠牲者の後頭部が吹きとんだ。何秒間か塩柱と化したようにからだを硬直させ、それから斜め後方へ、ひざまずいている仲間の足元に倒れこんだ。

そのあいだにゼップは落ち着きを取りもどしていた。憤怒は、肉食獣の本能にとってかわった。すでにロシア兵をクロスサイトにとらえており、短く息を吸って集中した。指が引っかかり点をとらえ、さらに、ゆっくりと一定の動きで引き金をひく。弾が発射され、鉄拳となってロシア兵の胸に命中して、地面になぎ倒した。すでにゼップは続けて二人目に照準を合わせており、その標的も数秒後に銃弾の餌食になった。ルーマニア兵通訳は事態がただごとでないといち早く気づき、勢いをつけて、胸の高さほどの便所の壁を跳びこえた。中身がかなり詰まった便所の穴に落ちると、はじけるような音がして、排泄物が壁の向こうまで飛び散った。残ったふたりのルーマニア兵が森めがけて短機関銃を撃ってきたが、ゼップの脅威にはならなかった。三発目の銃撃が片方を便所の壁にたたきつけた。そのころには宿営地が大騒ぎになっていた。通訳が頭から足まで汚物まみれのまま、大声でわめきながら便所からとびだした。すでに最初の機関銃射撃が森にむけてうなりをあげている。雨あられと降りそそぐ射撃は、さすがに危険なほど迫っていた。まだ生存している猟兵もいるが、もう助けようがない。仲間に知らせるためにも、早急に姿をくらまさなくてはならない。ゼップは亡霊のように森に消えていった。帰路は道をさけ、茂みをかきわけて歩いた。ルーマニア兵が武装集団となって、すでに出動態勢に入っているものと判断せざるを得なかったからである。

大隊司令部に着いてみると、すでに雰囲気が慌しくなっていた。ゼップはすぐに「おやじ《大隊長》」の部屋に通され、簡単に報告した。詳細は省いたのだが、大隊長には何が起こったか想像できた。

「まずいな」と大隊長は漏らし、見るからにいらだった様子で連隊や隣接部隊と連絡をとろうとした。すると、前線に統合されたルーマニア国境守備猟兵が、大隊と戦線を結ぶ中隊をすでに攻撃し、二個分隊を捕虜にしていることがすでに判明していた。ゼップの報告を聞いて、これからはルーマニアも敵だという最終的な確信をクロースは得た。

野戦電話をうけた連隊幹部にはこの状況は明らかに荷が重く、対処の指示もできずに、師団の上層部と情勢を分析するとだけ確約した。次に、大隊長は第三山岳砲兵大隊とも話して注意することができたが、それ以後、破壊工作で回線網が完全に使えなくなった。どの部隊も、過去数カ月にたびたび経験したような完全な孤立状態になった。ただし今回、大隊長クロースにとって不幸中の幸いだったのは、各部隊ともあらかじめ神経を尖らせて用心していたため対応が早かったことだった。どの中隊も伝令兵を使って最高度の警戒態勢に入り、ルーマニア軍の侵攻を防ぐことができた。

だがそれ以外の部隊は、同盟国の裏切りではるかに手ひどい目にあった。何も知らないドイツ兵にルーマニア兵がいつもどおり友好的態度を装って接近し、殴り殺すという事態も頻発した。一部ではパルチザンのような戦闘団が結成され、ロシアから送り込まれた情報部員に率いられて、冷酷で残虐きわまりない行為に及んでいた。敵と味方の見分けがつかなくなったという意味で、こうした戦闘団はドイツ軍部隊にパニック状態を蔓延させるものだった。他の部隊がおびただしい損害を受けざるをえなかった一方で、第一四四山岳猟兵連隊第二大隊の猟兵たちは歯をくいしばって持ちこたえた。ルーマニア戦闘団が、妙に親しげな態度を装いながら武器をとれる体勢で大隊陣地に近づいてくると、注意をうけていた猟兵たちは、少しでも怪しい動きがあればただちに発砲した。こうした一連の出来事が日も暮れかかって起こるにおよんでは、事態の全貌はいっそう把握しがたかった。それでも、ルーマニア軍には重兵器がほとんどなかったため、猟兵たちは優勢な戦力に物を言わせることができた。この苦境にあって第一四四連隊は、第三山岳師団の抗戦の防波堤をつとめるとともに、戦略上、戦術上の再編成の核となった。師団の壊滅した部隊から生存者や敗走者が連隊に合流してきて、包囲された部隊を解放するための反撃に必要不可欠な戦力になったのである。早くも翌朝には、大急ぎで編成された連隊の突撃部隊がルーマニア部隊に向かって突進した。裏切りに対する憤激と失望の思いをみなぎらせ、また、かつての同盟国に対するルーマニアの暴力行為に復讐してやるという感情にも駆りてられて、猟兵たちは猛り狂ったように突進していった。この反撃はいっさいの同情を排して行われ、原則として捕虜もとらなかった。捕虜の送還や給養が、兵站の面でもはや無理だったこともある。こうした目まぐるしい激戦では、ゼップの役目は狙撃手だけではなかった。奇襲攻撃をかけるようなとき、狙撃銃は往々にして邪魔なうえに不要である。そうした場面では、四三年型自動小銃がすばやい射撃に適していることがすでに実証ずみで、ゼップが帰還してから大隊もこの型式を数挺在庫に加えていた。ゼップは

軽機関銃MG 42を手にする警戒歩哨。カルパティア山脈にて。

この銃が到着するとすぐに試射して撃ちやすい一挺を確保しておき、銃器担当伍長に厳重に監視してもらっていた。一〇〇メートルまでの距離で炸裂弾を込めれば、この銃に目をみはる威力を発揮させることができた。

師団は数日のうちに担当戦区でルーマニア軍の攻撃をかわし、陣地を整えることができた。ところがこの戦果を挙げたことで、師団は広大な地域でかなりの孤立状態におちいった。周知のとおり、これと同時期に北方の第六軍が全滅したからである。時を同じくして、ロシア軍はブカレストとその南部にあるプロエシュティ油田へ進撃した。ついに第三師団はロシアの戦線に刺さった針のように突出することとなり、北方で勝利をおさめたロシア軍から次の標的にされるのは当然のなりゆきだった。一九四四年八月二七日、ロシア軍からの攻撃はいつものこぜりあいを超えて激しく、数日のうちに、師団がまだ抑えていたカルパティア山脈からトランシルヴァニア高原へといたる山越え道すべてに対する広範囲な攻勢にまで膨らんだ。

このときの戦闘で、第一四四山岳猟兵連隊第二大隊は特別な役割を担っていた。火消し屋として戦闘の沸騰点にたびたび投入されたのである。こうした戦闘で、猟兵たちは慣れた地形で闘えることもあって、一再ならず獅子奮迅の働きをみせた。普段は一般の歩兵として出動しているが、このときは完璧な訓練を積んできた特殊な山岳戦であり、ロシア軍に対して戦術面で圧倒的優位にたっていた。だが、総力をあげて闘ったにもかかわらず、展開の渦は速度と密度を増すばかりで、逃れようもなく深淵へと呑みこまれていった。連隊の歴史を記した資料を読むと、距離をおいた視点から戦闘行為だけが感情をまじえず淡々と並んでいて、その一部には、「カルパティア山脈の原生林に入り、猟兵ら

カルパティアで森林戦を闘う山岳猟兵。

は親しんだ山々に囲まれて英気と解放感を覚えた。堰堤がことごとく決壊するときが本当に迫っているならば、運命がこの地で死を恵んでくれぬものだろうか！」（クラット将軍著『第三山岳師団戦史』より）といった他人事のように気楽な誇張表現もみられるが、一方の現実はこれほど潔いものではなかった。絵に描いたような夏の日暮れどき、シャルマイ［縦笛式の木管楽器］の音色が流れるなか、かぐわしい山の空気に抱かれつつ心臓を撃ち貫かれて即死、という具合に死ねるものではない。むしろ死はいつもと変わらず、泥にまみれ、悪臭を放ちつつ、血のほとばしる肉片へとからだを引き裂きながら訪れるのだ。どの一日が最後の日になっても不思議はなく、死ぬこと、手足を失うこと、ロシア軍の捕虜になることへの不安に、誰もが最後の日までさいなまれていた。狂気を飼い慣らしながら生きることを学ばなければ、何日かで死ぬだけである。しかし、やはり希望は生きのびることだった。

崩壊の一途をたどるこの時期、東部戦線で死んでいく兵士は一日に四万人にものぼり、もはやドイツには対処しようのない損失だった。東部作戦軍の兵站は、事実上、すでに一九四一年から四二年の冬に負担が限度を超えて機能しなくなっており、一九四四年秋からは間に合わせの補給しかなかった。猟兵たちがやっとの思いで手中にしかけた戦果を、補給物資が途絶えたことが一因で放棄せざるを得なくなったことも再三ある。毎日のように前線が移動するため、救護体制にも大きな支障がでた。負傷者への信頼できる正しい救護、栄養補給、移送ができないこともたび重なった。そのため、特に最前線で重傷を負うことは死刑宣告にも等しかった。

師団の多くの部隊がこの八月下旬にロシア軍やルーマニア軍に包囲され、何日間も苦しい防衛戦をつづけた。こうした抗戦中の孤立地帯にも、第一四四連隊は可能なかぎり支援にでて果敢な攻撃をしかけ、たびたび包囲戦を突破して、仲間が撤退するのを可能にした。

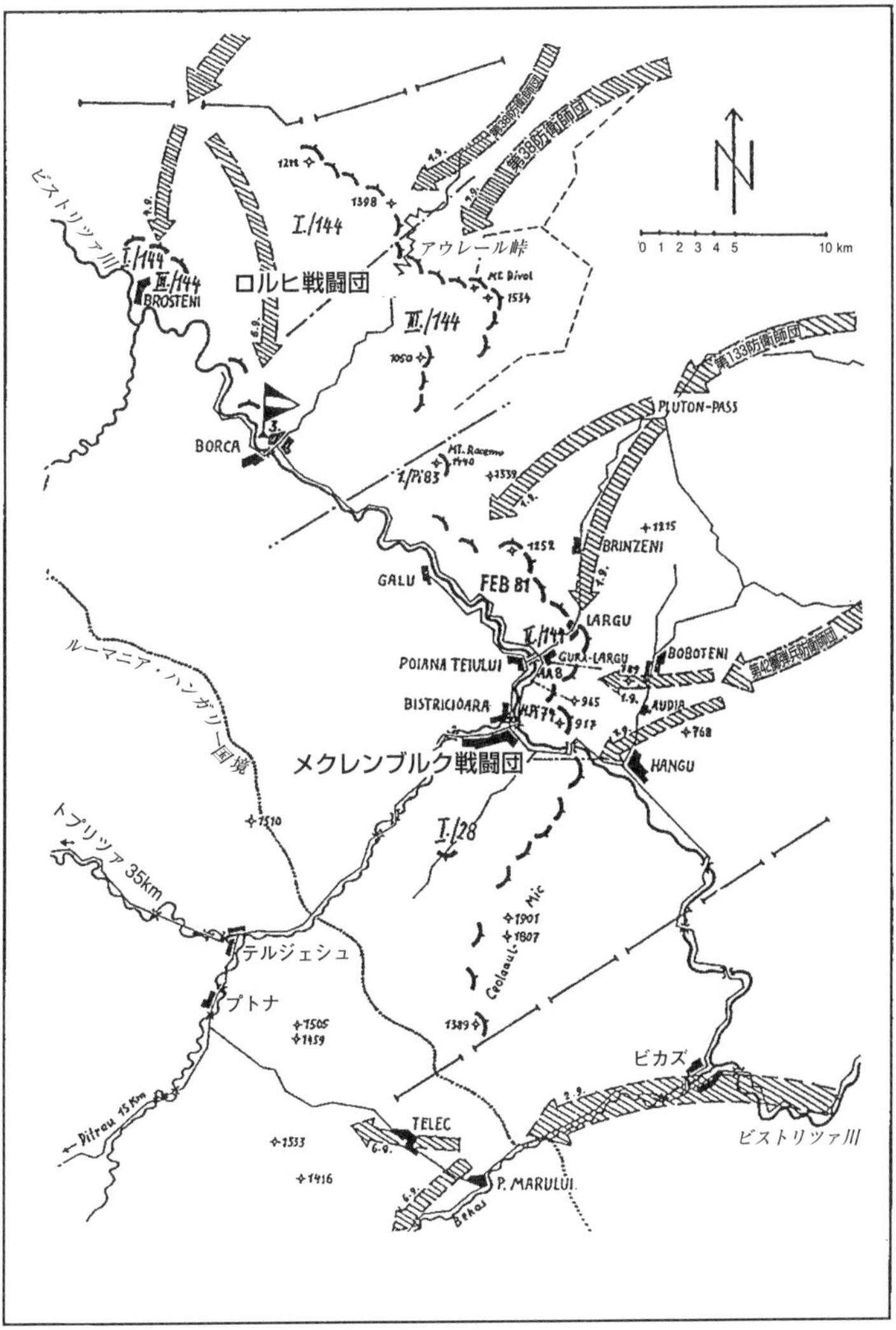

1944年9月1日から6日にかけての戦況（地図出典：クラット『第3山岳師団戦史』）

第13章　ルーマニアからハンガリー

　ここ三日間粘りづよく峠道を死守していた防衛陣地を救出するための突撃班作戦に、ゼップは援護役の狙撃兵として同行した。この友軍は包囲状態にあった。ロシア軍の攻撃に加え、ルーマニア軍に退却通路を断たれたのである。八方ふさがりだった。ルーマニア軍班は一〇人で構成されており、重機関銃と騎兵銃で武装していた。戦力面では守備軍に劣るものの、射界が良いことと砲撃陣地の巧みな選択によって、猟兵の突破を着実に阻んでいた。ルーマニア側は自軍の配置が安全このうえないと思いこむあまり、当面、二回目の攻撃を予想していなかった。ドイツ軍突撃班が気づかれずに下草の密生するなかを移動できたのは幸いだった。戦況もルーマニア軍陣地もまったく未知数だったからである。ゼップとリーダーである軍曹は敵の部隊を双眼鏡ごしに観察し、相手が油断しているらしいのを確認してやや安堵した。これならば攻撃が決定的な不意打ちになる。思ったとおり、猟兵たちが猛烈に攻め込んできたのは、かつての同盟軍には青天の霹靂だった。挨拶がわりの手榴弾、これに続く短機関銃掃射、そして騎兵銃の的確な銃撃で、陣地は数秒のうちに煮えたぎる魔女鍋となった。そこからの逃げ道はなく、またあってはならない。だが、この勝利で守備部隊の問題が解決したわけではなかった。ロシア軍から丸見えで武器の射程範囲内にある開けた一帯が、両軍の間に出現していたからである。背後から聞こえる戦闘音にひやりとした守備隊が振りかえると、そこには待望久しい援軍がいた。ゼップが双眼鏡をのぞくと、味方同士が身振りで話しているのが見えた。だが、どうやって合流するかだ。双方で必死に解決策を探っているうちに、突如としてロシア軍の迫撃砲の発射音がして、榴弾のシュルシュルという音が聞こえた。すでにロシア軍は重兵器を後退させ、峠道の奪還に重点をおいていた。全員伏せて地面にはいつくばったが、掃射しても前進防御陣地までしか届かず、あまりにも短かった。鈍い轟音とともに地面を掘りかえしながら、移動弾幕射撃が峠道の陣地を容赦なく呑みこんだ。ゼップが覗いている双眼鏡には、パニック状態でゆがんだ味方の顔があった。こうして、援護に向かった突撃班は当面なす術がなく、迫撃砲撃による確実な殲滅をまぬがれるために守備隊が裸の大地をぬけて脱出できるチャンスは依然として乏しかった。猟兵たちは、味方の壊滅を手をこまねいて見ているほかなかった。前進陣地へ最初の榴弾が撃ちこまれる直前、まだ動ける兵士七名が飛びだして駆けていったが、背中に的確な銃撃をうけて次々に倒れた。方向を変えながらジグザグに逃げず、隠れるところがある森の入口まで一直線に進んだためである。それがロシア軍狙撃兵の仕業であり、自動小銃を装備しているらしいことにゼップはすぐ気づいた。以前、トカレフモデルの自動小銃を見たことがあり、捕獲兵器にあったので試射したこともあった。ドイツ製四三年型自動小銃のように自動連発銃ほど精密なつくりではないが、機能が信頼でき、熟練した射手が使うぶんには明らかに性能アップした火器だった。火器整備士の話によると、この型にも狙撃手用の照準スコープを付けた特別の銃があるという。そのレンズは、ゼップが以前のロシア製の銃に取り付けていたのに似ていた。

　次にきたロシア軍迫撃砲の砲撃は前進山腹陣地を粉砕し、残っていた負傷者を粉々にして、その残滓を瓦礫に埋めた。不意にあたりを静寂がつつみ、前方区域で撃たれた兵士のすさまじい悲鳴だけがそのなかで響いた。ふたりの兵士が負傷者の救助を志願した。わずかな掩体を利用しながら、ふたりは用心しつつ戦友に近づいていった。一人目の負傷者のところに着き、その傷を見ようと一方が軽率にもやや身を起こしたとたん、斜面に鋭い銃声が響いて胸に拳ほどの穴をあけた。ゼップ

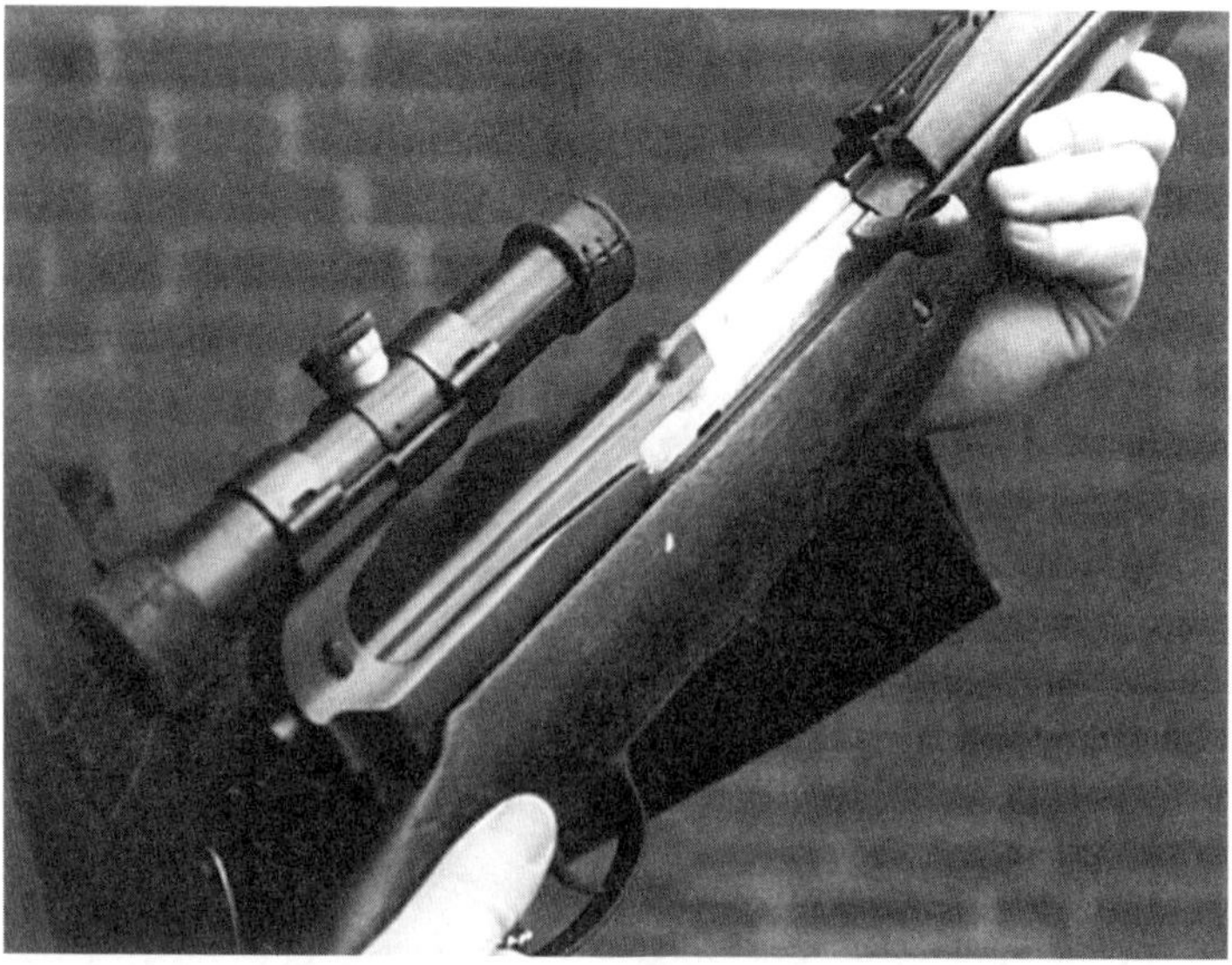

ロシア製の40年型トカレフ自動小銃を狙撃仕様にしたもの。

は双眼鏡ごしに、何秒ものあいだ血が泉のようにほとばしり出ているのを見た。心臓に近い動脈を炸裂弾がずたずたにしたらしかった。撃たれた兵士のからだが断末魔の苦しみに震え、痙攣した。ロシア兵の塹壕があると思われるあたりをゼップは懸命に観測したが発見できず、それ以前に、いま彼が持つ銃では届かない距離だった。ロシア軍狙撃兵のせいで負傷者救出の企図には見込みがなくなった。救助に行ったもうひとりの兵士が無事に戻れたのは、幸運以外のなにものでもなかった。しばらくすると重傷者の叫びはしだいに消えていき、死によって苦痛から解放されていった。ただひとり、銃弾が太い血管を傷つけずに腎臓に当たったと思われる負傷者がいて、激痛に延々とつづく叫びは、一時的な失神状態のとき以外途切れることがなかった。この瀕死の兵士は、近くにいる味方が助けてくれるという希望にすがり、懸命に生命にかじりついているようだった。だが、突撃班の兵士が状況を観察したとおり、別の兵士の生命を危険にさらさずに救出することは無理だった。叫び声がいっとき途切れ、助けを求めるうめき声が不意に訪れた静寂を破った。その片手が懇願するごとく高くあがり、指をひらいて援助と応援を求めるのを見て、一同は胸をつかれた。数秒後、ロシア軍狙撃兵がさらに放った炸裂弾の一撃がその手を打ち砕いた。粉砕されて血まみれになり、折れた枝のようになった手の残骸は、天を向いたまま固まっていた。ロシア兵は、無残な死にかたをさせて見せしめにするつもりらしい。

骨の髄までしみこむ嗚咽のような叫びがまた始まった。軍曹がゼップを呼びよせ、肩に手をおくと、真剣そのものの表情で見つめ、「強制はできん、頼んでいるだけだ。あまりにも辛い要求なのはわかっているが、心からの願いだ。とどめの一撃で苦痛から解放してやってくれ。この距離で確実にやれるのはおまえだけだ」と言った。どれほど無感覚になってもずっと恐れつづけていた状況がきた。近づけない中間地帯にいる重傷者をロシア兵が射殺するのは何度も見てきたが、そうした行為はドイツ側では異例だった。そのような形で制度的に負傷者を殺すことは、部隊の士気を低下させかねなかったからである。負傷者はできるかぎり救助する、それが猟兵の不文律だった。唯一の例外は、見込みのない状況で本人から頼まれた殺害である。兵士たちが瀕死の重傷を負い、現状では移送もうけられずに死を目前にしながら、あらゆる任務のなかでもっとも壮絶かつ困難な務めを互いに果たし、乞われた相手を殺して苦痛から救ってやっている瞬間を、ゼップはこの何カ月かのあいだに身の毛のよだつ思いで眺めたことがあった。なすすべなく残された負傷兵は、突撃する敵軍にとっても兵站面から扱いようがなかったため、虐待されてロシア兵に殺されることが予想されたのである。

ゼップはまだ躊躇していたが、他の兵士がせきたてた。「さあ、早くやってくれ。とても見ておれん。撃って、あいつを助けるんだ」。気は進まず、良心の呵責に揺れていたが、丸めた迷彩ポンチョの上に騎兵銃をかまえた。距離は八〇メートルほどだが、瀕死の仲間の頭は半分草のために見えず、からだも土塊や岩石に隠れていた。慎重に狙いを定めようと試みたが緊張で手が震え、息苦しさがこみあげた。

ふと、戦争で毎日のように人を殺すことの不気味さ、不条理さが意識にのぼってきた。とうの昔に手段が目的にすりかわり、どこをみても生命は使い捨て商品だった。敵の匿名性が後ろめたさを和らげてくれないこの瞬間、ゼップは初めて本物の良心の呵責を覚えた。同情を感じ、あるはずもない意味を探した。だが、戦争という自立した生き物がまたしてもその思念を無理やりねじ伏せた。必然を逃れることは所詮かなわず、抗ってみても、ただでさえ危険な情況にある自分の命をいっそう危険にさらすだけだ。多くの若者同様、ゼップは故郷や祖国に対する当初の真摯な義務感から武器をもって軍務につき、それによって運命を受けいれたが、その代償に、偉大だと思っていた理想のための本質的には無私の奉仕全体に対して、生涯消えることのない責任という負い目を負うことになる。

こうした思考が渦巻いたのはほんの数秒だったが、永遠のように感じられた。そして決断を迫られるときがきた。決断したなら苦しみを即座に、完璧に終わらせてやらねばならない。ゼップは無理やり自分を落ちつかせ、炸裂弾を装弾し、苦痛の叫びに揺れる頭部に照準をあわせ、発射できる瞬間を待った。瀕死の兵士のからだが唐突に負傷痙攣のために硬直し、叫び声もしわがれてきて、頭が動かなくなった。スコープの照準を彼の耳にあわせて固定し、指先をかすかに震わせながら引き金をひいた。銃撃音とともに、瀕死の猟兵の頭は血しぶきをあげて砕け散り、麻痺したような静けさが戦場をつつんだ。

ロシア兵は地面に呑みこまれたかのようだった。こうした展開は予想外だったようで、意表をつかれて自陣から動けなくなったらしい。おかげで猟兵たちには、邪魔されずすみやかに撤退する余裕ができた。不気味なほど静まりかえっていた。誰もお互いの顔を見なかった。物も言わず、沈んだ気分で兵士たちは引き揚げていき、自分がやらなくてすんだことを誰もが安堵していた。

良心の痛み、内面の孤独という犠牲をはらって、厳しく厭わしい状況下で必要と思われる仕事をしたのは狙撃兵だった。

それから何日間か、ほかにも孤立している集団がないか探索を継続した。しかし、その間に探索の成果はなかった。小さな一挿話にすぎないが、奇妙なことに、この出来事はゼップに生涯つきまとうことになる。ゼップはふたたび命令をうけ、同じくまだ到着しない防衛部隊を探す探索班に同行することになった。

その頃には前線の形が非常に不分明になっていたため、一行は途上でロシア軍の地雷原を横切らなければならなかった。前日に工兵部隊が地雷を帯状に撤去し、地面に棒を立てて目印にしていたが、それでも一同は気が気でなく、ほとんどつま先立ちで息を殺しつつ、線引きされた細道をそろそろと進んでいった。一時間半もかけて地雷原を通過し、灌木の生えた一帯をさらに慎重に歩を運ぶ。兵卒のなかでも古参の兵士は、当然ながら地形や危険の前兆をとらえる勘を培っている。果たして、前衛をつとめる仲間が一キロ以上先にまた地雷封鎖区域があるのを発見した。この封鎖区域は芸術的な見事さでトラップワイヤーが張られ、一段と強化されていた。こんな手のこんだ仕掛けは、すぐ近くにあるロシア軍陣地の側面防備を匂わせた。警戒をはらい、身を隠せるものはなんでも利用しながら、一行は音をたてないようにその区域を迂回した。だが、この計画は想定していたより難題で、時間を要することに気づかされた。そのうちに日が沈んで撤退を余儀なくされた。暗闇のなかで地雷原を歩くのは命取りになるからだ。しかし、その前に班長はこの小山の上まで偵察したいと考え、同行のゼップに来るよう合図した。意外なことに、その場所からはかなり入念に整備されたロシア軍陣地が一望できた。ふたりが双眼鏡を覗いて陣地を観測しているとき、前方にある地下壕から二〇メートルばかり横で下草が動き、白っぽい塊があらわれたのにゼップが気づいた。よく見てみると、ズボンを下ろしてしゃがみ込み、用を足しているロシア兵だった。「ゼップ、おまえも見えるか?」と班長の軍曹がささやいた。「前方でしゃがんで糞してるロシア野郎だ。あいつに一発おみまいすれば、他の奴はさぞかし動揺するだろう。わが軍の所在地を見当ちがいの場所に想定するはずだ。おれはすぐ皆のところに戻って、退散する。撃つのはできるだけ先に延ばして、撃ったら追ってこい」。班長が姿を消し、ゼップは例のロシア兵をクロスサイトにとらえた。「まだ踏んばってやがる。そんなことをしてると一巻の終わりだぜ」とゼップは心のうちでつぶやいた。不意に、シニカルなおかしさがこみ上げた。「きさまなんか糞便中に雷に打たれちまえ」という言いまわしを思い出したからだ。戦争の狂気だろう。距離はゆうに一五〇メートルある。敵の胸へ確かに命中させるため、レンズの照準を標的の首まであげた。もういちど息を深く吸い、引っかかり点をとらえ、わずかのあいだ集中し、発射した。ところがその瞬間にロシア兵が立ちあがり、弾は下腹部に当たって腸を貫き、ふたたび身体から出て、背中に拳ほどの

偵察部隊の帰還。

穴をあけた。ロシア兵は倒れながら、横腹を撃ち抜かれた獣のように死のパニックに襲われて大声をあげた。銃声に驚いた他のロシア兵が地下壕から飛びだし、無闇やたらに銃撃して応酬した。ゼップは小山から後方へ滑りおり、急いで仲間を追いかけた。

早くも翌日の明け方、探索班は行方不明の仲間を捜すためにふたたび出発した。しかし今回は別の任務があり、できることならロシア兵を捕虜にして連れて帰れとのことだった。敵陣や戦力集結についての情報を尋問で得るためである。一行は、先日歩いた道を敵軍に向かって静かに進んでいった。ところが前日に一泡ふかされたロシア軍も、より正確な敵の実情を探ろうと、その日の朝同じことを考えていた。出発は猟兵一行よりも遅く、双方の班はロシア軍前線のすぐ手前で遭遇した。ゼップたちのほうがはるかに慎重に行動していたので、敵の発見がいくらか早く、こちらが機先を制することができた。

それに加えて一行は、つい数週間前にわずかな個数だけ部隊で使えるようになったばかりの別の新型銃を装備していた。四四年型突撃銃という名称で、短機関銃と騎兵銃の中間のような銃である。発射中に、切替レバーで半自動モードと全自動モードを選ぶことができた。この銃で撃つのは、四三年式ピストル用弾薬という名の特別な短い銃弾である。弾倉には三〇発入る。この弾薬は最長三〇〇メートルまでじゅうぶんな威力があった。にもかかわらず、この突撃銃はＫａｒ.九八ｋ騎兵銃よりもずっと撃ちやすかった。それは銃弾が小さく、反動エネルギーの一部が自動装填過程で使われるためである。

それに対して騎兵銃の反動は大きく、熟練した射手でも四〇発から五〇発撃つと肩が打撲で痛んだ。Ｋａｒ.九八ｋ騎兵銃の命中率が戦闘でかなり低かったのは、これも一因である。不快な反動があるために、的確に射撃するよりも付近一帯を撃ちまくることが多かったのである。

ロシア軍突撃班との短く激しい戦闘で、この突撃銃の卓越した性能が実証された。猟兵たちは自軍に損失をだすこともなく数分で敵を壊滅させた。やり方が非常に徹底していたため、移送可能な生存者はひとりも残っていなかった。ドイツ側でも、役にたたない捕虜に関しては、紳士的な扱いをすることはなかったのである。こういったことに頓着しない猟兵のひとりは、まだ生きているロシア負傷兵を拳銃で射殺した。その間、他の者は給与支給帳、兵科証明書、戦術が書きこまれた地図といった有用な情報源を探して死体を調べていた。だが、早くもロシア軍は近くの陣地から、仲間がいることも意に介さず激しい迫撃砲撃で応酬してきて、猟兵たちは逃げるほかないと考えた。前日に調べておいた帯状地雷原のはしっこを伝って走り、起伏のある手近な茂みへ飛びこむと、数百メートル先に探していた行方不明の仲間の塹壕があるのが見えたが、予想にたがわず全員死んでいた。最後の銃弾まで撃ちつくしたすえ、敵のロシア軍やルーマニア軍に白兵戦でひねりつぶされ、例外なく惨殺されたのだろう。灌木群をすかして小さな窪地に掘られた塹壕をのぞき込むと、戦死者は死んだ場所にそのまま倒れていた。しかし、あたりには身を隠すものが乏しく、敵の位置がすぐ近くでいつ反撃があってもおかしくなかったので、これ以上の詳しい調査は無理だった。そのうえ、すでに敵が近辺にいることを推測させる物音が聞こえてきた。ゼップが双眼鏡で周囲を見渡していると、二〇メートル先にある榴弾孔の縁に目が釘づけになった。真新しいドイツ軍山岳帽が落ちていて、山岳猟兵をあらわす金属製のエーデルヴァイス章が日光にきらめいている。視線を上に向けると、すっかり脂にまみれてぼろぼろになった軍帽のすりきれたひさしが見え、あの軍帽を拾って代わりにしようという思いつきを後押しした。キツネのように全方向の安全を確かめながら、欲望の対象にそろそろと近づいていった。あと数メートルというところで、倒れている兵士が見えた。断末魔の叫びをあげたまま硬直した顔からは、光を失った両目がじっと天を睨んでいる。上半身は無数の爆発片に引きちぎられて血まみれの塊と化し、肋骨の破片が朝の陽光に白っぽく光っていた。腐乱死体のまわりを大量のハエが飛びかっている。倒れたはずみに認識票の鎖が耳のところまでずれており、顔のそばに見える軍帽には汚れひとつなかった。軍帽は、榴弾が炸裂した爆風で吹き飛ばされていた。ゼップは遺体のところまで来ると、自分の軍帽を硬直した顔にのせて、死者の軍帽をかぶった。ぴったりだと思って気を良くしていると、一台の車両が近づいてきた。引き揚げどきのようだ。認識票を持ち帰ろうかという考えがひらめいたが、行動には移せなかった。茂みに戻るとその思いがまた膨らんだが、すでにロシア軍の車両がいて榴弾孔には戻れなかった。こうしてあの戦死者は身元もわからぬまま、無数の行方不明者のひとりとして闇に沈んでいった。あとほんの一瞬余裕があれば、戦場に残された兵士の運命を遺族が察することができたはずだった。ゼップが少し手を伸ばせばすむことだったが、新しい帽子のことしか頭になかった。もとよりささいなことだが、認識票を残してきたのは完全に自分のミスだという思いは生涯つきまとった。

ロシア軍は自陣前で組織的な偵察をするべく散開しているようだったので、猟兵たちは見つからないように素早く撤退し、無事に自陣へと戻った。

数日のうちに戦火はルーマニア全土に広がった。強大なロシア軍部隊がブカレストへ殺到し、重要なプロエシュティ油田を襲った。粘り強い防衛をつづける第三山岳師団のカルパティア陣地は、波を砕く岩のように立ちふさがり、赤軍がトランシルヴァニア高原へ近づくのを阻んでいた。そのため、赤軍が戦力を結集してこのドイツ軍陣地に圧力を加えるのも不思議ではなかった。ずたずたになったドイツ戦線を再び安定した一本の線につなぎ合わせるまで、物資も人員も疲弊した状況をおして、できるだけ長くロシア軍の攻撃に耐えるよう山岳猟兵たちは命じられていた。ただ、毎度のことながら願望と現実は一致しなかった。猟兵たちはいつもどおり奮闘したものの、明らかに優勢なロシア軍はあくまで進軍をつづけた。典型的な伏兵戦が始まった。ロシア軍は迂回をせず谷を突き進もうとして、劣勢のドイツ軍が待ち伏せで抗戦をする好条件を与えてしまったのだ。こうした戦闘条件のもとでは、狙撃兵を効果的に投入するための理想的な前提が整っている。うまく偽装した射撃壕で敵を待ちうけ、確実な距離になるのを期して制圧する。そうすることで、守備軍は劣勢な戦力で長期にわたって戦果をあげた。敵は谷間が狭いために攻撃時に散開ができず、大量の物資や兵力を投入して一メートルずつ前進するほかなかったからだ。この戦闘でゼップは一日に最高二〇人を射殺した。ただし、公式にはこの何分の一かの人数しかカウントされていない。

九月初旬のこと、特に陸軍および武装SSの狙撃兵に関わる陸軍総司令部の通達書を、クロースが会議の席でゼップに見せた。総統の命により、三段階に分かれた特別な狙撃兵記章が導入されることになり、第一級は射殺二〇人に対して与えられ、第二級は銀枠付で射殺四〇人、第三級は金枠付で射殺六〇人に対して与えられることになった。制服上着の右前腕部に、他の専門職記章があればそれよりも上へ、刺繡をほどこした楕円形の記章をつけることとされていた。

だが、少しでも頭のはたらく狙撃兵なら、出動中にそんな記章をつける者はいないだろう。わずかな事情通しか知らない慣行である銀リッツェとは異なり、正式な記章であればすぐに敵に知られてしまうからだ。そのように簡単に身分を教えるのは自殺行為になる。

従来どおり、攻撃や防衛のときの射撃は狙撃兵記章には算入されなかった。しかもこの制度に関連して、親衛隊全国長官ハインリヒ・ヒムラーの提案により、それまでの射殺人数はすべて総統への奉献としてご破算になり、あらためて計数を開始することになった。ただし、狙撃兵の功績がまったく無になることがないよう、第二級または第一級の鉄十字章受勲によって、以前に達成した射撃に報いることになったので、幾日かしてゼップは過去の射殺人数に対して第二級鉄十字章を授与された。

それまで軍隊活動でどちらかというとさげすまれてきた狙撃兵という存在が、こうして正式に顕彰されるようになるなか、とりわけ武装手段の不足が目立つようになっていた。中途半端な装備でも敵に効率的に対抗できるとされる果敢な単独戦士には、抵抗戦力の維持という期待がかかっていた。自分の運命を眼中にいれない狂気のような戦闘意欲で、ひたすら絶望的状況へと突きすすむ武器や器具の装備不足を補おうとしたのである。もっとも貴重な最後の資源である兵隊が、あまりにも軽率に乱費された。

ロシア軍は、難攻不落な猟兵の山岳陣地にひきつづき攻撃をかける一方、別の地点でハンガリーへの突破を果たしていた。またしても第三山岳師団に包囲の脅威がおとずれた。ただちに陣地を放棄し、トランシルヴァニア高原を流れるマロス川まで撤退するほかなかった。二〇〇キロを越える距離を、可能なかぎりの速度で闘いつつ退却することになった。夜間に行軍し、昼間は追撃してくるロシア軍に対して防御したが、忌々しいことに敵は側面攻撃をしかけることもできた。大隊が行軍しているあいだ、大隊長（クロース）は翌日の適切な陣地を決めるために先を進んだ。その際、ゼップをはじめとする一団も同行しなければならなかった。クロースはゼップのことを経験豊富で度胸の据わった兵士だと認め、無条件で信頼していたからだった。クロースにとって、ゼップは護衛のようなものでもあった。

大隊長クロースは職業軍人として当然ながら乗馬の教育もうけていた。馬は長い距離をすばやく移動でき、道のない場所でも走れるうえに、移動中にエンジン音で相手に気づかれることもないため、クロースは日常の偵察行に好んで馬を使った。こうしてゼップも必要に迫られ、一九四三年からすでに前線兵站の屋台骨となっていたパーニェ馬と呼ばれる頑強なロシア馬に乗らなければならなかった。「おやじ」（司令官を指す兵隊用語）とは違い、ゼップは何年も前にのった木馬を除けば乗馬の素養は皆無だった。それゆえゼップは複雑な気持ちで裸馬の背に飛びのり、猿のように背中をまるめてまたがった。両足で精一杯の馬をはさみつけ、からだを安定させようとしてみたが、それでも馬が早足で駆けるたびにゴムまりのように上下した。大隊長の冷やかすような目つきを見て、自分の落馬を待っているような気がした。何があろうと醜態をさらすのは嫌だったので、それからの一時間を馬上でけなげに持ちこたえた。次の陣地の視察が終わるのをまって、警護役のほうをまかせていただきたいと懇願した。そうすれば帰路は馬に乗らなくてすむからだ。粗悪な生地の官給山岳兵ズボンがこの乗馬ですっかりすりきれ、二つに裂けて鼻をつく臭いがした。狙撃兵殿はひどい狼瘡《ヴォルフ》（傷口がすれて痛む股ずれを指す兵隊用語。焼けつくような痛みを伴う）になっていた。部隊の残りの者が到着するとゼップはさっそく衛生兵を探しだし、このデリケートな患部をそっと手当てしてほしいと頼んだ。衛生兵はペナーテン薬用クリームの小瓶を手渡し、これで急場はしのげるだろうと言った。とはいえ、翌日また馬に乗れるという状態ではとてもなかった。大隊長は両頬でにやにや笑いながら理解のあるふうを装い、サイドカー付きのBMWバイクに乗って視察にでかけ、ゼップは後部座席に陣取った。前日、馬上で跳ねるたびに銃が背中に当たってできた青痣がまだ色濃く残っていたので、今回は銃を持ってきておらず、MP四〇短機関銃を提げていた。

退却路に沿ってバイクを走らせていると、同じように撤退中の歩兵戦闘団に出くわした。ここは戦闘力のある突撃砲をまだ二台保有していた。将校同士で情報交換をすると、退却路へ向かって進軍中と思われるロシア軍戦車団の先頭部をある偵察部隊が目撃したので、厳重な警戒が必要だと教えられた。数分後、三人がさらに先へ進み、先行する突撃砲を抜こうとしたとき、突撃砲が突然止まって砲撃した。ちょうどその瞬間、サイドカーとバイクは突撃砲のマズルブレーキと同じ高さにあり、二メートルも離れていなかった。ゼップは手のひらで爆発が起こったかと思った。砲火で目がくらみ、見えない力でバイクの後部座席から道路脇の茂みへどさりと投げだされて、そこで何秒間か意識を失った。我に返ってみると草に腹ばいになっていて、からだの節々が痛んだ。頭が割れるようで、ひどい耳鳴りがした。手前では運転手が地面を転げまわっていた。大隊長クロースはぽつんと取り残されてサイドカーに座り、雷に打たれた牛のように目をむいていた。三人とも動こうとするが身体が言うことを聞かず、その間にも、先ほど情報のあったロシア軍前衛との短い砲撃戦が周囲で展開された。し

連隊の輸送中隊。馬がいなければどうにもならなかった。

かし敵はまもなく引き揚げ、数分すると、砲声に吹きとばされた一同に助けがやってきた。ふたたび先に進める程度まで回復するのに三〇分以上要した。一方、ゼップの耳鳴りがやむにはさらに数日かかった。

その後、ゼップはまた馬に乗る羽目になるが、その原因はこの出来事ではなく、情勢そのものだった。一九四四年のドイツ東部作戦軍は、馬なしでは考えられなくなっていたのである。疲弊した兵站を数十万頭の馬がささえ、どの部隊もある程度の基本的な移動手段を確保できた。燃料や交換部品の不足、膨大な損失、車両生産における規格化の大幅な遅れなどで、車両の在庫量は劇的に減少していた。わけても歩兵部隊には往々にして車両が一台もなかった。そのため、兵士がまとめて「パーニェ馬」と呼ぶ温順でよく馴れた東欧産の馬は、ドイツ軍部隊の頼みの綱になっていた。

そこでゼップも災い転じて福となすべく、農家出身で馬をよく知る戦友から手ほどきをうけ、馬の扱い方と乗り方を練習した。一週間もするとちゃんと乗れるようになり、それ以後は大隊長との騎馬行進を無事に勤めることができた。

一台の補給トラックが到着し、焦眉の急である弾薬類のほか、武器の補充もいくつか運んできた。面白いものがあるから見にこい、手伝ってほしいこともあると銃器担当伍長が伝令を介してゼップに言ってきた。好奇心にかられ、すぐに大隊補給所へ飛んでいくと、そこには新品の四三年型自動小銃が一〇挺と、緑に塗られたシガーケースほどの合板箱が三つ置いてあり、そこに小銃に合ったマウントと四倍照準スコープZF四型が入っていた。銃器担当伍長は連隊火器整備曹長から書面で指示をうけており、もっとも性能の優れた銃三挺に照準スコープを取りつけたうえで、そのマウントに携行火器のシリアルナンバーを表示することになっていた。そこでゼップに銃の試し撃ちをしてほしい、狙撃兵教習課程でやり方を習っていることだし、技術的にも信頼できるからぜひということだった。照準スコープをつけるのに適した銃三挺はすぐに選べた。だが、おまえのKar.九八k騎兵銃をその自動小銃のどれかと取り替えてやろうという申し出は断った。この新型の照準スコープは明度、光学的なクリアさ、視界などの点で、自分の騎兵銃のものよりも数段劣っていたからである。その代わりに、どれか一挺をいつでも使えるよう準備しておいてほしいと伍長に頼んだ。この新型銃には、特に緊迫した戦闘状況のとき、戦略面の長所があると見抜いたのである。照準スコープを装着したほかの銃二挺は、腕前の確かな狙撃手に渡された。ところが、マウントに指示どおり携行火器のシリアルナンバーをつけるのは思いのほか難しかった。砂型鋳造で製造された特殊な鋼材はガラス質で、スタンプの数字がうまくつかなかったのである。照準スコープは銃につけっぱなしにしたので、木箱は銃器担当伍長の部下が何気なく捨ててしまった。

厳しい夜間行軍のすえ、一行は空が白みはじめるころ次の陣地に到着し、必要最低限の塹壕をつくった。ロシア軍はすぐ後を追撃しており、いつどこで偵察隊の先頭に出くわすかわからなかった。正式の予定にはなかったが、最後に大隊長が陣地を見まわりに行くというのでゼップも随行した。突然、朝の静寂を一発の銃声が切り裂き、五メートルほど先の軽機関銃塹壕に当たった。一同が頭をかがめながら次の塹壕の曲り角にきてみると、ブリキプレス製のエーデルヴァイス章が手荒く吹きとばされた山岳帽を手にして、猟兵が尻もちをついていた。ゼップにはすぐにピンときた。ロシアの狙撃兵だ。前線にでて日が浅いその猟兵は大隊長の姿を認めると、職務に忠実なところを見せようと、どこから銃撃があったか説明しようとして、ゼップが制止するまもなく起きあがり、塹壕の縁から頭をだした。まだ言葉を発しないうちにゼップはその猟兵に飛びついて地面に引きずり倒した。同じ瞬間、すでにロシア兵の銃弾は放たれており、倒れかけた猟兵の頭に鈍い一撃をくらわせた。銃弾が左側から骨に小さな穴をあけ、血が噴きだした。ところが重傷をうけながら、猟兵は負傷のショックのあまり意識を失わなかった。ゼップともう一人の軽機関銃手が、負傷兵のために雑嚢から包帯をとりだして手当てした。大隊長が負傷兵に肩をかして大隊司令部へ戻ったが、その間にも負傷兵はうわ言のような問いをくりかえした。「どうなったんだ、誰がうしろから殴ったんだ、おれはけがしたのか?」そして、唐突に目を見開いて大隊長を見つめると、「パパ、おうちに連れて帰ってくれる? きっとママが待ってるよ!」と言った。クロースは「安心しなさい。ちょっと転んだだけだ。家に帰ろう、そうすれば何も心配ない」と答えながら、背筋が凍る思いだった。

ゼップは軽機関銃歩哨のところに残った。前線の手前にロシア軍狙撃兵がいる、全員、最大限の警戒をはらえという指令が猟兵の隊列に野火のように駆けめぐった。そして、この恐ろしい敵を排除してくれるだろうという期待がゼップに集まった。

他の兵士にはあまり例のないことだが、狙撃兵は周囲の期待というプレッシャーを背負っている。とりわけ将校はいつも恐れしらずの戦闘意欲を要求し、無理難題ともいえる任務にすら確実な遂行を求めた。たとえやり遂げたとしても、義務を果たしたにすぎない。失敗しようものなら、臆病、無能という不当な汚名をきせられるのが常だった。狙撃兵にも奇跡は起こせないのである。敵の狙撃兵との闘いでは特にそうだった。ゼップもこうした実に有難くないプレッシャーを感じるようになっていたが、ほとんどの上官がかなり配慮してくれたのは幸いだった。

ゼップは新しい陣地に着くたびに、うまく偽装した観測場所を可能なかぎりつくるようにしていた。軽機関銃壕の交代要員が来るのをまって、そうした観測場所に移動した。ロシア兵を見つけたいのは山々だが、相手も古狸のようだ。ぱったり姿を見せなくなったのである。注意力を張りつめて一日を過ごしたが、何も起こらなかった。夕方になり、後衛部隊を除く猟兵たちが持ち場から引き揚げたときになって、ロシア軍の最初の軽機関銃射撃がドイツ軍塹壕の上空をかすめ、退却する敵にさらに接近していることを窺わせた。

次の陣地を目前にして最後の行軍をしていたある日、一行は夜間、木の茂った谷をマロス川沿いに移動していた。昼間用の陣地はすでに視察を終えていた。ゼップは仲間とともに重い足をひきずっていた。だれもが慢性的な疲労をかかえ、夢遊病者のように足を交互に前へ出していた。見張り役の兵士だけは、勤務時間中、懸命に気力を奮い起こしていた。五人の前衛班が五〇メートルばかり先を歩いていた。突然、鈍い爆発音が猟兵たちを無感覚状態から引きもどし、皆ができるだけ遮蔽物に身をなげた。溝に飛びこもうとしていたゼップは、先頭集団の戦友のひとりが爆発音とともに足をもぎ取られ、地面に叩きつけられて二回目の爆発が起こるのを見た。

その猟兵が地雷を踏んだことはすぐにわかった。続けて砲火攻撃がないところをみると、待ち伏せではなかった。地雷への警戒を至急呼びかける声はすでに全軍に伝わり、なるべく各自がいまの場所から動かず、細心の注意をはらって動くよう指令があった。ゼップははるか前方にいたので、やむを得ず徐々にではあるが、けが人のところまで衛生兵とともに用心しつつ近づいた。懐中電灯で照らしてみると、瀕死の兵士は重度のショックで顔から血の気が失せ、蒼白になっていた。口から言葉はでず、すでに焦点の合わない目であの世を見ているかのようだった。防御地雷の一回目の爆発で左足の膝から下が吹きとび、さらに、尻餅をついたはずみに二つ目が爆発して、膝から上と臀部も粉砕されていた。ちぎれた血まみれの肉塊が、できたてのプリンのように揺れている。細いホースのような動脈から、小さな血の噴水がリズミカルに吹き出していた。ぐちゃぐちゃになった傷口から、砕けた骨が白く突きでている。最後の力を振りしぼり、依然として無言のまま衛生兵の腕をしっかりつかむ重体の兵士の前で、一同はなす術もなく立ちつくした。裂けた動脈から濃い血の海ができていた。不意に恐ろしいうめき声がもれ、最後に痙攣するように頭をもちあげて、息を吐いたかと思うとがっくりこと切れた。

この戦争では、弔いに時間をさく余裕はとうになくなっていた。死んだ兵士は遺体にすぎず、失われた戦争資源にすぎなかった。その兵士も死んだまま置き去りにされた。衛生兵が認識票の下半分を折ったころには、残りの者はすでに戦場の通常作業にもどっていた。一列縦隊で整列し、兵士二人が四つん這いで先に進み、ほかに地雷がないかどうか指先や剣銃で地面を探った。ハンガリー軍が撤退時に敷設した地雷原に足を踏み入れたのだとわかった。わずか数百メートルを進むのに五時間以上かかり、その間、だれもが先行者の足跡に一歩一歩きっちり足を置くようにした。おかげで、それ以上犠牲者を出さずに危険地域を乗りきることができた。

一般に、ドイツ兵が地雷に悩まされるのはむしろ珍しいことだった。ほとんどが撤退の毎日だったため、追撃してくるロシア軍の進路に地雷を仕掛けるのはほとんどドイツ側だったのだ。それと同時に戦闘の進め方も柔軟になっており、進撃してばかりのロシア軍のほうでも、新たな陣地に到達したときに地雷封鎖で防衛することはごく時おりになっていた。地雷は典型的な防衛兵器なのだ。

この出来事で猟兵たちは軽率な行動をいましめ、ふたたび神経を研ぎすますようになり、この厄介な爆発物を示す徴候がないかどうか特別に注意を払うようになった。数日後、一行は次の陣地予定地に移動した。そこで先遣隊は、明らかに何かが埋められている怪しげな小さい土塁がいくつも散在する灌木区域を発見した。以前、ハンガリーの連隊がこの地域に駐留していたという情報も入っており、先遣隊が危険を想定してこの区域を立入禁止にし、後続の友軍に注意を促したのも無理からぬことだった。計画していた陣地構想はその一帯を抜きには考えられなかったため、やむなく部分的に地雷撤去をすることに決めた。工兵隊の指導のもとで撤去特別班が編成され、周到な手ほどきをうけた。特別班は四つん這いになり、恐る恐る剣銃で地面を探りながら、その区画へ慎重に入っていった。こうして撤去特別班のほとんど全員が土塁に出くわし、剣銃と指先で外科手術のように掘りはじめた。突如として驚きの喚声があがると、喚声は次々につづいて、ついにはいたるところで大仰な吐き真似がはじまった。撤去作業は唐突に打ち切りとなり、ただちに状況報告書が作成された。結果は衝撃的だった。地雷だと思ったのは、撤退したハンガリー軍が残した大便の山だった。予想していた地雷ではなく、便所を掘りおこしていたのだ。しばらくはこの英雄的な撤去班に冷やかしや下品な冗談が飛ぶことになるのは必至だった。

デーダ近郊の新たな陣地予定地に師団が到着し、築城が終わるか終わらないかのうちに、敵はふたたび膨大な戦力を合流させて攻撃を再開し、一九四四年九月二四日から一〇月八日にかけての集中攻撃で山岳猟兵の陣地に殺到した。それでもドイツ部隊は損失の大きい苦戦のなか、ロシア軍の戦線の隙間や背後を目がけて一か八かの大胆な作戦を決行して、攻撃を退けて陣地を守ることができた。しかしロシア軍は第三山岳師団の南方で侵入に成功し、またも防衛戦線はずたずたに分断されて、守備軍にいつもどおり兵站面や戦略・戦術面の危険が迫った。包囲をまぬがれるため、猟兵たちは多大な犠牲を払って守った陣地を明け渡さざるを得なかった。新たな防衛線をタイース川沿いに敷くことにした。

ハンガリー軍が信用できる同盟相手ではなくなったことで、全体の情況はいっそう錯綜した。ハンガリーでも対立する政治陣営どうしが離散集合をくりかえし、それぞれ違う相手に加担するようになっていた。ハンガリー軍の大半は武器をもってロシア軍のもとへはせ参じ、残りは同盟相手のドイツを無条件で支持した。こうした動向のせいで、ドイツ軍戦線のさらに決定的な弱体化をまぬがれるすべは依然としてなかった。

山岳猟兵たちは、大量の住民が避難していくのを目にするのも初めてだった。トランシルヴァニアのドイツ系住民ばかりか、共産主義に反感をいだく多くのハンガリー人も、撤退していく国防軍部隊とともに西へ向かった。そのため、感覚の鈍っている兵士にすら、戦争はいっそうやりきれない辛さを増した。味方の市民までが戦闘に巻きこまれ、往々にして指をくわえたまま、住民の無残な死を眺めているほかなかったからだ。こうして各々の兵士が抱く戦闘の手応えは、ますます空ろなものになった。死に体になった政治体制の自己目的にまで戦闘が卑小化しているのは明らかで、その体制の主宰者は限度というものをとうに踏み越えてしまっていた。

プスタと呼ばれる広大なハンガリーの平原で、圧倒的に優勢なロシア軍戦車が攻撃を繰り広げていた。第三山岳師団もその一員である南方に展開するヴェーラー戦闘団は、ドイツ軍部隊と分断されないようにするため、ニーレジュハーザの街へ楔型隊列でロシア軍の攻撃を突破しなくてはならなかった。戦闘は熾烈をきわめ、避難民の波も容赦なく巻きこまれていった。ハンガリーの政治的転向者は態度が中途半端だったため、進軍してきたロシア軍からの扱いは同胞というにはほど遠かった。すなわち、赤軍は敵国に乗りこんだ勝者として行動し、ドイツ軍兵士はもとよりハンガリー市民にも、目前に迫った敗戦の苦さを一足先に味わわせた。野に放たれたロシア暴兵が市民を襲うという事件が異常なまでに頻発し、暴虐をきわめた。逆に、ひどい虐待と拷問をうけたドイツ兵の遺体が発見されることもたびたびあったが、それはほとんど日常茶飯事に近かった。

第14章　狙撃兵記章

ニーレジュハーザ近郊の小村でのことだった。ロシア軍戦車部隊がすでにここを蹂躙して先へ進んでおり、その後に歩兵中隊がやって来て村に陣営を敷いていた。山岳猟兵たちが敵に近づくと、激しく短い戦闘が始まったが、百戦錬磨の兵士たちは早々に優位を決定づけた。大きな損失をうけたロシア軍中隊の残存兵は撤退した。用心して段階的に村の占拠を進めているうちに、住民が家の地下室にまだ潜んでいるのに気づいた。村民たちはロシア軍が駆逐されたのをみると、嘆きの声をあげながらドイツ軍の前にすすみ出た。家のなかを調べてみて、兵士にも村人が怯える理由がはっきりとわかった。家々にはロシア兵の略奪行為の爪痕が残っており、暴行された女性や少女、その行為を阻止しようと立ちはだかったらしい、銃やナイフで殺されたその家族の遺体があった。ゼップとふたりの兵士は、完全に精神に異常をきたした中年に男に出くわした。悲嘆でヒステリー状態になっており、いくらなだめても落ち着かず、半地下貯蔵庫らしきところをしつこく指さしている。それを見て、敵兵がそこに隠れているかもしれないと考えた。ただちに散開態勢をとり、互いに警護しながら建物に近づいた。何度呼びかけても答えはない。だが、兵士のひとりが棒型手榴弾をベルトから抜き、開け放した扉から地下へ投げこもうとすると、先ほどの男が大声をあげて駆けよって兵士の腕に飛びついた。激しい身振りで訳のわからないことを叫びながら、男は兵士を室内へ押しこんだ。兵士は足を踏みいれたとたんに顔をそむけ、顔面を蒼白にしながら家の外壁に手をついて嘔吐した。ゼップともうひとりの兵士も動揺して隅のほうを窺ってみると、目のまえの光景に一瞬息がつまり、たいていのことに動じない兵士たちもまともに息ができなくなった。室内には臨月の女性が倒れていて、生きているうちに腹を割かれて胎児を引きずり出され、出血多量で死んでいた。ほぼ人間の形になっている胎児は、剣銃で梁に磔にされていた。憐憫を感じてとっさに胎児を屈辱の体勢からとり降ろし、母親と一緒に迷彩ポンチョでくるんで家の庭まで運び、埋葬してやった。

二日後、連隊は小都市ニーレジュハーザの攻撃距離まで接近していた。部隊が待機陣地にいるあいだ、ゼップはその時間を偵察に利用した。ほんの数時間眠ってから、夜明け前の暗闇にまぎれて姿を消した。しばらく行くと町はずれの家が見えた。警戒しながら、銃撃で崩れた建物の庭や廃墟を静かに歩いた。ロシア軍に占領されているはずだが、この一帯は打ち捨てられたような印象だった。そのうちに夜が明け、偽装した観測歩哨に見つからないように細心の注意が必要になった。あたりに気を配りながら遮蔽物をたどって移動していると、だしぬけに車の近づく音がした。朝の七時半過ぎで、本来ならとっくに帰路についているはずである。だが、それまでの偵察で収穫がなかったことに焦り、

ニーレジュハーザへ進軍中の連隊。

何か役に立つ発見か情報がほしかった。前にあった廃屋の瓦礫の山にあわてて登ると、崩れた屋根の棟木がよい隠れ場になった。慣れた手順で、音をたてないように周辺を整え、前方がじゅうぶん見通せるようにした。略奪された商店や、その向かいの居酒屋などが並ぶ街路が前にあった。すぐに、ボンネットにソ連の赤い星を描いたアメリカ製ウィリスジープ三台と、一台の小型トラックが通りの角を曲がり、居酒屋の前で停まった。兵士たちが車から飛び降り、命令が発せられ、小部隊に分かれて家に侵入していった。ゼップは心底からぞっとしたが、隠れている瓦礫の山にロシア兵は目もくれず、崩れていない建物に専念していた。建物に誰もいないとわかると、兵士たちは略奪にとりかかり、果物、果実、肉などが入った密閉ガラス瓶、蓄音機とレコード、燭台、絵画、アルコール瓶など、これからの軍隊生活を快適にしてくれそうな品々を手当たりしだいに集めて、車両の前に積みあげた。目当ての食料品、アルコール類、高い値のつきそうな物が思うように見つからないらしく、雰囲気がとげとげしくなり、気の向くままに破壊行為をはじめた。家具類を窓から放りなげ、書籍や衣服がこれに続いた。指揮していた将校が向かったのは、当然、もっとも獲物のありそうな居酒屋だった。居酒屋の建物で大声がしてガラスが割れ、家具類がけ散らされているのが聞こえた。突然、短機関銃の連射と大声の命令、そして不安げな叫びが、開いたままの扉に近づいてきた。隠れていた居酒屋の主人と妻を兵士たちが見つけ、銃を突きつけて足蹴にしながら、ふたりを道路へ追いたてているようだ。ゼップの見たところ主人は五〇代後半、妻は二〇歳年下といったところだった。この発見に興味をもったのか、他の集団も車両のところに戻ってきた。数えてみると赤軍兵士は二三人いた。兵士たちは何やら激しく言い争っている。どうやら女性のことらしい。いきなり主人が手近の兵士につかみかかった。次に起こることを予感したようだ。主人は、PPSh短機関銃の床尾で背中を打たれて痛みにうめきながら地面に押しつけられ、すぐに他の兵士ふたりに起こされて、近くの街灯まで引きずられた。あっという間に両腕を街灯の後ろで縛られ、首も針金で街灯に巻きつけられて、主人は身動きできなくなった。その間にも他の兵士は、悲鳴をあげる女性を一台目のジープのボンネットにのせ、腹這いに寝かせていた。一人が両腕、他のふたりがそれぞれ片足を動かないように押さえつけた。階級は中尉である将校に、最初の権利があった。将校がブーツの胴からナイフを抜くと、足を押さえている兵士ふたりが女性の両足を広げた。将校はいかにも楽しげに、他のロシア兵の下卑た笑いをさそう卑劣な言葉をはき、女性の下着を切り裂くと、乱暴に尻から剥ぎとった。震えている白い臀部がボンネットの緑色からくっきりと際だった。ロシア将校はズボンを膝までおろし、はやしたてる周囲の声を浴びながら、腰をせわしなく動かしてハンガリー女性の中に押し入り、まもなくぶるっと震えて事を終えた。隠れ場所からわずか三〇メートルのところで繰り広げられるその光景を、ゼップは興奮と嫌悪の混じった奇妙な感覚で見ていた。しかし、次に起こったことを見て、その精神状態は吐き気と失神しそうなほどの憤激に転じた。死んだようにジープに横たわっている女性を、ロシア兵全員が階級順に犯していったのだ。男たちの白濁した精液が女性の足を伝わり、ジープのフェンダーまで流れた。街灯に縛りつけられて動けない夫はその光景を石のように固まったまま無言で眺めていたが、その眼差しには残虐ともいえる悪魔的なものが宿っていた。二三人がすべて事を終えるまで一時間近くかかった。ゼップはじっとしているほかなかった。あまりに距離が近すぎて、撃ち合いをすれば隠れ場を気づかれずに去ることができなくなるからだ。

腕時計を見ると、不意にからだが熱くなった。所属部隊がこの町を攻撃するのは九時と決まっていたのだ。もう九時一〇分になっていて、すでに仲間が攻撃目標に向かっているということだ。いまとなってはひたすら待って、味方部隊の砲火にやられず隊列に戻れるのを期待するしかない。幸い、手はじめの砲撃は別の街区で行われていた。ところが、驚いたことにロシア兵は遠くで砲撃が始まってもほとんど意に介さず、悠然と略奪品を車両に詰めこみ、その間にも陵辱された女性はまだ死んだようにボンネットに横たわっていた。だが、次に起こったことにはゼップも骨の髄まで震撼した。またしても数名が女性をめぐって身振りをまじえた争いをはじめ、ふたりがいきなり女性の足をつかんで左右に広げ、三人目がホルスターから信号拳銃を抜いて銃弾をこめ、銃身を股間に突きたてたのだ。兵士が引き金をひく直前、女性は少しのあいだ失神状態から覚めてうめき声をあげた。赤い照明弾がシュルシュルという音をたてて女性に飛びこみ、光を放ちはじめた。その瞬間戦場にあがったような悲鳴を、ゼップはそれまでの人生で聞いたことがなかった。女性の股間から、流れおちる赤熱の溶岩のように血があふれた。女性は激痛のあまり狂ったようにボンネットから地面に転げ落ち、金切り声をあげ、痙攣しながら身をよじった。このなぶり殺し状態はさらに何分か続き、ようやく意識を失ってついに息を引きとった。ゼップは驚愕でからだが麻痺したようになっていたが、赤軍兵士はその情景を楽しんでいたらしい。その瞬間、背景の二〇〇メートル以上離れたところに、友軍の先陣が警戒しながら手探りで廃墟を進んでくるのが見えた。いま発砲すれば、仲間が駆けつけてロシア兵の反撃をくいとめるまでは持ちこたえられるかもしれない。数秒後、ゼップの狙撃銃の弾丸がロシア兵に向けて放たれた。だが相手は経験豊かな兵士で、二人目に命中すると早くも他の者は遮蔽物に隠れ、驚くほど正確な銃撃で応酬してきた。ゼップは降りそそぐ銃弾に当たらないよう、隠れ場で地面にぴったり伏せているほかなかった。だが、目標はすでに達していた。仲間が銃声を聞いて攻撃されたものと思い、高いところにある隠れ場まで機敏に駆けつけてくれたのだ。数分すると激しい銃撃戦が展開したが、ついに形勢は猟兵たちのほうへ大きく傾いた。

街灯に縛りつけられていたハンガリー人の主人は、まるで奇跡のように、この激戦と銃弾の嵐のなかで無傷だった。針金を解いてやると、死んだ妻と倒れたロシア兵を狂気の宿る目で見つめていた。周囲の状況を認識できなくなっているようで、腕をだらりと垂らしたまま、根が生えたように立ちつくしていた。ようやく視線があたりの情景に向くようになると、負傷だけですんだらしいロシア兵に視線が釘づけになった。世界の終わりのような叫びをあげて硬直が解け、自宅に躍りこんだかと思うと、数秒後には両手に斧をかかげて戻ってきた。妻を惨殺したロシア兵の生き残りに向かって狂気のごとく突進し、いつ果てるともしれぬ錯乱状態のなか、負傷兵の丸めた震えるからだに斧を振りおろした。凄まじい打撃でロシア兵の骨は粉々に砕け、血が飛び散った。憎悪の対象をいくつもの肉片に切り刻んでようやく主人は息をつき、手をとめた。すすり泣きながら急に斧をとり落とし、血まみれのまま妻の遺骸に駆けよると、その前でひざまづき、上半身を腕にとって抱きあげた。無言のまま、ひたすら震えるように泣きじゃくり、からだを前後に揺らしていた。猟兵たちはだれもその場にあえて近づこうとはせず、できるかぎり静かに立ち去って、居酒屋の主人が乗り越えがたい悲しみにひたるにまかせた。

一九四四年一一月三日、師団はついにタイース川を渡って新たな前線に合流した。降水量の

妻を暴行されて半狂乱になった居酒屋の主人がロシア兵を斧で惨殺した。

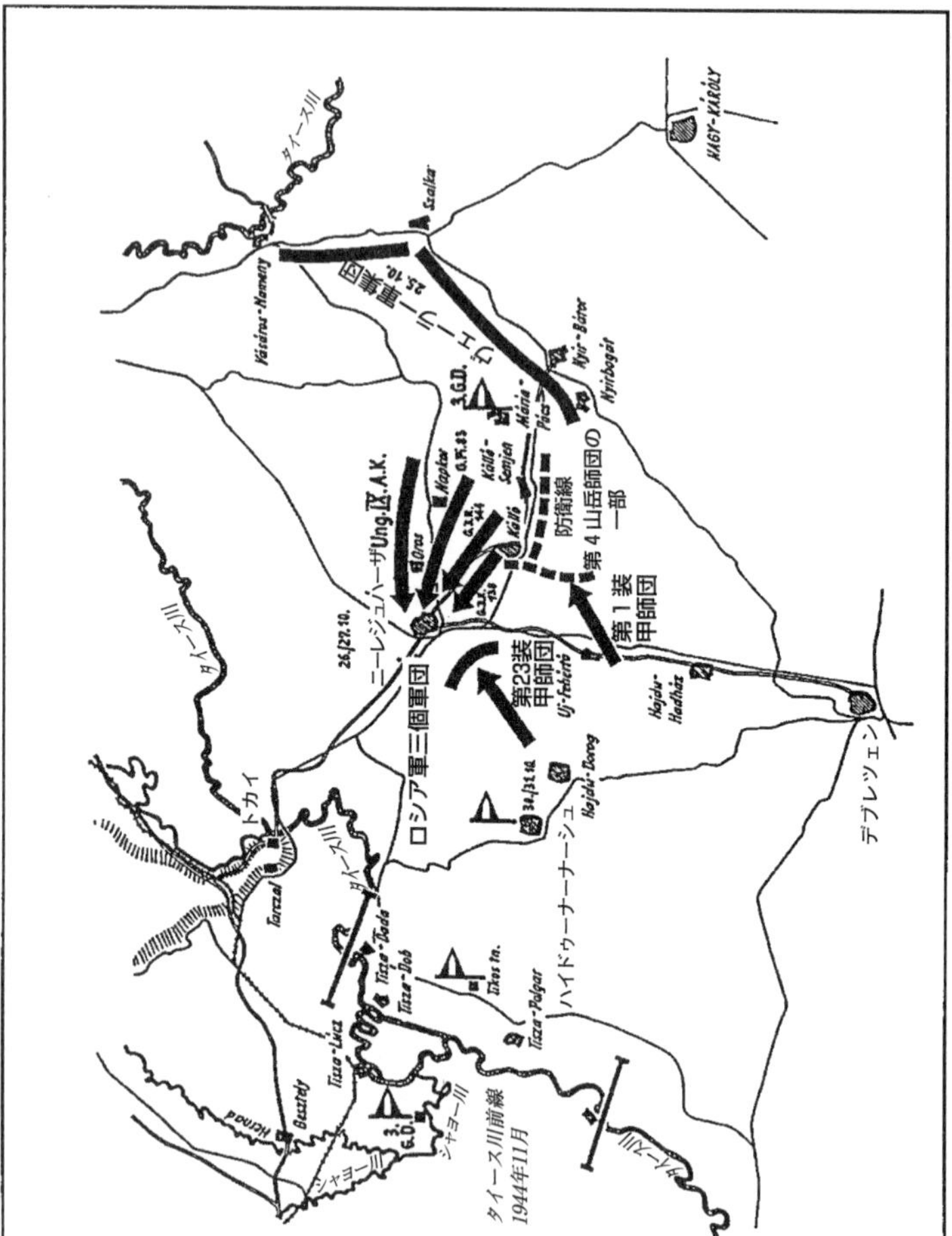

ニーレジュハーザとタイース川前線（地図出典：クラット『第３山岳師団戦史』）

多い冬がやってきて、タイース川は水位が上がって氾濫した。悪天候は負担ではあったが、おかげでロシア軍には追跡がかなり難しく、敵の襲撃を防衛するドイツ軍には好都合だった。だが、その頃になるとドイツ軍の戦力は、効果的で長期的な抗戦ができなくなるほど弱体化していた。早くも一一月半ばに師団は工業都市ミシュコルツまで撤退していた。

何週間にもわたってハンガリー領内で戦闘が荒れ狂った後、この国でも、対立する政治勢力の分極化がますます進んだのが見受けられた。武器を持ったハンガリー連隊がそっくり降伏して鞍替えしたことで、前線にはますます大きな隙間があいた。ドイツ軍にこの隙間を埋める力はもはやなく、そのため幾度となくリスクの大きい戦略状況に陥った。たとえばミシュコルツ攻防戦でも、寝返ったハンガリー部隊のおかげで戦略の見通しがたたなかった。戦略上の苦境が次から次へと発生し、どんな構想をたてても結局は水泡に帰した。司令官は自軍を最前線から引き揚げさせ、予想外の事態に迅速に対処できるようにした。

ひどい悪天候、氷点下一〇度から零度まで大きく変動する気温、降りやまぬ雨や雪で、猟兵たちの軍服は数日のうちにびしょぬれになり、二度と乾くことがなかった。街の手前に敷いた陣地は沼以外のなにものでもなく、水浸しになった。ロシア軍の七個師団と機械化軍団が第三山岳師団に押し寄せてきたが、現状を考えれば、この攻撃への抵抗はできなかった。そこで市内へ引き返して、建物に立てこもることにした。この比較的堅固な陣地でロシア軍の攻撃への防戦はできたものの、街の左右で突破を許すことになった。陸軍総司令部はスターリングラード陥落という教訓がありながら、「要塞」なるものをさらに築くべしというヒトラーの命令に固執した。空輸による物資補給、最終的な要塞の解囲、ないし包囲の突破という戦略的にきわめて複雑なこの作戦を成功させる力は、国防軍にはとうに失われていたので、持ち場を死守せよという命令は、該当する部隊が肉体的限界に達することを常に意味していた。要塞命令が出るのではないかという不安は、いわば馬の毛一本で吊るされたダモクレスの剣のように、司令官たちの頭上にぶら下がっていた。

猟兵たちはここ数日、熾烈な市街戦でロシア軍の攻撃をしのいでいた。ゼップは、最前線にある大隊司令部の防備に配属されていた。ロシア軍のロケット砲や大砲による砲撃は、驚くほどの正確さでこの指令基地近辺を襲った。またも敵の一斉砲撃が迫ってきて、全員ができるかぎり遮蔽物に飛びこんだ。ゼップも前転をして手近の塹壕に入ろうとしたが、一瞬だけ遅かった。たちまち耳をつんざく衝撃とともに榴弾が爆発し、燃えるように熱い金属片が何百個となくかすめ飛んでいった。掩体に身を隠す直前、焼けつくような死神の息吹を感じた。殺傷能力のある金属が髪の毛一本だけ逸れて命が助かったのは、たまたま横を向いていたからにすぎなかった。金属片は額の右側の皮膚を傷つけただけだった。すさまじい衝撃で頭蓋骨をそぎ落としはしたが、頭を割ることはなかったのである。ゼップは棍棒で殴られたかのように守備壕の底に叩きつけられ、そのまま朦朧として倒れていたが、数分するともう意識が戻った。血を流しながら地上にでて、傷がどれくらいの深さなのかわかぬまま、不安のために裏返った声で衛生兵を呼んだ。救護者はすぐに見つかった。何千人という他の負傷者には恵まれなかった幸運である。衛生兵は淡々と傷の具合を調べ、ゼップをほっとさせた。表面の肉が負傷しただけで、骨はかすり傷ていどでまったく問題ないということだった。恐怖と不安でゼップは足元がゼリーのようにおぼつかなく、衛生兵が救護所まで支えてやらねばならなかった。今回はさほど待たずに順番がきた。見習軍医が傷をきれいに拭き、糸と針を手にとると、麻酔をする時間などかけずに、裂けた皮膚を手早く縫合した。傷口を縫ったばかりなのに、一時間ほどの休憩でただちに戦闘可能を申し出なければならなかった。これが三度目の負傷になり、一九四四年一一月一七日に銀色戦傷章を授与された。なんとも皮肉な勲章である。ゼップの場合には大した傷ではなかったが、他の何万という負傷者は手足を失ったり生涯の苦痛と引き換えに、単なる銀色ペイントに輝くこのちっぽけな金属片を受けとったのだ。

こうした戦闘で、経験豊かな指揮官の損失数は尋常の域をはるかに越えた。補充は当面考えられなかったため、下から上への繰りあげで欠員が埋めあわされた。ついには軍曹が中隊を率い、大尉が大隊を指揮することになった。すでに大隊長を勤めていたクロース少佐は、とうとうミシュコルツで第一四四連隊全体を受け持たざるを得なくなった。一九四四年一一月一〇日、クロースはさる実業家の瀟洒な別荘を接収した司令部へ、作戦会議のため連隊の大隊長全員を召集した。前線や指令地点がたえず変動するこの混迷状態では、固定式の通信機器を設置することが不可能になり、各師団との連絡は無線でなされていたが、ロシア軍がこうした無線基地を探知して砲撃で壊滅させようとするにいたり、この方式にも問題がでてきた。戦況が熾烈をきわめるなか、一般の砲撃と個別の砲撃を区別することは言うまでもなく難しかった。こうした情勢が、その日の作戦会議にとっても命取りになる。クロースは会議に引き続いて前線へ偵察にでかけるつもりだったので、ゼップも呼びよせていた。ゼップは豪勢なサロンの隅にある優雅なソファでくつろぎ、地図を囲んで討議している将校連中を眺めていた。外ではロシアの榴弾が炸裂していたが、安全な距離があると思っていた。いくらか近くで爆発

模範的な将校、クロース少佐。1944年11月10日戦死。

音がすると、時おり肩をすくめる者がいる程度だった。だが戦場での日常は、当然、どこにでもある危険への感覚を鈍らせてしまう。

別荘の前では、連隊の無線車が師団から戦況情報を受けようと試みていた。会議に集まった連中の命取りになる道具立てである。無線傍受がたまたまうまくいったことや、大砲照準手の確かな腕もあったのだろうが、ロシアの砲撃がこの無線車に命中した。爆発音とともに別荘のガラスは残らず砕け散り、モルタルが屋根から剥がれ、爆弾片がうなりをあげて室内に飛んできた。あらゆる調度品が床に落ちてきた。クロースは窓を背にして立っており、爆発音がして膝をついたとき、まるでソテー用の豚肉を肉用ハンマーでたたいたような妙な音が背後でした。ゼップには、クロースのヘルメットが額までずり落ち、目が眼孔から飛び出すのが見えた。それから頭をテーブルに打ちつけ、からだを奇妙に震わせながら床へくずおれた。クロースが直撃をうけたのはすぐにわかった。ゼップが駆けよったとき、室内にはまだ粉塵がたちこめていた。連隊長クロースはうつぶせに倒れ、頭部には右耳の後ろに五マルク硬貨ほどの穴があき、そこから少量の血が噴きだしてまもなく止まった。粉塵の降りかかった首を一筋の血がつたい、襟口に流れこんだ。からだを仰向けにし、パニックに大きく見開かれて光を失った目を見つめ、てのひらで瞼をそっと閉じてやった。クロースが死んだことで、ゼップは後ろ盾ばかりか敬愛すべき貴重な戦友を失った。その死の意味や目的を考えるのは無駄だった。一同はそのまま無言で遺体を庭に埋葬した。柵板を針金で結びつけて十字架をつくり、肝心なときに期待どおり命を守れなかったヘルメットを引っかけて、その場所に残した。

クロースが死んだことで、ゼップは本来の所属中隊に戻らなければならなくなり、それに伴って大隊司令部の上等な糧食も受けられなくなった。もっとも、中隊長は有能な狙撃兵が戻ってくるとあって上機嫌だった。特別任務のためにゼップを大隊に派遣したのは、不本意以外のなにものでもなかったのだ。一方、ゼップもときおり配置転換があるのは大歓迎だった。所属中隊を離れるまえに行軍用の食糧をもらっておき、配属先に着くと、まだ食糧が支給されていないと早々に申告して、二人分の食糧をせしめたのだ。配置場所の移動はたいてい食糧馬車に同乗して夜間にしたが、補給係の兵士と親しくなると、そこでもうまい食い物にありつける場合があった。

一九四四年一二月一日、第三山岳師団はミシュコルツを放棄して、スロベンスケー・ルドホリエ山脈まで撤退した。東部戦線全体が加速度的に崩壊していく情況にあった。ドイツ国防軍は戦線のない戦争をしていた。止まるところを知らぬ奔流のごとく押しよせる赤軍ばかりか、パルチザンや、武装蜂起した占領国の住民もいたるところで戦闘に介入してきたからだ。戦略的な行動はもはや不可能だった。どの部隊もとにかく自分の身を守り、極力ロシアの捕虜にならずに本国領土へ帰りつくためだけに闘っていた。なかでもドイツ軍を悩ませたのは、後方の奥深くから前線の背後に奇襲をかけてくるパルチザンの攻撃だった。パルチザンは初めは義勇兵の集団にすぎなかったが、いつのまにか軍隊の編成をとるようになり、送りこまれたロシア将校による統制のとれた指揮系統と、ドイツ軍から捕獲したりロシアから持ちこまれたりした兵器によるじゅうぶんな装備とを備えていた。パルチザンはロシア軍の作戦に戦略的に組みこまれ、その活動は地域を超えて協調しあっていた。大隊並みの戦力を保持したパルチザン部隊もあった。

一月末、連隊は早くもスロベンスケー・ルドホリエ山脈と低タトーラ山地にはさまれたグラーン峡

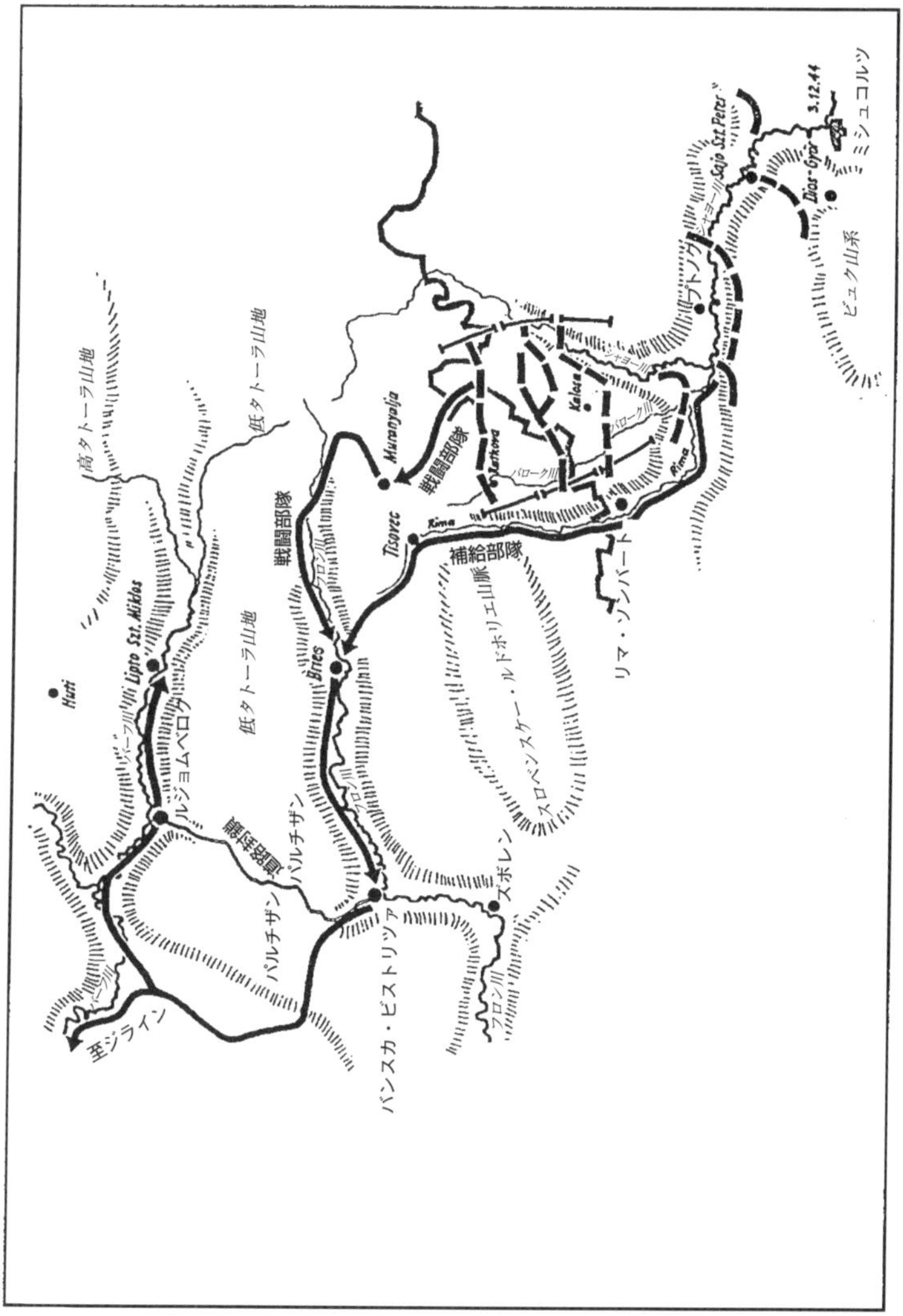

バローク川とシャヨー川にはさまれたミシュコルツ地域での戦闘と、スロヴァキアを通っての撤退（地図出典：クラット『第３山岳師団戦史』）

谷まで撤退していた。第六軍の上層部は、戦力の戦略的再編成によって、ロシアの攻勢を自軍の前線区域に押しとどめようと最後の画策をしていた。連隊は高タトーラ山地と低タトーラ山地の間にあるヴァーク峡谷に場所を移した。ローゼンベルク市の近郊である。意外なことに、これを契機としてまた人員の補充があった。そのなかに新人の狙撃兵二名もまじっており、まだ前線経験がなく、六週間の基礎教練とこれに続く四週間の狙撃兵養成課程を終えて、そのまま前線に送りこまれてきた兵士だった。この一八歳の若者ふたりは教練を通してイデオロギー的にかなり熱くなっており、「ボルシェヴィキの襲来」に対してわが身を投じ、自らの狙撃銃で「血まみれの収穫」を得たいとの熱意にあふれていた。ふたりのうち一方がゼップの大隊に配属された。

パルチザンの攻撃は頻度と激しさを格段に増しつつあり、ときに連隊は頭を大いに悩ませる戦闘に巻きこまれた。戦闘員と非戦闘員の区別がつかないのである。その結果、戦闘はいっそう残虐さを増した。パルチザンの手に落ちたドイツ兵は惨い虐待をうけ、拷問のあげく殺害されるのが常だった。猟兵たちは、パルチザンとの闘いで捕虜をとらないことで報復した。特に深刻なのは、緊急に必要な補給物資を攻撃されることだった。そうすると補給物資を失うばかりか、パルチザンの手に渡って敵の戦力をいっそう増強することになるからだ。そのため、補給物資を運ぶ隊列には特別な警護が必要となった。

新人狙撃兵の初仕事のひとつは、大隊へ弾薬類や食糧を運ぶ馬車五台に随行することだった。無人だとばかり思っていた村の近くで、馬車がパルチザンの小集団に襲われた。激しい銃撃戦が始まったが、そのうちに襲撃集団は村のなかへ押しこまれ、そこで民家に篭城した。新人狙撃兵は初めのうちこそ怯えていたものの、度胸がよく習熟した闘士であり狙撃手であることを実証した。古参の上級兵長の指揮をうけながら、陣地にいるパルチザンを次々と射撃することに成功したのだ。最後には勝利を収めたが、パルチザンのうち何人かは逃亡に成功した。引き続き家屋を捜索してみると、撃たれたパルチザンには女性も混じっていた。それが非戦闘員の市民なのかどうかは、わからないままだった。軍服も勲章もつけておらず、使っていた武器は生き残りの仲間が持ち去っていたからである。

二日後、新人狙撃兵はまたしても突撃班とともにパルチザンの待ち伏せにあった。小さな製材所付近で激しい撃ち合いとなり、そのうちに経験の浅い新兵は班からはぐれてしまい、退却もできないまま陣地で弾丸を撃ちつくしてしまった。パルチザン集団はあまりにも強力だったために班は撤退を余儀なくされた。他の兵士は、新兵が狙撃銃を頭上にかかげて投降するところをかろうじて目にした。新兵はパルチザンから殴打や足蹴りをうけていた。猟兵たちは自軍の戦線までできるかぎりの速度で戻った。簡単な報告を聞いた中隊長はただちに反撃を決意した。まだ捕虜を救えるかもしれないという希望もあった。

およそ一時間後、兵士二〇名からなるグループが警戒しつつ製材所に近づいた。実際、パルチザンはまだそこにとどまっていた。五〇メートルまで気づかれることなく接近できた。そして、ゼップが見張りの歩哨を射撃することで戦端を開いた。攻撃をうけたパルチザンは周囲へ手当たりしだい銃撃したが、相手のほうが戦闘経験を積んでいて圧倒的に実力が上だとすぐに気づき、製材所を離れてそばの森へ逃げこんだ。それをみて猟兵の大半はパルチザンの後を追い、その間にゼップは三人の仲間を援護しながら建物へ突入した。森からは盛んな撃ち合いの音が聞こえていた。

向こうのほうで妙な機械音が充満する建物の内部を、一同は手探りでそろそろと進んだ。ひとりの猟兵が製材室に飛びこみ、数分すると蒼白になってよろめくように戻ってきた。まともに話すことができず、うわごとのように「あれ、あれ」とだけ言いながら、いま出てきた製材室を指さしている。いつでも銃を撃てるようにかまえ、ゼップと仲間ふたりは手探りで前へ進んだ。薄暗がりのなか、あの機械音は鋸刃の回転する音だとわかった。しだいに暗さに目が慣れてきて、徐々に目の前に現れてきたのは、すれからしの兵士でも背筋が凍るほど凄惨な光景だった。

新人狙撃兵の胴体が作業台に載っていた。下半身には、鋸の回転刃がへそのあたりまで食いこんでいる。台の横には切断されてばらばらになった手足があった。出血多量ですぐ死んでしまわないように手足を縄で縛ってから、手足を切断したようだった。鋸には血や肉片がはねてべっとりついていた。この残虐行為に憤激した三人は、仲間を応援しようと建物から飛びだした。だが味方はすでに戦いの優位を決定づけており、パルチザンに生き残った者はなく、ひとりだけが、三五〇メートルほど離れている開けた野原の一画を、そばの森の入口に向かって走っていた。ゼップはひざまづくと、右の下腿部でからだを支えながら左膝を立て、その上に左腕の肘をおくと、銃のスリングを肩にかけて騎兵銃をしっかり固定した。二度、三度と深呼吸して集中し、姿勢を正してすぐに発射すると、一秒もないうちに逃亡するパルチザンが両手を広げ、前へつんのめった。勇気ある兵士が新人狙撃兵の認識票を回収しているあいだ、ゼップは敵をしとめたことを確かめに行き、肩甲骨のあいだに命中していることを確認して納得した。

拷問をうけた新人狙撃兵を埋葬している余裕はなかった。正直なところ、断片をかき集めたり、鋸にこびりついた肉片を剥がすだけの度胸がなかったのだ。誰もがその光景を一刻も早く忘れたかった。しかし大尉には遺族に手紙を書く義務があり、最前線で胸を撃たれて名誉の即死を遂げられたと記した。戦争の真の相貌はおそらく言語を絶している。

師団はさらに撤退してポーランド国境を越え、アウシュヴィッツ近郊のビーリッツに陣地をかまえた。ロシア側の攻撃重点はずっと南にあったので、師団への圧力はさしあたり弱まったが、それでも毎日のように妨害攻撃があった。ゼップの所属中隊が守る主戦線はある村境に沿っており、学校や、家畜小屋のある教員住宅がちょうど前線に位置していた。ロシア軍の前線は、開けた野原を挟んで五〇〇メートル以上離れており、狙撃兵にとっては完璧な射撃可能範囲にあった。あとはよい狙撃場所があるだけでいい。教員住宅の屋根裏部屋が最適だった。ゼップは天井裏のいろいろな場所で羽目板の隙間を広げ、本物の狙撃孔がどれなのか敵に見分けられないようにした。

この陣地にいるとき不意に、子どもの泣き声がかすかに聞こえたような気がした。階下から聞こえてくるようだ。ゼップは銃をその場に置いてルーガーP〇八を抜き、声のするところを用心しながら探した。一階をすみずみまで探したが、何も見つからなかった。とうとう諦めかけて台所に立っていると、床下からくぐもった声が聞こえた。板張りの床に開閉扉があるのを見つけ、音をたてないように台所から出て、仲間をふたり呼んできた。隠れ場所に危険が潜んでいることを想定せざるを得なかったからだ。一同は銃をかまえて進んでいった。ゼップが山岳靴のかかとで床の開閉扉を踏みつけて音をたて、「手を挙げて出てこい！」と叫んだ。すぐに地下から片言のドイツ語で「撃たないで。女と子供だけだから」という答えがあった。開閉扉が開いて四〇代の婦人があらわれ、赤ん坊を抱いた六〇代後半の女性がそれに続いた。女性教員とその母親、子どもだとわかった。ところがこの母娘は、戦いの最前線という危険きわまりない状況にあることを知らされても、ドイツ軍がここにいるかぎりこの家を離れたくないと言った。残りたいという理由は、赤ん坊にミルクを与えるのに必要な牛だった。ただしこの牛は榴弾の破片で腹壁をやられていて、傷口から大きなトレーニング用ボールほどの腸がのぞいていた。哀れな牛は力なく家畜小屋に立ち、あまりに痛みがひどいと、あえぎながら悲鳴のような鳴声を絞りだしていた。苦しみから解放してやれればよいのだが、赤ん坊に飲ませるミルクを出している間は生きてもらわないと困る。そこで兵士たちは民間人ふたりと現状での最善策を考え、兵士が牛の世話をする代わりに、女性が煮炊きや給仕をすることにした。家畜小屋と教員住宅を塹壕でつなぎ、地下室の壁を爆破して、外から見られないで塹壕に出られるよう

教員住宅の屋根から射界を確かめる。

にした。

ゼップは日中ずっと屋根裏部屋にいた。部屋を閉め切っても耐えがたいほど高まる砲声対策として銃身の清掃ブラシを耳に詰め、敵陣を狙撃したが、予期したとおりまもなく行き詰った。ドイツ側狙撃兵がいそうな地点を、ロシア側がかなり迅速に特定するだろうとは思っていた。しかし距離が遠く、屋根裏のゼップの正確な場所を断定できないので狙撃で対抗することはできず、ロシア軍は大砲で対処しようと考えた。

三日目の朝、ロシア軍の前線に位置している納屋のそばに、一台のトラックが対戦車砲を牽引してきた。兵士が三人でこの小型の大砲を陣地に運びこんでいるあいだ、他の兵士は弾薬類をトラックから降ろして納屋の裏に積んでいた。無風で空気は乾いており、長距離射撃には絶好の条件だった。ゼップはよい具合の銃架をしつらえ、その手前にしっかりした座り位置をつくった。大砲のそばにいる兵士に最初の照準をあわせ、頭のやや上方に狙いを定めて引き金をひいた。銃弾は腹のまん中に当たり、犠牲者は折畳みナイフのようにからだを折り曲げた。すぐさま二人目をクロスサイトにとらえ、またも胴体を撃ちぬいた。場数を踏んでいない兵士ばかりらしい。本来なら、いくら遅くても狙撃兵に銃撃される危険に気づいているころなのに、さしあたり難を逃れた者も、まだ息のある仲間を肩に担いで納屋に戻ろうとした。負傷者を抱きおこしたとき、その兵士も致命的な一撃にみまわれた。事ここにいたって他の兵士もようやく事態を悟り、納屋の裏に隠れてでてこなくなった。最後にゼップは真剣な企図というよりは腕試しのようなつもりで、大砲の防弾シールドにある二〇センチ四方の穴を狙ってみた。その穴の裏側に照準レンズがある。撃ったとき、遮蔽用シールドに着弾した様子が見えなかったので、銃撃の効果については確信がなかった。しかし、残っていたロシア兵士の動きが急に慌しくなり、全員が納屋の向こうに姿を消したのである。まもなくトラックのエンジン音が響き、もと来た道を帰っていった。三体の遺骸に囲まれた大砲は置きざりにされた。以後、ロシア戦線は日没まで死んだように静まり返ったままだった。夕刻に大隊司令部の兵士から報告があり、敵の無線を傍受したところ、照準レンズが撃たれて粉々になったために対戦車砲を使った作戦が失敗したという連絡があったという。この報告を聞いて、ゼップは射撃の腕を少々誇らしく思った。

だが、早くも翌日には報復があり、ロシアの狙撃兵は動くものならなんでも撃ってくるようになった。最初の犠牲者は老女だった。家畜小屋のすぐ手前で穴から出たときに銃弾が胸を貫き、無言のまま膝をつき、崩れおちて、横向きに倒れたまま息絶えた。炸裂弾が胸に拳ほどの穴をあけ、心臓を打ち砕いていた。昼間のうちに助けに行こうというのは自殺行為である。それでも娘は母親を介抱しようとしたため、力ずくで引きとめなければならなかった。赤ん坊の世話が必要なことを懸命に諭して、ようやく娘は納得した。暗闇に姿がまぎれるのを待って遺体を引きあげ、そのまま埋葬した。それから数日は敵も味方も姿をさらすのを極端に恐れて、平穏がつづいた。ゼップも狙撃はできなくなった。赤ん坊のミルク源として貴重な牛がとうとうけがのために倒れ、自力で立てなくなった。そこで、補給部隊の料理係がルーガーP〇八の一撃で苦しみから解放してやり、炊事車へ運んだ。

数日後、ロシアの第四ウクライナ軍団が決戦の準備をしていると偵察隊が知らせてきて、第三山岳師団は最高レベルの警戒態勢に入った。ロシア軍は、突撃班の襲撃をかけたり、中隊規模で短時間の奇襲攻撃をしかけることを通じて、攻撃の重点をおくドイツ軍の弱点がないかどうかすでに探っていたのである。編成替えが行われ、猟兵たちは新たな陣地へ移ることになった。兵士たちが出発すると、女性教員と赤ん坊も次の村落までついてきた。

一九四五年三月二日、ゼップは大隊司令部に呼びだされた。さほど珍しいことではなかった。相変わらずこうして特別の出撃命令をうけていたからだ。だが、今回は連隊司令部の中尉が待っていて、親しげに笑いながら近づいてくると、手を差しだした。「おめでとう、親愛なるアラーベルガー君。総統閣下の狙撃兵記章を渡せるのは、わたしにとっても光栄なことだ。君の功績は、三段階をいっぺんに受章できるほどすばらしい。右腕を出していただこうか！」中尉は暫定措置として楕円形の布製記章を安全ピンで留め、証明書として、ゼラチン複写版の用紙に氏名をタイプしたものを手渡した。それから他愛ない挨拶や祝辞がつづいたのち、中尉がふたたび大隊長のほうを向いたのでゼップは解放された。こうした受勲は確かに誇らしいが、こんな証明書や記章を所持しているのは危険きわまりない。そこでゼップはその足で野戦郵便局へ行き、封筒をもらって両方とも実家の両親へ送った。

国防軍の狙撃兵記章は、第二次世界大戦の戦闘勲章でも珍しいものに属する。一九四四年末に公式命令で導入されたものの、授与されることはごく稀だった。証明ずみの射撃人数が所定数に達することはほとんどなかったからである。需要が少ないうえに生産体制にも問題がつきまとったため、証明書や記章の作成はすっかりなおざりにされていた。現存する実物がきわめて珍しいのは、授与された数少ない記章を持主が迷惑がって廃棄していたことに加え、そのような事情も一因となっている。部隊に記章の在庫がない場合もしばしばで、そのため、上述したゼップの場合のように、多くの狙撃兵記章の授与が仮発行の証明書をもって代えられた。いまは記章が手元にないので、後から追って交付

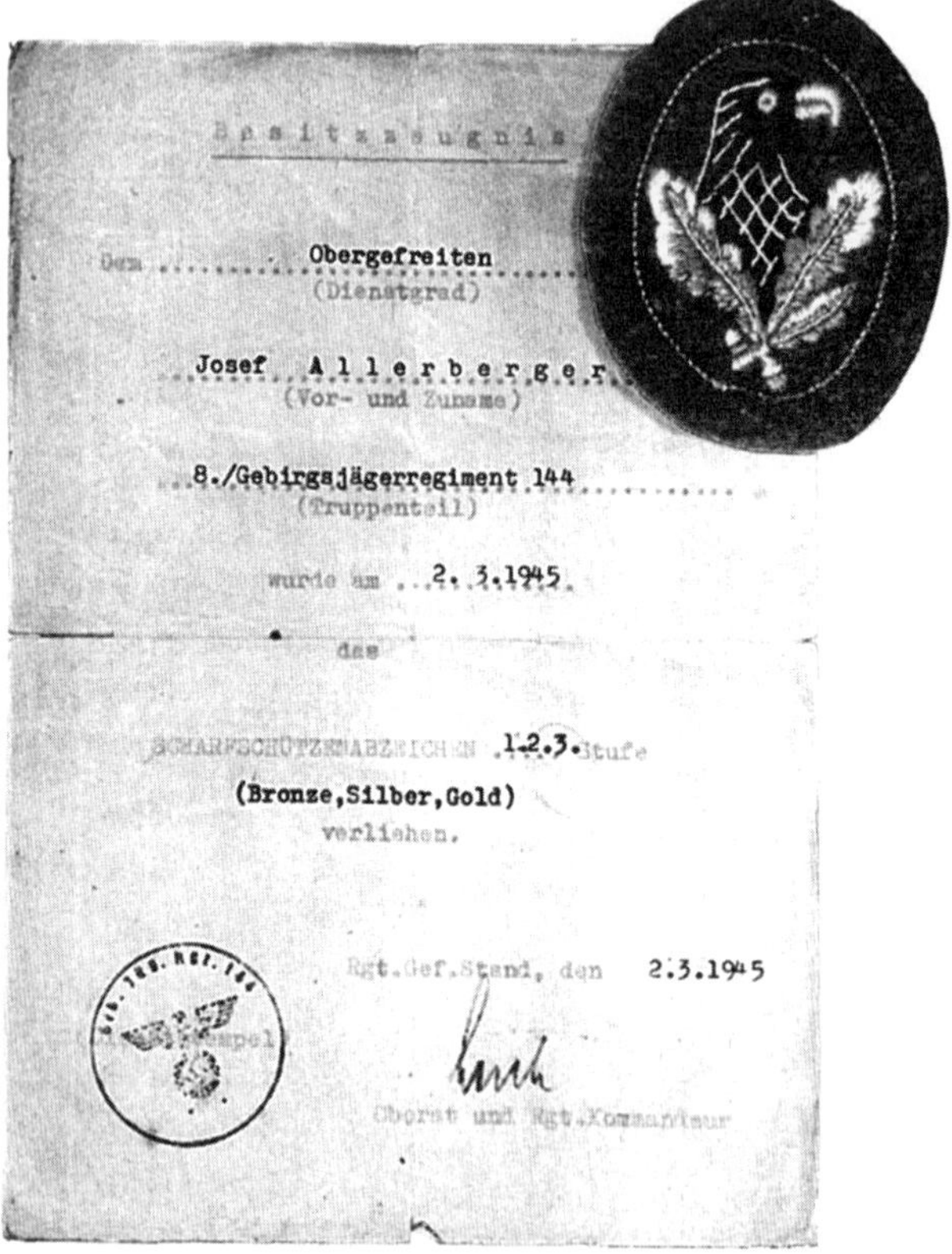

Besitzzeugnis

Dem ..... Obergefreiten .....
(Dienstgrad)

Josef Allerberger
(Vor- und Zuname)

8./Gebirgsjägerregiment 144
(Truppenteil)

wurde am 2. 3.1945

das

SCHARFSCHÜTZENABZEICHEN 1.2.3. Stufe
(Bronze,Silber,Gold)
verliehen.

Rgt.Gef.Stand, den 2.3.1945

Oberst und Rgt.Kommandeur

金枠付狙撃兵記章とゼラチン複写版で作成した証明書。

すると確約されることも多かったが、情勢悪化のため果たされることはなかった。

ナチス党のプロパガンダは、ありとあらゆる奇跡の兵器を飽きもせず軍隊に約束していた。願望はあっても、いかんせん実現にはほど遠かった。その種の兵器が完成しても、前線に送られる量は雀の涙ほどだったからである。武器を送る代わりに、兵士としての美徳がいっそう厳しく要求されるようになり、闘いの自己犠牲が求められるまでになった。こうした流れのなか、忍耐を訴えるプロパガンダの重要な主人公に祭りあげられたのが、他ならぬ狙撃兵である。狙撃兵の射撃数について延々と報告する記事が、にわかに新聞紙面を賑わすようになった。「闇討ち射手」、「陰湿」といった陰口をたたかれることはなくなり、それどころか、狙撃兵という言葉には「狩人」、「肉食獣」、「豪胆な一匹狼」といったイメージが与えられ、己を顧みない熱意あふれる兵士と同一視されるまでに株が上がった。当然、プロパガンダはこのニューヒーローの映像も利用した。従軍記者がたまたま撮影したスナップ写真だけでは飽き足らず、特別な撮影会まで手配されたのである。

第三山岳師団の狙撃兵はたびたび卓越した戦功をあげており、そのうちふたりは金枠付狙撃兵記章も受勲していたので、三月初旬、そうした狙撃兵の写真入り記事を書くよう任命された宣伝中隊の一隊が訪れた。ある晴れた午後、写真撮影をするので身体が空いているかぎり集まるよう第一四四連隊の狙撃兵に指示があった。カメラマンの指示どおりに勇ましいポーズをとらされたり、敵を容赦なくクロスサイトにとらえたかのような格好をさせられた。猟兵のまなざしに敵兵が映っているという想定だった。

写真撮影の演出では滑稽な一幕もあった。フリッツ・ケーニヒという名の狙撃兵が銃を木に立てか

宣伝中隊のカメラマンが撮影を望む狙撃兵像。

け、澄んだ渓流で水を飲むように指示をうけた。撮影がすんでケーニヒが起きあがり、口の端に水を滴らせているちょうどそのとき、やってきた兵士が気持ち悪そうな声で「まさか、この水を飲んだのか。三〇メートルほど上流にロシア野郎の死体が沈んでいて、いくらか腐りはじめてるんだぞ。胸が悪くなってきた」と言った。仲間は悪い冗談だろうと思っていたが、それでもなんとなく落ち着かず、いまの話を確かめようと渓流をさかのぼってみた。三〇メートルは歩いたと思ったころ、冗談だと思っていたのが本当だった。腐敗しかけたロシア兵の死体が実際に沈んでいたのだ。たちまちケーニヒはものすごい嘔吐音とともに、飲んだばかりの清水を勢いよく吐きだした。

　カメラマンのところに戻ると、宣伝中隊のもうひとりの兵士が、小型の照準スコープ（ZF四一の名称で知られる）を照尺に取りつけて狙

渓流から水を飲む戦友ケーニヒ。やや上流にロシア兵の腐りかけた遺体があった。

撃銃にしたKar.九八k騎兵銃をかまえる狙撃兵をスケッチしているところだった。それを見たロートは思わずこう漏らした。「こんなもの描いてどうするんだ。あれで標的が見えるもんか」

　宣伝中隊の来訪は、記念写真を撮る絶好の機会でもあった。数週間ほど前に教習課程を終えて戻ってきたばかりの新米狙撃兵は、憧れの先輩ゼップ・アラーベルガーと写真におさまりたいと言った。撮影の参加者は写真の焼き増しを欲しがったので、さっそく翌日に宣伝中隊が希望を叶えてくれた。荷物を積んだトラックに、小さな現像室も設置されていたのだ。その日のうちにゼップは両親にあてた野戦郵便に写真を同封した。

　数日後、ドイツ軍の偵察部隊がロシア兵捕虜をとらえてきて、ある中隊のことを尋問で聞きだした。大隊の駐留地域には幅五〇〇メートルにわたって未占領の前線区域があり、その中隊は、この区域を攻撃する準備を進めているようだった。これをうけて、古参兵士一八名からなるグループがロシア軍陣地を特定するとともに、時間稼ぎの抗戦でその区域への侵攻をできるだけくいとめておき、そのあいだに連隊が前線を整備し、危険が間近に迫った中央救護所の避難をすませることになった。ゼップ

Kar.98k騎兵銃をかまえる狙撃兵のスケッチ

宣伝中隊員は気前よく記念写真を撮ってくれた。憧れのゼップとカメラにおさまる新人狙撃兵。

この写真をゼップはすぐに野戦郵便で両親に送った［動きやすくするため、43年型戦闘服の丈を短くつめている］。

ドイツ軍のエース狙撃兵マーティアス・ヘッツェンアウアーも第３山岳師団所属だった。

はこのグループの側面と背後を援護するよう任命された。

兵士が生き残れるかどうかは、一般の兵卒がよく口にする「重苦しい気配」への勘によってもかなり大きく左右される。ゼップは今回の任務がほとんど決死隊であると感じ、不吉な予感がした。銃器担当伍長のところに寄り、持っていたＫａｒ.九八ｋ騎兵銃を渡して、とっておきの照準スコープ付き四三年型自動小銃と替えてもらった。そして別の弾倉を四つ取りだして炸裂型のＢ薬莢《パトローネ》を詰め、さらに、この銃弾のクリップをたっぷりとってズボンや上着のポケットへいっぱいに突っ込んだ。

一行はオペルブリッツに乗り込み、急所になっている区域の付近まで夜のうちに運ばれた。だれもが黙ったまま荷台に並んで座り、それぞれの物思いに沈んでいた。これから何

入念に演出されたプロパガンダ用写真の一枚。

騎士十字章を受けとりに向かう。

が降りかかってくるのか、何をするのかがわかっていたからである。トラックが停まり、出動の合図として荷台後部の扉が開くと、一同はトラックから飛び降りてすぐに整列し、指揮をとる軍曹からいくつか短い指示をうけると、音もたてずに暗闇へと姿を消し、文字どおり夜明けをめざして進軍した。

ゼップはいつでも銃が撃てる体勢をとり、集団の右側後方について進んだ。一時間ほどすると靄のかかった東の地平線にほのかな朝の光が射し、一行は窪地を抜け、緩やかに登りになっている開けた原野を進み、小さな丘に登った。突如、丘の向こうで白い照明弾が空に打ちあげられ、一帯が昼のように明るくなった。それと同時に凶悪な機関銃火が猟兵の隊列に襲いかかり、軍曹も含めた七人が弾に当たって地面に倒れ、うめき声をあげ、からだを震わせて地面を転げまわった。猟兵たちもすぐに銃撃で応酬し、五人の負傷者を連れて崖の裏手に隠れることができた。すでにロシア軍は陣地から飛びだし、攻撃をはじめていた。銃撃をのがれたゼップは、残されたふたりの負傷者と同じ高さまで隠れ場をまわりこみ、そうすることで姿を隠しつづけた。おかげで決定打となる奇襲のタイミングが訪れた。ロシア兵の最初の二集団が穴から出てくるまで待ち、やにわに起きあがると、五〇メートルないし八〇メートルの距離から照準スコープなしで、敵が塹壕から出てくるたびに立ったまま確かな腕で射殺していった。確実に命中させるため、そして特殊な効果をあげるためにからだの真ん中を撃った。炸裂弾はとてつもない威力でロシア兵の腹に食いこみ、腹壁と内臓を引き裂いた。ロシア兵は側面からの銃撃で完全に不意をつかれ、見るからに焦っていた。そのうちに友軍も落ち着きをとりもどし、的確な射撃であとにつづいた。ロシア軍の攻撃は行き詰まった。一〇発撃つと自動小銃の弾倉が空になるので、ゼップは数秒のうちに新しい弾倉を銃に装塡し、開いた遊底を前方へ押しもどして銃撃を再開した。撃つたびに命中した。赤軍兵士二〇人が死の恐怖にすさまじい叫びをあげて地面を転げまわり、ゼップが三つ目の弾倉を入れたときに、敵の銃火がようやく応戦してきた。突進してきた敵も負傷者の悲鳴にひどく動揺し、攻撃をいきなり止めて陣地に撤退していった。ゼップはここぞとばかりに飛びだして、激しくジグザグを描きながらふたりの負傷兵のところへ駆けつけ、そばに隠れ場をみつけて身を投げた。まるで奇跡のように、ゼップはこの作戦全体を通じて無傷だった。だが、ロシア軍の弾丸の嵐をくぐり抜けた甲斐なく、負傷した仲間はもはや手遅れだった。ひとりはすでに息がなく、上半身を蜂の巣にされた軍曹も、裂けた口元から血の泡を流すばかりだった。数分後には軍曹も息をひきとった。

ロシア軍は陣地に戻ると、携行火器で前方区域を掃射しはじめた。そのためにゼップは身動きがとれなくなり、脱出できなくなった。敵の弾丸から身を守るため、二つの遺体をあわせて弾よけにし、横に突きだした太股に銃を置いた。いよいよ狙撃兵の真価が試されるときである。一方、仲間も背後から激しい銃撃で援護してくれている。照準スコープごしに、一〇〇メートル以上離れたロシア兵に照準をあわせた。初めの二発で、軽機関銃手とその相棒の頭が砕けた。敵の銃弾が仲間の死体に当たり、遺体がびくりと震えるような妙な動きをした。こうなると射的をしているようなもので、塹壕から頭を出したロシア兵はことごとく撃たれて、一〇分もしないうちに二一人のロシア兵をさらに射殺した。いきなり軽機関銃手が塹壕から飛びだしてきて大声をあげはじめ、それと同時に、赤軍兵士ふたりが後方に逃げだそうとした。一方は負傷しているらしく、もうひとりに背負われていた。機関銃手はたちまち頭を銃撃され、出てきた塹壕に倒れこんだが、からだを震わせながらも銃のグリップに手をのばし、塹壕のなかで引き金をひいて、まだしばらくは銃口を天に向け、デグチャレフ機関銃のドラムマガジンが空になるまで撃ちつづけていた。次にゼップは逃げるふたりをクロスサイトにとらえた。負傷者が背負っている背嚢に弾丸が炸裂し、予想外の大爆発が起こってふたりを微塵にした。負傷兵は背嚢に炸薬を入れていたようだった。

その爆発は狼煙《のろし》のごとく戦場に燃えあがり、あたり一帯がたちまち墓場のように静まった。重傷のロシア兵があげる叫びも途絶えた。数分がたち、ドイツ兵はそれぞれの陣地から身を起こし、警戒しながらロシア軍の塹壕に向かった。動くものは何もなく、ロシア軍一個中隊が全員最期を迎えることとなった戦場が広がっていた。五〇人を越える遺体が戦場にちらばり、二一人の敵兵が炸裂弾で頭部を砕かれていた。塹壕の壁のいたるところに、脳味噌や骨片が混じった血まみれの塊がへばりついて

戦争の真実の相貌。ロシア中隊軍との戦闘後に倒れていた、炸裂弾を浴びた敵兵。

いた。原形をとどめぬほど潰れた顔は、中世の地獄図に描かれた異様な顔に似ていた。

この中隊の全滅をみて、ロシア軍はこの地域で予想されるドイツの抵抗が激しいと判断し、攻撃計画を練りなおして戦力を再編成した。おかげで、何よりも一刻を争う中央救護所の避難のためにどうしても必要だった時間ができた。

だが、ロシア軍の偵察攻撃を撃退したといっても、期待したような攻撃重点の移動があるわけではなく、むしろこの地点の攻撃力が急激に増強された。特に、早くも三日後に仕掛けてきた攻撃には大量の狙撃兵の支援があった。ロシア軍狙撃兵は先般の銃撃戦のお返しに、血を血であらう報復を果したのである。ロシア軍狙撃兵は信じがたいほどの正確さで、ドイツ軍の指揮官レベルに狙いを絞って狙撃した。ゼップや不十分な装備しかない友軍には、この新たな襲撃に耐えられる見込みはまったくなかった。敵の破壊的な砲火のなか、ゼップにできたのは、念入りに準備した移動用陣地から数人をしとめることだけだった。この戦闘をわずかな仲間とともに生きのび、土壇場になって撤退できたのは奇跡に近かった。ヴィリー・ホーンという名の最後の下級指揮官もこのときにやられた。この男は軍曹で小隊長を務めており、撤退を指揮していた。

わずかな生存者は掩蔽物から掩蔽物へ飛びうつり、できるかぎりわが身を守った。とりわけ、追撃してくるロシア兵の隊列にゼップが四三年型自動小銃から放つ精確かつ迅速な射撃のおかげで、陣地を移るための余裕がいくらかできた。そんなときに悲劇は起こった。とり残された猟兵三人に戦術の合図をしようとホーン軍曹がつかのま立ちあがったとき、ロシア軍狙撃兵の弾丸が痛烈な衝撃とともに、眼孔から鼻のつけ根を通って右から左へ貫通したのだ。眼球が両方ともピンポン玉のように眼窩から飛びだし、血と骨片が飛び散った。軍曹は雷に撃たれたように地面に倒れた。ところが数秒後、「目が、ああ、なにも見えない」とパニック状態で叫びながら起きあがった。近くにいた猟兵が飛びついて地面に伏せさせ、ロシア兵の弾丸から隠した。その猟兵は、眼窩が空ろになった血まみれの顔を見て震撼した。ロシア軍狙撃兵は炸裂弾ではなく通常の被覆鋼弾を使っていたが、それを幸運と言ってよいかどうかはためらわれた。炸裂弾なら、間違いなく致命傷を負っていたはずだからだ。とはいえ、炸裂弾でなかったからこそ生存の望みが生まれた。軍曹は叫ぶのをいっこうにやめようとせず、腕を振りまわした。ゼップは銃が許すかぎり撃ちつづけ、その間に仲間が軍曹を必死に押さえつけ、引きずるようにして連れ帰った。全員が助かった。重傷を負った軍曹も生きのびて、戦後巷でよく見かけるようになる無数の重度傷痍軍人のひとりになった。

第15章　鉄十字章

戦争初期のころには戦闘行為にも中断があり、その激しさもいまとは違っていたため、兵士への叙勲は報奨として自覚的に受けとめられており、その授与も厳かな式典で行われたものだった。いまの兵士は生き残りだけをかけて、息つくまもない戦闘のさなかにある。勲章の大盤振る舞いで戦意向上がはかられ、そうした叙勲のインフレと大衆化は、当初の意義を大部分失わせた。叙勲が日常業務になっていたのである。

前回の戦闘から数日たったころ、ゼップを大隊司令部へ呼びだしたのはまたも連隊の中尉だった。「上級兵長殿は絶好調のご様子だな」というのが中尉の挨拶だった。「連隊の戦術的再編、および中央救護所の避難に際しての勇敢な功績を称え、第一級鉄十字章を貴君に授与できることを誇りに思っておる。ここだけの話だが、貴君の活躍は師団の最上層部でも注目されておる。まだ内密の褒美を考えているようだ。腰を抜かさないように心の準備をしておきたまえ」。今回は装飾をほどこして印刷した勲記と、ケースに入った勲章だった。勲章はすぐに左胸ポケットに飾り、ケースは大隊司令部の前のごみ捨て場に放りこみ、証明書は今回もそのまま両親に送った。

　ゼップはそれまでの奮闘で個人として抜きんでた果敢さを示したばかりでなく、一時的で限定的なものとはいえ戦略的に意義のある功績も挙げていた。本来ならこうした活動に対して、階級に関わりなく授与される高位の勲章である「ドイツ十字章金章」を表彰として受けるはずだった。しかし中央軍集団の総司令官シェルナー上級大将（一九四五年三月一日より陸軍元帥）は、きわめて厳しい軍紀を課すとともに、勲章を変則的に授与することで部隊の戦闘意欲を高めようとしており、ゼップもその活躍で騎士十字章の候補にあがっていた。そもそもこの勲章は将兵の個人としての勇敢さ、戦略的意義のある卓越した功績に対して与えられるものである。騎士十字章はドイツ国防軍の最高叙勲のひとつであり、通常、特別な祝典を催して授与され、受章後はただちに特別休暇が与えられていた。ところが、瀕死の状況の中では勲章の価値も地に落ちていた。その大きな理由は、最後に残された戦力を動員しようという目算から、先述のように授与の基準をすっかり緩めていたことにある。一般の兵士はこれを揶揄し、「飯盒をもって勲章を受けにいく」という素朴だが的を得た表現が広まった。同僚のヨーゼフ・ロートと同時にゼップも授章した騎士十字章も、授与はごくあっさりと行われた。

　一九四五年四月二〇日つまり最後の総統誕生日、ゼップとヨーゼフ・ロートは軍団司令部に呼びだされ、フォルクスワーゲン製のシュヴィムヴァーゲン《水陸両用ジープ》に乗りこんで、メーリッシュ・オストラウ近郊の小集落メンニヒホーフェンへ向かった。

司令部は農場のようなところに設置されており、ミツバチの巣箱のように見えた。伝令兵や車両がせわしなく出入りし、いたるところで命令が飛び、勲章のお偉方（参謀将校を指す兵隊用語）が掃いて捨てるほどいて、いずれも出発の準備で見るからに忙殺されていた。破れた戦闘服を着て表情を硬くしたゼップとヨーゼフは、身綺麗な将校に囲まれ、応接間にまぎれこんだ豚のような気分だった。「こいつらも、いっぺん泥にまみれたほうが勉強になるんだがな。なんなら、煙のたちこめるすてきな場所をいくつか案内してやろうか」とロートがぶつくさ言った。呼びだされたものの出迎えはなく、その場にぼんやり立って、ここに用意されているはずの晴舞台を待った。そのうちに兵士がひとり来て、トマトソース漬けニシンの缶詰とパン一切れ、それに代用コーヒーを飯盒に満たしてくれた。おかげで待ち時間は少なくとも腹を満たす

シュヴィムヴァーゲンで軍団司令部へ向かう。ふたりのヨーゼフは簡単な式典で騎士十字章を授与された。

のには役立った。敗戦が迫るこの時期の兵卒にとって、めったにない恩恵だった。

時間は過ぎていき、ふたりが壁にもたれてうとうとしていると、にわかに「騎士十字章の授章者はどこだ?」と呼ぶ声が建物からあり、伍長がひとり扉から出てきて、皮肉のとげを感じさせる言い方で呼びかけた。「騎士に叙せられる猟兵というのはおまえらか。式典の準備に大佐殿がアザミの棘（兵士用語で歩兵将校サーベルのこと）をつけてお待ちかねだぞ」。ふたりはのろのろと起きあがった。「もう少ししゃきっとしろ。最終勝利は目の前なのだぞ!」何分かして玄関広間のような場所に立っていると、参謀本部将校をあらわすクリムゾンストライプをズボンに縫いつけた大佐が、書類ばさみを手に駆けよってきた。カメラを持った兵士も追いかけてきた。狙撃銃を背にしたゼップとヨーゼフは思わず威儀を正した。「いいから楽にしたまえ」と大佐は磊落《らいらく》に話しかけた。「この晴れがましい機会が略儀になったのは申し訳ないが、目下の情況に鑑みて容赦ねがいたい。本来、陸軍元帥殿がみずから騎士十字章の祝辞をと希望しておられたのだが、あいにくと時間の都合がつかぬ。そこで代行として読みあげさせていただく」と言い、書類ばさみを開いて朗読した。

「中央軍集団司令部にて、一九四五年四月二〇日。

ヨーゼフ・アラーベルガー上級兵長!

総統閣下の命により一九四五年四月二〇日付けをもって騎士十字鉄十字章および副賞として贈り物を貴殿に授与できることは光栄至極である。上官の報告からは、貴殿が卓越した軍人の模範と、並外れた勇気の模範を幾度となく示してきたことが伺える。これから先も武運に恵まれ、無事に帰還されんことを祈る。

ハイル・ヒトラー
陸軍元帥シェルナー」

次いで、同じ文面がヨーゼフ・ロートにも読みあげられた。

それから、それぞれ第二級鉄十字章を改造してつくった騎士十字章を二つ、折り畳んだ迷彩ポンチョにのせて奉げている兵士を大佐が呼びよせた。大佐はひとつを取りあげるとゼップに歩み寄り、「首は洗ってあるかな、上級兵長殿」と尋ね、ゼップが呆気にとられているのを見て「いや、ほんのジョークだ」と言った。それから大佐はふたりに勲章をかけ、父親らしい口調でこう続けた。「諸君のような兵士を部隊にかかえていて実に鼻が高い。心からおめでとうと言おう。私個人もおおいに評価している。諸君がこれからも無事に切りぬけ、家族とともに一般人の生活を送れるよう祈っ

騎士十字章を受章し、クラット、シェルナー両司令官の署名入り写真が与えられた。

ている」。そう言って、大佐がひとりずつ強く手を握っているあいだ、カメラのフラッシュが光って周囲を不気味に照らした。「正式な騎士十字章は、のちほど情況が全般に落ちついてから、しかるべき式典を開いて総統閣下の勲記とともにお渡しする。さしあたり陸軍元帥殿の書簡を受けとってくれたまえ。陸軍元帥殿の署名が入った写真は、ご本人の高い評価をあらわす証拠だと受けとってほしい。師団長クラット将軍の署名入り写真も同様である」

　大佐の口調に無念の響きがあるのをふたりは聞き逃さなかった。この戦争が敗北であり、全面崩壊が目前に迫っていることは、ふたりもとうに承知していた。「この機会に、騎士十字章受章を祝う総統閣下の贈り物をあらかじめ渡しておきたいのだが、異存はなかろうな」という大佐の言葉で、兵士がふたりずつ、大砲の弾薬類を入れる木箱を運んできた。長さ一メートル以上、高さ五〇センチ、幅三〇センチはある箱だ。「以上である」。大佐はそう言うとまわれ右をし、ドアを開けて出ていった。師団写真局のカメラマンがやってきた「国際通信向けにもう何枚か撮らせてください」と言い、ふたりに位置を指示した。フラッシュがまた二回ほど光った。

　ゼップは帰ろうとするカメラマンをつかまえて、実家の両親に焼き増しを一枚送ってくれないかと頼んだ。カメラマンはそうすると約束し、実行してくれた。

　こうして式典は幕を閉じた。「祖国の英雄さんよ、賞品の箱はどこへお持ちするかね」と兵士のひとりが揶揄した。そこへシュヴィムヴァーゲンの運転手が入ってきて、「おやじ《大隊長》の命令で部隊まで送り届けることになった。箱も積むからよこしてくれ」と言った。兵士たちが箱を運びだしているあいだ、ゼップは、野戦郵便を出したいんだが、いちばん近い郵便事務所はどこだろうと運転手に尋ねた。

仮の騎士十字章をつけたヨーゼフ・アラーベルガー上級兵長。情況が情況なだけに本物はついにもらえず、装飾紙製で、その上赤い革で装釘された「総統」の勲記も受けとれなかった。

状況が状況だけに、一刻もはやく騎士十字章証明書を家に送ってしまいたかった。軍団司令部から送った野戦郵便なら、実際に輸送され、配達される確率がもっとも高そうだと思ったのだ。念のために封筒を二通もらい、一通に署名入りの写真、もう一通に授与証明書を入れた。写真は無事に届いたが、授与証明書を同封した手紙は残念ながら紛失してしまった。

仮の騎士十字章を首にかけて意気揚々と所属部隊に引きあげると、すでに仲間が待ちかまえていた。心そそられる食糧品が詰まった木箱を見て、仲間たちは運ぶのを手伝おうと押しかけた。宿営では別世界ともいうべき光景が広がり、肉の缶詰、魚の缶詰、シュナップス、コニャック一瓶、葉巻、煙草、チョコレート、ビスケットまであった。いつのまにか祝宴になって箱の中身はすっかり空になったが、ゼップがビスケットと肉の缶詰をたんまり確保しておいたのは言うまでもない。むろん、その日の主役としてコニャックと葉巻も同じくとっておいた。

プロパガンダに動員されていた国家報道機関が、こうした話題をすぐにありがたく取りあげないはずはなかった。たとえば故郷の地方紙「ザルツブルガー・ナハリヒテン」紙にとって、ゼップの活躍はたんなる大見出し以上の価値があった。一九四五年四月二五日付けの同紙では、次のような見出しで地元兵士ゼップの活躍を報じている。

「われらが山岳猟兵、狙撃兵となる」

「テシェン地方にて防衛戦にあたっている山岳猟兵連隊の狙撃兵は、四月初旬、目覚しい狙撃の成果をあげた。第二中隊の狙撃兵はベルヒテスガーデン地方出身の山岳猟兵であり、四月一日だけで八三人ものボルシェヴィキを射殺した。ザルツブルク出身のアラーベルガー上級兵長は別の中隊に所属しているが、四月二日に二一人のロシア兵をしとめ、それによって総計一〇〇人を射殺したことになる。ティロル地方、キッツビューエル近郊にあるブリクセン出身のヘッツェンアウアー兵長は、四月三日に公認射撃数二〇〇人目を達成。これにより師団のエース狙撃兵となった」

第16章　戦争の亡霊

師団はドイツ本国の領土を目前にしていた。長い旅が完結しようとしていた。傲岸不遜な千年帝国という構想は、トランプでつくった家のようにわずか一二年で瓦解し、その旗振り役たちを葬り去ったのは自業自得としても、それ以外に何百万人もの命を犠牲にしていた。世界を挑発して戦争を仕掛けておきながら、いまでは戦争で疲弊しきった国土へ四方八方から敵国が押しよせている。ヒトラーが「ドイツは勝つか死ぬかだ」という座右の銘に執着するあまり、スターリングラードでの敗北以後、死守命令と犠牲はますます無意味になっていった。情勢が破局に近づけば近づくほど、ヒトラーを無条件で信奉する者たちが警察、SS、国防軍で幅を利かせるようになった。容赦ない弾圧と、最後の人的資源の動員を通じて、迫りくる滅亡と破滅の運命を逃れようと不毛な試みをつづけたのである。

だが、巡回軍事裁判、ヒトラーユーゲント、高齢者、教練もほどこしていない寄せ集めの部隊といった手段で、転がりはじめた破局への運命を押しとどめることはできなかった。確固たる国家社会主義者だったシェルナー将軍は、終戦間際の数カ月間、かき集められるだけの兵力を容赦なく動員し、はなはだしい暴力行為で各部隊に規律を課したことで、陸軍元帥にして中央軍集団総司令官にまで昇進をはたした。

しかし情況はいよいよ把握しがたく、ますます混迷の度を深めており、どこを見まわしても渦巻いている逃れがたい大きな歴史のうねりには、もはや抗うすべもなかった。押しとどめがたい崩壊の自律作用が生じていたのである。兵站業務のインフラ、通信、国防軍の指揮系統は家が焼け落ちるように壊滅していた。占領地域でも、占領者に対抗して立ちあがる住民のパルチザン蜂起が野火のように広がり、手のつけられない規模に膨れあがっていた。瀕死の馬があげる最後のいななきにも似て、独裁政治と反独裁政治の戦いはふたたび激化しながら壮絶な終局へとむかっていった。

野戦憲兵隊、警察部隊、SS部隊などの援護をうけて数多くの巡回軍事裁判、特別捜査隊が組織され、混乱をきわめるなか、軍隊規律と戦闘意欲の再建にあたることとされた。しかしその結果、しばしば無差別で違法な恐怖政治がまかり通ることになった。たとえば兵士が正式な進発命令書をもたずに部隊外で拘束されると、わずか数分の審理でただちに脱走兵であると認定され、即座に絞首刑または銃殺された。この最後の時期における混乱のさなか、戦闘中の部隊には、正式な文書を発行している余裕などまるでなかったにもかかわらずである。こうしてドイツ兵は同胞の手で、しばしば不当な暴力による末路をたどった。だが、戦闘区域の多くの市民や、戦争の過程で個々の部隊の軍属となった対独協力者たちの運命はさらに悲惨だった。破壊活動やパルチザンへの幇助といった嫌疑をかけられ、巡回軍事裁判で恣意的な死刑判決が無数にくだされたのである。

ゼップにとって死は日常の道づれのようなものだったが、それでも、こうした類の出来事を聞くと胸にこたえた。一九四三年晩夏のロシア到着とほぼ時を同じくして、第一四四連隊にひとりの若いロシア女性が加わっていた。その女性オルガは二二歳で、管理部門のある将校の愛人だった。オルガはこの将校をベッドで暖めるだけでなく、司令部の兵士にとってきわめて有益な仕事をいろいろこなしており、特に通訳として役立っていた。屈託のない快活な女性で、破局を迎えたあの時期にあって生き残ることだけを考えていた。関わりのないパルチザンを助けて、英雄の役目を果たそうという気になることはまず考えられなかった。住んでいた村の沈滞した空気、息苦しさ、束縛から逃れることができ、戦争が終われば西側のどこかで新しい生活を送れるかもしれないと期待し、

1943年、若いロシア人女性が連隊の軍属となった。

心底嬉しそうな表情を見せることも少なくなかった。オルガと愛人関係にあった将校は、当然のことながら、結構なご身分だということで周囲の妬みをかった。ゼップも少ない機会ではあったが、せつない気持ちで彼女の姿を眺めたことがあった。

妬みを抱いた密告者の姦計だったのか、それとも、彼女を陣営の外で拘束したSSコマンドの恣意だったのかは不明だが、いずれにしてもゼップは、パルチザン幇助という口実で彼女が一〇分たらずで死刑宣告をうけた場面をたまたま目撃した。兵卒や下士官の階級に属する数名がとりなしてSSの手から解放しようとしたが、その試みは実を結ぶこともなく、特別捜査部隊の隊長の激しい恫喝で完膚なきまでに粉砕された。結局は兵卒たちもわが身がかわいく、予期される結末を前にして自分の命をむざむざ危険にさらすことはできなかった。オルガが悲痛なまでに助けを懇願したのに、その愛人であり上司でもあった将校がオルガを救うために指一本動かさないのを見て、やり場のない怒りにかられたのはゼップだけではなかった。しかし当の将校のほうは、厄介ばらいができてほっと

オルガは管理部門の既婚将校の愛人になった。

しているようにさえ見えた。彼に妻があるのは皆が知っていたし、部隊を超えて、故郷の近くまで愛人関係が知れわたる心配もせざるを得なかったからである。こうしてオルガは一も二もなく、平服の男性数名とともに両手を背中で縛られてトラックの荷台に載せられ、一本の木の下に運ばれた。指の太さほどの遠距離通信ケーブルが「有罪者」の首に巻きつけられ、頭のうえに伸びている枝に結ばれた。哀れな娘はぼうぜんと立ちすくみ、小声ですすり泣いていたが、その間にも依然として懇願するように周囲を見まわして、愛人の口添えを待っていた。だが、目端のきく将校殿はさっさと退散しており、その姿を探しあてることはできなかった。ケーブルが全員に巻きつけられると、荷台に残っていたSS隊員が運転席の屋根を手のひらで叩き、トラックを発進させて死刑判決を執行せよという合図を事務的に送った。たちまち始まった受刑者の激しい叫びは、荷台からすべり落ちるやいなや、腹の底までひびくような喘ぎと呻きへ急激に変わった。受刑者たちのからだは断末魔の苦しみに、釣針にかかった虫のように身もだえしていた。のどに絡まるひもの位置に応じて、舌が不自然に口からとび出したり、目玉がはち切れんばかりになっていた。オルガも含めて断末魔の苦しみは数分間つづいた。SS隊員が見世物を楽しんでいるかのようだったのに対して、猟兵の多くは慄然とし、苦々しい言葉をつぶやいてその光景から目をそむけた。ゼップも我を忘れてしまわないよう、必死で自制しなければならなかった。しかし、あの戦争で起きた筆舌に尽くしがたい同じような多くの出来事と同様、この出来事もほんの数日でひとつのエピソードになってしまった。とどまるところを知らぬロシア軍の弾幕射撃のまえに思考はことごとく溶けさり、むき出しの生存競争に全力を投入するほかなかったのである。

最後の陣地へと向かう行軍。

連隊はメーリッシュ・オストラウ近辺に駐留していた。ロシア軍の前線はすでにブリュン付近まで進出しており、ロシア軍はすでに首都ベルリンの市街でも戦いをくり広げていた。ドイツ軍戦力の整然とした効率的な統率など、もはや想像すべくもなかった。国防軍は、それぞれの構成、装備、戦闘経験、統率レベルに応じて効率に差のある、孤絶した抵抗勢力に寸断されていた。第三山岳師団は団結と抵抗力を保つことのできた部隊のひとつだったが、大詰めは間近に迫っていた。

数えきれない避難民の群れが西へと押しよせ、あらゆる道路をふさいだ。猟兵たちは、残された乏しい手段ででき るかぎりの抵抗をしようと試みた。何カ月か前まで夢にまでみていた武器

行軍の途中、崩壊しつつある体制の標語が虚しく記されていた。
「総統は我らとともにあり！　持ちこたえよ！」

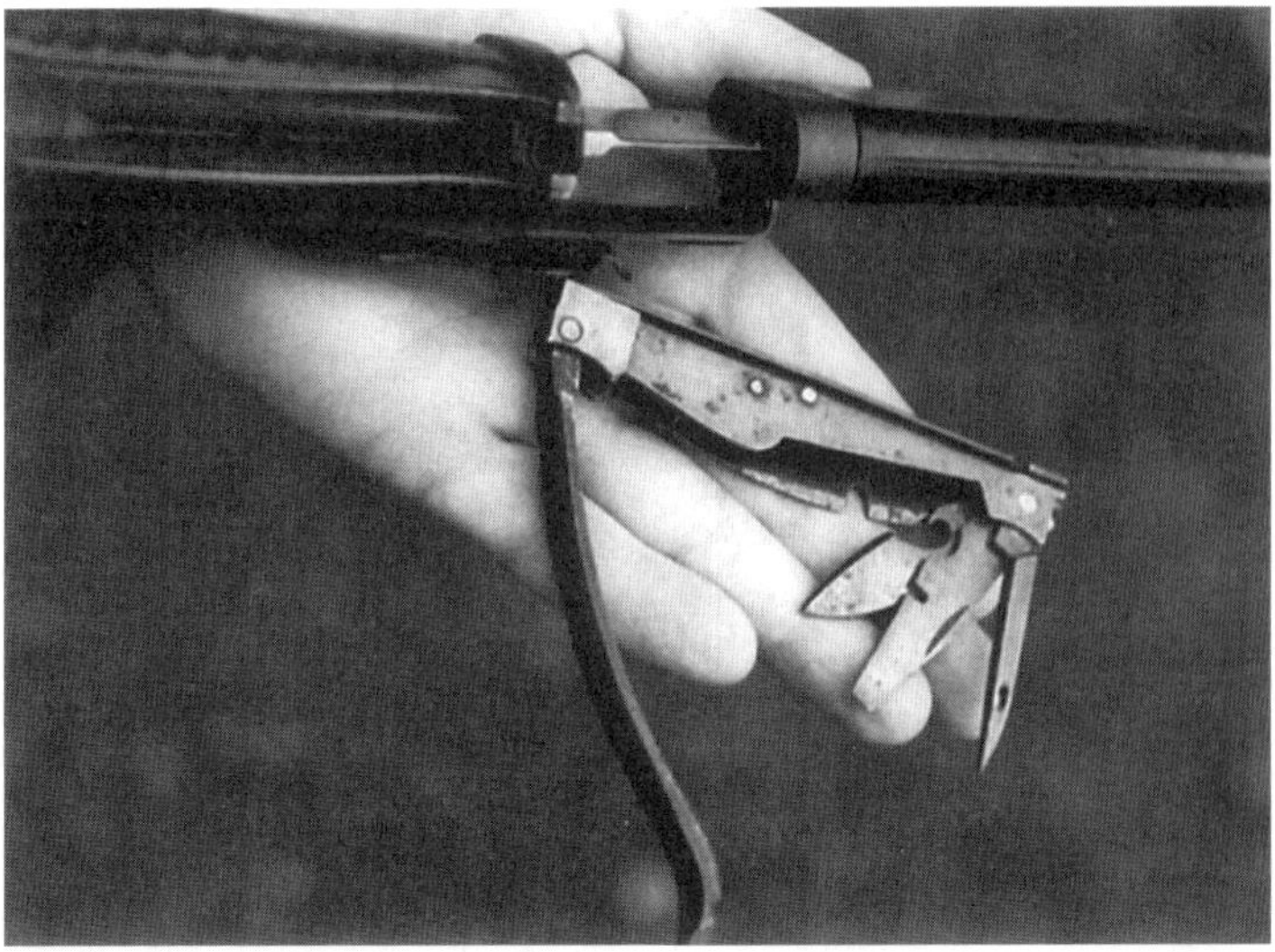

新型の42年型銃剣。きわめて実用的な戦闘用ナイフで、柄のところに工具が納まっている。終戦まで数ヶ月という時期になって、ようやく前線にいくらか武器が届くようになった。

や装備品が前線に忽然とあらわれたが、この最後の何週間にいたっては何とも手遅れだった。猟兵たちが兵力を結集していた最後の牽制攻撃に、SS狙撃兵中隊が動員されてきた。その兵士たちの装備を見たとき、ゼップは自分の目を信じることができなかった。制服のうえからフード付きのSSパターンの迷彩アノラックを身につけ、ヘルメットにも迷彩カバーがあり、雑嚢のなかには、ヘルメットの周囲に結ぶことができるスダレ状の顔面偽装ベールを入れていた。ベルトはオリーブグリーンのコットンウェブでつくられ、騎兵銃九八に装着できる新型銃剣をそこに吊るしている。銃剣の柄は中空になっていて、そこにきわめて実用的な工具セットが収まっていた。四倍率の望遠照準器がついた四三年型自動小銃を全員が所持していた。新型のフルオートの四四年型突撃銃を持っている者さえ二人もおり、これにも半自動式の銃と同じマウント付き照準スコープが載っていた。しかしその部隊は、数週間前に召集されたばかりの一六歳の青年で構成されていた。二週間の教程で「戦闘エリート」に仕立てあげられ、無謀な決断のもと、彼らが無敵であることを信じて敵前に投入されたのだ。SS中尉が総勢四〇名の部隊を率いていた。このSS指揮官も二〇代の初めだったが見るからに情け知らずの人物で、部下の命を何ほどにも思っていない様子がありありと窺えるのでゼップは気の毒に思った。彼らは出撃命令をうけて行軍していった。おそらくはロシア軍の弾幕射撃の波に跡かたもなく呑みこまれるだろうが、ゼップは「哀れな奴らだ！」と思っただけだった。

師団は戦いながらオルミュッツまで後退した。その頃になると、ベルリンが陥落した、総統が戦死した、ドイツは降伏寸前だといった噂が激しくとびかっていた。それでも部隊は勇敢に抵抗をつづけた。一九四五年五月八日のこと、思いがけずロシア軍が陣営に引き返して攻撃活動を中止した。敵軍の飛行機が大量のビラをまいてドイツ無条件降伏の一報を告げ、ただちに武器を捨てて投降するよう国防軍部隊に要求した。しかし、第三山岳師団の最後の司令官となったクラット将軍は自分の部隊をロシアへ引き渡すことを拒んだ。部下がどう扱われるか不透明で、虐待などを危惧したからだが、この懸念は当たっていた。そして一九四五年五月九日の夕刻、国防軍最高司令部の最後の命令が無線で師団に届いた。

「……南東部戦線や東部戦線においても、主要部隊の司令部はドレスデンにいたるまですべて砲撃を中止せよとの命令を受けている。ボヘミアおよびモラヴィアのほぼ全域でチェコの武装蜂起が起こ

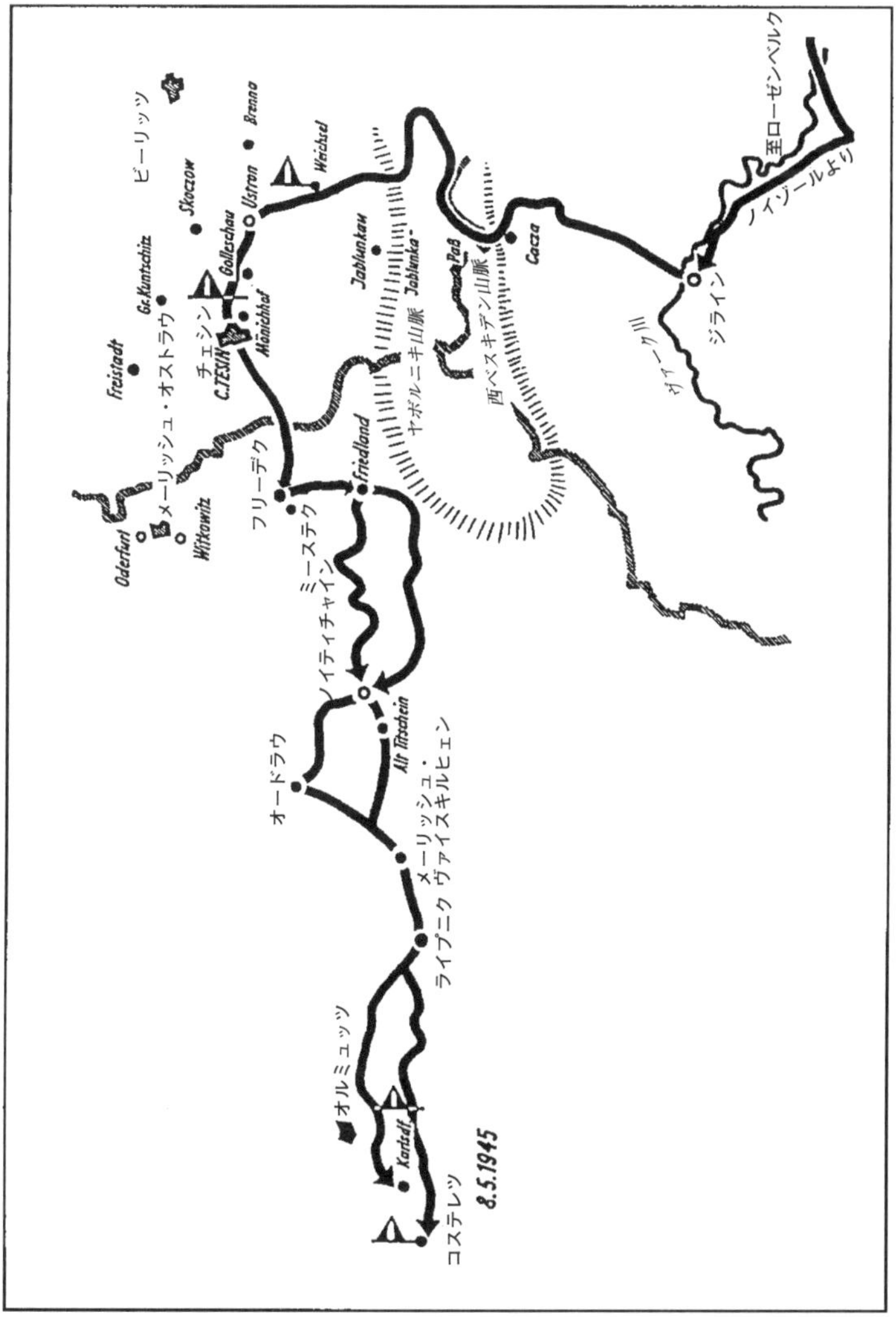

第３山岳師団の行程。スロヴァキア、ポーランド、モラヴィアをへて降伏にいたるまで（地図出典：クラット著『第３山岳師団史』）。

れば、降伏条件の遂行および当該地域での連絡業務の妨げになりかねない。総司令部はレーア、レンドゥリッチ、シェルナーの各軍集団について現在まで報告を受けていない……どの前線でも真夜中以後、武器は沈黙している。ヒトラー総統の遺言によって後継者となったデーニッツ海軍大提督の命により国防軍は見込みの失われた闘いを停止した。これをもってほぼ六年間におよぶ英雄的闘争は幕を閉じたのである。この闘争はわれわれに大いなる勝利を、そしてまた深刻なる敗北をもたらした。ドイツ国防軍は最終的に圧倒的勢力のまえに堂々と屈したのである。ドイツ軍兵士は誓約に忠実に従い、国民のために最大限に奮闘し、永遠に忘れがたい功績を残した。故郷では甚大なる犠牲を払いつつ最後まであらんかぎりの力で彼らを支援した……陸、海、空におけるドイツ軍兵士の功績と犠牲に対しては、敵国もまた敬意を忘れることができないであろう。であるから兵士諸君は昂然と誇りをもって武器を手から降ろすがよい……国防軍はいまこのとき、敵の前に散っていった戦友のことを思う。無数の傷口から血を流している祖国への無条件の忠実、服従、そして規律は、彼ら戦没者に対するわれわれの義務である」

将校連が各自の大隊、中隊の残りわずかな兵の前でこの最後の命令を読みあげた。どの将校の視線も、兵士たちの憔悴した険しい顔つきへ、そして厳しさが予想される不確かな未来へと向けられていた。

事ここにいたってクラット将軍は、師団の兵士全員を服従誓約の拘束から解き、それ以後、帰還中の運命を自らの手で切りひらく淡い可能性だけでも与えてやろうと決断した。だが、これは言うは易く行うは難しで、前線にあいた無数の穴から侵入してくるロシア軍部隊のほか、チェコの住民もまったく手のつけようがない武装蜂起に決起していた。

兵士の大半は、渋滞はなはだしい道路を乗り物でモルダウ川沿いのアメリカ軍戦線までたどり着こうとしていた。この方法ではまずロシア軍の手におちて捕虜になる、ゼップはすぐにそう判断した。そこで、数週間前に配属されてきたばかりで途方にくれて頼ってきたペーター・ゴルップという名の同僚だけを連れてオーストリアまで踏破する決意をすぐさま固めた。敵国を二五〇キロ以上進むことになるが、ゼップはコンパスだけを使って、極力人目につかないように道なき道を行く経験をじゅうぶんに積んでいた。とはいえ、その道程で捕虜になることも常に計算に入れておかなくてはならない。そのリスクを最小限に抑えるため、敵と顔を合わせるのを一切避けることにした。となれば狙撃銃といった遠距離用の武器は不要になる。いま求められるのは短機関銃や拳銃など、小型で扱いやすい武器だった。それればかりか、狙撃銃を所持していれば自殺的ともいえる危険を冒すことになる。身分を知られた狙撃兵の運命は痛いほどわかっていた。そこでやむを得ず、ひどく辛い気持ちをこらえて銃を破棄することにした。乗り物で西への道を突破しようと兵士が鈴なりになっている突撃砲に近づき、ハッチから外をのぞいている乗員に声をかけた。「ちょっと待った、狙撃銃をキャタピラの下に置くから。そうすりゃ文句なくおしゃかになるだろ」。そう言って身をかがめ、銃尾を左のキャタピラの下へ力いっぱい押しこんで、起きあがりながら乗員に合図した。「よし、行っていいぜ」。突撃砲のエンジンがうなりをあげて始動し、車体がおもむろに動きはじめた。キャタピラが狙撃銃の銃床をとらえ、木製部分が砕け、金属音が響いた。照準スコープのレンズが鈍い音をたてて粉々に割れる。そして銃はキャタピラの下にすっかり消えた。何秒かして突撃砲のうしろに現れたのは、一塊のくず鉄だった。憐憫を感じたといえばもちろん大げさだろう。ゼップにとって銃は道具であり、目的のための手段にすぎない。それでも、ゼップの心には早くも一抹の寂しさがこみあげてきた。ほかの誰よりも銃をよく手入れし、兵士として戦った時代の特別な品物としてその威力を実感していたからだ。

ごくわずかな例外を除き、ドイツ軍狙撃兵はみな捕虜になる前か終戦時に自分の銃を処分している。そのため、歴史の遺物としての製作当初のオリジナルな狙撃銃は、きわめて稀にしか残っていない。

銃の残骸を前にぼんやり立っていると、スピーカーの大声で物思いを破られた。「謹聴、謹聴。こちらは大ドイツ放送《グロースドイチェルントゥフンク》」。ゼップが顔をしかめてあたりを見回すと、盛大に口ひげを生やしたあのヴァイキング男がまた隣にいて、放送のまねを続けた。「総統は迷いのない柔軟かつ一貫した戦争指揮により、大胆なる戦線整理にもとづいて西部に駐留せし軍隊と東部兵力を統合せんとする目標を達成せり。かの部隊はいまや粘り強い闘いの末、ボルシェヴィキの敵を我が首都までおびき寄せることに成功せり。そこにおいて、総統にして全時代のもっとも偉大なる将帥（侮蔑をこめてアードルフ・ヒトラーを指す兵隊用語）は国家最低指導者ヒムラーならびに国家宣伝口先男ゲッベルスの支援のもと、かの敵のひざがしらに決定的一発を加えたり。勝利万歳《ジーク・ハイル》、わが軍はどつぼにはまったり」。運命を左右するこの状況にあっても、見るからに豪放なこの軍曹はどぎついユーモアを忘れていなかった。ゼップの肩をたたきながら、「そんなに深刻に考えるな。おかげで、家にぴんぴんして帰れるチャンスが増えたじゃねえか。ずらかるときは大勢の集団にくっついていくんじゃないぞ。平和になったんならそいつを楽しむこった」と言うと向こうをむき、亡霊のように近くの茂みに姿を消した。

それから、ゼップと連れの兵士は長い行軍に備えて可能なかぎりの装備をそろえたが、食料品は決定的に不足していた。いかに手を尽くそうと、食べられる物を手配するのはもはや無理だった。だが道路の左右にひろがる光景をみると、移動の負担を軽くするため、あるいは所有者が亡くなったために残された避難民の品物があふれている。機会があれば食糧と交換できるかもしれないと期待して、そうした持ち主のいない物品のなかから運びやすそうな物をいくつか拾い集めた。なべや釜、コーヒーミル、置時計、上品な婦人靴二足といった探索の戦利品を前にして座り、いつの時代でも女性の虚栄心に変わりはないはずだという推理に賭けて、婦人靴だけを持っていくことにした。

要請されたとおりロシア軍に投降するドイツ軍部隊はわずかしかなく、大半は西へ逃げようとしていたので、ロシア軍は一九四五年五月一〇日、敵兵の混じっている難民キャンプへの攻勢を再開し、激しい戦車攻撃と空襲をくわえた。ごく少人数の集団で歩いているだけで、低空飛行の戦闘機から搭載兵器で攻撃された。そこでゼップと連れの兵士は移動するのは夜間だけにして、昼間はず

避難民の群れが残していった荷物。

っと隠れていることに決めた。まだズデーテン地方のドイツ人入植地にいた二日目の夜、ひっそりと建つ一軒の農家があった。カーテンからかすかに光が漏れている。ここにいるドイツ系農民のところで、ようやくなにか食べ物を交換できるのではないかという希望がふたりの心に宿った。そのころには空腹が耐えがたくなっていたのだ。ふたりは用心しながら農家に忍びより、灯りのついている窓ガラスをたたいた。カーテンが横にひらき、ろうそくを手にした五〇過ぎの男の顔があらわれた。男は警戒するように外をうかがい、ふたりの兵士を認めると窓を開け、なにか用かと覚束ないドイツ語で尋ねた。ゼップは相手がチェコ人だとすぐに気づき、本能的に暗闇のほうへやや後ずさりした。ズデーテン地方のドイツ人がチェコ人住民から暴虐的な扱いをうけ、計画的に追放されていることをふたりはまだ知らなかった。だが、経験の浅い同行者ペーターは、靴一足をなにか食べ物と取り替えるという目算にすっかり警戒心を失っている。ふと、ゼップの胸に妙な不安がよぎった。弱い光に照らされた部屋の壁に、宗教的な箴言をドイツ語で記した額縁がかかっており、その下に一九四四年のドイツ語のカレンダーがあるのを見たからだ。チェコ人男性はパンとの交換を了承し、新品同様の靴を受けとると、急に声をひそめ「ロシアの兵隊さん、うえにいる、静かに。待ってて、ちょっとで戻ってくる」と言うなり姿を消した。その瞬間、ゼップははっと気づいた。チェコ人がドイツ人の家で何をしているのか？　どうしてロシア兵と仲よく同じ屋根の下にいるのか？　ゼップは相方のペーターをつついて囁いた。「おい、いくらなんでも変だ、靴なんかどうでもいい、さっさと逃げるぞ」。言いながら上着の袖をとり、窓から引き離した。「そうは思いません」と相手は答え、腕をふりほどいた。ゼップはもういちど駆けだし、いま来た林のほうへ向かった。「走れ、すぐ来るんだ馬鹿野郎、奴らが戻ってきたらやられるぞ」。ゼップがあまりに潔く家から離れたのをみて、さすがにペーターも動揺したようで、なお少しばかり躊躇し、窓のほうに視線を送りながらもゼップに従った。ゼップはすでに三〇メートル以上離れて暗闇に呑みこまれていたのに対して、相棒のほうがまだ一〇メートルも歩いていないうちに、チェコ人男性がふたたび窓に現れ、同時にMP四〇短機関銃を持ちあげて発射した。ペーターは銃を見てあわてて全力疾走した。ゼップは最初の銃声を聞いてその場で向きなおり、同型の短機関銃をかまえた。相棒がこちらに急いで駆けてくる。しかし数秒後、相棒は雷に打たれたようにからだを伸ばして倒れた。そこでゼップも撃ち返した。ガラスが砕け散り木片がはじけ飛んだが、射手には当たらなかった。だが相手は開いた窓から姿を消し、もう撃ってはこなかった。ゼップは上体をかがめて周囲をうかがいながら相棒に駆けより、上着の襟をぎゅっと握って引きずりながら、安全な林のはずれまで全速力で戻った。武装した相手が家から出てくるものと覚悟していたが、あたり一面、不気味に静まりかえったままだった。そこで手近の茂みにたどり着くと、すぐにペーターをつかんでいた手を離し、そっと腹ばいにさせた。相棒はうめき声をあげ、ゼップは握っている戦闘服の生地が温かい血をいっぱいに吸っているのを感じた。チェコ人男性の短機関銃連射があたって致命傷を負わせていた。ふたたび仰向けにしたとき、相棒にはすでに意識がなく、数分後には死に直面してからだの力が抜け、ぐったりとなった。その間じゅう、ゼップは目の隅で農家をとらえていた。静かなままだがなにも信じる気になれず、相棒が息をひきとるとその場を離れた。北極星と小型の携帯用コンパスを頼りに方向を決めた。ひとりきりになって、ますます警戒心を強めなくてはならなかった。ドイツ軍兵士を隠れ場からおびき出そうと、チェコのパルチザンが、捕獲したドイツ軍の制服を着ているところがある。そういう話を聞いたことがあったので、ドイツの制服を着た小集団が遠くを通り過ぎていっても、特に昼間で身を潜めているときには出ていかなかった。しかし逃亡をはじめてから二日目、空がやや明るくなってきて昼間の隠れ場はないかと見回しているとき、不意にくぐもったドイツ語が聞こえてきた。声のするほうへそっと忍びよってみると、灌木の濃い茂みのなかに連隊の砲兵部隊に所属していた小集団がいた。ゼップは用心しながら声をかけ、全方向に神経をとがらしたこの状況下で接触をはかるという難関をクリアした。隠れ場から立ちあがると、まだ名乗りもしないうちに兵士のひとりが気づいてくれた。「ありゃあゼップ・アラーベルガーだ。おおぜいの敵をしとめた狙撃兵で、金枠付狙撃兵記章と騎士十字章をもらってる」。集団は一二名で、連隊の家畜飼育係だったフィーアマイアーという上級軍曹がリーダーだった。ゼップの名前が出たとたん、一緒に連れていくべきかどうか砲兵たちの間で激しい議論が起こった。狙撃兵個人の戦果が派手な宣伝に利用されていたことが、ここにきて仇になった。ちょうど宣伝中隊が最後の取材で狙撃兵の特集を組んでいたため、前線新聞や本土のグラフ雑誌に次々と短信が掲載されることになり、そこでは麗々しい言葉と写真で狙撃兵の働きが紹介されていた。ほかならぬゼップもよくこうした記事の対象になり、写真を撮られることもあった。そのため、チェコ人もロシア人もゼップの名前や写真を知っていて、連れてこられた捕虜に混じっていないかどうか探していることが大いに考えられた。つまり議論している兵隊たちの多くは、捕虜になったときに集団に狙撃兵がいて正体がばれた場合、自分にも痛烈な報復が及ぶのではないかと恐れていたのであり、それもあながち杞憂とは言えなかった。ゼップはその雰囲気にいたたまれず、またひとりで歩きだそうとしたそのとき、ようやく上級軍曹がリーダーとしての結論をだし、ゼップを同行させるということで議論を終わらせた。それでも、ゼップはいつもみなが嫌がる最後尾を歩き、後方の盾にならざるを得なかった。それでゼップは四日間のあいだ距離をあけて集団にそっとついていき、なるべく目立たないように、そして他の兵士から不興を買わないようにした。兵士たちは軽率にも集団でいるほうが安全だと思っており、そのうえ昼間に行軍する時間が長くなっていた。四日目、チェコ人の死体を見つけた。ナイフの刺し傷だらけの上半身に流れた血がまだ固まっていないところから、殺されてまだ間もないはずだった。兵士たちは興味と不安を覚えて遺体をとり囲み、ここでなにが起こったのか推理しあっていた。ところが突如、地面に横たわっていた身体がまるで白日夢のように目を見開き、がばと上半身を起こした。苦しげなあえぎ声とともに口からどっと血が流れると同時に、そばに

ゼップと山岳砲兵たち。このうち5人が、その日のうちにこの世を去ることになる（ゼップは前列右端）。

落ちていたMP四〇短機関銃を取りあげて引き金をひいた。タランチュラに刺されたかのように猟兵たちの輪がはじけ散り、草むらに倒れこんだ。弾丸は頭上をかすめ、傷を負わせることはなかった。ほんの数秒でチェコ人はこと切れてふたたび草の上に倒れたが、その間にも、短機関銃の弾倉に残った弾を上空にむけて発射した。一同は愕然とした。パルチザンがここに単独で潜んでいることはあり得なかったからである。

この偶発事があった直後、ほぼ五〇メートル離れたところから三人のドイツ兵が現れて大声をあげた。「撃つな、仲間だ。第三山岳師団第一四四連隊の猟兵だ」。近づいてくる前からゼップには連隊司令部所属の兵士だとわかった。カメラマンと、連隊付き製図工と、シュミットという名前だが体つきが華奢なことから小柄なシュミット《シュミット》トレと呼ばれていた書記だった。特にカメラマンはよく出撃の模様を撮影していたので見知っていた。三人はゼップがいることに頓着せず、むしろ心強さと安心感を覚えていた。砲兵たちの緊張した雰囲気から逃れることができて、かえってゼップには好都合だった。カメラマンもシュミットトレもコンパスを持っていたので、ゼップはフィーアマイヤーという名の砲兵に自分のコンパスをやり、代わりに、油で揚げた肉を半缶分もらった。

瀕死のチェコ人の一件を重くみて、一同はなるべく早くそこから離れることにした。カメラマンが別れに写真を一枚とり、簡単な挨拶をしてから一行は二手に分かれた。

ゼップは同行した三人とともに急いで安全な隠れ場所を探し、昼のあいだは隠れて暗くなるのを待ち、夜になってから前進したかったのだが、他の兵士たちは危険を感じておらず、明るい日差しの下を歩きつづけた。しかし一五分もしないうちに、四人はかなり近くで激しい銃声がするのを聞いた。

昼間になると猟兵たちは隠れ場にひそんだ（ゼップは右側）。

ゼップは偵察に行くことを決め、やぶに覆われた一帯を戦闘音がしたほうへ警戒しながら進んでいった。一キロほど行くと、さきほど発見した戦死者の仲間らしい武装蜂起したチェコ人を相手に、砲兵たちが開けた野原で激しい銃撃戦をくり広げていた。猟兵の集団のうち兵士七名がすでに死んでいるらしく、地面に横たわっている。全体的に、兵士たちにきわめて不利な情況のようだったが、助太刀をする有効な手だてはなさそうだった。自分たちの生命をいたずらに危険にさらすだけだ。そう考えてゼップはすぐ隠れ場へひき返すことに決めた。見てきた様子を手短に説明し、すぐに出発してなるべく痕跡を残さないようにし、次の潜伏場所を探すことにした。気づかれないようにその場から脱出するのに成功した。

夜間に前進し、昼間は隠れているという日々がつづいた。家屋や村があれば大きく迂回し、見通しのよい道路を使うのは避けた。しかし問題は、チェコのパルチザンとの白兵戦で製図工がうけた右腕の負傷だった。傷をまともに処置することができないため、激しい炎症を起こしていた。いつも微熱があり、数日たつと傷口がすっかり化膿して、ひどい悪臭を放った。水のある場所にくるたびに傷口を拭き、包帯を洗って巻きなおしてやった。食べ物は底をついた。シラカバの葉、芽生えたばかりのスイバ、タンポポなどをかじり、シュミットレが敗戦時にひと山失敬しておいた錠剤のサッカリンを水に溶かして飲んだ。こうして一行はどうにか立って歩いていた。

連日、ドイツ国領土をめざして北西の方向へ進み、旅は早くも一四日目になっていた。この日も空が白みはじめ、澄んだ小川のほとりでねぐらを探した。ちょうど製図工のひどく化膿した傷の手当てをしているとき、エンジン音がいくつも重なって聞こえてきた。ゼップは三人を残し、すぐに音のでどころを偵察に行った。

五〇〇メートルほど歩いたところで道路にでた。SSのナンバープレートを付けた四台のメルセデス製トラックが、あえぎながら丘を登っていく。荷台には丸腰の兵士がぎっしり乗っていた。ゼップは本能的に身をかがめ、相手から見えない茂みに入った。逃亡する兵卒を捕らえ、厳格な処罰の場に連れていくSS捜索部隊を恐れたからである。いまはまだドイツ占領地区にいるようだったが、なお最大限の用心をするに越したことはない。SSの狂信的な兵士は布告された終戦を受けいれていないようだったからだ。一行は慎重を期して、その後も日中ずっと身を潜めていた。夕闇が迫りはじめると出発し、最大の警戒をはらって道を進んだ。自分たちの計算では、目的地であるドイツ国領土にまもなく着くはずだった。ゼップは一同の体力が弱っていることを考慮し、これまでの二〇日間で歩行距離がおよそ一五キロずつと勘定していた。つまり予想では二五〇キロは進んでいることになる。とすれば、一行はもうすぐ念願の目的地にたどり着くはずだった。

出発して一時間がすぎたころ、夕べの雰囲気のなかで平穏にたたずむ一軒の農家があり、その前で中年の婦人が庭仕事の器具を組み立てていた。今回は他の者を草むらに隠したままカメラマンが婦人に近づいて話しかけ、何秒かすると、興奮した様子でこっちへ来いと合図した。「やったぞ、もう家に着いたも同然だ。オーストリアに二〇キロ以上も入ってる。もうアメリカ軍がここにも来たそうだ。ロシア野郎ははるか彼方だ、もう追いつきゃしねえ」。農家

オーストリア領内に入り、一路、故郷をめざして歩く（ゼップは右側）。

農家の婦人から戦死した子息の平服をもらう（ゼップは中央)。

の婦人は帰還者たちを暖かく迎え、どうぞ家におあがりください、少しですが食べ物をお分けします、けが人の手当てもしましょうと言い、ジャガイモや庭からとれたての野菜ばかりか、新鮮なヨーグルトとリンゴジュースまで出してくれた。何カ月も耐乏生活が続いたあとだけに、それは古代の神々が食した甘露《ネクタル》か神肴もかくやという味だった。安堵感に包まれ、もう腹に入らないと思うほど食事をした。何十万人もの母親と同じく、この婦人もイデオロギーの暴走と狂乱にふたりの息子の命を奪われていた。ロシアの大地でずたずたにされて朽ち果てた息子の遺品である平服を取りだし、四人をすり切れた戦闘服から着替えさせると、彼女は胸がいっぱいで言葉につまり、頬に大粒の涙をこぼした。四人も、締めつけられるような思いで服をもらった。それから身体を洗ってすっきりし、何カ月ぶりかでベッドにもぐりこみ、神々にでもなった気分で満ち足りてぐっすり眠った。

またもヨーグルトとリンゴジュースがついた朝食をとると、これからの道を教えてもらい、一同は婦人に心から礼をのべた。婦人は別れに手を振り、取り乱さないようにするのが精一杯だった。どうして帰還者のなかに息子はいないのかしら。せめて一人でも。

休息をとって体力を回復し、ふたたび生気がよみがえった。そこからは少し気持ちが緩み、これから何が起こるのかと待ちかまえながら、開けた道路を明るい昼間に歩いていった。アメリカ軍の捕虜になったときに公正な扱いをうけたいと思い、武器は畦に埋めた。もうすぐ平穏な市民生活に戻れるという期待から、品のない冗談や軽口を交わすようになった。不意にシュミットレが仲間に言った。「おい、ちょっと止まれ。もうじき、なんとか無事に帰還を果たせそうだから、お祝いに派手なファンファーレを鳴らさなきゃな。ちょうどすげえのが腹に溜まってきた、要塞もふっ飛ぶってやつだ。もう尻の穴がむずむずしてきたから、威勢のいい礼砲でお前さんたちもいままでの苦労を吹きとばしてくれ」。緊張と期待にみちた好奇のまなざしを受けながら、シュミットレはじっと一点をみつめ、空気を大きく吸ってから息を止めて、踏んばった。だが、出てきたのは威勢のいい豪快な屁ではなく、間延びしたくぐもった音だった。つい先ほどまでの悪戯っぽいはずんだ表情は凍りついて、不快感がマスクのように張りついている。祝砲どころか、酸っぱい腐敗臭が漂いはじめた。思いがけずヨーグルトにリンゴジュースという豪華な取り合わせが突如まとまって送られてきて、消化器が少しばかりパニックに陥ったらしい。ズボンを大便まみれにし、顔をこわばらせて立っている哀れな姿を見て、他の三人はまともに立っていられないほど大笑いした。しかし各人とも心のうちでは、この偶発時から実践的な教訓を得ていた。しばらくのあいだは、腹がはっても放屁はできるだけこらえたほうがよかろうという教訓である。時間がたつうちに自分たちの消化器官が弱ることも大いに考えられたのだ。実際、それからの道程は突然の中断のくりかえしになった。だれかが脱兎のごとく道路わきの草むらに駆けこみ、解放のため息をつきながら、激しい腸のぜん動をなだめてやることになったからである。その日、しばらくしてカメラマンがうまいことを言った。「くそっ。ウィーン攻めのトルコ軍みたいに、肛門のまえで粘土が包囲してやがる」。仲間もからだを震わせながら小声で同意したので、カメラマンはやっぱりそうなのかと安心した。物資調達の天才であるシュミットレは、避難民の群れ

故国の農家で休息と食事をとり、平服を着て出発した。

が残していった散乱物のなかから絹の最高級下着をみつけ、婚約者への土産にしようと思っていた。しかしズボン下がすっかり大便で汚れたのをみて、小川で洗って乾くまでその最高級下着をはくという英断をくだした。それを知ったカメラマンはこう言った。「婦人用下着をはいたまま、俺の見てるところで糞するんじゃないぞ。裸の尻と色っぽい下着が目にはいったら、我を忘れて衝動的に襲いかかるかもしれねえ」

その午後、一行はザルツブルクに向けて農家の夫人が説明してくれた村に入った。よもやま話をしながら四人が大通りに曲がったとき、歩みが急に凍りついた。五〇メートルも離れていないところで、捕虜になったかなりの人数の兵卒を取り囲むようにアメリカ軍兵士が立っていた。逃げようか諦めようか一瞬迷ったが、ひとりのアメリカ兵の行動で否応なくけりがついた。照準スコープ付きのガーランド自動小銃をかまえて命じてきたのだ。「ハンズ・アップ・ガイズ、ドント・ムーヴ（手をあげろ、動くんじゃない）。ウォー・イズ・オーバー・クラウツ、ユア・バスタード・ヒトラー・イズ・デッド（戦争は終わったんだ、クラウト《塩漬キャベツ》（ドイツ兵を指す英語のあだ名）、ヒトラーの奴は死んだ）。ユア・シャイス・フューラー・キャノット・ヘルプ・ユー・エニ・ロンガー。カム・ゼア、キープ・ユア・ハンズ・アップ、ムーヴ・スローリー（無能な総統はもうお前たちを助けることができない。こちらへこい、手をあげたまま、ゆっくりと歩け）」。「手をあげろ」と「ヒトラー」と「無能な総統」という部分しか理解できなかったが、こうなったら唇をぴくりとすら動かさないほうがよいとゼップはすぐに悟った。自動小銃を手にした狙撃兵なら、瞬くまに全員を撃ち殺すことだってできる。このとき、戦争が正式に終わったのだと猟兵たちにも感じられた。一同はそろそろと両手をあげ、ＧＩのほうへゆっくりと歩いた。武器を持っていないかどうか形ばかりの身体検査をうけているあいだ、ゼップはアメリカ兵の自動小銃を興味深く眺めていた。工学的には実にがっちりした頑丈そうな印象だったが、照準スコープが銃の横に取りつけられているのが不思議だった。

　他の捕虜のところまでGIに押されていった。「シット・ダウン・ヒア・アンド・ウェイト・フォー・ベター・タイムズ。アイ・シンク・ユー・ウィル・ハヴ・サム・ロンガー・ホリデイズ・イン・ラシア（ここに座って、沙汰があるまで待っていろ。ロシアで長い休暇をもらうことになりそうだな）」と、GIは皮肉な笑いを浮かべた。「ラシア」という言葉を聞いて、四人のからだに熱いものが走った。「くそったれめ、ロシア野郎に引き渡すつもりか。逃げるしかねえ、さもないと連れていかれるぞ」と製図工がうめいた。そ

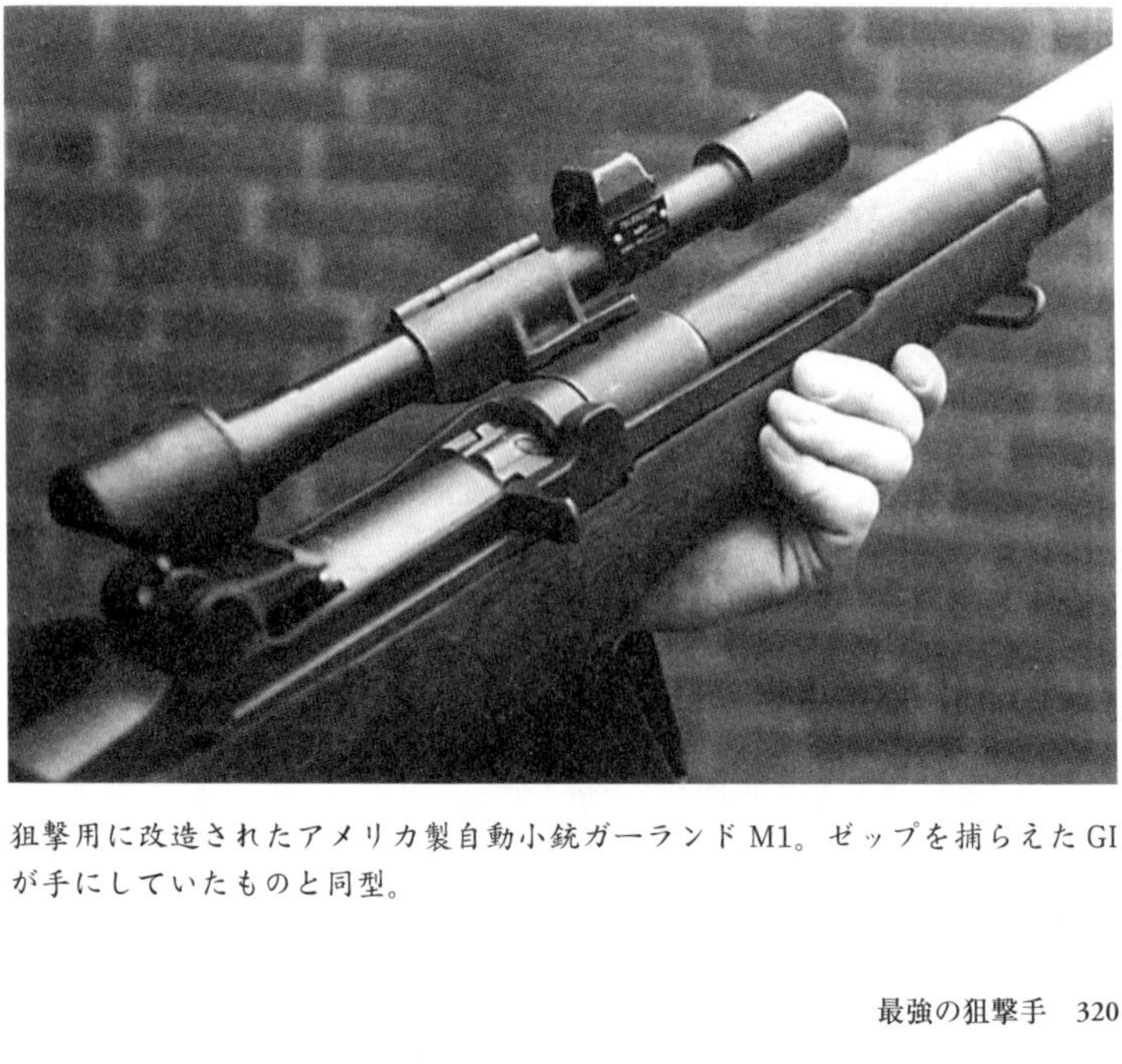

狙撃用に改造されたアメリカ製自動小銃ガーランドM1。ゼップを捕らえたGIが手にしていたものと同型。

の瞬間、ＳＳ兵士が運転する二台のメルツェーデス製トラックと、一台の米国製ジープが道に曲がってきて、捕虜が集まっている前に停まった。最初に来ていた兵卒たちが荷台に登らされた。トラックは両方ともすぐ一杯になり、走り去っていった。「ハヴ・ア・ナイス・トリップ、ユー・グローリアス・アーリアン・ヒーローズ（達者でな、アーリア人の英雄さん）」。と、ひとりのＧＩが後ろから叫んだ。このときになってゼップは、二日前に見かけた兵卒を積んだＳＳトラックの意味がようやくわかった。ロシアへの輸送だったのだ。捕虜たちはくたびれていて、もうすぐ身柄が引き渡されることを知らず、逃亡のストレスから解放されて運命に身をまかせているようだったので、監視兵はさほど警戒していなかった。

四人が座っているのは腰の高さほどの壁の前で、壁の向こうは草むらの斜面、狭い谷底、密生した木立と続いており、逃げるには絶好の立地だった。気づかれないように小声で話しあい、次の輸送車が来るまえに、できるだけ早く姿をくらますということで意見がまとまった。ゼップ、製図工、カメラマンは否も応もなく逃亡のリスクを冒すと決めていたのに対して、シュミットレはロシアへの引渡しがどうしても信じられなかったので逡巡があった。すぐに逃げる順序を決め、最初に負傷している製図工、次にカメラマン、次にシュミットレ、最後にゼップになった。アドレナリンが血管に吹きだし、首のところまで心臓の鼓動が聞こえた。またも生きのびるために生命を賭さなくてはならない。次の輸送トラックが三台近づいてきたとき、その好機を逃さず思いきって跳んだ。製図工とカメラマンが壁を越えて見えなくなった。ところがシュミットレは、ゼップにジャンプを催促されてこれをいきなり断ってきた。「ちくしょう、もうたくさんだ。もう危ない橋は渡らねえ。おれたちをロシア野郎に渡すなんて、アメリカが承知するはずはないんだ」。ゼップは言葉を尽くして壁を跳ぶよう促したが、どうにもならなかった。その間にもトラックは近づき、一刻の猶予も許されなかった。最後のチャンスがしぼんでいく。「どうしてもいやなのか、意気地なし。三〇分だけ森のはずれで待ってるからな」。いよいよ最後になってゼップがそう囁いて壁を越えたそのとき、速度を落としたトラックのブレーキ音がした。数分してゼップは窪地の反対側で仲間と落ちあい、事情を伝えた。だが、三〇分が過ぎてもシュミットレが現れることはなかった。彼はそれから六年後、ようやくロシアのカラガンダ鉛鉱山から廃疾者として送り返されることになる。

残った三人は、三銃士のようにさらに西を目指した。昼間も移動することにしたが、アメリカ軍のパトロールには用心した。小さな集落を迂回して、左右とも草木が密生した間道を歩いていると、突如、まわりで大人数の喚声があがった。体中に恐怖が走ったそのとき、縦縞の服を着て、骨と皮ばかりに痩せこけた一団が襲いかかってきた。最初の動転がおさまると激しい殴りあいになったが、襲撃者の体力が弱りきっていたのが三人には幸いした。接近戦に慣れた猟兵三人だが、圧倒的多数を相手にして勝てたのはそのおかげだった。やせ細った身体や顔に、こぶしが音をたてて食いこんだ。それでも、力が出るように互いの背中をあわせてパンチを繰りだしているうちに、どさくさまぎれに大勢の手が伸びてきて、持ち物はことごとく持ち去られてしまった。乱闘は、始まったときと同じく唐突に終わった。襲撃者たちは幽霊のようにやぶに姿を消した。襲われた三人は息をはずませ、羽をむしられた鶏のように呆気にとられて間道に立ちつくした。そして苛立ちを隠そうともせず、いまの出来事は何だったのか議論を重ねたすえ、おそらく帰るところのない精神病院の入院患者が、敗戦の混乱で野放しになっているのだろうという意見に落ちついた。ゼップは数カ月後に知ったのだが、この推測はとんでもない誤りだった。あれは強制収容所に入っていた人々で、監視兵の目をのがれ、兵士から略奪をしながらこの地域を転々としていたのだ。ドイツの強制収容所でどれほどの暴虐が行われたかは後になって聞いたが、それでもゼップは良心の痛みと、身を守るのは正当な権利だという二つの感情のあいだで揺れうごき、名状しがたい気分にとらわれた。

翌日、一行はリンツ市街にたどり着いたが、そこにも避難民があふれかえっていた。街の手前のところで、満載になったオペルブリッツの荷台にわずかな隙間をみつけることができたが、数キロも走らないうちにアメリカ軍の検問にあってドライブは終わった。便乗者は全員道路に一列に並ばされ、今回は徹底的に身体検査をうけた。アメリカ軍兵士の土産になりそうな物は、何ひとつ返してもらえなかった。ひどく酷薄そうな上官の指示で男はみな上半身裸になり、右腕の下にＳＳ隊員特有の血液型の刺青がないか調べられた。全員が道路わきに腰をおろし、待っているほかなかった。出征可能な年齢の男性はまる一日足止めされて検査をうけ、検査の終わりを待っている集団に加わるしかなかった。夕刻、その頃には百名以上になっていた集団がトラックに載せられ、リンツの駅まで連れもどされた。そこで家畜運搬貨車に押しこまれ、その夜のうちにマウアーキルヒェンの合同キャンプに運ばれた。そこでは何万人もの元兵士が露天のキャンプ生活を送っていた。アメリカ軍にとって、これほどの大所帯を管理をするのは物資の輸送面で負担が大きすぎたらしく、二日後には歩くことができる負傷者を解放しはじめた。負傷した製図工には介添えが必要だということでゼップとカメラマンもいっしょに解放されたが、これも混乱期ならではの珍妙な処置のひとつだった。三人とも故郷が同じだ

1945年5月25日、両親の家へと向かうゼップ・アラーベルガー。

と申し立てたのが決め手になったのかもしれない。

他の大勢とともにザルツブルクまでトラックで運ばれ、駅で降ろされた。しばらくたってもその慣れない境遇を正確に把握することはできなかったものの、彼らは自由であり、人生がその手に戻ってきていた。さしあたり重要なのは製図工を病院に連れていくことだった。三人はすぐに出発した。そのとき、超満員の列車が駅から発車していくのが見えた。屋根のうえは鈴なりで、タラップにも乗客が立っていた。きたるべき市民生活の予告編のようなその光景をゼップが興味深げに見送っていると、最終車両の屋根に、あのヴァイキングが座っているのにふと気づいた。無言のままだったが、気がついたのはお互いに同時だったようで、北ドイツ出身のその山岳猟兵も合図をよこしてきた。ところが、それから奴にはまことに似つかわしくない所作をした。驚いたことにいまだにかぶっているエーデルヴァイスの帽章つき山岳帽に右手をそえ、最後の軍隊式敬礼を送ってきたのだ。ゼップも反射的にそれにならって敬礼し、列車がまもなく曲り角に消えるまでそうしていた。遠ざかっていく煙に、型破りな戦友の姿が呑みこまれた。二度と再会することはなかったが、あの男のことはいまも忘れていない。

それから数時間後、ゼップはザルツブルク近郊の小村にある実家の前に立っていた。家並みは平穏で、世界を焼きつくす禍々しい炎も知らぬげに眠っていた。時は一九四五年六月五日。ゼップ・アラーベルガーは肉体的にはほぼ無傷で大戦を切り抜けた。だが、それからの人生で彼の魂は苦しみつづけ、消えることのない傷跡を残すことになる。

戦争の亡霊から解き放たれることは決してなかったのである。

家族とともに。1945年6月5日。

エピローグ

山並みの陰から、新しい一日の柔らかい曙光が射してきた。ゼップは思い出から覚め、あれほど多くの敵を死にいたらしめた右の人差し指を左手で握りしめているのに気づくと、もう幾度となく考えた同じ問いかけをくりかえした。

「自分たちがしたことは正しかったのか。与えられた状況で、別の選択肢はあったのか。自分が生きのびるための闘い、戦友たちの闘い、面と向かって殺した敵たちの闘い、そこに何か違いはあったか。いずれも目的は人を殺すことであり、戦争の掟を課せられただけなのに」

山岳猟兵の上級兵長ごときに答えが見つかるような疑問ではないだろう。一般の兵卒に選択権はいっさいなかったからだ。戦うか死ぬか、あったのはそれだけだ。

急にゼップは朝の冷気を感じ、もう少し寝ようとベッドへ戻ろうとしたとき、またあの詩が心に浮かんできた。名前も忘れてしまったある戦友が、報告用紙の裏に書いた詩である。

鷲の紋章のもとにある男たち
奴らは顔だけで見分けがつく
奴らは黙って手をさし伸べる
奴らは語らない

ひとが無駄話や自慢をするとき
奴らは心を動かさず黙している
鋼鉄となった奴らの心には
凄惨な光景がまだ広がっている

奴らが大きく叫ぶとき
そこには幾多の死の凄惨があり
奴らが赤く流れる血に染まり
哀訴するごとく両手を伸ばすとき
戦友は最期の苦しみにある

最後の審判のごとく燃えあがり
地が震えて呻きをあげるとき
すべてを粉砕する砲火にさらされ
榴弾が咆哮するなかの凄惨な光景

奴らは地獄の淵に横たわる
奴らは兵隊だった
そして自分の義務を果たした

●略語一覧

Btl.　大隊
Div.　師団
3.G.D.　第 3 山岳師団
EK I/II　第 1 級／第 2 級鉄十字章
Gren.Kp　擲弾兵中隊
G ないし K43　43 年型自動小銃
HKF　主戦場
HKL　主戦線
I.D.　歩兵師団
Jg.D.　猟兵師団
Kar. 98 k　ドイツ陸軍の標準型ライフル
KZ　強制収容所
lMG　軽機関銃
MG　機関銃
sMG　重機関銃
O.B.　総司令官
O.K.W.　国防軍最高司令部
Rgt.　連隊
Stgw.　突撃銃
ZF　照準スコープ

●参考文献

アーレックス・ブーフナー『ドイツ山岳部隊』(Buchner, Alex: *Die Deutsche Gebirgstruppe*)

ルーディ・ガスパーシッツほか『最後の兵士たちが語る』(Gasperschitz, Rudi, u.a.: *Die letzten Landser erzählen*)

パウル・クラット『第3山岳師団』(Klatt, Paul: *Die 3. Gebirgsdivision*)

軍事研究局『ドイツ帝国と第2次世界大戦』(Milit. Forschungsamt: *Das Deutsche Reich und der Zweite Weltkrieg*)

カール・リューフ『山岳師団のオッデュッセイ』(Ruef, Karl: *Odyssee einer Gebirgsdivision*)

ペルツィ・シュラム『国防軍最高司令部の戦争日誌』(Schramm, Percy: *Kriegstagebuch des OKW*)

ヴォルフ・シュナイダー『兵士たちの書』(Schneider Wolf: *Das Buch vom Soldaten*)

著者が所蔵している多数の資料。その詳細は、ドイツの狙撃兵制度についての後継書に掲げる。

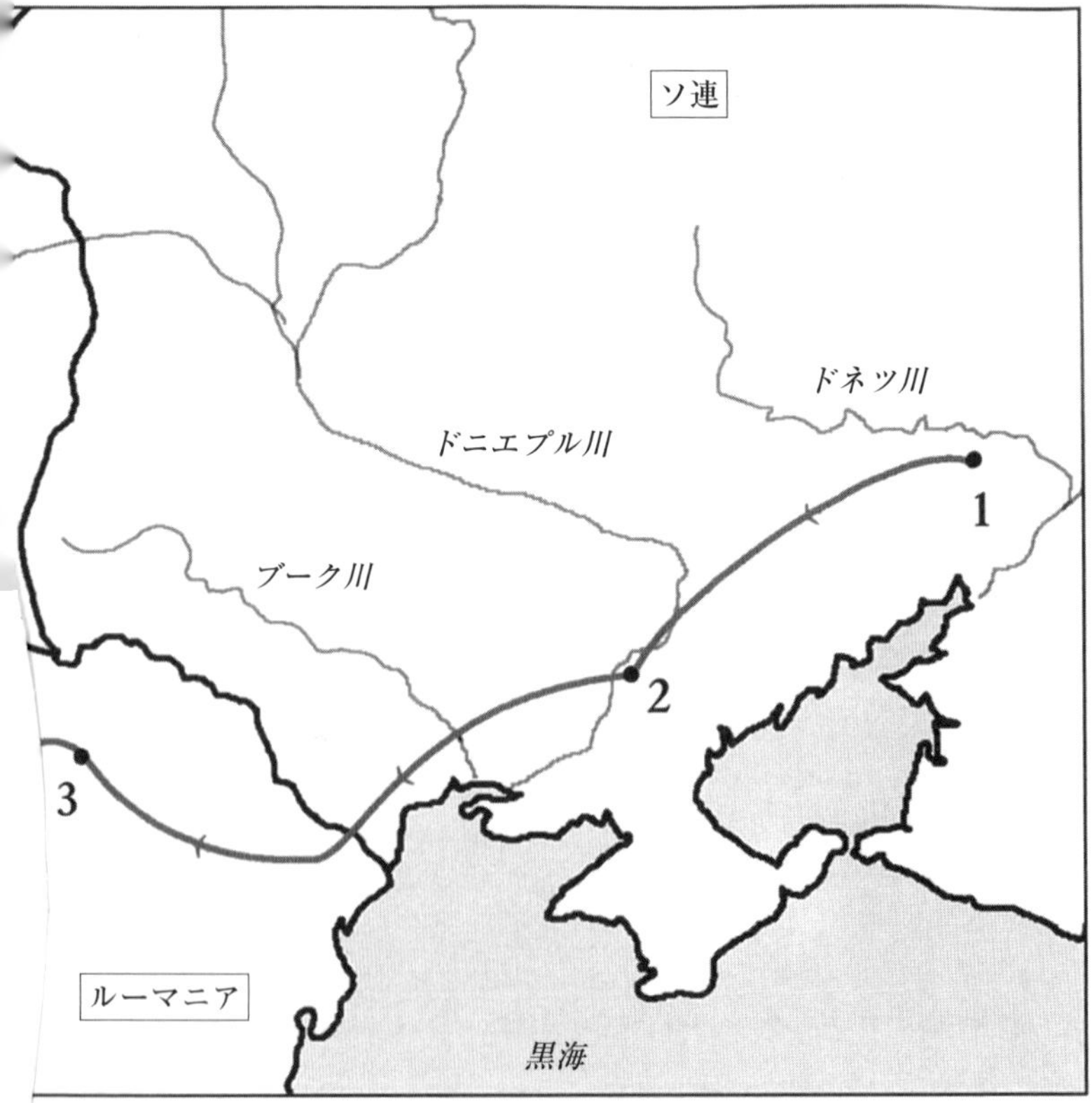

1　レドキナ峡谷（1943 年 7 月、最初に動員を受ける）

2　ニコポール

3　ビストリツァ

4　ニーレジュハーザ

5　ミシュコルツ

6　ビーリッツ（騎士十字章を授与される）

7　オルミュッツ（終戦）

8　オーストリア生還（平服となる）

9　ザルツブルク、1945 年 6 月

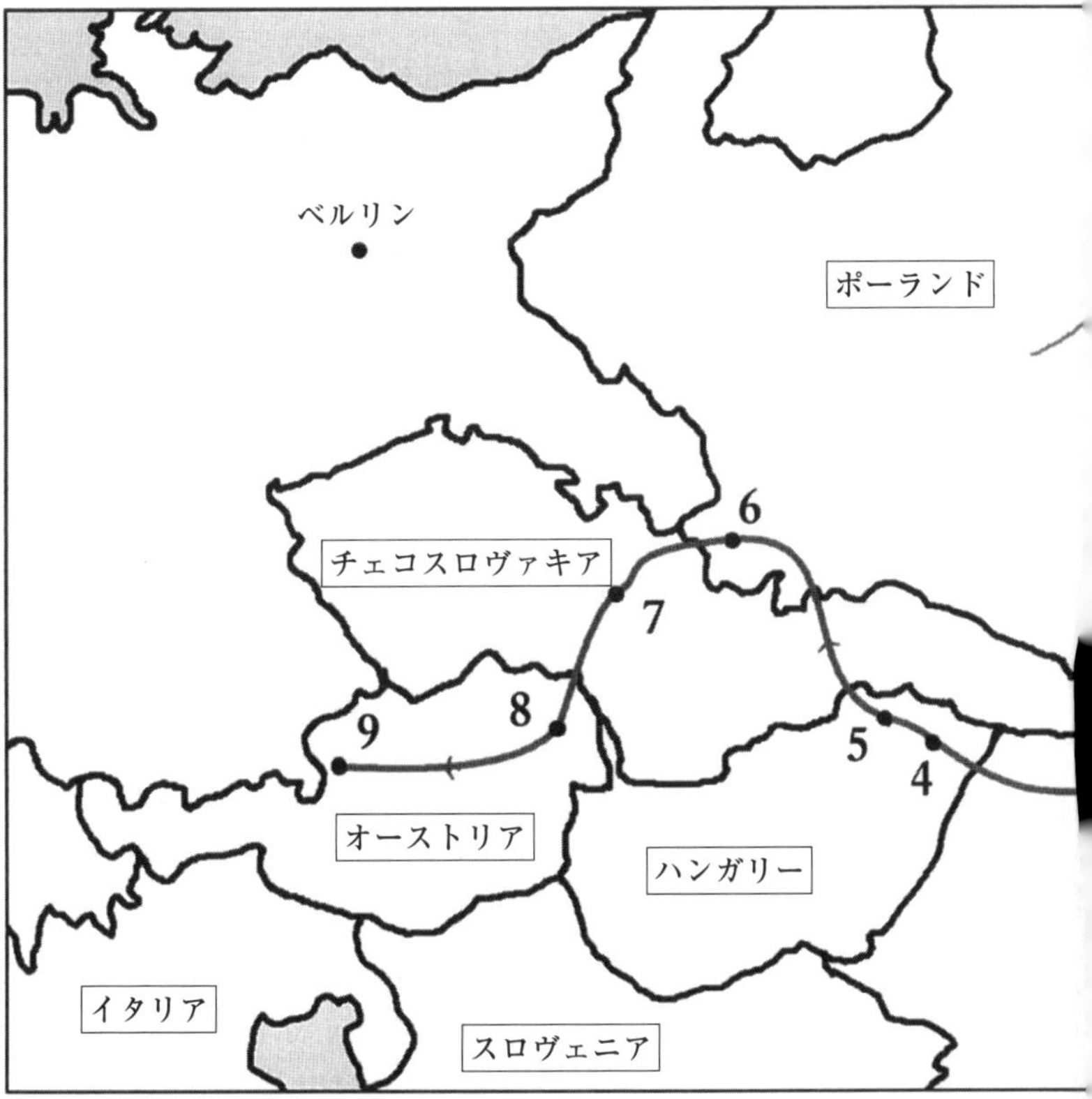

行路地図

1943 年 7 月——1945 年 5 月

●付録——授与証書

この４枚の文書は、ゼップが軍事郵便で両親に送っていたために戦火を免れた。身分証兼給料手帳《ゾルトブーフ》は、狙撃銃と同様、終戦時に制服といっしょに処分してしまった。

所持証明書[一般突撃章のものを歩兵突撃章に作りなおしている。]

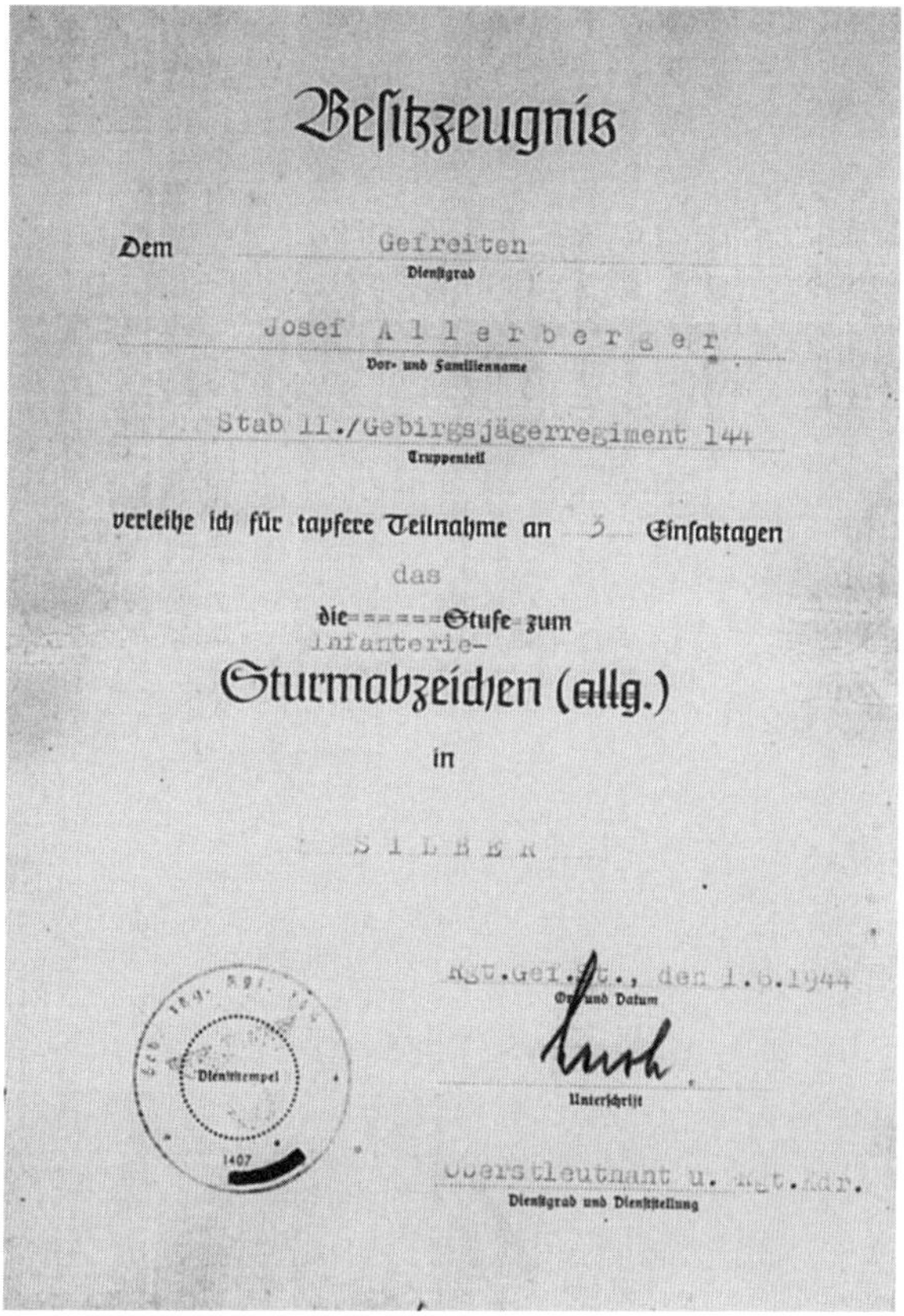
Besitzzeugnis

Dem Gefreiten
Dienstgrad

Josef Allerberger
Vor- und Familienname

Stab II./Gebirgsjägerregiment 144
Truppenteil

verleihe ich für tapfere Teilnahme an 3 Einsatztagen

das
die ====== Stufe zum
Infanterie-
Sturmabzeichen (allg.)

in

SILBER

Dienststempel
1407

Rgt.Gef.St., den 1.6.1944
Ort und Datum

Unterschrift

Oberstleutnant u. Rgt.Kdr.
Dienstgrad und Dienststellung

（階級名）兵長
（氏名）ヨーゼフ・アラーベルガー
（所属部隊）司令部第2大隊／第144山岳猟兵連隊

上記の者に対し、3日間の果敢なる戦闘参加につき、歩兵突撃章（銀色）を授与する。

（場所と日付）連隊司令部、1944年6月1日
（署名）ロルヒ
（階級と職務権限）中佐、連隊長

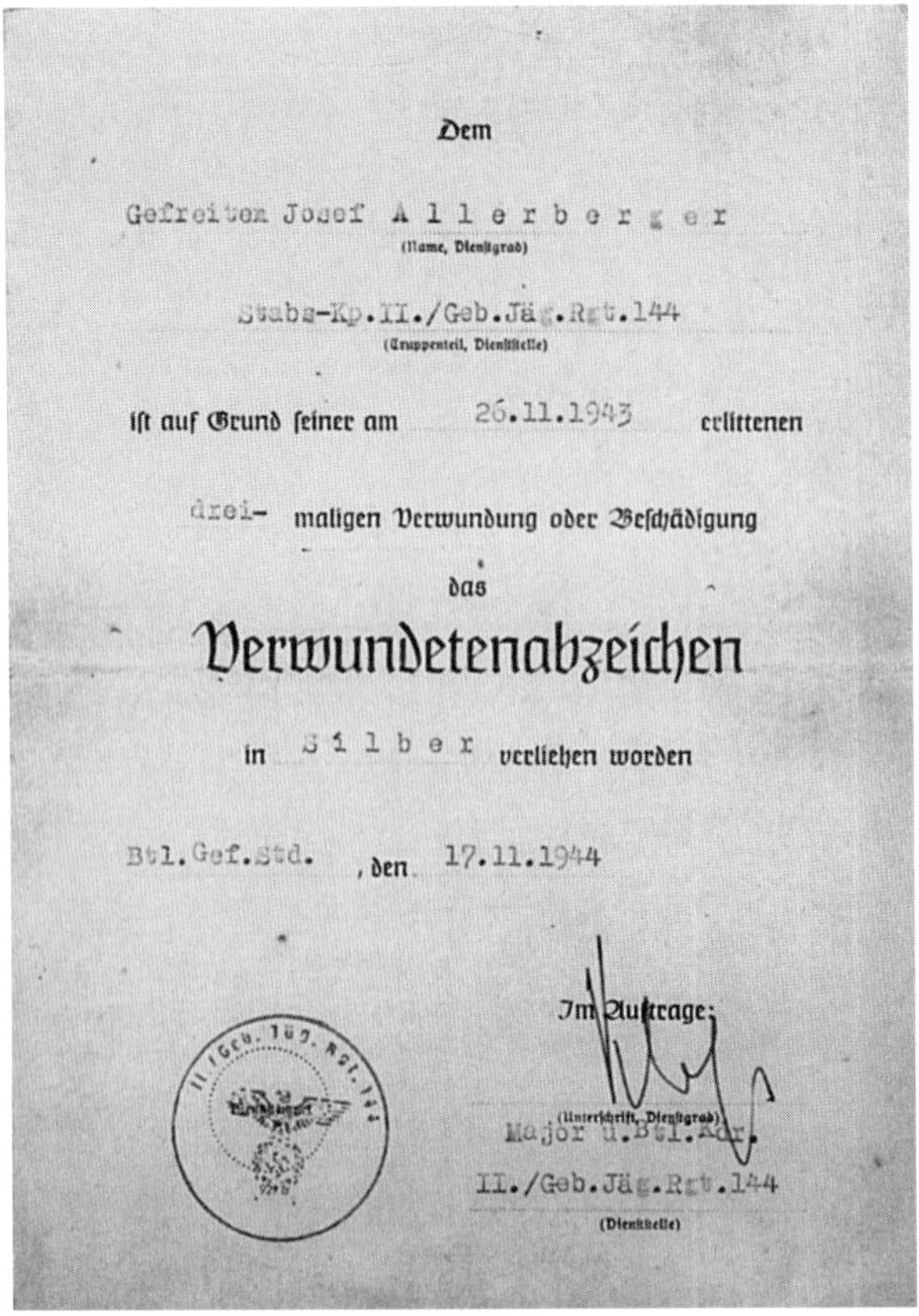
Dem

Gefreiten Josef A l l e r b e r g e r
(Name, Dienstgrad)

Stabs-Kp.II./Geb.Jäg.Rgt.144
(Truppenteil, Dienststelle)

ist auf Grund seiner am 26.11.1943 erlittenen

drei- maligen Verwundung oder Beschädigung

das

Verwundetenabzeichen

in S i l b e r verliehen worden

Btl.Gef.Std. , den 17.11.1944

Im Auftrage:

(Unterschrift, Dienstgrad)
Major u.Btl.Kdr.
II./Geb.Jäg.Rgt.144
(Dienststelle)

II./Geb.Jäg.Rgt.144

（氏名、階級）兵長ヨーゼフ・アラーベルガー
（所属部隊）司令部中隊第2大隊／第144山岳猟兵連隊

上記の者に対し、1943年11月26日に負った3回目の負傷により戦傷章（銀色）を授与する。

大隊司令部、1944年11月17日
代理にて：
（署名、階級）クロース
（役職名）少佐　大隊長
第2大隊／第144山岳猟兵連隊

所持証明書

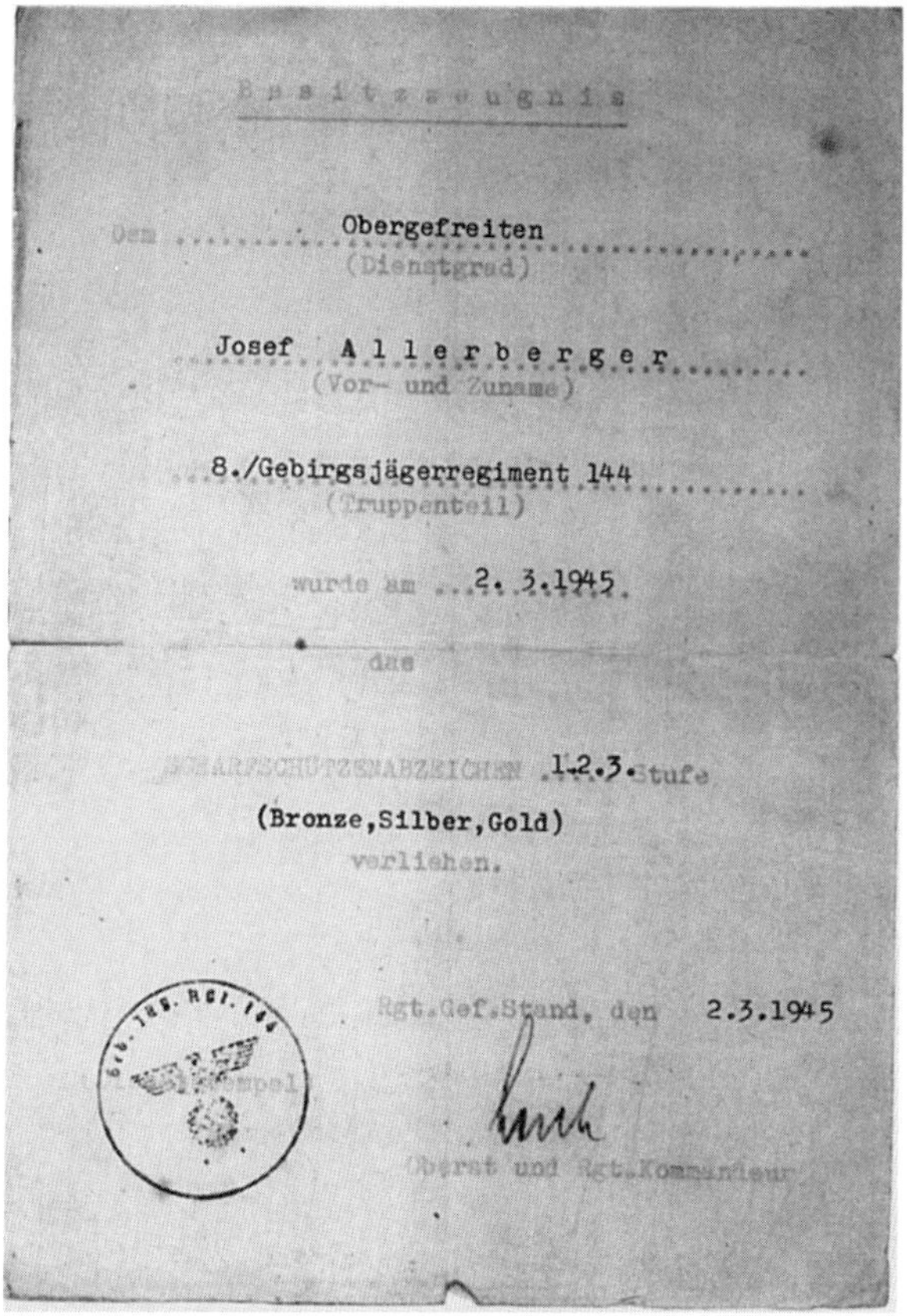
Besitzzeugnis

Dem Obergefreiten
(Dienstgrad)

Josef Allerberger
(Vor- und Zuname)

8./Gebirgsjägerregiment 144
(Truppenteil)

wurde am 2.3.1945

das

SCHARFSCHÜTZENABZEICHEN 1.2.3. Stufe
(Bronze,Silber,Gold)
verliehen.

Rgt.Gef.Stand, den 2.3.1945

Oberst und Rgt.Kommandeur

（階級）上級兵長
（氏名）ヨーゼフ・アラーベルガー
（所属部隊）第 8 中隊／第 144 山岳猟兵連隊

上記の者に対し、1945 年 3 月 2 日付けをもって、狙撃兵記章 1 級・2 級・3 級（ブロンズ、銀枠、金枠）を授与する。

（署名）ロルヒ
連隊司令部、1945 年 3 月 2 日
大佐、連隊長

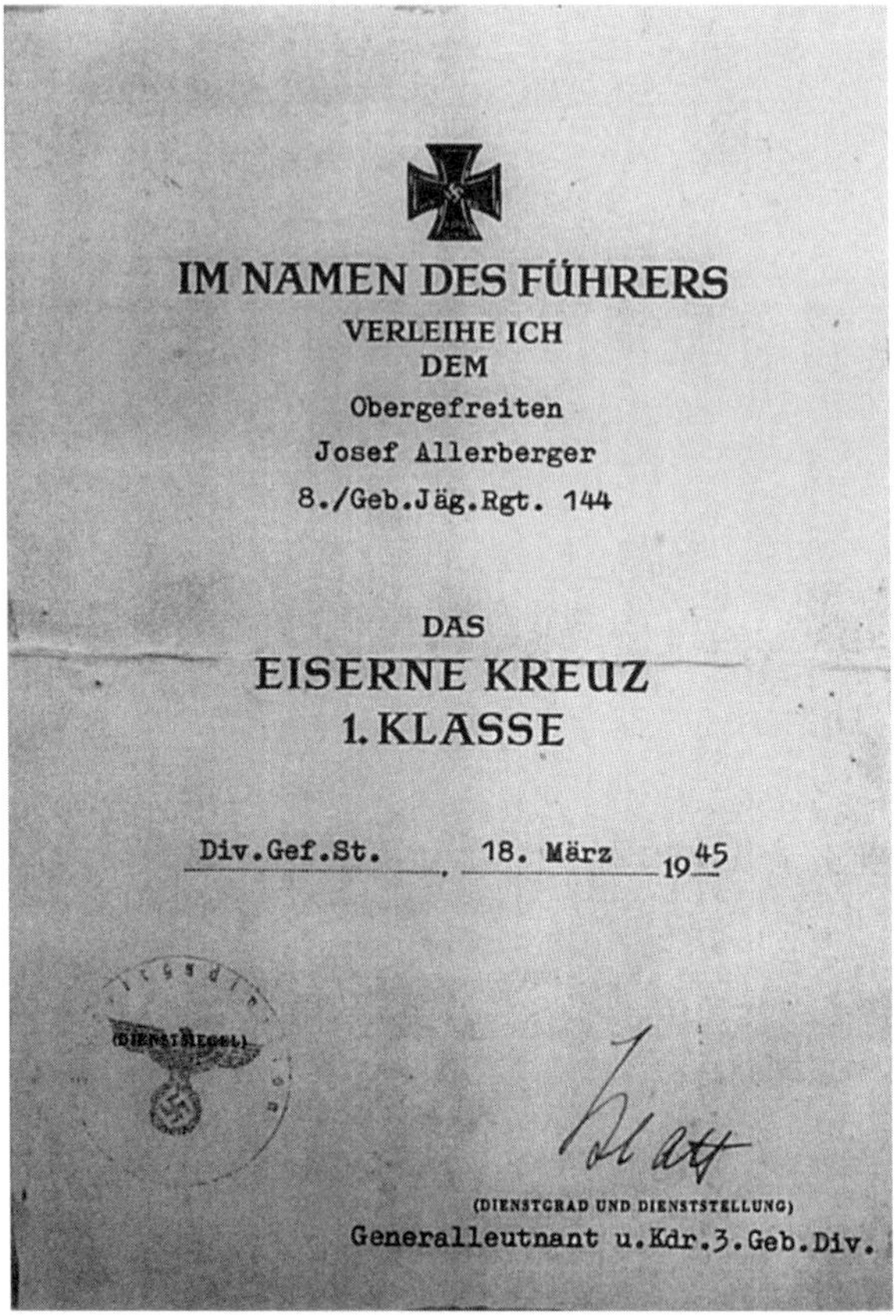
IM NAMEN DES FÜHRERS
VERLEIHE ICH
DEM
Obergefreiten
Josef Allerberger
8./Geb.Jäg.Rgt. 144

DAS
EISERNE KREUZ
1. KLASSE

Div.Gef.St., 18. März 1945

(DIENSTSIEGEL)

(DIENSTGRAD UND DIENSTSTELLUNG)
Generalleutnant u.Kdr.3.Geb.Div.

第8中隊／第144山岳猟兵連隊ヨーゼフ・アラーベルガー上級兵長に対し、総統の名において1級鉄十字勲章を授与する。

師団司令部、1945年3月18日
署名　クラット
（階級と職務権限）中将、第3山岳師団長

訳者あとがき

「私は味方がほしいなどと思ったことはなかった。自分の身さえ守ればよかったからだ。狙撃手というのはこの世でもっとも孤独な人間で、私はそれを好んだのだ。私がもどると、他の連中はそれをかぎつけて逃げ出そうとした。友達などいたためしはない」（ピーター・ブルックスミス『狙撃手』原書房）

本書は、アルブレヒト・ヴァッカー著"Im Auge des Jägers"（猟兵のまなざしのなかで）改訂第四版の全訳である。原書の副題は「国防軍狙撃兵ヨーゼフ・アラーベルガー（伝記研究）」となっており、防衛科学・兵器学を扱う双書の第一巻として、二〇〇〇年に初版が刊行されている。第一版から第三版までは主人公へのさしさわりを考慮して「国防軍狙撃兵フランツ・カルナー」という仮名をつかった書名だったが、この第四版から主人公の名前を本名のヨーゼフ・アラーベルガーと改め、題名も上記のように変更されている。

戦争記録や軍記物でもあまりとりあげられることのない狙撃兵という特殊な兵士の経験を通じて、

第二次世界大戦の末期、東部戦線でドイツ軍がどのように泥沼の撤退戦を戦ったかをつづる特異かつ貴重な記録である。内容はあくまでも事実にもとづいており、フィクションをまじえているわけではないが、記述されているエピソードすべてが主人公ゼップ本人の経験だと考える必要もない。巻末に挙げられている参考文献の内容を織りこみつつ、ひとりの狙撃兵の目線から、東部戦線の兵士たちの軌跡をたどったものと解釈すべきであろう。

敵を倒すという目的は同じでありながら、狙撃兵の役割は一般の歩兵とは大きく異なっている。単独もしくはごく少人数で行動し、手柄をたてれば英雄と祭りあげられるが、そうやって名前があがればあがるほど、相手からの憎しみもまた尋常ではなくふくれあがる。敵軍からこれほど目のかたきにされる一兵卒もほかにないだろう。本書を読むと、一般に思われている「スナイパー」の颯爽としたイメージとはかけ離れた、泥臭く地道な狙撃兵の実像がうかびあがってくる。戦争が終わったあとも、集団で戦うほかの兵士とは違い、面とむかって人を殺したという意識が消えることはない。それがどれほど苦しいものであるかは、われわれの想像を絶している。

一般の読者の方々のなかには、「山岳猟兵」という言葉が耳慣れない向きもあろうかと思うので、簡単に補足説明をしておきたい。周知のとおり、ヒトラー支配下のドイツには、正規軍である「国防軍」と、ヒトラー個人の護衛隊をそもそもの起源とする「親衛隊」という二つの軍隊組織があった。「猟兵」とは国防軍の兵科区分のひとつで、実際には歩兵の一種だが、一八世紀に狙撃の巧みな猟師で編成した部隊を起源にもつ、伝統的な名称である。それもそのはず、猟兵をさす原語（「イェーガー」）は、「狩人」、「猟師」を意味するドイツ語そのものである。

この「猟兵」という名称が、特殊な任務を遂行する部隊にもつけられるようになり、山岳戦を得意とする「山岳猟兵」や、パラシュート部隊である「降下（落下傘）猟兵」などの兵科ができていった。ドイツで本格的な山岳部隊が編成される大きなきっかけとなったのは、一九三八年、山岳国であるオーストリアを併合したことである（『ドイツ陸軍全史』学習研究社）。本書の主人公ゼップが、同郷の同期生ともども山岳猟兵師団に配属されたのも、彼らがオーストリアの山岳地方出身だったためであろうと思われる。

けわしい山岳地帯で戦うために特別な訓練をうけた「山岳猟兵」は、第二次世界大戦の開戦当初、高い士気と戦意で数々の戦功をあげていたが、本書にも描かれている戦争後期になると「山岳地帯」からは引き離され、「平地」の歩兵部隊の単なる穴埋めとして投入されることが多くなった。ゼップにしても山岳戦の訓練をうけたような形跡はない。そうした無駄な使い方で、貴重な山岳部隊兵力がいたずらに犠牲を強いられていったのである（『ドイツ山岳猟兵の戦い』文林堂）。


訳文中のドイツ以外の地名、特に東欧地域の地名表記についてお断りしておく。ドイツ人著者によるドイツ軍戦記であるという本書の性格を踏まえたうえで、とりわけ主戦場となった地域の名称や当時ドイツ領だった都市名については、当時の雰囲気をそこなわないようにするため、現在日本で普通に行なわれている原語読みではなく、当時ドイツで使われていたドイツ語風の読み方で統一することとした。たとえば次のごとくである（括弧のなかが標準的な表記）——ニコポール（ニコポリ）、タイース川（ティサ川）、ジライン（ジリナ）、メーリッシュ・オストラウ（オストラバ）、ビーリッツ（ビエルスコ・ビャワ）、オルミュッツ（オロモウツ）、ライプニク（リプニーク）、ローゼンベルク（ルジョムベロク）。

ミリタリー関係の専門用語については石井元章氏による懇切丁寧なご指導をいただいた。この訳書が好事家の方々にとっても読むにたえるできばえとなっているならば、それはひとえに、同氏にかぎられた時間のなかで丹念なチェック作業をしていただけたおかげである。

また、後半部分では翻訳協力として久田原美香氏のご助力をいただいた。この場をお借りしてお礼を申しあげたい。

中村康之

ドイツ陸軍の猟兵について

石井元章

猟兵 Jäger

第二次世界大戦で登場するドイツ陸軍の猟兵は、最大でも連隊規模しかなかったSchützenregimentとしてスタートした。これまで「ライフル連隊」や「狙撃兵連隊」などと訳されてきたため、プロの狙撃兵連隊と誤解される。しかし実態は各装甲車輌に随伴し迅速に敵戦線を突破、散開し行動する「機械化歩兵連隊」であった。アフリカ戦線では砂漠の徒歩移動は自殺行為だったため、多くの猟兵が歩兵の代わりに従軍し、装甲部隊とともにロンメルのアフリカ軍団の主役となった。やがてこれが拡大されていき、一九四二年に一方は「猟兵」Jäger、他方は「装甲擲弾兵」Panzergrenadierへと分かれていった。ちなみに六個の猟兵師団がロシア戦線に投入された。

山岳猟兵 Gebirgsjäger

その名のとおり、本来は山岳戦のプロ。山の多い南バイエルンからオーストリア（当時はオストマルクと呼称）に多く駐在。とくにオーストリア山岳地では歩兵はほとんどおらず、山岳猟兵が一般的な戦闘兵科だった。

一九四一年六月に始まった独ソ戦で、いままでにない広範囲の消耗戦が開始された。そのため山岳猟兵も本来の戦場である山ではない、平地での歩兵戦闘にも投入されていく。本書の主人公ゼップが戦場に赴く一九四三年はまさに「総力戦」が宣言され、多くの兵科で訓練方法が大幅に簡略化され、その特科性は失われていった。ロシア戦線では一〇個師団が戦った。

◆著者略歴
アルブレヒト・ヴァッカー（Albrecht Wacker）
共著に、『ドイツ兵器ブランド・ハンドブック』（モリオン兵器学・防衛学シリーズ3、VS-BOOKS）がある。モリオン兵器学・防衛学シリーズで別のスナイパーにかんする本の編集も手がけている。ミュンスター在住。

◆訳者略歴
中村康之（なかむら　やすゆき）
1963年、山口市生まれ。金沢大学文学部文学科卒。社内翻訳者として、特許・法律翻訳にたずさわったのち、1999年にドイツ語翻訳者として独立。おもな訳書に、『エリーザベト——美しき皇妃の伝説（上・下）』（朝日新聞社）、『量子の宇宙のアリス』（徳間書店）、『戦場のクリスマス——20世紀の謎物語』（原書房）がある。

＊専門用語チェック＝石井元章

†本書は、2007年に刊行した『最強の狙撃手』の新装版である。

最強《さいきょう》の狙撃手《そげきしゅ》

●

2015年3月3日　第1刷

著者………アルブレヒト・ヴァッカー
訳者………中村康之《なかむらやすゆき》

装幀者………川島進（スタジオ・ギブ）
本文………新灯印刷株式会社
カバー印刷………株式会社明光社
製本………小高製本工業株式会社

発行者………成瀬雅人
発行所………株式会社原書房
〒160-0022　東京都新宿区新宿1-25-13
電話・代表03(3354)0685
http://www.harashobo.co.jp
振替・00150-6-151594

ISBN978-4-562-05142-7